ERIC SANDER

Die letzte Wahl

ERIC SANDER

DIE LETZTE WAHL

THRILLER

LÜBBE

Alle Personen in diesem Buch sind frei erfunden. Ähnlichkeiten mit lebenden oder toten Personen sind rein zufällig.

Dieser Titel ist auch als E-Book erschienen

MIX
Papier aus verantwortungsvollen Quellen
FSC® C014496

Originalausgabe

Dieses Werk wurde vermittelt durch die Montasser Medienagentur, München

Textredaktion: Dr. Ulrike Brandt-Schwarze, Bonn
Umschlaggestaltung: ZERO Werbeagentur, München
Umschlagmotiv: © boreala/shutterstock.com; boreala/shutterstock.com; sunwart/shutterstock.com
Satz: hanseatenSatz-bremen, Bremen
Gesetzt aus der Adobe Garamond Pro
Druck und Einband: GGP Media GmbH, Pößneck

Printed in Germany
ISBN 978-3-7857-2764-5

5 4 3 2 1

Sie finden uns im Internet unter: luebbe.de
Bitte beachten Sie auch: lesejury.de

Für Colette und Theo

Mit einem lauten Knall fiel die schwere Metalltür hinter ihm zu. Der Lärm hallte von den unverputzten Betonwänden des Treppenhauses wider. Nicholas Moor blieb erschrocken stehen und lauschte. Es kam ihm vor wie eine Ewigkeit. Hatte ihn jemand gehört? Doch in dem schäbigen Treppenhaus war es fast still, nur sehr gedämpft drangen die Stimmen der Menge durch die Tür.

Als er sich wieder beruhigt hatte, stieg er vorsichtig die Treppen hoch. Jetzt, mit der geschlossenen Tür, war es völlig finster, aber er traute sich nicht, Licht zu machen. Es stank entsetzlich nach Urin. Offensichtlich hatten sich einige Gäste, die es nicht mehr bis zur Toilette geschafft hatten, hier erleichtert.

Mit jedem Stockwerk fühlte sich der schwarze Koffer, den er sich mit einem Tragegurt umgehängt hatte, schwerer an. Seine Beine zitterten vor Aufregung.

Er blieb stehen und atmete langsam ein und langsam wieder aus, um sich zu beruhigen. Als er weiterging, versuchte er, immer nur an den nächsten Schritt zu denken, wie er es sich vorgenommen hatte. Stockwerk für Stockwerk stieg er nach oben.

Nach ein paar Minuten rutschte seine Hand vom Treppengeländer ins Leere. Vorsichtig, um ja nicht zu stolpern, nahm er die letzte Treppenstufe. Er war oben angekommen.

Behutsam stellte er den Koffer ab, dann holte er eine kleine Stirnlampe aus seiner Jackentasche und setzte sie auf. Mit dem dünnen Lichtstrahl tastete er die Decke ab, bis er die verschlossene

Luke sah. Der Notausgang. Darunter hing eine zusammengeschobene Feuerleiter, genau wie er es erwartet hatte.

Er ignorierte das Warnschild und zog die Leiter nach unten, die mit einem leisen Rattern auseinanderfuhr.

Alles kam ihm seltsam bekannt vor. Dabei war er hier noch nie gewesen. Wie in einem Traum sah er sich selbst die schmalen Stufen nach oben nehmen und die Luke aufstoßen. Sofort strömte ihm kühle Abendluft entgegen, die er nach dem Gestank im Treppenhaus gierig einsog.

Mit einer Hand zog sich Nicholas auf das flache Dach, mit der anderen wuchtete er den Koffer nach oben. Es war eine finstere Nacht. Die Lichter der Stadt leuchteten in der Ferne, aber hier oben war es dunkel. Niemand würde ihn sehen.

Als er sich gerade überlegte, wohin er als Nächstes musste, vibrierte sein Smartphone. Eine Nachricht von einem anonymen Absender. Auf dem Display tauchte ein Foto auf. Ein Bild von ihm. Es zeigte, wie er eine Stunde vorher in einer Seitenstraße aus dem unauffälligen weißen Lieferwagen gestiegen war, den er gemietet hatte. Dabei hatte er darauf geachtet, dass der Wagen in einem toten Winkel stand, unsichtbar für die Kameras. Aber vielleicht hatte er vor Aufregung eine Drohne übersehen.

Das Handy vibrierte noch einmal. Nicholas zuckte zusammen. Diesmal war eine Aufnahme von Hanna zu sehen. Seine kleine Tochter winkte mit einem gestellten Lächeln in die Kamera. Sie trug das blau-weiß geringelte T-Shirt, das er ihr in den Sommerferien in einem Fischerort gekauft hatte, und an der Hand einen albernen rosa Plastikring aus einem Überraschungsei. Ihre hellblauen, mandelförmigen Augen, mit denen sie alle so bezirzen konnte, strahlten.

Auf dem Bild war nicht zu sehen, wo Hanna war, aber im Hintergrund erkannte er auf einem Fernseher eine Nachrichten-

sendung vom heutigen Tag. Und die Uhrzeit. Das Foto war keine Stunde alt.

Unter der Aufnahme stand: »Wir wissen, was du vorhast. Und wir haben Hanna. Wenn du diesen Anweisungen genau folgst, wird ihr nichts passieren.«

Sein Handy vibrierte zum dritten Mal. Diesmal bestand die Nachricht nur aus Text. Nicholas fing an, sie zu lesen. Tränen schossen ihm in die Augen, mit jedem Wort schien sein Blick mehr zu verschwimmen. Er steckte das Mobiltelefon ein und lief wie in Trance gebückt über das Dach, fast hätte er die geplante Stelle übersehen.

Hoffentlich erwachte er bald aus diesem Albtraum.

1

Sieben Wochen vorher

Markus Hartwig ließ den Blick über die Menge schweifen. Der Marktplatz war völlig überfüllt. Mehrere tausend Menschen drängten sich an diesem Freitag im April zwischen den Fachwerkhäusern und der alten Kirche, zwischen den Bratwurstständen und den Geschäften mit den modernen Fassaden aus Glas und Stahl. Selbst in den Seitengassen standen noch Hunderte, die ihn reden hören wollten, obwohl sie von dort aus die Bühne kaum noch erkennen konnten.

Alle waren außer sich, klatschten, grölten und schwenkten die schwarzen Fähnchen mit dem Logo der Volkspartei. Und immer wieder brüllten sie seinen Namen: »Hartwig! Hartwig! Hartwig!«

Die Polizei hatte Mühe, die Männer und Frauen zurückzuhalten, die hinter den Absperrgittern standen und jetzt begeistert nach vorn drängten, um ihm nahe zu sein. Eine junge blonde Frau in der ersten Reihe warf ihm Küsse zu, ein Rentner mit einer ALDI-Tüte in der Hand hatte Tränen in den Augen. Ein paar Meter entfernt hielt ein Mann mit militärischem Kurzhaarschnitt sein Smartphone hoch und übertrug den Auftritt live bei Facebook.

Markus Hartwig blickte kurz zu seiner Pressefrau und lächelte. Er winkte, ballte die Fäuste und riss die Arme nach oben, wie er es in den vergangenen Wochen so oft getan hatte.

»Diese korrupte Koalition, dieses Regime hat endgültig abgewirtschaftet!«, rief er ins Mikrofon. »Die Kanzlerin ist so am Ende, dass sie nicht einmal die Vertrauensfrage im Bundestag überstanden hat. Diese Leute vertrauen nicht mal mehr sich selbst! Wie können wir ihnen dann vertrauen? Weg mit denen, sage ich!«

Wieder brandete Beifall auf.

Dann streckte er die Arme in Richtung der Menge aus. »Wenn ihr mir zujubelt, dann jubelt ihr auch euch zu.«

Seine Anhänger johlten.

»Wisst ihr, was der Unterschied ist zwischen mir und den Politikern der Altparteien? Ich spreche eure Gefühle aus, die die nicht ernst nehmen. Aber ich bin einer von euch – und wir sind das Volk! Und deshalb will ich bei der Wahl in sieben Wochen nicht einfach Kanzler werden, sondern Volkskanzler! Für euch!«

Die Masse tobte. Für einen Moment hatte er das Gefühl, sie würde nie mehr damit aufhören.

Es war wie im Rausch.

Aus den Augenwinkeln nahm Hartwig wahr, wie der schwarze Block, den seine Parteijugend gebildet hatte, nach vorn marschierte. Er näherte sich bedrohlich den wenigen Gegendemonstranten, die wütend in ihre Trillerpfeifen bliesen, was aber im Geschrei der Menge unterging. Hartwig wollte schon etwas brüllen und seine Anhänger noch mehr aufwiegeln, aber dann riss er sich zusammen und verneigte sich nur leicht in alle Richtungen.

Er durfte sich nicht zu sehr berauschen, sondern musste wachsam bleiben.

Er durfte den Plan nicht gefährden.

***

Sein Smartphone vibrierte. Schon zum fünften Mal. Dabei rutschte es jedes Mal näher an die Schreibtischkante. Nicholas Moor ignorierte es. Er wusste genau, wer ihn anrief, aber jetzt konnte er keine Ablenkung brauchen. Er starrte auf den Computermonitor in seinem Büro in der Redaktion des Münchner *Abendblatts* und fluchte. Nur noch zwanzig Zeilen, aber ihm fiel einfach nichts mehr ein. Dabei hatte er nur noch neun Minuten Zeit.

Er sah auf die hässliche große Uhr, die an der kahlen Bürowand hing, dann wieder auf den Bildschirm. Sogar der Cursor schien schneller zu blinken als sonst.

»Na, mal wieder am Schwitzen?«

Sein Kollege Lucas Wirtz stand in der Tür. Er trug wie immer sein überdimensioniertes Holzfällerhemd und lächelte wie jemand, der sich gnadenlos überlegen fühlt.

Der Online-Redakteur hatte seinen Text natürlich schon längst fertig. Wahrscheinlich hatte er sich sogar noch ein paar lustige YouTube-Videos mit tanzenden Kakadus angeschaut, bevor er mit seinem Kaffee in der Hand zum Nachbarbüro im siebten Stock des Verlagshochhauses gestapft war, um seinen Kollegen zu ärgern.

»Hmpfff«, machte Nicholas. Auf dem Bildschirm blinkte der Cursor immer noch. Hektisch. Aggressiv.

Noch fünf Minuten.

»Wieso schreibst du nicht einfach, dass es völlig egal ist, ob es bald noch mehr Obdachlose in München gibt? Schließlich sind es wegen der Wirtschaftskrise schon so viele, da kommt es auf einen mehr oder weniger auch nicht mehr an. Wir bauen einfach ein paar neue Brücken, dann haben die auch einen Platz zum Schlafen.«

Nicholas schaute auf. Er wollte etwas Verächtliches erwidern, aber in diesem Moment klingelte das Telefon auf seinem Schreibtisch.

Er hob den Hörer ab. »Ich hab's gleich, ich hab's gleich!« Bevor seine Ressortleiterin am Ende der Leitung etwas sagen konnte, legte er wieder auf. Wenigstens hatte sich Lucas inzwischen verzogen.

Nicholas blickte sehnsüchtig durch die riesige Fensterfront und sah, wie am Horizont die Sonne über dem Alpenrand unterging. Er stellte sich vor, wie er auf einem Berg stand, ganz allein, ohne Abgabetermin, wie in der Bierwerbung, um ihn herum nur das Summen der Bienen und der beruhigende Geruch von Harz und Tannennadeln.

Das Smartphone vibrierte wieder. Diesmal rutschte es vom Schreibtisch und plumpste in den Papierkorb.

Nicholas starrte einfach weiter auf die Buchstaben auf dem Monitor, die immer weniger Sinn ergaben.

Das Handy brummte noch zweimal im Papierkorb, dann war endlich Ruhe.

Noch drei Minuten.

Das verhasste und doch so vertraute Gefühl von Panik stieg in ihm auf.

Früher hätte er so einen kleinen Kommentar in zwanzig Minuten heruntergerissen und sich nicht wie jetzt stundenlang damit abgemüht. Aber das war lange her – bevor die Katastrophe passiert war. Jetzt schwirrten ihm die Gedanken durch den Kopf, rasten von einer Ecke seines Gehirns in die andere und waren nicht zu greifen. Er setzte sich wie immer viel zu sehr unter Druck, selbst dieser kleine Kommentar sollte perfekt sein.

Es war doch egal.

Es war nicht egal.

Endlich akzeptierte er, dass es so einfach nicht funktionieren würde. Er griff in seine Schreibtischschublade und öffnete eine kleine Blechdose. Mit zittrigen Fingern nahm er eine der weißen Pillen und steckte sie in den Mund.

Er atmete tief ein und wieder aus und stellte sich vor, dass der Cursor eine Antenne war, mit der er Botschaften von seinem früheren Ich empfing.

Dann begann er zu schreiben.

***

Der Citroën CX fuhr auf der Wasserburger Landstraße, Richtung stadtauswärts. Es wurde schon langsam dunkel, und Nicholas war zu spät dran. Er war angespannt, wie immer, wenn er sich auf den Weg zu seiner Ex-Frau Sandra machte. Aber wenigstens hatte sich der übliche Stau bereits aufgelöst, der jeden Freitag entstand, wenn sich die Münchner gleichzeitig ins Wochenende stürzten.

Auf der Rückbank des alten Wagens stapelten sich abgegriffene Magazine und Zeitungen, am Boden standen seine Winterstiefel. Die beiden leeren Bierkästen im Kofferraum klapperten jedes Mal, wenn er scharf um eine Ecke bog. Hinter dem Beifahrersitz lag in einem großen Karton die Drohne, die ihm Lucas noch mitgegeben hatte.

Man sah dem Wagen nicht an, wie sehr Nicholas ihn mochte. Dabei hatte er wochenlang im Internet gesucht, um genau dieses seltene Modell von 1975 mit der hellbraunen Metallic-Lackierung zu finden. Er hatte es schließlich einem alten Polizisten aus Frankreich abgekauft, der steif und fest behauptet hatte, das Auto habe früher Alain Delon gehört. Nicholas hatte den CX schon als Kind geliebt, als Bekannte seiner

Eltern einen fuhren. Die flache, futuristische Karosserie, die hydro-pneumatische Federung, die den Wagen fast schweben ließ, und der seltsame eckige Tacho wie in einem Raumschiff – der CX stammte aus einer Zeit, als sich die Menschen noch auf die Zukunft freuten. Die Dellen und tiefen Kratzer von dem Unfall vor zwei Jahren hatte er längst entfernen lassen, sie waren nur noch zu erkennen, wenn man sehr genau hinsah.

Nicholas schaltete das Autoradio ein. In den Nachrichten ging es ausschließlich um den Wahlkampf. Nach einer gescheiterten Vertrauensfrage vor zwei Monaten war die Kanzlerin zurückgetreten, es waren nur noch sieben Wochen bis zur vorgezogenen Bundestagswahl Mitte Juni, und die Medien wurden immer hysterischer. Ständig wurden Politiker interviewt, ständig gab es Diskussionsrunden, in denen aber nie wirklich diskutiert wurde, weil nie jemand seine Meinung änderte. Im Studio analysierten Experten die Politikersprüche, dann interviewten sich die Experten gegenseitig, und Meinungsforscher und Social-Media-Redakteure verkündeten die jüngsten Umfrageergebnisse.

Es war wie bei einem Pferderennen. Es ging nur darum, wer gerade aussichtsreich in Führung lag, wer dicht dahinter lauerte, wer ins Feld zurückgefallen war und wer nur noch weit abgeschlagen hinterhertrabte. Nicholas kannte dieses Spiel zur Genüge, er hatte es schließlich jahrelang selbst mitgespielt. Bis der Unfall alles verändert hatte. Jetzt war das nicht mehr seine Welt.

Er wollte schon den Sender wechseln, als der Moderator zu einem Wahlkampfauftritt von Markus Hartwig schaltete.

»Wenn ich komme, dann räume ich auf mit dem Filz der Altparteien«, brüllte der Spitzenkandidat der Volkspartei, »dann wird wieder Politik für uns gemacht, für das Volk. Deutschland zuerst!«

Seit Kurzem beendete Hartwig jeden seiner Auftritte mit dieser Parole. Die anderen Parteien und die meisten Medien hatten ihn dafür kritisiert, aber seit er seinen Ton verschärft hatte, legte er in den Umfragen ständig zu. Und auch jetzt hörte man, wie seine Zuhörer in lauten Jubel ausbrachen.

Nicholas schaltete das Radio aus und biss die Zähne zusammen. Er bog in die neugebaute Reihenhaussiedlung in Trudering ein, in der Sandra seit ihrer Trennung wohnte. Die Häuser unterschieden sich nur durch die Muster der Gardinen und die Höhe der Hecken in den winzigen Vorgärten. Im orangefarbenen Licht der Straßenlaternen waren sie jetzt noch weniger auseinanderzuhalten als sonst.

Der Anblick deprimierte ihn. Ohne Navi hätte er sich jedes Mal wieder verfahren, auch wenn er schon so oft hierhergekommen war. Er versuchte, sich vorzustellen, wie es gewesen wäre, mit Sandra hier zu leben, aber es gelang ihm nicht. Allein die Nachbarn, die einen ständig beobachteten und mit denen man immer reden musste, selbst wenn man sich nur im Garten sonnen wollte. Da wohnte er lieber in seiner Bruchbude im zehnten Stock eines Hochhauses in München-Neuperlach, wo er niemanden kannte und nicht viel Miete zahlen musste.

Bevor er ausstieg, schaute er noch einmal in den Rückspiegel. Auch wenn er es nie zugegeben hätte, war er immer stolz darauf gewesen, dass man ihn jünger schätzte, als er war. Selbst jetzt noch mit seinen inzwischen zweiundvierzig Jahren. Aber heute sah er müde aus, seine kurzen hellbraunen Haare waren zerzaust, unter den braunen Augen zeichneten sich graue Schatten ab, die jeden Tag größer zu werden schienen. Sein Fünftagebart war viel zu lang und wurde langsam weiß, er musste sich dringend rasieren.

Als er auf Sandras Haus zuging, fiel sein Blick auf den Briefkasten, auf dem *Beckmann* stand. Bis heute bedauerte es Nicholas, dass seine Tochter den Nachnamen ihrer Mutter trug und nicht seinen. Neben der Eingangstür war ein kleines Loch in der Wand. Durch den grauen Putz konnte man bis auf den Ziegelstein dahinter sehen. Für jemanden, der nicht darauf achtete, war die Stelle kaum erkennbar, aber für ihn sah sie riesig aus. Wie ein Mahnmal seiner Schande.

Als sie mal wieder über das Sorgerecht für Hanna gestritten hatten, hatte er seinen Schlüsselbund voller Wucht gegen die Wand geschleudert, nur ein paar Zentimeter neben Sandras Kopf. Sie hatte nur kurz gezuckt, als hätte sie schon mit so etwas gerechnet. Er war furchtbar erschrocken, als er sah, was er getan hatte. Doch anstatt sich zu entschuldigen, trat er gegen eine Straßenlaterne und schrie laut. Dann sackte er auf dem Gehsteig zusammen und heulte. Er wusste nicht mehr, wohin mit seiner Wut auf sich selbst und die Welt.

Als er jetzt an diese Szene dachte, spürte er eine Woge der Scham in sich aufsteigen. Ihm wurde heiß und schwindlig.

In diesem Moment wurde die Tür aufgerissen, und Hanna stürzte auf ihn zu.

»Paapaaaa!« Sie fiel ihm um den Hals. »Wieso stehst du denn so dumm rum und klingelst nicht?«

***

Der Schnee knirschte unter seinen Füßen. Bei jedem Schritt hinterließen Nicholas' Winterstiefel einen tiefen Abdruck auf dem Waldweg. Wohin er auch sah – alles war weiß. Auf den Tannen und Fichten lag so viel Schnee, dass sich die Äste nach unten bogen. Die dicke Schicht dämpfte fast alle Geräusche. Es war so leise, dass er Hanna neben sich atmen hörte. Er hätte ihr gerne erklärt, was für ein kleiner bunter Vogel vor ihnen durch die Luft flog, aber mit Tieren und Pflanzen kannte er sich leider nicht aus. Er hatte viel zu viel Zeit seines Lebens vor Bildschirmen verbracht.

Trotz der Eiseskälte trug Hanna nur die Basecap mit dem Logo der Dallas Mavericks, die er ihr zum Geburtstag geschenkt hatte. Sandra hatte ihr zum Abschied eine pinkfarbene Wollmütze aufgesetzt, aber Hanna hatte sie in seinem Auto sofort abgenommen. »Ich bin doch keine acht mehr!«, hatte sie lautstark protestiert.

»Aha. Na, wenn das so ist, dann müssen wir ja auch nicht mehr *Bibi Blocksberg* hören? Dafür bist du eh längst zu alt.«

Für einen kurzen Moment hatte er gehofft, dass er nicht zum hundertsten Mal das uralte Hörspiel würde abspielen müssen.

»Dooooch! Wir fahren in den Urlaub, und dann hören wir natürlich *Bibi Blocksberg und der Autostau.*«

»Na gut.« Hoffentlich ist das kein schlechtes Omen, hatte er sich gedacht und seufzend die alte Kassette ins Autoradio eingelegt.

Sie hatten länger ins Allgäu gebraucht als geplant. Nach einer Stunde hatte es angefangen, heftig zu schneien. Der große Scheibenwischer des Citroëns kämpfte verzweifelt gegen die dicken Schneeflocken an, trotzdem sah Nicholas in der Dunkelheit fast nichts. Er konnte nur noch im Schritttempo die Berge hochschleichen.

Der Streit mit Sandra ging ihm nicht aus dem Kopf. Wieso konnten sie einfach nicht mehr normal miteinander reden? Er hatte sich wie ein Idiot benommen, das stimmte. Aber er hatte sich doch längst entschuldigt. Mehrmals. Wie lange wollte sie ihm das noch nachtragen? Und wieso zog sie Hanna da mit rein? Ihre Tochter war doch die Leidtragende, wenn Sandra und er fast nur noch über WhatsApp und Notizzettel miteinander kommunizierten.

Er blickte kurz nach hinten. Hanna war längst auf dem Rücksitz eingenickt. Ihre hellbraunen Haare lugten verstrubbelt unter der Basecap hervor. Ihre Hand umklammerte ihren Stoffhasen, der früher einmal rosa gewesen, aber inzwischen völlig ausgeblichen war. Vor ihren Freundinnen hätte Hanna nie zugegeben, dass sie den Hasen immer noch zum Einschlafen brauchte.

Auch Nicholas war müde. Doch als er schon fürchtete, ihm würden gleich die Augen zufallen, leuchtete endlich das Ortsschild von Balderschwang im Scheinwerferlicht auf. Es war kurz vor Mitternacht.

Das Dorf, das auf mehr als tausend Meter Höhe lag, bestand nur aus ein paar alten Bauernhöfen, Scheunen und Herbergen, die sich in einem Hochtal an der Hauptstraße entlangzogen. Das Hotel Engel lag einsam am Ende eines unbefestigten Weges und war teilweise in den Hang hineingebaut. Es gehörte zwei alten Schwestern, die beide nur noch schwarz gekleidet herumliefen, seit der Mann der Älteren gestorben war. Das war zwar schon fast dreißig Jahre her, aber für die Frauen war die dunkle Kleidung längst zu einer Art Uniform und Markenzeichen geworden.

Nicholas hatte schon als Kind mit seinen Eltern in dem kleinen Hotel Urlaub gemacht. Weiter oben am Berg sah er noch die Lichter an der Höfle Alp brennen. Dort hatte ihm sein Vater das Skifahren beigebracht. Obwohl es damals auch schon einen Sessel- und mehrere Schlepplifte gab, hatte er darauf bestanden, dass sie den Hang zu Fuß hinaufstapften.

»Sonst ist das doch kein Sport!«, hatte der Vater nur grinsend erwidert, wenn sich Nicholas mal wieder beschwerte.

Nicholas erinnerte sich, wie in der Kälte die Eiskristalle im Vollbart des Vaters gehangen hatten. Nicholas trug nur Fäustlinge aus grober Wolle, die seine Mutter selbst gestrickt hatte. Wenn es mal wieder minus zehn Grad war, froren seine Hände darin jämmerlich. Sie tauten erst wieder auf, wenn alle endlich in einer Hütte saßen und Grillwürstchen mit Pommes aßen. Trotzdem hatte Nicholas es geliebt, mit seinem Vater, der sonst oft auf Geschäftsreisen war und wenig Zeit für ihn hatte, Ski fahren zu gehen. Und je besser er wurde, desto mehr genoss er es, den Berg hinunterzugleiten. Die Gleichmäßigkeit der Schwünge schien jedes Mal auf seinen Körper und seinen Geist überzugehen, und nach ein paar Stunden hatte er das Gefühl, dass sein Leben wieder im Takt war.

Das Wochenende im Hotel Engel, das er mit Hanna verbringen wollte, war auch ein Versuch, an diese Zeiten anzuknüpfen. In den vergangenen Monaten hatte er viel zu wenig mit seiner Tochter unternommen.

Wie früher machten im Hotel Engel auch heute noch vor allem Familien Urlaub. Als Nicholas im Schritttempo auf den Parkplatz einbog, stieß er erstaunt die Luft aus. Das Licht des Citroëns fiel auf mehrere schwarze Mercedes-S-Klasse-Limousinen mit dunkel getönten Scheiben. Was hatten die hier draußen zu suchen?

***

Sein Jackett war viel zu dünn, aber er ließ sich nicht anmerken, dass er fror. Hätte er gewusst, dass er länger Wache stehen sollte, hätte er sich einen warmen Mantel übergeworfen. Wenigstens hatte es aufgehört zu schneien.

Sven Thoma war es gewohnt, sich nicht viel anmerken zu lassen. Die Ausdruckslosigkeit seines Gesichts war eine seiner bemerkenswerten Eigenschaften. Eine andere war, dass er so durchschnittlich aussah, dass sich fast nie jemand an ihn erinnerte. Oder dass er mit seinem kräftigen Daumen einem Gegner lautlos den Kehlkopf zerdrücken konnte. Seine Auftraggeber wussten diese Eigenschaften zu schätzen und bezahlten ihn sehr gut dafür. Nur eine kleine Narbe über dem rechten Auge, die er sich bei einem Einsatz in Libyen zugezogen hatte, war etwas ungewöhnlich.

Thoma suchte in der Tasche seines Anzugs nach einer Zigarette und zündete sie an. Er schaute zu seinen beiden Chefs, die zwanzig Meter entfernt auf dem Feldweg neben einem Baum standen und flüsterten.

Er fand ihre Geheimhaltung völlig übertrieben. Wer sollte sie denn hier in diesem Kaff in den Bergen nachts schon beobachten?

Aber wenn die zwei sich so besser fühlten, dann sollte es ihm recht sein. Nur etwas beeilen könnten sie sich ruhig, die beiden redeten jetzt schon seit zwanzig Minuten.

Thoma sog den wärmenden Rauch der Zigarette tief ein. Plötzlich hörte er Geräusche. Ein Auto näherte sich. Aus Gewohnheit drückte er sofort die Zigarette aus, damit ihn die Glut nicht verriet.

Die Scheinwerfer des Wagens tasteten sich die Straße entlang. Thoma duckte sich schnell und wollte seinen Chefs warnend etwas zurufen, aber sie hatten das Auto auch schon bemerkt und sich ins Gebüsch gedrückt.

Doch der Citroën bog gleich wieder nach links ab und hielt

auf dem großen Parkplatz. Ein groß gewachsener Mann in einer Daunenjacke und ein Kind mit einer Basecap stiegen aus. Selbst auf die Entfernung fiel Thoma auf, dass der Mann kurz stehen blieb und neugierig auf ihre Limousinen starrte.

Er hatte gleich gesagt, dass die Luxusautos hier auf dem Land viel zu auffällig waren, da konnten sie noch so schwarz sein.

Der Mann ging weiter zum Empfang des Hotels, trotzdem prägte sich Thoma sein Gesicht genau ein. Es kam ihm so vor, als hätte er ihn schon einmal gesehen, er wusste nur nicht, wo.

2

In dem kleinen holzgetäfelten Raum roch es verführerisch nach heißer Schokolade und frischen Brötchen. Hanna stand etwas unschlüssig in der Tür. Wie so oft war sie an diesem Samstagmorgen die Erste beim Frühstück – ihr Vater rasierte sich noch – und wusste nicht, wohin sie sich setzen sollte. Drei Tische waren noch frei.

»Bist du Hanna Beckmann?« Die Bedienung in dem Dirndl lächelte sie an. Als Hanna nickte, deutete die Frau in eine Ecke. »Euer Tisch ist da drüben.«

Schnell setzte sich Hanna auf einen Stuhl, von dem sie direkt auf das üppige Buffet sehen konnte. Sollte sie erst einen Orangensaft trinken und ein Nutella-Brötchen und dann die Pancakes mit Honig essen oder erst eine heiße Schokolade und dann die Pancakes und zum Schluss das Nutella-Brötchen?

»Ist bei Ihnen noch frei, Fräulein Beckmann?«

Ihr Vater stand neben ihr. Er roch angenehm nach seiner Minz-Rasiercreme. Erst jetzt bemerkte sie auf dem Tisch das handgemalte Schild, auf dem *Familie Hanna Beckmann* stand.

»Aber sicher, mein Herr!«, antwortete sie und deutete mit einer übertriebenen Geste, von der sie hoffte, dass sie erwachsen wirkte, auf den Stuhl gegenüber.

»Papa, wieso steht denn da mein Name und nicht deiner?«

»Ich glaube ja fast, unser Zimmer ist auf deinen Namen gebucht.« Er zwinkerte ihr zu. »Ich bin dieses Wochenende nämlich dein Gast – und du darfst entscheiden, was wir machen!«

»Au ja!« Hanna strahlte. »Und jetzt will ich Pancakes!«

Gleich nach dem Frühstück brachen sie zur Wanderung auf. Hanna hatte sich sehr auf die Tage in den Bergen gefreut. Sie liebte den Schnee und war schon lange nicht mehr Schlitten gefahren. Aber vor allem hatte sie sich gefreut, endlich wieder Zeit mit ihrem Vater zu verbringen.

In den letzten Monaten hatte sie ihn nur selten gesehen. Er müsse so viel arbeiten, hatte ihre Mutter immer wieder erklärt. Hanna war sich nicht sicher, ob das wirklich der Grund war. Sie telefonierten jede Woche, aber statt wie früher Witze zu machen, erkundigte sich Nicholas meistens nur nach der Schule. Er hörte nicht richtig zu, und seine Stimme klang anders, abwesend.

Als Hanna wissen wollte, was mit ihrem Vater los war, seufzte ihre Mutter nur. »Du bist noch zu jung, um das zu verstehen.«

Sie wusste nicht mehr, wie oft Mama diesen Satz gesagt hatte, seit ihre Eltern sich getrennt hatten. Es war schlimm, dass ihre Mutter und ihr Vater nicht mehr zusammenlebten. Fast noch schlimmer war es jedoch, dass sie mit ihnen nicht darüber reden konnte. Sie hatte es satt, nicht ernst genommen zu werden. Immerhin war sie schon zwölf und ging aufs Gymnasium. Sie hatte sogar schon mit ihrer besten Freundin darüber gesprochen, welche Jungs aus der Klasse ihnen gefielen. Und welche total peinlich waren.

Was also sollte sie da bitte nicht verstehen?

Auch ihr Vater hatte nur knapp geantwortet, als sie ihn vorige Woche am Telefon danach gefragt hatte.

»Mir geht's schon wieder viel besser.«

Dann machte er eine Pause. Hanna hatte das Gefühl, dass ihm gerade etwas eingefallen war.

»Aber sag mal, wollen wir nicht mal zusammen wegfahren? In die Berge zum Beispiel?«

Jetzt sah sie zu Nicholas, der ein paar Meter vor ihr durch den Schnee stapfte. Die Sonne schien durch die Bäume, und Hannas Backen hatten sich vor Anstrengung und Aufregung rot gefärbt. Sie war einfach nur froh, dass sie zusammen hier waren.

»Papa, jetzt geht's dir aber wieder besser, oder?«

Er schien sie nicht zu hören.

Hanna bückte sich und griff in den Schnee.

»Hey!«

Ihr Vater drehte sich um. Der Schneeball klatschte ihm mitten ins Gesicht. Hanna lachte kieksend mit ihrer hellen Mädchenstimme und warf gleich noch einen Schneeball. »Nimm das, du pupsender Oger!« Diesmal verfehlte sie ihr Ziel.

»Der Oger wird's dir gleich zeigen!«

Sie rannte kreischend davon, ihr brauner Zopf flog wild von links nach rechts.

***

»Du bist dran!«

Hanna legte ihre Karten auf das Spielbrett und sah ihn auffordernd an. Nicholas schreckte aus seinen Gedanken auf und versuchte, so zu tun, als hätte er nur über seinen nächsten Zug nachgedacht.

»Hm, nicht schlecht. Aber wie findest du das hier? Ich bekomme zehntausend!«

Er legte zwei Karten auf einen Stapel und nahm sich dafür mehrere Scheine Spielgeld.

Hanna lachte nur kurz auf. »Davon kannst du mir ja später ein Eis kaufen.«

Sie grübelte über ihren nächsten Zug nach. Wie immer, wenn sie sich besonders anstrengte, streckte sie, ohne es zu merken, ihre Zunge leicht aus dem Mund. Nicholas wollte sie damit aufziehen, wie er es schon so oft gemacht hatte, als sein Blick durch das Fenster in ihrem Hotelzimmer auf ein neues, sehr großes Haus fiel, das weiter oben am Hang stand. Es war viel zu protzig für diese Gegend und hätte eher in einen neureichen Vorort gepasst als in ein Bergdorf. Eine riesige Hecke schirmte das Grundstück gegen neugierige Blicke ab. Gerade fuhr eine schwarze Mercedes S-Klasse durch das überdimensionierte Tor, das von zwei kitschigen weißen Säulen im pseudoantiken Stil flankiert wurde.

Das Auto sah genauso aus wie die Limousinen, die gestern Abend auf dem Parkplatz gestanden hatten. Ein paar Männer in dunklen Anzügen stiegen aus und gingen zum Eingang. Ein Mann, der eleganter gekleidet war als die anderen, unterhielt sich mit einer blonden Frau in einer schmal geschnittenen, glänzenden Daunenjacke, unter der sie ein kurzes Kleid trug, dazu kniehohe Lederstiefel.

Das Gesicht dieses Mannes kam Nicholas bekannt vor. Aber weil es schon dämmerte, konnte er seine Züge nicht genau erkennen.

Wo hatte er ihn nur schon mal gesehen?

Er stand auf. »Ich muss kurz was fragen wegen unseres Ausflugs morgen. Ich bin gleich wieder da.«

Hanna nickte nur, dann starrte sie wieder auf ihre Karten.

Nicholas ging hinunter in die Eingangshalle.

Statt der etwas grantelnden, aber im Grunde herzlichen Witwe saß heute eine junge Frau mit blond gefärbten Haaren am Empfang. Sie wusste sofort, was Nicholas meinte.

»Die Villa Wachenheim? Die können Sie gar nicht kennen, Herr Moor. Das Haus wurde erst letzten Sommer fertig gebaut, das ist alles ganz neu. Der Parkplatz ist noch nicht mal fertig, deshalb dürfen sie auch unseren nutzen.« Die Frau war schlank und attraktiv, aber ihr osteuropäischer Akzent wollte nicht so recht zu dem bayerischen Dirndl passen, das sie offensichtlich wie alle weiblichen Hotelangestellten tragen musste.

»Wer wohnt denn da?«, wollte Nicholas wissen.

»Das Gelände gehört angeblich einer Unternehmensgruppe aus der Schweiz. Nur der Hausmeister und seine Frau leben dort, aber es ist trotzdem oft was los. In der Villa treffen sich Mitarbeiter der Firmen.« Sie machte eine Pause und sah sich kurz um, ob ihnen jemand zuhörte. Dann beugte sie sich vor und sagte deutlich leiser: »Ich war mal für ein Catering dort. Hinter dem Haupthaus gibt es noch einen Saal für Versammlungen. Man hat von dort einen fantastischen Blick auf das Riedberger Horn.«

»Ach, das klingt ja interessant. Darf man das Gelände denn mal besichtigen?«

»Soviel ich weiß, geht das leider nicht, das ist alles nur für Firmenangehörige.« Sie lächelte und zwinkerte ihm zu: »Top secret sozusagen!«

Nicholas bedankte sich und kehrte zurück zu Hanna, die schon eine Spielkarte in der Hand hielt und ihm triumphierend entgegensah.

»Papa, jetzt mach ich dich platt!«

***

Die Drohne schwebte in vier Metern Höhe auf der Stelle. Nicholas drückte einen Knopf auf der Fernbedienung. Sofort zog der kleine weiße Multikopter erstaunlich schnell nach links, stieg in einem Bogen auf und vollführte dann mit seinen vier Rotoren über den Baumwipfeln einen Looping.

»Wow, das ist ja stark!« Hanna war begeistert.

Auch Nicholas war beeindruckt. Lucas hatte wirklich nicht übertrieben. Das neue Modell, das ihm sein Kollege geliehen hatte, war nicht nur viel kleiner und leiser, sondern auch einfacher zu bedienen als seine alte Drohne. Selbst ein Anfänger wie Nicholas konnte jetzt erstaunliche Manöver ausführen.

Erst hatte er ein schlechtes Gewissen gehabt, als er den Multikopter ausgepackt hatte. Schließlich hätte er an diesem Sonntag, ihrem letzten gemeinsamen Tag, auch mit Hanna einfach nur Schlitten fahren können. Aber als sie die Drohne gesehen hatte, war Hanna genauso wild darauf gewesen, sie auszuprobieren, wie er.

Die Zeit in Balderschwang war rasend schnell vergangen. Nicholas hatte sich seit Wochen nicht mehr so gut gefühlt und kaum noch an die Dämonen gedacht, die ihn schon so lange verfolgten – obwohl er seine Medikamente zu Hause vergessen hatte. Aber Hannas Nähe tat ihm gut, und er war erleichtert, dass es ihr auch zu gefallen schien, nach all den Monaten, in denen er sie vernachlässigt hatte. Nur ein paar Stunden noch, dann würden sie leider schon heimfahren müssen.

Er drückte die Aufnahmetaste der Fernbedienung.

»Lächle, Hanna, du wirst gefilmt!«

Sie setzte ein großes Grinsen auf, stieg auf einen vermoderten Baumstamm, der auf der schneebedeckten Wiese lag, und warf sich theatralisch wie eine Ballerina mit abgespreizten Armen in Pose. Ihre blauen Augen strahlten.

Die Drohne streamte das Video direkt auf Nicholas' Handy.

»Willst du sie mal fliegen?«, fragte Nicholas.

Natürlich wollte Hanna. Ihre Backen waren wieder ganz rot vor Aufregung. Er erklärte ihr schnell die wichtigsten Funktionen, und schon bald steuerte sie die Drohne allein. Erst etwas unbeholfen, dann aber immer sicherer ließ sie den Multikopter durch die Luft schweben. Übermütig vollführte sie Loopings und Kreisel.

Nicholas nahm sein Smartphone und schickte das kurze Video, das sie eben aufgenommen hatten, an Lucas. Sein Kollege antwortete schon nach ein paar Sekunden mit einem Smiley.

Nicholas überlegte kurz, dann schickte er das Video auch an Sandra. Ihre Antwort kam einige Minuten später. Ein hochgereckter Daumen.

Immerhin.

»Papa, schau mal, wie weit die fliegen kann!«

Er hatte ganz vergessen, auf Hanna zu achten. Sie hatte die Drohne über das Waldstück hinaus den Berg hoch gesteuert – ein weißer Punkt in der Ferne, kaum noch zu erkennen.

***

Das Treffen dauerte jetzt schon viel länger, als Markus Hartwig geplant hatte. Er hasste es, wenn so viel unnötiges Zeug geredet wurde. Angespannt saß er an seinem Tisch im Konferenzraum, einer umgebauten alten Scheune. Die Wand hinter ihm war bis auf ein paar Holzpfeiler fast vollständig verglast. Wenn er sich umdrehte, konnte er einen atemberaubenden Blick auf das verschneite Alpenpanorama werfen. Doch die Schönheit der Natur ließ ihn gerade völlig kalt.

Dieser abgeschiedene Ort war der ideale Platz für ihre geheime Tagung, von der nur wenige Mitglieder der Volkspartei etwas wussten. Hier konnten sie völlig ungestört über seine Pläne reden, die das Schicksal Deutschlands für immer verändern würden, da war er sich sicher.

Im Raum waren in einem großen Oval schmale Holztische aufgestellt, an denen die dreißig wichtigsten Parteimitglieder Platz genommen hatten. Früher hatten sich bei diesen Konferenzen vor allem alte Männer in gestreiften Hemden mit beigen Krawatten, schlecht sitzenden Anzügen oder Trachtenjankern und Jägerhüten getroffen. Aber das hatte sich geändert. Jetzt saßen auch jüngere Frauen in der Runde, von denen einige ihre teuren Handtaschen neben sich abgestellt hatten und auf goldfarbenen Smartphones tippten. Die offiziellen Vertreter der Parteijugend trugen demonstrativ Hoodies mit dem Parteilogo und Sneaker, und ihre langen Hipsterbärte glänzten frisch gewachst.

Die Volkspartei hatte sich in den letzten Jahren verjüngt, das war auch Hartwigs Verdienst. Er hatte die richtigen Leute dazugeholt, die wussten, wie man Facebook, Twitter, Instagram, TikTok, WhatsApp und YouTube einsetzen musste, um seine Botschaft zu verbreiten und die Jüngeren zu erreichen.

Alle paar Sekunden leuchtete das Display seines Smartphones auf, wenn wieder eine neue Nachricht eintraf. Meistens las er nur den Betreff. Den Ton und den Vibrationsmodus seines Handys hatte er ausgeschaltet, um niemanden zu stören.

Zu Beginn seiner Karriere hatten viele in der Partei seine Höflichkeit und seine guten Manieren für eine Schwäche gehalten. Jahrzehntelang hatten hemdsärmelige Anführer die Partei beherrscht. Bei Wahlkampfauftritten brüllten sie zwei Stunden lang über leere Marktplätze, und ihre Untergebenen kommandierten sie gerne lautstark herum, wie sie das früher in der Armee gemacht hatten. Es waren Männer fürs Grobe gewesen, die viel schwitzten, fettes Fleisch aßen und bei den Burschenschaften nicht nur gelernt hatten, literweise Bier zu trinken, sondern auch, wie man mit den richtigen Seilschaften nach oben kam.

Hartwig war anders. Mit seinem immer braun gebrannten, glattrasierten Sonnyboy-Gesicht sah er deutlich jünger aus als seine fünfundvierzig Jahre. Nur wer genau hinschaute, konnte auf seinem dunkelblonden Schopf die ersten weißen Haare erkennen. Seine Anzüge waren schmal geschnitten, dazu trug er enge Hemden. Um fit zu bleiben, ging er regelmäßig joggen und verzichtete auf Bier. In den Maßkrügen, die er bei seinen Auftritten in Bierzelten gern demonstrativ in die Luft hob, war immer Apfelschorle, was nur enge Mitarbeiter wussten.

Er brauchte keinen Alkohol, um sich zu berauschen, dafür umso mehr den Applaus seiner Zuhörer und die Erregung der sozialen Medien. Jedes Like, das er und seine Partei bekamen, füllte seinen Endorphin-Speicher weiter auf. Jede Kritik seiner Gegner stachelte ihn an. Das Einzige, was er nicht vertrug, war, wenn nichts passierte. Aber es war schon lange her, dass sie ignoriert wurden.

Hartwig war erst am Vorabend mit seinen engsten Vertrauten nach Balderschwang gekommen, der Rest der Parteispitze hatte schon seit zwei Tagen in der Villa Wachenheim konferiert. Am liebsten hätte er seinen Wahlkampf gar nicht unterbrochen, aber das ging natürlich nicht. Sie mussten schließlich die Strategie für den Endspurt des Wahlkampfs und für die Zeit nach dem Wahlsieg festlegen. Einige ihrer revolutionären Ideen waren im Vorstand der Partei schon durchgesickert, und sie hatten Mühe gehabt, die Gerüchte wieder zu zerstreuen.

Dass er die Bundestagswahl gewinnen würde, da war sich

Hartwig ganz sicher. Es lief noch besser, als er gehofft hatte, seine Gegner griffen bereitwillig seine Themen auf, jeden Tag trieb er sie mit seinen Vorschlägen vor sich her. Aber vor allem liebten ihn die Medien. Auch wenn es sich die meisten Journalisten nie eingestanden hätten, ließen sie sich doch begierig auf seine Provokationen ein, denn er war eine unaufhaltsame Like- und Klickmaschine. Jeden Tweet von ihm, jeden Retweet, jedes Like, jeden Anruf in einer Radiosendung, jedes Fernsehinterview verbreiteten sie mit dem Eifer pflichtbewusster Chronisten. Denn immer gab es entgeisterte und begeisterte Reaktionen, und darauf wieder Gegenreaktionen und Gegengegenreaktionen, und die heiße Luft, die dabei entstand, trieb die Webseiten, Zeitungen, YouTube- und Social-Media-Kanäle der Medienhäuser und Internetkonzerne wie eine gigantische Dampfturbine an – und damit auch seinen Wahlkampf. Mit ihrer Empörung sorgten seine Feinde erst recht dafür, dass seine Botschaften überall verbreitet wurden.

Und dabei war es doch noch gar nicht richtig losgegangen. Er hatte noch ein paar Trümpfe in der Hinterhand, mit denen seine Gegner nicht rechneten. Mit denen niemand rechnete.

Hartwig schob seinen schmalen Diplomatenkoffer zur Seite und breitete vor sich auf dem Tisch die Moderationskarten mit den Stichwörtern für seinen Vortrag aus. Er las sie noch einmal konzentriert durch, bis ihn eine Stimme aus seinen Vorbereitungen riss.

»Und ich freue mich, dass unser Kanzlerkandidat trotz des strapaziösen Wahlkampfs extra gekommen ist, um uns seine Strategie ›Sieg 3.0‹ vorzustellen. Er wird uns zeigen, wie wir das Regime der Altparteien endlich loswerden.«

Georg Rotten, die Nummer zwei der Partei, hatte seinen Vortrag endlich beendet. Aus seiner runden Nickelbrille blinzelte er mit seinen wässrigen blauen Augen in Hartwigs Richtung, auf seinem Glatzkopf glänzte der Schweiß. Wie üblich hatte Rotten mit seiner Rede nicht gerade Begeisterungsstürme ausgelöst. Das lag nicht nur an seiner monotonen Stimme mit dem schwäbischen Akzent und daran, dass er etwas lispelte. Seine Vorträge klangen, als würde ein Sprechautomat Phrasen aneinanderreihen. Seine fehlende Fähigkeit, andere mitzureißen, versuchte er durch wüste Beschimpfungen der politischen Gegner zu kompensieren.

Rotten bat Hartwig nach vorn. Die dreißig Männer und Frauen klatschten erwartungsvoll. Während Hartwig aufstand und betont langsam und aufrecht in die Mitte des Raumes ging, als hätte er einen Stock verschluckt, schaltete sich schon der Beamer ein und projizierte das Parteilogo an die Wand.

»Danke, lieber Georg, vielen Dank!«

Hartwig macht eine Kunstpause, um sich der Aufmerksamkeit seiner Zuschauer zu vergewissern. Er sah ans andere Ende des Saals, wo auf einer kleinen gepolsterten Holzbank ein großer Mann saß, der aufmerksam zuhörte, aber nicht richtig dazuzugehören schien. Dann machte er einen Schritt auf seine Parteikollegen zu und lächelte verschwörerisch.

»Was ihr jetzt sehen werdet, liebe Kameradinnen und Kameraden, das muss unbedingt unter uns bleiben. Deshalb müssen wir euch bitten, für die Dauer dieser Präsentation alle Handys abzugeben. Marianna wird sich jetzt darum kümmern.«

Eine attraktive blonde Frau im schwarzen Kostüm ging durch die Reihen, sammelte von allen Teilnehmern die Mobiltelefone ein und legte sie in eine kleine, abschließbare Metallkiste.

»Danke für euer Verständnis!«, sagte Hartwig. »Ihr werdet

gleich sehen, wieso wir diesmal ganz besonders viel Wert auf Diskretion legen.«

Er drückte auf den Knopf der winzigen Fernbedienung, die er in der Hand hielt. Die erste Folie der Präsentation tauchte auf. Ein Raunen ging durch den Saal. Ein paar Parteimitglieder stießen Laute des Erstaunens aus, andere sahen einander ungläubig an oder glotzten einfach nur mit aufgerissenem Mund. Nur wenige schüttelten den Kopf.

Hartwig lächelte. Genau so eine Reaktion hatte er erwartet.

***

»Papa, Hilfe!«

Die Rotoren heulten auf, die Drohne machte einen wilden Satz nach vorn und beschleunigte. Aus der Fernbedienung kam ein schriller Warnton.

Hanna hatte nicht aufgepasst und war auf die falsche Taste gekommen. Hektisch drückte sie mit ihren kleinen Fingern auf der Steuerung herum, um das Fluggerät wieder unter Kontrolle zu bekommen.

Nicholas sprang zu seiner Tochter und griff nach der Fernbedienung, aber sie rutschte ihm aus der Hand. Die Drohne flog mit hoher Geschwindigkeit auf eine riesige Tanne zu. Der Warnton wurde immer lauter.

Nicholas bereitete sich auf den Knall vor, der jetzt kommen musste. Er hatte schon das wütende Gesicht seines Kollegen Lucas vor Augen, dessen neues Spielzeug sie gerade zerstörten.

Aber es passierte nichts. Die Drohne war unvermittelt in der Luft stehen geblieben, nur wenige Zentimeter vor den mächtigen Ästen.

Nicholas seufzte erleichtert auf. Er hatte ganz vergessen,

dass in diesem Modell Sensoren steckten, die selbstständig Kollisionen vermieden. Ein Hoch auf die Technik!

Hanna weinte, ob vor Angst oder Erleichterung wusste sie wahrscheinlich selbst nicht. Nicholas nahm sie tröstend in den Arm.

»Es ist doch nichts passiert, mein Schatz.«

Er hob die Fernbedienung aus dem Schnee und schaltete den nervigen Warnton aus. Der Bildschirm zeigte die protzige Villa Wachenheim. Hanna hatte aus Versehen das leistungsstarke Zoom-Objektiv der Drohne eingeschaltet, die offenbar nicht weit von dem Haus entfernt in der Luft schwebte.

Hinter der Villa stand ein älteres Holzgebäude, womöglich eine umgebaute Scheune. Das musste der Tagungssaal sein, von dem die Frau an der Rezeption des Hotels gesprochen hatte. Man konnte erkennen, dass dort zwanzig, dreißig Menschen an Tischen saßen und offenbar einem Vortrag zuhörten.

Nicholas zoomte näher. In der Mitte des Raumes stand ein Mann und präsentierte etwas. Nicholas versuchte, das verschwommene Bild noch stärker zu vergrößern, aber mehr ging nicht.

Er blickte auf die Uhr und überlegte. Sie hatten schon viel mehr Zeit mit der Drohne verbracht als geplant. Wenn er Hanna heute Abend pünktlich wieder zu Sandra bringen wollte, mussten sie jetzt zurückfahren. Aber er war auch sehr neugierig.

Was war das für eine Gruppe, die in der Villa Wachenheim tagte?

»Komm mit!«

Er gab Hanna das Zeichen, ihm zu folgen, und zusammen kämpften sie sich durch den Schnee den Berg hoch, der Drohne hinterher. Sie durchquerten ein kleines Waldstück, dann kamen sie wieder auf schneebedeckte Wiesen, auf denen im Sommer die Kühe grasten. Dahinter lag die Villa.

Sie blieben am Waldrand stehen, die Drohne schwebte dreihundert Meter entfernt vor ihnen.

Nicholas drückte den Steuerhebel und flog sie vorsichtig näher an das Grundstück heran. Ihm fiel ein, dass Lucas stolz eine Funktion erwähnt hatte, mit der man für Aufnahmen die Fluggeräusche reduzieren konnte. Er suchte etwas in den Menüs der Steuerung, dann fand er den Befehl. Es funktionierte, die Drohne flog jetzt zwar viel langsamer und ließ sich schwieriger lenken, aber man hörte ihre Motoren kaum noch.

Nicholas sah einen hohen Baum, der ziemlich nah an der Villa stand, und visierte ihn an. Als die Drohne unter dem kahlen Geäst schwebte, betätigte Nicholas wieder den Zoom. Nun konnte er direkt in den Tagungsraum filmen. Jetzt erkannte er auch den Mann, der den Vortrag hielt.

Es war Markus Hartwig, der Spitzenkandidat der Volkspartei.

Nicholas traute seinen Augen kaum. Tingelte Hartwig nicht gerade von einem Auftritt zum anderen und beschimpfte seine politischen Gegner als Volksverräter? Was machte der hier draußen in den Bergen? Der Mann mobilisierte inzwischen regelmäßig Tausende von Menschen, wieso sollte er vor ein paar Dutzend Zuhörern sprechen? Es sei denn …

Langsam drehte er die Drohne und schwenkte das Objektiv, um auch die anderen Teilnehmer zu filmen. Auf dem Display tauchte ein anderes bekanntes Gesicht auf. Georg Rotten, die Nummer zwei der Volkspartei. Natürlich. Und Marianna Tretskow, Hartwigs Büroleiterin. Offensichtlich war hier die ganze Führungsriege der Volkspartei versammelt.

Was würde er jetzt geben, um zu hören, was in dem Saal

besprochen wurde. Aber für Tonaufnahmen war die Drohne viel zu weit weg.

Leider konnte er auch die Leinwand mit der Präsentation kaum erkennen, dafür flog der Multikopter zu hoch, und der Winkel war zu steil. Noch einmal versuchte er, näher heranzuzoomen, aber die Kamera filmte nur einen der Tische, auf dem lauter Karteikarten lagen.

Die Fernbedienung piepste wieder laut. Der Akku der Drohne war fast leer. Kein Wunder, bei diesen kalten Temperaturen hielt die Batterie nicht lange durch.

Nicholas fluchte leise, aber es half nichts. Er musste die Drohne weiterfliegen lassen, wenn er auch den Vortrag aufnehmen wollte. Für ein paar Minuten würde der Strom hoffentlich noch reichen.

Langsam ließ Nicholas die Drohne etwas tiefer sinken, um ein besseres Bild zu bekommen.

***

Thoma stand mit verschränkten Armen in einer Ecke und starrte mit ausdrucksloser Miene in den Raum. Die Präsentation von Hartwig nahm er gar nicht wahr. Er interessierte sich nicht für Politik, er hörte höchstens die Nachrichten im Radio, wenn er seine Chefs in der Limousine chauffierte. Manchmal überflog er auch im Internet ein paar Schlagzeilen, aber sobald er sie gelesen hatte, vergaß er sie gleich, so wie er versuchte, seine Aufträge zu vergessen, wenn er sie erledigt hatte.

Thomas Blick fiel auf den groß gewachsenen Mann, der wirkte wie ein Manager und ihm gegenüber an der Glasfront Platz genommen hatte. Er hatte schon den ganzen Tag dort gesessen, wirkte aber immer noch sehr konzentriert. Nur manchmal war er zum Telefonieren kurz rausgegangen. Hartwigs Vortrag schien ihm allerdings nicht besonders zu gefallen. Thoma fiel auf, dass er immer wieder seine schmalen Lippen verzog.

Plötzlich bewegte sich etwas hinter der Glasfront. Ein weißes Objekt sank langsam von oben herab, wie eine überdimensionale Spinne, die sich abseilte. Nur, dass es keinen Faden gab. Thoma kniff die Augen zusammen, um besser sehen zu können.

Es war eine Drohne. Verdammt.

Unauffällig knöpfte er sein Jackett auf und berührte den durchsichtigen Knopf, den er im rechten Ohr trug.

»An alle: Vor dem Fenster ist eine Drohne! Sofort schnappen. Aber bitte unauffällig.«

In einem Nebenzimmer erhoben sich mehrere muskulöse Männer in schwarzen Anzügen von ihren Stühlen.

3

Hanna entdeckte sie zuerst.

»Schau mal, da kommen zwei!«

An der linken Seite des Konferenzgebäudes liefen zwei Männer in schwarzen Anzügen über den Schnee. Sie schauten suchend in den Himmel. Einer trug in der Hand ein Netz, das wie ein Kescher aussah, mit dem man den Pool reinigte.

Gleichzeitig senkten sich in dem Saal die Rollläden.

»Mist, die haben unsere Drohne entdeckt«, sagte Nicholas.

Er blickte auf das Display, das jetzt nur noch die geschlossenen grauen Rollos zeigte, und gab der Drohne den Befehl zu steigen. Als er versuchte, die Kamera auf die beiden Kerle auszurichten, stieß Hanna wieder einen Schrei aus.

»Da sind noch welche!«

Auf der rechten Seite des Gebäudes erschienen weitere Männer in Anzügen. Ein großer stieß mit einer langen Eisenstange nach der Drohne, auch der Mann mit dem Netz versuchte, sie zu erreichen, aber sie flog schon zu hoch. Ein Glatzkopf, der sich ans Ohr fasste, sah sich in der Gegend um. Er suchte offensichtlich den Piloten der Drohne.

Nicholas hoffte, dass sie Hanna und ihn aus dieser Entfernung nicht erkennen konnten, aber sicher war er sich nicht.

»Komm, wir verschwinden.«

Nicholas schaltete die Drohne auf Autopilot, dann packte er die Hand seiner Tochter. Der Schnee knirschte unter ihren Füßen, als sie durch den Wald rannten.

»Was passiert denn mit der Drohne?«, fragte Hanna schnaufend nach einigen Metern. In ihren dicken Winterstiefeln konnte sie nur schlecht rennen.

»Die folgt uns automatisch.«

Nicholas drehte sich um, um zu sehen, ob es wirklich stimmte, was er gerade gesagt hatte. Die Drohne flog tatsächlich in ihre Richtung. Der Mann mit der Stange warf nach ihr, verfehlte sie aber.

Sie rannten weiter. Nicholas' Puls hämmerte. Er hörte Hanna keuchen, die kaum noch hinterherkam.

Plötzlich peitschte ein Schuss durch das Tal, ein Geräusch, wie es Nicholas schon lange nicht mehr gehört hatte.

»Papa!«, schrie Hanna. Sie fiel zu Boden.

»Hanna! Nein!«

Instinktiv warf er sich auf seine Tochter, um sie mit seinem Körper zu schützen. So ist das also, wenn auf einen geschossen wird, dachte er.

Hanna zitterte, aber nur vor Schreck. Sie war nur über eine Wurzel gestolpert. Trotzdem blieb sie mit dem Gesicht im Schnee liegen und heulte wie das kleine Mädchen, das sie war.

Er hielt ihr vorsichtig den Mund zu und flüsterte. »Pst, sie dürfen uns nicht hören.«

Es knallte wieder. Aber nirgends spritzte der Schnee auf.

Für einen Moment verspürte er so etwas wie Erleichterung: Sie schossen nicht auf sie, sie schossen auf die Drohne. Aber wer wusste schon, ob das so bleiben würde?

Nicholas rappelte sich auf und sah entsetzt, wie der weiße Punkt in ihre Richtung flog. Vier Männer spurteten hinterher, genau auf sie zu.

Es war keine besonders schlaue Idee gewesen, die Drohne ihnen folgen zu lassen. Sie brachte die Männer auf ihre Spur.

Hanna lief, so schnell sie konnte, aber sie war erst zwölf Jahre alt. Die Männer würden sie bald einholen. Er musste etwas unternehmen.

»Lauf schon mal vor bis zu unserem Schlitten, ich komme gleich nach.«

»Aber Papa, ich will nicht allein …«, protestierte Hanna.

»Mach schon! Renn einfach den Weg entlang. Und an der Abzweigung bei der Bank gehst du nach links. Genau, wie wir gekommen sind.«

Er tupfte mit einem Taschentuch ihre verweinten Augen ab und wischte ihr etwas Schnee von der Jeans.

»Das ist ganz einfach. Der Schlitten steht dann ein paar hundert Meter weiter an dem großen Baum. Warte dort auf mich. Ich bin gleich da.«

Hanna presste die Lippen aufeinander, damit sie nicht wieder weinen musste. Dann nickte sie und rannte los. Nicholas sah, wie seine Tochter den verschneiten Weg hinunterlief und hinter einer Biegung verschwand.

***

Diesmal blickte sich Hanna nicht um. Sie schaute nach vorn, dorthin, wo der Wald sich lichtete. Da musste sie hin. Eigentlich machte ihr Rennen Spaß, sie ging manchmal sogar mit ihrer Mutter joggen, und einmal hatte sie sogar mit ihrer Klasse an einem Mini-Marathon teilgenommen, bei dem sie Spenden für Kranke gesammelt hatten.

Doch das hier war anders. Sie war allein, ganz allein. Und sie hatte furchtbare Angst. Wer waren diese Männer, die plötzlich aufgetaucht waren, und was wollten sie? Es konnte nichts Gutes sein.

Sie warf ihre kurzen Beine nach vorn und lief, so schnell sie mit den Winterstiefeln konnte, aus dem Wald auf einen Feldweg. Rechts und links türmte sich meterhoch der Schnee. An einer Abzweigung blieb sie kurz stehen.

Wo musste sie hin? Zu der Bank? Wo war die nur? Vielleicht unter diesem Schneehaufen? Aber war das überhaupt die richtige Stelle? Als sie vorhin hier entlanggegangen waren, hatte sie nur auf die Drohne geachtet.

Nach links führten Fußabdrücke einen schmalen Pfad entlang. Dorthin rannte sie. Der Weg schlängelte sich zwischen zwei Feldern entlang, aber je weiter sie kam, desto dichter wurde der Schnee, ihre Stiefel sackten immer tiefer ein. Hanna stolperte und fiel hin. Zum Glück dämpfte der Schnee ihren Sturz, sodass sie weich landete. Als sie sich wieder aufrappelte, bemerkte sie den silbernen Gegenstand auf dem Boden, der kaum größer als eine Zigarettenpackung war. Er musste ihr aus der Tasche gefallen sein, beinahe hätte sie ihn übersehen. Hastig steckte sie ihn wieder ein.

War sie wirklich richtig? Sie drehte sich um. Niemand war zu sehen, auch ihr Vater nicht. Was, wenn jetzt die Männer kamen?

Die Gedanken schossen ihr durch den Kopf, Tränen stiegen in ihr auf. Doch dann dachte sie an ihre Freunde. Was, wenn die sie so sehen könnten? Wenn sie kein kleines Mädchen mehr sein wollte, dann musste sie sich zusammenreißen.

Sie griff nach einem Stock, der auf dem Boden lag, und nahm ihn abwehrbereit in ihre Fäustlinge, wie sie es in Filmen gesehen hatte. Dann lief sie vorsichtig den Pfad zurück, aber zum Glück folgte ihr immer noch niemand. An der Abzweigung rannte sie diesmal geradeaus, immer weiter an den

Schneemassen entlang. Bald kam sie wieder an eine Stelle, an der sich mehrere Pfade kreuzten.

Und dort sah sie auch schon die alte Holzbank – und nicht weit weg den großen Baum auf der Lichtung, von dem ihr Vater gesprochen hatte.

***

In der Ferne hörte Nicholas bereits das Schreien der Verfolger. Er nahm die Steuerung der Drohne in beide Hände, sie piepste noch lauter. Der Akku hatte nur noch zwei Prozent.

Nicholas versuchte, sich zu konzentrieren. Er legte den Steuerhebel ganz zur linken Seite, die Drohne machte eine scharfe Kurve nach links. Sie flog weg vom Wald und auf eine entfernte Felswand zu. Nicholas seufzte erleichtert auf.

Dann hörte er, wie Äste brachen und jemand fluchte.

Die Männer hatten sich aufgeteilt. Um abzukürzen, rannten zwei von ihnen quer durch den Wald auf Nicholas zu. Einer war gestolpert und rappelte sich nur langsam wieder hoch.

Nicholas drehte sich um und lief, so schnell er konnte, seiner Tochter hinterher. Seine Socken waren längst voller Schnee, und der Rucksack scheuerte an seinem Rücken, aber das war egal. Nach ein paar Minuten hörte der Wald auf. Nicholas rannte einen verschlungenen Hohlweg entlang und bog dann links ab. Unter einer mächtigen Eiche sah er Hannas hellblaue Daunenjacke leuchten. Sie stand neben dem großen Holzschlitten und winkte ihm aufgeregt zu.

»Hier, Papa! Hier!«

»Hanna, setz dich auf den Schlitten.«

Sie sprang sofort auf. Als er sie erreicht hatte, schob er mit beiden Händen den Schlitten an, der sich langsam in Bewegung setzte. Nicholas rannte noch ein paar Meter hinter dem Schlitten her, dann sprang auch er auf.

»Vorsicht!«

In der einen Hand hielt er das Seil des Schlittens, mit der anderen drückte er Hanna, die vor ihm saß, fest an sich. Mit Erleichterung spürte er, wie die frisch geschliffenen Kufen immer schneller über den Schnee glitten, den Berg hinunter.

***

Thoma und sein Adjutant Strasser standen am Rande der Felswand und blickten nach unten. Obwohl sie trainiert waren, schnauften sie nach der Verfolgungsjagd immer noch heftig. Die Drohne lag nur vier, fünf Meter unter ihnen, trotzdem schien sie unerreichbar.

Als der Akku leer war, hatte sie automatisch zur Landung angesetzt. Strasser, ein Glatzkopf, der so muskulös war, dass sein Jackett spannte, hatte sich in den Schnee geworfen, um die Drohne noch zu erwischen. Aber sie war auf dem eisigen Untergrund weitergerutscht und wäre sicher mehr als zwanzig Meter in die Tiefe gestürzt, wenn sich ihre Rotoren nicht in einem verschneiten Gebüsch verfangen hätten, das mitten aus dem steilen Fels wuchs.

Dort hing sie nun wie eine riesige weiße Spinne.

Strasser kniete sich an den Rand und versuchte vorsichtig, die Felswand hinunterzuklettern. Trotz seiner Masse bewegte sich der Muskelprotz erstaunlich geschmeidig, aber als er in der Dämmerung mit seinen Füßen nach einem Halt im Fels tastete, löste sich ein großer Eiszapfen. Das Eis stürzte krachend hinunter und verfehlte die Drohne nur um wenige Zentimeter.

»Scheiße!« Strasser schrie auf und konnte sich gerade noch an einem Vorsprung festhalten.

Thoma schüttelte den Kopf. »Komm wieder rauf, das bringt jetzt nichts.«

In ihren Anzügen und mit den dünnen Lederschuhen, ohne Seil und Kletterausrüstung, hatten sie keine Chance, die Wand hinunterzuklettern und an die Drohne zu kommen.

Der Knopf in Thomas' Ohr summte. Seine Männer, die nach dem Piloten der Drohne gesucht hatten, meldeten sich.

»Er ist verschwunden. Wir haben nur noch gesehen, wie er mit einem Schlitten den Berg runter ist. Eine Verfolgung war zu Fuß unmöglich.«

»War er allein?«, fragte Thoma.

»Ja, sieht so aus.«

»Würdet ihr ihn wiedererkennen?«

»Wir haben ihn leider nur von hinten gesehen.«

»Das ist bedauerlich«, sagte Thoma. Seine Stimme war ruhig, doch der drohende Unterton nicht zu überhören.

Er überlegte. Hatte sie jemand gezielt ausspioniert? Oder war es ein harmloser Tourist, der sein neues Spielzeug ausprobiert und dann Angst bekommen hatte, als die Security-Männer aufgetaucht waren?

Die Drohne, und vor allem das Video, würde ihnen sicher mehr über den Besitzer verraten. Jetzt war es zu spät, die Sonne ging schon hinter dem Riedberger Horn unter. Aber morgen früh würden sie zurückkommen und das Ding bergen.

***

Die Lichter der entgegenkommenden Autos spiegelten sich in der Windschutzscheibe des Citroëns. Nicholas lutschte an einer

Pfefferminzpastille und versuchte, gelassen zu wirken. Er wollte Hanna, die auf der Rückbank saß und einem Hörspiel lauschte, nicht noch mehr verunsichern. Doch in ihm brodelte es.

Sie waren mit dem Schlitten, so schnell es ging, direkt zu dem kleinen Parkplatz am Fuß des Berges gefahren, wo das Auto stand. Bei der Anreise hatte er den Blick auf die verschneiten Gipfel noch furchtbar romantisch gefunden, jetzt wollte er nur noch weg. Zum Glück hatten sie schon alles gepackt und aus dem Hotel ausgecheckt. Von ihren Verfolgern war zwar nichts mehr zu sehen, trotzdem hatte Nicholas den Schlitten hastig ins Auto geworfen und so viel Gas gegeben, dass die Hinterräder auf der vereisten Straße wegrutschten. Nur mit Mühe konnte er das Auto auf der Fahrbahn halten.

Hanna war sichtlich verstört gewesen, ihr kleiner Körper hatte gezittert, als er sie umarmt hatte. Aber zu seiner Erleichterung wollte sie nicht reden, sondern war schnell ins Auto geklettert. Sie, die sonst gern neugierig nachfragte, war still geblieben, als er ein paar aufmunternde Worte gemurmelt hatte, und hatte sich dann schnell in die heile Welt ihres Hörspiels geflüchtet.

Was hätte er ihr auch sagen sollen? Er wusste ja selbst nicht, was er von den Ereignissen halten sollte. In was für ein Treffen der Volkspartei waren sie da gestolpert?

Er musste morgen sofort seine ehemaligen Kollegen aus dem Politikressort fragen, ob die Tagung öffentlich bekannt war. Er glaubte es nicht, das hätte er sicher vorher irgendwo gelesen. Und seit wann hatte die Partei derart aggressive Security-Leute? Sie hatten einfach geschossen, zwar nur auf die Drohne, aber das war schlimm genug. Vielleicht sollte er sie anzeigen, sie waren schließlich nicht in den USA, wo jeder einfach losschießen konnte.

Auf dem Video musste das alles zu sehen sein. Die Drohne war zwar weg, aber zum Glück übertrug sie ihre Filme auch direkt auf das Handy. Jedenfalls wenn er den richtigen Aufnahmemodus aktiviert hatte. Hoffentlich hatte er das trotz seiner Angst und Aufregung auch gemacht …

Während er nachdachte, sah Nicholas auf die schmale Landstraße, die sich den Berg hinunterwand. Vor ihm fuhr ein uralter roter VW Golf Diesel. Jedes Mal, wenn der Fahrer beschleunigte, trat schwarzer Qualm aus dem Auspuff.

Nicholas tastete nach seinem Smartphone und zog es langsam aus der Hosentasche. Es war aus. Während er mit einer Hand das dünne, altmodische Lenkrad des Citroëns festhielt, versuchte er mit der anderen das Handy einzuschalten.

Vergeblich. Auf dem Display erschien nur das Symbol einer leeren Batterie. Der Akku war leer, und natürlich lag das Ladekabel in seiner Tasche hinten im Kofferraum.

Plötzlich verwandelte sich die Landstraße in ein Feuermeer. Riesige Stichflammen schossen aus dem VW Golf vor ihm in die Höhe, Benzin floß über den Asphalt und entzündete sich eine Sekunde später, als hätte jemand ein riesiges Streichholz darangehalten. Eine dicke Rauchwolke quoll aus dem Wagen, dann schleuderte eine Explosion das Auto hoch. Es drehte sich auf die Seite und landete verkehrt herum, mit dem eingedrückten Dach auf der Leitplanke. Der Fahrer sprang aus dem brennenden Wagen und versuchte, sich zu retten.

Nicholas zuckte zusammen. Er trat die Bremse so stark durch, dass er das Bodenblech spürte. Die Reifen quietschten laut. Hanna schrie, ihre Trinkflasche und Zeitschriften flogen durch die Luft. Abrupt kam der Citroën zum Stehen.

»Wieso bremst du denn so, Papa? Was ist denn los?« Hannas Kopfhörer waren heruntergerutscht und baumelten jetzt vor ihrer Brust. Sie sah ihn entsetzt an.

Nicholas wollte etwas sagen, aber dann sah er den feuerroten Golf am Straßenrand stehen. Völlig unversehrt. Eine Tür war geöffnet, der rechte Blinker an, der Fahrer hatte sich wohl dringend erleichtern müssen. Er stand am Waldrand mit halb heruntergelassener Hose und schaute aufgeschreckt zu Nicholas herüber.

***

»Was ist das für ein Mist? Wie kann es sein, dass uns jemand hier mit einer Drohne filmt?«

Hartwig war wütend. Als sie die Drohne entdeckt hatten, hatte er seine Rede unterbrechen müssen. Dabei sollte sie doch der wichtigste Moment der Tagung werden. Tagelang hatte er an seiner brisanten Präsentation gefeilt, um auch die parteiinternen Kritiker zu überzeugen. Stattdessen hatten plötzlich alle nur noch zugesehen, wie sich die Sicherheitsleute stümperhaft anstellten und dann auch noch auf die Drohne schossen.

Er blickte sich in dem kleinen Büro in der Villa Wachenheim um, in dem sich jetzt der engste Zirkel versammelt hatte: sein Stellvertreter Georg Rotten, der nervös auf einem Kaugummi kaute, seine Büroleiterin Marianna Tretskow, die wie immer auf ihr Smartphone starrte, und der Sicherheitschef Sven Thoma, der mit undurchdringlicher Miene am Tisch saß. Wenn er nervös war, dann verbarg er es sehr geschickt.

»Damit konnte niemand rechnen«, sagte Thoma ruhig. »Niemand weiß, dass das Spitzengremium der Partei hier tagt.

Und einen abgelegeneren Ort als hier gibt es im ganzen Land nicht.«

»Und mit dieser Antwort sollen wir uns zufriedengeben?«, fragte Hartwig.

»Man kann sich heutzutage leider nicht gegen alles schützen.«

»Aber wer bitte wählt denn ausgerechnet einen Konferenzraum mit einer Glaswand aus?«

Auch Marianna Tretskow war aufgebracht. Für einen Moment sah man sie unter ihrem sorgfältig aufgebrachten Make-up vor Zorn erröten. Sie knallte laut den Absatz ihres schwarzen Lederstiefels auf den Boden: »Das darf doch nicht wahr sein! Wenn rauskommt, was wir planen, kann das den ganzen Wahlkampf gefährden.«

Es war ungewöhnlich, dass die junge Frau mit den langen blonden Haaren auch nur für Sekunden die Fassung verlor. In der Partei nannte man sie wegen ihrer kühlen Ausstrahlung, der hellblauen Augen und ihrer familiären Wurzeln in Sibirien auch die »Eisprinzessin«. Hartwig schätzte ihre Durchsetzungsfähigkeit und ihre Härte gegen andere und sich selbst. Und schön war sie auch noch. So emotional hatte er sie noch nie gesehen, aber sie hatte ja recht. Er war froh, dass er sie vor einem Jahr in sein Team geholt hatte, gegen den Widerstand der alten Parteigarde.

»Und dann schießt ihr auch noch auf das Ding. Was war das bitte für eine dämliche Idee?« Hartwig sah zu Rotten, der weiterhin schwieg und auf den grauen Teppich starrte, als ginge ihn das alles nichts an.

Thoma sah Hartwig ungerührt in die Augen.

»Wir werden das Problem schnell lösen. Erst holen wir uns die Drohne, dann diesen Typen.«

4

Nicholas hatte Glück. Obwohl er verschlafen hatte, war Lucas am Montagmorgen noch nicht in seinem Büro. Mit der dampfenden Kaffeetasse in der Hand ging er schnell an dessen Tür vorbei und lief in sein eigenes Zimmer. Er fühlte sich nicht gut nach dem gestrigen Abend, aber der lange, traumlose Schlaf und die Tabletten hatten ihn zumindest etwas stabilisiert.

Während er den Kaffee auf den Schreibtisch stellte, trat er die Tür mit dem Fuß zu. Mit der freien Hand drückte er gleichzeitig auf den Startknopf seines Computers. Aus dem winzigen Lautsprecher kam ein krächzendes Startgeräusch, die alte Festplatte setzte sich vibrierend in Gang, und die Lüfter fingen an zu rauschen. Nicholas musste jedes Mal an einen Oldtimer denken, den man von Hand ankurbelte, wenn er den uralten PC in der Arbeit hochfuhr.

Der Verlag des *Abendblatts* hatte schon bessere Zeiten erlebt und sparte, wo er nur konnte, nicht nur bei den Honoraren, sondern auch bei der Ausstattung. Investiert wurde nur noch in die Onlineredaktion, und er hatte das neue Prunkstück der Onliner, die Drohne, gleich verloren.

Er hatte wahrscheinlich nur noch ein paar Minuten Zeit, bis Lucas vorbeikommen würde, der sich zum Glück wie jeden Morgen verspätet hatte. Sein Kollege würde sicher ziemlich zornig werden, wenn er hörte, was mit der Drohne geschehen war. Und auf noch einen Streit hatte Nicholas keine Lust, er hatte sich erst gestern Abend mit Sandra gezankt. Sie war natürlich wütend gewesen, als er Hanna viel zu spät nach Hause gebracht hatte. Und als Hanna dann noch von den Schüssen und den Verfolgern erzählt hatte, war Sandra der Kragen geplatzt.

»Jetzt ziehst du schon das Kind in eine deiner irren Geschichten rein. Aber damit ist Schluss. Dir sollte man das Sorgerecht entziehen!«, hatte sie geschrien und Nicholas aus dem Haus geschoben.

Er hörte noch, wie Hanna heulte, dann stand er schon im Vorgarten, und die Tür knallte zu. Verzweifelt hämmerte er mit der flachen Hand auf die verschlossene Eingangstür ein. Was er damit erreichen wollte, war ihm selbst nicht klar. Aber es war auch egal.

Wie ein Tsunami überfluteten ihn dunkle Gedanken, die Erinnerung an den Unfall vor zwei Jahren, die ihn gestern eingeholt hatte. Das Unglück hatte ihn zwischenzeitlich seine Stelle gekostet. Die Schreie seines Informanten Reed aus dem brennenden Auto, das Heulen seiner Tochter, Sandras Entsetzen, seine übermächtige Hilflosigkeit, die sich bald in ein lähmendes Schuldgefühl verwandeln sollte, das ihn nie mehr verlassen hatte.

Als Sandra ihn durch die Tür zurechtwies und damit drohte, die Polizei zu holen, hatte er schon aufgehört zu hämmern. Er weinte nur noch.

Zu Hause hatte er seine Medikamente eingenommen, die er vergessen hatte, nach Balderschwang mitzunehmen. Wahrscheinlich hatte ihn die Vergangenheit deshalb plötzlich wieder überwältigt. Zwei Bier später war er erschöpft ins Bett gefallen.

Die Begegnung mit Lucas würde nachher hoffentlich etwas weniger dramatisch ablaufen. Nicholas öffnete sein E-Mail-Programm, aber was er sah, heiterte ihn nicht auf. Seine Chefin erinnerte ihn an die Abgabe von mehreren Artikeln, mit denen er im Verzug war, und teilte ihm mit, dass er ab sofort die zweifelhafte Ehre habe, die Seite mit den Veranstaltungshinweisen zu betreuen, um die jeder in der Redaktion einen großen Bogen machte. Eine Kollegin suchte verzweifelt nach ihrer Schere, mehrere Agenturen luden ihn zu PR-Events ein, und die Stadt München verschickte eine endlos lange Liste mit den Terminen der nächsten Bezirksausschusssitzungen, an denen er wohl oder übel würde teilnehmen müssen.

Als er noch Reporter in der Politikredaktion des *Abendblatts* gewesen war, hatte er mitten im Wahlkampf lauter Einladungen bekommen, die Spitzenkandidaten der Parteien zu treffen, erfahrene Minister und Ministerinnen, hoffnungsvolle Shooting-Stars – und vielleicht sogar die Kanzlerin. Aber seit man ihn in die Lokalredaktion versetzt hatte, musste er sich mit Stadtteilpolitikern herumschlagen und über Spielplatzsanierungen, überquellende Müllcontainer und Anwohnerproteste gegen muslimische Gemeindezentren berichten. Es gab viele Journalistinnen und Journalisten, die gerne für den Lokalteil schrieben, weil man dort nahe an den Menschen dran war und noch etwas bewegen konnte. Für Nicholas fühlte es sich wie ein Abstieg an.

Lustlos klickte er sich durch die E-Mails, als es an der Tür rumpelte. Er hörte ein unterdrücktes Fluchen. Langsam bewegte sich die Klinke nach unten, und eine unförmige weiße Maske schob sich ins Zimmer. Nur an dem unvermeidlichen Holzfällerhemd und den ausgebeulten Jeans erkannte er, dass es Lucas Wirtz war. Das Gesicht seines Kollegen steckte hinter einer dicken weißen Plastikbrille, die eher aussah wie ein riesiger Legostein.

»Weißt du, was das ist?« Lucas deutete unbeholfen in Richtung der Brille, die völlig undurchsichtig war, und wankte ein paar Schritte ins Zimmer. Noch bevor Nicholas antworten konnte, knallte Lucas gegen den Kleiderständer.

»Eine dumme Idee?«, antwortete Nicholas.

»Das ist die Zukunft!«, stieß Lucas triumphierend aus, während er die Riesenbrille wieder zurechtrückte.

Plötzlich ließ er seine Hüften wild kreisen, als wäre er kein sechsunddreißigjähriger Computernerd mit deutlichem Rettungsring um den Bauch, sondern eine grazile junge Hula-Hoop-Tänzerin. Dazu warf er beide Arme wild zur Decke und fing auch noch an zu singen, in einer Sprache, die wie eine Mischung aus Japanisch und Ostfriesisch klang. Dazwischen schrie er immer wieder ekstatisch: »Boombayah!«

Lucas war offensichtlich völlig übergeschnappt.

Das Spektakel endete allerdings so abrupt, wie es begonnen hatte, als er seine breiten Hüften mehrmals lasziv nach vorn schnellen ließ und dabei aus Versehen in den Papierkorb trat.

Er rutschte seitlich weg und hielt sich im Fallen verzweifelt an der Lehne eines Bürostuhls fest, der daraufhin durchs Zimmer rollte. Es sah aus, als würde ein imperialer Stormtrooper eine Pirouette bei Holiday on Ice drehen. Wie in Zeitlupe sank er der Länge nach zu Boden.

Als er sich wieder aufrappelte, ertönte spontaner Applaus. In der Bürotür stand das halbe Lokalressort und klatschte, einzelne stießen laute »Bravo«-Schreie aus oder filmten mit ihrem Smartphone. Sie blickten amüsiert auf Lucas, der sich endlich die Brille vom Kopf gerissen hatte. Sein Gesicht war feuerrot, und er sah etwas mitgenommen aus, trotzdem deutete er einen Knicks und eine Verbeugung in Richtung seines Publikums an.

Die Kollegen applaudierten noch einmal und verschwanden dann.

»Ich gebe zu, es sah etwas seltsam aus, aber diese Virtual-Reality-Brille ist eine großartige Idee«, sagte Lucas, als er wieder mit Nicholas allein war. »Das ist die Zukunft des Journalismus! Mit so einer VR-Brille hat man das Gefühl, mittendrin zu sein in den Geschichten.«

»Du warst eher daneben als mittendrin«, erwiderte Nicholas unbeeindruckt.

»Hm, vielleicht hätte ich mir nicht als Erstes eine Dokumentation über eine koreanische K-Pop-Band ansehen sollen.« Lucas zupfte sein Hemd zurecht. »Das sind aber auch Ohrwürmer. Boombayah!«

Nicholas ließ ihn reden und tupfte mit einem Taschentuch Lucas' Stirn ab, die einen Kratzer abbekommen hatte. Er täuschte sogar Interesse an den langatmigen Erklärungen seines Kollegen vor. Ihm war alles recht, solange Lucas nur nicht nach der Drohne fragte. Doch als sich Lucas verabschiedete und Nicholas schon glaubte, fürs Erste davongekommen zu sein, drehte er sich noch einmal um.

»Wie war's eigentlich mit der Drohne?«

Nicholas seufzte und erzählte ihm, was passiert war.

»Sie haben geschossen?« Lucas war fassungslos.

»Ja, aber nur auf die Drohne.«

Nicholas versuchte, sich locker zu geben, aber wenn er an die Männer in den schwarzen Anzügen dachte, zitterten ihm die Knie, jetzt sogar noch stärker als am Vortag in den Bergen. Dort hatte er schnell reagieren müssen, zum Nachdenken war kaum Zeit geblieben. Aber dann war ihm klar geworden, in welcher Gefahr Hanna und er geschwebt hatten.

»Sag mal, willst du mir nicht antworten?« Lucas, der mit seiner gutmütigen Miene immer ein bisschen wie ein Teddybär aussah, schaute ihn verärgert an.

»Entschuldigung, ich war mit den Gedanken woanders. Was hast du gesagt?«

»Was mit unserer Drohne ist, wollte ich wissen.«

»Sie ist wohl gegen den Fels geknallt oder irgendwo abgestürzt. Ich weiß es ehrlich gesagt nicht, ich wollte einfach nur weg von dort.«

Lucas blickte ihn nachdenklich an. »Ich habe eine Idee. Komm mal mit in mein Büro!«

»Später, ich muss zum Knurrer.«

Sie nannten den Chefredakteur des *Abendblatts* nicht umsonst den Knurrer. Nicholas hatte noch nie erlebt, dass Erich Munz einen Mitarbeiter gelobt hätte. Seine Kommentare in den täglichen Konferenzen waren noch bissiger als seine Leitartikel, die für ihren bissigen Ton berühmt waren. Ein paarmal hatte er sich sogar vor allen anderen über Nicholas' Haare lustig gemacht, die er zu lang fand.

Munz war seit vierzig Jahren bei der Zeitung, seit fünfzehn Jahren Chefredakteur und seit seiner Geburt vor einundsechzig Jahren ein Misanthrop. Wenn er nicht gerade in geschliffenem Deutsch über Politiker oder Manager lästerte oder die Weltlage erklärte, war er eine unauffällige Erscheinung. Er trug schlecht sitzende Anzüge, den immer gleichen Topfhaarschnitt und eine dunkelbraune Hornbrille. Die einzige Extravaganz, die er sich seit einiger Zeit optisch leistete, bestand darin, dass er auf die Krawatte verzichtete und den Kragenknopf offen ließ. Erstaunlicherweise hatte er trotz seines Alters kein einziges weißes Haar, viele vermuteten, dass er sich die Haare heimlich dunkelblond färbte. Dafür war sein Gesicht vom jahrelangen Rauchen ergraut, es bekam nur eine etwas lebendigere Farbe, wenn er sich aufregte.

Als Nicholas in Munz' Büro trat, hoffte er inständig, dass dies jetzt nicht der Fall sein würde. Er hatte gezögert, sich direkt an den Chefredakteur zu wenden. Seit Munz ihn degradiert hatte, war Nicholas ihm aus dem Weg gegangen. Und da war er nicht der Einzige. Alle Redakteure, die bei Verstand waren, vermieden es etwa, mit Munz im Aufzug zu fahren, vor allem vor dem Mittagessen. Der Chefredakteur war ein legendärer Morgenmuffel und gab sich keinerlei Mühe, das zu verbergen. Einen übermütigen Volontär, der den Fehler begangen hatte, mit ihm Small Talk machen zu wollen, hatte er im Fahrstuhl nur angeraunzt: »Wann sterben Sie endlich?«

Aber der Vorfall in den Bergen war zu wichtig, um ihn nicht gleich mit Munz zu besprechen. Vor allem, weil die Zustimmung zur Volkspartei laut den neuen Meinungsumfragen schon wieder gestiegen war. Hartwig hatte gute Chancen, Kanzler zu werden.

Nicholas wusste, dass sein Vorgesetzter die Volkspartei nicht mochte, hinter der knurrigen Fassade steckte ein überzeugter Demokrat, aber als Chefredakteur legte er auch großen Wert auf unabhängige und korrekte Berichterstattung. Er würde Beweise sehen wollen, bevor er so eine Geschichte drucken ließ. Und ganz besonders von Nicholas.

Als er sein Büro betrat, telefonierte Munz gerade. Der Chefredakteur erhob sich nicht einmal zur Begrüßung, sondern redete einfach weiter und deutete dabei mit betont lässiger Geste auf einen unbequemen Stuhl vor seinem riesigen Eichenholz-Schreibtisch. Das antike Möbelstück war wahrscheinlich mehr als hundert Jahre alt, in dem verglasten Büro im zehnten Stock des Zeitungshochhauses wirkte es völlig fehl am Platz.

Als sich Nicholas gesetzt hatte, legte Munz auf.

»Ah, Herr Moor! Ich hoffe, Sie haben einen triftigen Grund für diesen dringenden, ich würde sogar sagen überstürzten Termin?«

»Ich freue mich auch, Sie zu sehen!«, entgegnete Nicholas. Bevor sein Chef auf den Seitenhieb reagieren konnte, sprach er gleich weiter: »Ich glaube schon, dass es Sie interessieren wird, was ich zu sagen habe.«

Kurz und möglichst sachlich schilderte er, was in Balderschwang passiert war.

Munz hörte schweigend zu und sagte auch nichts, als Nicholas geendet hatte. Es bereitete ihm sichtlich Freude, sein Gegenüber zappeln zu lassen. Dann stand er auf und ging durch das Zimmer zu einer schmucklosen Kaffeekanne, die auf einem Sideboard stand. Er goss sich eine Tasse ein, ohne Nicholas etwas anzubieten, und rührte gedankenverloren darin herum, obwohl er weder Zucker noch Milch hineingetan hatte. Dann schlurfte er zurück hinter seinen Schreibtisch. Nicholas fiel auf, wie gebeugt er inzwischen ging, als würde die Verantwortung, eine der wichtigsten Zeitungen des Landes zu führen, auch zusehends körperlich auf ihm lasten.

»Das ist ja mal wieder eine Räuberpistole, die Sie da angeblich erlebt haben«, sagte Munz schließlich.

Nicholas wollte protestieren, aber der Chefredakteur brachte ihn mit einer abwehrenden Handbewegung zum Schweigen. »Immerhin, Sie werden kreativer. Diesmal kommen die Informationen also von einer Drohne, die leider verschwunden ist, und nicht wie beim letzten Mal von einem Whistleblower, der leider einen Unfall hatte.« Er machte eine kurze Pause, bevor er fortfuhr. »Aber diesmal müssen Sie mir schon echte Beweise liefern, bevor Sie auch nur eine Zeile darüber schreiben dürfen.«

Als Nicholas ging, rief ihm Munz noch hinterher: »Und holen Sie die Drohne zurück. Die war teuer!«

***

Nicholas öffnete die Tür, ohne anzuklopfen. Lucas hatte die Rollos seines Büros fast ganz heruntergelassen, nur durch dünne Schlitze fiel ein wenig Licht in den Raum. Er saß an seinem Schreibtisch, auf dem mehrere Platinen lagen, die mit Kabeln miteinander verbunden waren und auf denen rote und grüne Dioden blinkten. An den leeren Verpackungen, die sich daneben türmten, erkannte Nicholas, dass es sich um Raspberry Pi Mini-Computer handelte, jeder höchstens so groß wie eine Zigarettenschachtel.

Auf einem zweiten Tisch, der offensichtlich nur als Ablage diente, stapelten sich mehrere klobige VR-Brillen. In einer Ecke des Zimmers lagen einige ältere Drohnen, die Lucas auseinandergeschraubt hatte.

Nicholas schnupperte. »Sag mal, riecht es hier nicht verbrannt?«

»Quatsch!«, nuschelte Lucas in seinen rötlichen Vollbart, während er schnell einen Stapel Computerzeitschriften zur Seite legte, unter dem Qualm hervorkroch. Darunter lag ein Lötkolben, dessen Spitze den Umschlag eines Magazins ankokelte.

Nicholas deutete auf die Schwaden. »Und das ist wohl auch nur dein Kopf, der so raucht?«

Lucas machte eine wegwerfende Handbewegung. »Das ist nur ein Experiment für die *Maker*-Beilage. Erklär ich dir ein andermal.«

»Ich bräuchte deine Hilfe«, sagte Nicholas. »Ich muss wissen, was mit der Drohne ist. Der Knurrer glaubt mir nicht.«

Lucas seufzte. Dann räumte er den Lötkolben zur Seite und wedelte mit seinen dicken Fingern, denen man gar nicht ansah, wie geschickt sie sein konnten, den Rauch zur Seite.

Ein paar Minuten später starrte Nicholas auf einen roten Punkt, der auf dem Monitor vor ihm blinkte.

»Und das ist die aktuelle Position der Drohne?«

Lucas vergrößerte die Karte auf dem Bildschirm. Der Punkt blinkte nördlich von Balderschwang scheinbar mitten im Nichts, man konnte nur ein paar Höhenlinien eines Berges erkennen.

»Das ist jedenfalls der letzte Standort, den die Drohne gesendet hat. Das ist aber schon einen Tag her. Wahrscheinlich ist der Akku leer.«

»Dann kannst du auch nicht sehen, ob sie noch funktioniert?«

»Leider nein. Aber ich kann was anderes probieren.«

Lucas beugte sich über die Tastatur und tippte so schnell Befehle ein, dass Nicholas kaum folgen konnte. Auf dem Monitor öffneten sich schwarze Terminalfenster mit kryptischen Kommandos in grüner Schrift, ein paar Fenster gingen wieder zu, dann öffneten sich neue. Ein lautloses Buchstaben-Ballett. Mehrere Minuten sah Nicholas fasziniert zu, wie sich sein Kollege scheinbar mühelos durch irgendwelche Serververzeichnisse hangelte.

Dann drehte sich Lucas zu ihm um und schüttelte enttäuscht den Kopf. »Leider ist das Video, das du mit der Drohne aufgenommen hast, nicht in der Cloud. Ich hatte gehofft, dass es die Drohne automatisch hochgeladen hat. Aber du hattest diese Funktion wohl nicht aktiviert.« Er seufzte. »Schade, wirklich sehr schade.«

Nicholas zuckte zerknirscht mit den Schultern. »Sorry, aber

so genau hatte ich mich damit nicht beschäftigt. Mich ärgert es selbst am meisten. Ich hätte zu gern die Gesichter der Teilnehmer gesehen, um zu wissen, wer bei diesem seltsamen Treffen alles dabei war.«

»Weißt du eigentlich inzwischen, was für ein Treffen das war?«, fragte Lucas.

Nicholas schüttelte den Kopf. »Ich habe vorhin die Kollegen aus der Innenpolitik angerufen, aber von denen wusste auch keiner was. Offiziell gab es an diesem Wochenende keine Veranstaltung der Partei – und laut seinen Social-Media-Seiten hatte Hartwig frei und verbrachte die Tage mit seiner Familie in Berlin. Du weißt, er macht gern einen auf Familienvater. Aber in Wahrheit war er in diesem Konferenzraum und wollte nicht, dass man das erfährt.« Er sah Lucas nachdenklich an: »Was haben die da gemacht? Vielleicht die Strategie für den Wahlkampfendspurt festgelegt? Oder etwas viel Brisanteres? Irgendwas haben sie jedenfalls zu verbergen.«

Lucas achtete kaum auf Nicholas' Worte. »Du hast gesagt, dass du vielleicht auch Hartwigs Präsentation mitgefilmt hast?«, sagte er aufgeregt. »Diese Drohne nimmt in 4K-Auflösung auf. Das ist so scharf, da kannst du noch die Fußnoten auf der Leinwand lesen.«

Jetzt war Nicholas überrascht. Daran hatte er noch gar nicht gedacht. »Wir brauchen unbedingt diese Aufnahmen!«

Er ging zur Tür und drehte sich noch einmal zu Lucas um. »Und wir müssen schnell sein. Die Volkspartei wird sicher auch alles versuchen, um vor uns an dieses Video zu kommen.«

5

Die Drohne lag auf der Werkstattbank wie ein toter Riesenkäfer. Zwei der Arme, an denen die Rotoren hingen, waren beim Sturz abgerissen, ein anderer baumelte schlaff herab. Das Objektiv der Kamera, die vorn aus dem Gehäuse ragte, war zersplittert. Die schneeweiße Plastikhaut hatte mehrere Dellen und einige tiefe Risse, durch die man die Elektronik im Inneren erkennen konnte.

Sven Thoma sah zu, wie einer seiner Männer mit einem Schraubenzieher versuchte, das Gerät zu öffnen. Der Mann, der sich einen blauen Werkstattkittel übergeworfen hatte, ging so behutsam vor wie ein Chirurg bei einer komplizierten Operation.

Sie hatten viel länger gebraucht als geplant, um die Drohne zu bergen. Gleich morgens kurz nach Sonnenaufgang war Thoma mit dreien seiner Männer zum Burstkopf aufgebrochen. Es hatte stark geschneit. Als sie an der Absturzstelle ankamen, war die Drohne nicht mehr zu sehen. Sie mussten einige Stunden warten, bis das Wetter besser wurde. In der Zeit rief ihn Hartwig zweimal an, Rotten einmal. So nervös hatte Thoma die beiden schon lange nicht mehr erlebt.

Als es aufklarte, sahen sie die Drohne endlich. Sie war über Nacht noch etwas tiefer gerutscht und lag auf einem Felsvorsprung. Thomas Adjutant Strasser, der ein guter Kletterer war, hatte sich abgeseilt und das kaputte Gerät geholt.

Jetzt standen sie in der Werkstatt der Villa Wachenheim, in

der sonst eher Zäune und defekte Rasenmäher repariert wurden, und versuchten, der Drohne ihr Geheimnis zu entreißen. Es war ihre beste Chance, herauszufinden, wer sie beobachtet hatte. Auf den Überwachungskameras der Villa waren nur die Drohne und der verschneite Wald zu sehen gewesen.

Als der Blaukittel gerade dabei war, das verbogene Gehäuse zu öffnen, ging die Tür auf.

»Und? Habt ihr schon was?«

Rotten betrat den Raum. Er war als Einziger aus der Parteiführung in Balderschwang geblieben. Hartwig und Marianna Tretskow waren gleich nach dem Frühstück abgereist, für sie ging der Wahlkampf weiter.

»Gleich!«, sagte der Blaukittel.

Mit einem lauten Knacken sprang das Gehäuse endlich auf. Thoma sah, wie der Mechaniker eine Pinzette nahm und damit vorsichtig in den winzigen Schacht griff. Dort musste die Speicherkarte stecken, auf der alle Aufnahmen landeten. Sie war nicht größer als ein Daumennagel. Die Bewegungen mit der Pinzette wurden immer hektischer. Schließlich zuckte der Mann ratlos mit den Schultern und schüttelte den Kopf.

Thoma sah ihn mit mühsam unterdrückter Wut an, obwohl ihm klar war, dass der Blaukittel nichts dafürkonnte.

»Wo ist diese verdammte Speicherkarte?«

***

Lucas schnaufte heftig. Er hatte den Reißverschluss des uralten Ski-Anoraks, der sich deutlich über seinem Bauch spannte, aufgemacht und die mindestens genauso alte Mütze abgenommen. Aber es half alles nichts: Er schwitzte stark, sein Kopf war rot angelaufen. Und daran war nicht nur die Mittagssonne schuld, die auf ihn und Nicholas herunterbrannte, sondern vor allem seine miserable Kondition.

Nicholas grinste seinen Kollegen an. »Sag mal, fährt da irgendwo ein Zug?«

»Das würde mich wundern. Wie kommst du denn darauf?«, fragte Lucas, während er konzentriert auf den Boden blickte und langsam einen Fuß vor den andern setzte, um nicht im Schnee auszurutschen.

»Na, weil's hier so pfeift!«

Lucas blieb stehen und schüttelte mit gespielter Empörung den Kopf. »Jetzt muss ich mir hier auch noch dumme Sprüche anhören. Etwas mehr Respekt vor dem Alter, bitte!«

Nicholas lachte. »Du bist doch erst sechsunddreißig!«

»Ich fühl mich aber gerade wie neunundfünfzig. Und mit jedem Schritt werde ich älter.« Jetzt grinste Lucas. Er sah den Berg hinauf und schätzte ab, wie weit es noch bis zu der Stelle war, an der die Drohne abgestürzt sein musste.

»Du wolltest doch unbedingt mitkommen!«, sagte Nicholas.

»Ja, und ich weiß auch nicht, was mich da geritten hat. Aber wir sind zum Glück gleich da.« Lucas stapfte weiter.

Nicholas hatte sich gewundert, wieso sein Kollege, der Sport höchstens von der Playstation kannte, an diesem Dienstagmorgen mit nach Balderschwang hatte fahren wollen. Aber eigentlich war er froh, ihn dabeizuhaben, denn so konnten sie wenigstens zu zweit nach der Drohne suchen oder nach dem, was von ihr übrig geblieben war. Es würde schwierig genug werden. Wie sollten sie hier zwei Tage später noch etwas finden? Er sah sich um. Obwohl es seit dem Zwischenfall nicht mehr geschneit hatte, war die Schneedecke immer noch ziemlich dicht. Nur ab und zu ragten Felsbrocken und vergilbte Grasbüschel aus dem Weiß hervor.

Lucas nahm sein Smartphone aus dem Anorak. Auf dem Display war eine Karte der Gegend mit einem blinkenden Punkt zu sehen. Er deutete auf ein kahles Bergplateau, das vor ihnen lag. Etliche Fußspuren führten durch den Schnee dorthin.

»Da muss es sein!«

»Du musst es ja wissen.«

»Allerdings. Ich hab das letzte Signal der Drohne auf wenige Meter genau lokalisiert.«

Die Absturzstelle lag ziemlich weit weg von der Position, an der Nicholas den Kopter das letzte Mal gesehen hatte. Er war überrascht gewesen, dass die Drohne noch so weit hatte fliegen können, aber Lucas hatte ihm erklärt, dass sie über eine Notstromreserve verfügte. Selbst wenn der Akku nur noch ein Prozent anzeigte, konnte sie noch mehrere hundert Meter zurücklegen.

Hinter dem Plateau fiel der Berg fast senkrecht ab. Vorsichtig näherten sie sich der Felskante.

»Wir kommen zu spät!« Nicholas deutete auf den plattgetrampelten Schnee. »Hier hat nicht nur einer nach der Drohne gesucht.«

»Vielleicht waren das auch nur Wanderer, die das Panorama genießen wollten«, entgegnete Lucas und deutete auf die Berge, die sich am Horizont abzeichneten. Der Anblick der schneebedeckten Gipfel, die in der Sonne glänzten, war spektakulär, wie gigantische Wellen in einem steinernen Meer.

Lucas blickte durch sein Fernglas den steilen Abgrund hinunter. »Komisch, wenn sie hier runtergestürzt wäre, dann hätte sie andere GPS-Koordinaten gesendet.«

Auch Nicholas nahm sein Fernglas und suchte aufmerksam die Felswand ab. »Da wachsen mehrere Büsche aus der Wand, aber auch da gibt's keine Spur von der Drohne. Mist.« Als er einen Schritt zur Felskante machte, um besser sehen zu können, knackte etwas unter seinem Fuß. Er beugte sich herunter und untersuchte aufmerksam den Boden. Unter dem Schnee lag ein kleines weißes Stück Plastik, das ziemlich verbogen war. »Schau mal!«

Lucas trat näher und sah sich das Fundstück neugierig an. »Das Teil stammt von einem Schwenkarm der Drohne. Da bin ich mir sicher.« Seine Stimme klang aufgeregt.

»Komm, vielleicht finden wir noch mehr«, sagte Nicholas.

Minutenlang durchwühlten die beiden den Schnee auf dem kargen Bergplateau, auf dem weder Bäume noch Büsche wuchsen. Doch ohne Erfolg. Lucas fand nur ein ramponiertes Rotorblatt, das sich beim Sturz gelöst haben musste.

»Die Drohne ist hier abgestürzt«, stellte Lucas fest. »Wenn sie nicht mehr hier ist, muss sie jemand mitgenommen haben.«

»Das waren sicher die Irren, die auf die Drohne geschossen haben«, sagte Nicholas. Er spürte selbst, wie deprimiert er klang. »Und was ist, wenn sie die Drohne und das Video haben? Ich hab mit Hanna noch ein Selfie gedreht, die wissen jetzt, wer wir sind.« Er starrte Lucas an, als sei sein Kollege schuld an der Situation. »Die kennen meine Tochter!« Nicholas musste sich zurückhalten, um nicht zu schreien.

»Das Video liegt auf einer speziellen Speicherkarte. Wer weiß, ob sie diese Karte überhaupt haben, vielleicht wurde sie beim Aufprall aus der Drohne geschleudert«, versuchte Lucas ihn zu beruhigen. »Und selbst wenn sie die Karte haben, heißt das noch lange nicht, dass sie sie auch auslesen können. Vielleicht wurde sie beschädigt.«

Nicholas antwortete nicht. Er sah nachdenklich in die Ferne, wo die Sonne hinter einem dunkelgrauen Wolkenband verschwand. Ein kalter Wind blies über das Plateau. Die Berge, die vor ein paar Tagen noch so einladend gewirkt hatten, kamen ihm jetzt beklemmend und düster vor. Was Hanna wohl gerade machte?

Er schickte ihr eine WhatsApp: *Geht's dir gut, mein Schatz?*

Keine Antwort.

Um seine Tochter zu sehen, würde er sich wohl wieder mit Sandra streiten müssen. Er ertrug das nicht mehr, aber diesmal konnte er ihre Wut verstehen. Auch wenn Hanna nur durch einen dummen Zufall da mit hineingeraten war. Aber mit seinen Recherchen aufzuhören kam nicht infrage. Dass die Volkspartei die Drohne gestohlen hatte, bewies doch, dass er einer wichtigen Sache auf der Spur war.

Lucas' Stimme riss ihn aus seinen Gedanken. »Mach dir keine Sorgen wegen Hanna.« Wirklich überzeugend klang er nicht.

»Die hatten Waffen! Hartwig kennt doch keine Skrupel. Ich brauche das Video aber auch, weil ich seinen Vortrag sehen muss. Wieso versucht er, dieses Treffen so geheim zu halten?« Nicholas sah Lucas fragend an. »Wie kommen wir denn jetzt an die Aufnahme?«

Lucas zuckte nur mit den Schultern. »Wir können die Drohne als gestohlen melden und Anzeige erstatten. Aber ich fürchte, das wird nicht viel bringen.«

Eine Schneeflocke schwebte langsam durch die Luft und setzte sich auf seinen Vollbart. Auf einmal schneite es heftig.

»Wir können natürlich auch nach der Speicherkarte suchen, falls sie hier irgendwo liegen sollte«, schlug Lucas vor, doch er klang nicht sehr überzeugt. Er sah sich ängstlich auf dem Plateau um. »Aber wir sollten lieber nicht allzu lange hierbleiben. Vielleicht kommen diese Typen noch mal zurück.«

»Du hast recht. Lass uns verschwinden, hier finden wir sowieso nichts mehr«, sagte Nicholas resigniert.

Auf dem Rückweg zum Auto schwiegen sie, nur Lucas' angestrengtes Schnaufen durchbrach von Zeit zu Zeit die Stille.

Die Straße schlängelte sich seit Kilometern an einem reißenden Gebirgsbach entlang durch eine düstere Schlucht, die nicht aufzuhören schien. Die Serpentinen waren so eng, dass Nicholas immer wieder stark bremsen und bis in den ersten Gang zurückschalten musste. Vor ihnen fuhren mehrere Autos im Schneckentempo, die sich nicht trauten, einen Reisebus zu überholen.

Aus den Lautsprechern des Citroëns drangen die melancholischen Klänge eines E-Pianos, untermalt von künstlichen Streichern aus einem Achtzigerjahre-Synthesizer. Niemand sang, dafür spielte ein Bass ein einfaches Motiv, das sich ständig wiederholte. Der Toningenieur hatte so viel Hall darübergelegt, dass die Musik weit entrückt klang. Es hörte sich an wie der Soundtrack zu einem düsteren Traum, und gerade deshalb fand Nicholas, dass der Song ausgezeichnet zur Fahrt durch das Gebirge passte.

Lucas war anderer Meinung. »Was ist das denn für ein trauriges Geblubber? Hast du nichts Fröhlicheres da?«

»Das ist nicht traurig, sondern elegisch. Hörst du das?« Nicholas deutete auf das alte Radio in der Mittelkonsole, das zur Originalausstattung des Wagens gehört hatte. »Das ist einer der berühmtesten Einsätze der seltenen Baritongitarre.«

Es war lange her, dass Nicholas Musikkritiken geschrieben hatte, doch es machte ihm großen Spaß, Lucas damit aufzuziehen, dass dieser überhaupt keine Ahnung von Musik hatte.

»Aha.«

»Kennst du das nicht? Das ist der Soundtrack von *Twin Peaks*, einer legendären Fernsehserie, du Banause.«

»Aha.«

Nicholas betonte noch einmal jede Silbe einzeln: »Le-gen-där!«

»Wie immer du das nennst«, meinte Lucas völlig unbeeindruckt. »Hast du nicht ein bisschen K-Pop? Was von koreanischen Girl-Groups?«

»Nein, hab ich nicht. Aber du kannst ja mal schauen, was für Kassetten noch da sind.«

»Pfff, Kassetten«, Lucas sprach das Wort mit größtmöglicher Verachtung aus. Er öffnete das Handschuhfach des Citroëns, in dem Dutzende Kassetten herumlagen. Mit krakeliger Kugelschreiberschrift waren darauf die Namen von Bands und Songs notiert, bei vielen waren die Plastikhüllen zerkratzt und Ecken herausgebrochen, die Bänder schienen fast so alt zu sein wie das Auto. Unentschlossen kramte Lucas in dem Wust, bis er schließlich mit spitzen Fingern eine Kassette herauszog, als hielte er ein verschimmeltes Pausenbrot in den Händen.

»Nickelback? Ernsthaft?«

»Das kann ich erklären!«, sagte Nicholas. Doch bevor er weiterreden konnte, klingelte sein Handy in der Ablage. Aus den Augenwinkeln erkannte er, dass es Sandra war. Er drückte den Anruf weg.

Kurz danach leuchtete auf dem Smartphone eine WhatsApp seiner Ex-Frau auf: *Du weißt genau, dass du dich außerhalb der vereinbarten Zeiten nicht bei Hanna melden darfst! Mach das nie wieder!!!* Er schüttelte mit zusammengepressten Lippen den Kopf und legte das Handy zur Seite.

»Vorsicht!« Lucas schrie auf. Der Reisebus, der inzwischen genau vor ihnen fuhr, war plötzlich stehen geblieben.

Nicholas trat erschrocken auf die Bremse. »Kann dieser Idiot nicht blinken, wenn er anhält?«

Das Fahrzeug hatte am rechten Straßenrand gestoppt und die Türen geöffnet. Mehrere Männer mit Bierflaschen in den Händen stiegen aus und verschwanden torkelnd im Wald.

»Da müssen wohl welche dringend aufs Klo.« Erst jetzt fiel Nicholas auf, dass auf dem Bus die blaue Fahne der Volkspartei flatterte und an den Seitenfenstern Transparente hingen. »Deutschland zuerst – Ein Land, ein Volk«, las Lucas laut vor. »Ach, du Scheiße, diese Typen sind auf dem Weg zu einer VP-Demo. Es vergeht doch kein Tag mehr, an dem die nicht irgendwo auf der Straße stehen und den Untergang des Abendlandes heraufbeschwören.«

Als sie den Bus im Schritttempo überholten, kurbelte Lucas das Fenster herunter und streckte seine beiden gestreckten Mittelfinger raus. »Das ist für euch, ihr Faschos!«

»Jetzt reiß dich zusammen, Lucas!«

»Wenn ich diese Idioten sehe, wird mir ganz anders.«

Hinter ihnen klirrte es. Im Rückspiegel sah Nicholas, wie zwei Glatzköpfe mit hasserfüllten Gesichtern ihre Bierflaschen in Richtung seines Autos warfen und nur knapp den Kofferraum verfehlten. Der Busfahrer drohte ihnen wütend hinter seinem Lenkrad mit der Faust und drückte immer wieder auf die Hupe.

»Mensch, gib bloß Gas!«, rief Lucas. Der Citroën machte einen Satz nach vorn.

Die nächsten Minuten sagten beide nichts. Nicholas fand als Erster seine Sprache wieder. »Bei diesen Kerlen muss man vorsichtig sein. Einem Reporter aus der Innenpolitik haben sie vor Kurzem auf einer Demonstration die Nase gebrochen. Und die sechzehnjährige Tochter einer Nachbarin, die aus Malaysia stammt, wurde auf dem Heimweg von der Schule verprügelt, nur weil sie ein Kopftuch trug. Sie liegt immer noch im Krankenhaus.«

»Aber genau das wollen sie doch: Angst verbreiten und uns einschüchtern.«

»Ja, sie zu provozieren ist aber auch nicht sehr schlau.«

»Was wird wohl erst passieren, wenn Hartwig die Wahl gewinnt?«

»Dann wird das hier ein anderes Land. Und diese Typen übernehmen die Straße. Aber so weit wird es hoffentlich nicht kommen …«

Nicholas verstummte wieder. Er wollte sich nicht ausmalen, was in ein paar Wochen geschehen könnte.

Lucas rutschte auf dem Beifahrersitz hin und her. Als sich Nicholas zu ihm drehte, sah er, dass sein Kollege einen silbernen Gegenstand in der Hand hielt. Er glich einem überdimensionierten Kieselstein und war so groß wie eine Zigarettenpackung. In die glänzende Oberfläche war ein winziges Display eingelassen.

Nicholas erkannte das Gerät sofort wieder.

»Woher hast du das?«, rief er erstaunt aus.

»Das ist hier nach vorn gerutscht, als du vorhin gebremst hast«, antwortete Lucas. Er drückte auf einen kaum sichtbaren Knopf, und das Display ging an. »Kann es sein, dass das der mobile WLAN-Hotspot ist, den ich dir vor Monaten geliehen habe?«

»Er sieht ihm jedenfalls verblüffend ähnlich«, sagte Nicholas grinsend, während er auf die Autobahnauffahrt Richtung München fuhr. »Den Hotspot hatte ich völlig vergessen. Ich hatte ihn mitgenommen, damit Hanna auch im Auto Musik und ihre Hörspiele streamen kann. Das kann sie nur im WLAN, ihr Handyvertrag hat kein Datenvolumen.«

Lucas tippte auf das Display. »Hm, mit diesem Hotspot waren zuletzt drei Geräte verbunden. Dein Smartphone, das andere ist wahrscheinlich das Handy von Hanna und ...«

Er machte eine Pause und sah Nicholas triumphierend an.

»Sag schon!«

»Die Drohne. Ich erkenne ihre WLAN-ID.« Er berührte wieder das Display des Hotspots und murmelte vor sich hin. Auf seinem Gesicht lag ein überraschter Ausdruck. »Die Drohne war ein paar Minuten, bevor sie abgestürzt ist, noch mit diesem Hotspot verbunden.«

Auch Nicholas war überrascht. »Wie kann das sein?«

Doch Lucas hörte nicht richtig zu. Er hatte inzwischen sein eigenes Smartphone mit dem Gerät gekoppelt und starrte konzentriert auf eine App, die er geöffnet hatte.

»Erstaunlich, der Hotspot war fast das ganze Wochenende mit Hannas Handy verbunden.«

Nicholas schüttelte den Kopf und musste zugleich lächeln. Obwohl er auf den Verkehr achten musste, der immer dichter wurde, je näher sie der Stadt kamen, war ihm wieder eingefallen, dass Hanna auch draußen sehr oft auf ihr Handy geschaut hatte. Jetzt wusste er auch, warum.

»Die Kleine hat den Hotspot wahrscheinlich die ganze Zeit dabeigehabt, um auch unterwegs heimlich online spielen zu können. Dabei hatte ich ihr das ausdrücklich verboten.«

»Und auf der Heimfahrt hat sie das Gerät zwischen den Sitzen deponiert, damit du glaubst, dass es dir aus der Tasche gerutscht ist«, sagte Lucas. »Ganz schön raffiniert, deine Tochter.« Fast sah es so aus, als würde er anerkennend nicken. »Aber du solltest ihr dankbar sein, denn wenn wir Glück haben, war die Drohne so eingestellt, dass sie alle Videos automatisch an den Hotspot geschickt hat.«

Lucas drehte das Gerät um und drückte an einer versteckten Stelle. Eine winzige schwarze Plastikkarte mit vergoldeten Kontakten sprang aus dem Gehäuse.

»Und das hier«, sagte er triumphierend. »Das ist die Speicherkarte mit den Videos, die wir suchen.« Er machte eine Pause, und sein Gesichtsausdruck wurde ernst.

»Ich hoffe es jedenfalls.«

6

Markus Hartwig nahm gar nicht mehr wahr, was der Bürgermeister zum Abschluss seiner langweiligen Rede erzählte. Wie die meisten Provinzfürsten, die er im Wahlkampf besuchte, hatte auch dieser Parteigenosse viel zu lang gesprochen. Mühsam stieg der Mann nun die Treppe von der provisorischen Bühne herab, die sie vor der mittelalterlichen Kirche aufgebaut hatten, und schob dabei seinen kugelrunden Bauch vor sich her. Seine Wangen waren immer noch rot vor Aufregung. Wahrscheinlich hatte er noch nie vor so vielen Menschen gesprochen und schon gar nicht vor so vielen Journalisten. Mit etwas Glück würde er ein paar Sekunden in den Abendnachrichten zu sehen sein. Hartwig kannte diese Art Politiker zur Genüge und wusste, wie man mit ihnen umgehen musste.

»Tolle Rede! Und großartig, wie Sie das organisiert haben«, schmeichelte er dem Bürgermeister, als der hinter die Bühne zu ihm kam, und klopfte ihm jovial auf die Schulter. »Vielen Dank für Ihre Unterstützung!«

Der Provinzfürst strahlte. »Aber das ist doch selbstverständlich. Wir wollen doch alle, dass Sie Kanzler werden. Der erste wahre Volkskanzler! Unser Vaterland braucht Sie dringender denn je!«

Hartwig spürte eine Hand auf seinem Arm. Marianna Tretskow, die neben ihm stand, schob ihm unauffällig einen Zettel zu. Für einen Moment blieb sein Blick an seiner Büroleiterin hängen, die ein dunkles, eng geschnittenes Kleid trug. Es sah angemessen seriös aus, betonte aber ihre Figur. Trotz ihrer hochhackigen Schuhe bewegte sie sich erstaunlich elegant über das Kopfsteinpflaster.

Wie eine Raubkatze, dachte Hartwig. Auf dem Zettel, den sie ihm gegeben hatte, stand nur *Laimburg*. Hartwig sah sie wissend an und nickte. Dann wandte er sich wieder dem Bürgermeister zu.

»Ich freue mich so, hier bei Ihnen im wunderschönen Laimburg zu sein!«, sagte Hartwig zu dem Dicken, der jetzt vor Stolz fast platzte.

Als Hartwig das obligatorische Gruppenfoto mit den Honoratioren der Stadt erledigt hatte, nahm ihn Marianna Tretskow zur Seite. Sie sah ihn besorgt an. »Es gibt immer noch Probleme mit dieser Drohne.«

Dann erzählte sie ihm, was sie eben aus Balderschwang gehört hatte.

Hartwigs Gesicht verfinsterte sich. Wut stieg ihn ihm auf. Er musste sich zusammenreißen, um nicht vor all den Journalisten herauszuplatzen. »Diese Stümper«, zischte er. »Jetzt muss uns Sarko helfen.«

Er entfernte sich unauffällig ein paar Meter von der Menschenmenge, um ungestört telefonieren zu können, und wählte eine Nummer in Berlin. Während er sprach, lief er nervös auf und ab.

»Hallo, Torsten? Ja, hier Markus. Ich wollte mich noch mal bedanken, deine Strategie für den Wahlkampfendspurt kam bei unserer kleinen Tagung hervorragend an.« Er sah sich um, ob ihm auch wirklich niemand zuhörte. »Allerdings haben sich einige gewundert, woher wir diese Daten haben. Haha. Nein, ich habe natürlich nichts verraten. Ach, und es wäre toll, wenn uns deine Leute jetzt in einer anderen Angelegenheit unterstützen könnten. Es geht diesmal nicht um Social Media, sondern um ein technisches Problem, aber damit kennen sich deine Jungs ja genauso gut aus.«

Je länger das Gespräch dauerte, desto mehr hellte sich seine Miene auf. Als er das Telefonat beendet hatte, war er wieder bester Laune.

***

Draußen war es noch hell, aber Lucas hatte die Rollos heruntergelassen – als fürchte er, jemand könnte sie beobachten. Dabei lag sein Büro im siebten Stock des *Abendblatt*-Hochhauses. Nur das bläuliche Leuchten der beiden Monitore auf seinem Schreibtisch erhellte den Raum. Nicholas stand hinter seinem Kollegen und sah ihm dabei zu, wie er die Speicherkarte auslas, die sie im Auto gefunden hatten.

Sie waren direkt nach ihrer Rückkehr aus Balderschwang in die Redaktion gestürmt. Nicholas war schneller als sonst gefahren, weil er endlich wissen wollte, was auf dem Video der Drohne genau zu sehen war. Lucas hatte demonstrativ versucht, gelassen zu wirken, aber Nicholas war nicht entgangen, dass er während der Fahrt mehrere Schokoriegel verschlungen hatte. Das machte Lucas immer, wenn er aufgeregt war.

Schon seit ein paar Minuten flogen seine Finger über die Tastatur, begleitet von seinem zustimmenden Gemurmel. Doch seine Miene verfinsterte sich zunehmend. »Hm, die Karte scheint beschädigt zu sein.«

Er zog die Speicherkarte wieder aus dem Computer und musterte sie im Licht einer kleinen Schreibtischlampe, die aussah wie ein alter Gameboy.

»Sie ist leider feucht geworden. Der Schnee …«

Nicholas sah ihn besorgt an. »Heißt das, sie …«

»Keine Sorge, der Onkel kriegt das schon hin.«

Lucas zog aus einer Schublade ein Spray hervor und besprühte vorsichtig die Kontakte der Karte damit. Als er sie wieder in den Computer einlegte, öffnete sich auf dem Monitor sofort ein Fenster.

»Das wäre geschafft!«, sagte Lucas triumphierend. »Jetzt schauen wir doch mal, was da drauf ist.«

Er klickte ein paarmal, dann tauchte eine alpine Schneelandschaft auf dem Bildschirm auf. In der Ferne zeichneten sich die Umrisse eines Gebäudes ab, das langsam näher kam. Die Villa Wachenheim.

»Das Video!«, rief Nicholas.

»Und gleich wissen wir auch, was du gefilmt hast.«

Lucas spulte vor, bis der Tagungssaal der Villa den ganzen Monitor ausfüllte, dann hielt er den Film an. Nicholas setzte sich auf den Stuhl neben ihn und lehnte sich nach vorn. Das Bild war erstaunlich scharf.

»Der Mann, der spricht, ist Markus Hartwig, der Kanzlerkandidat der VP, den hatte ich schon vor Ort erkannt«, erklärte Nicholas. »Und die große Blonde neben der Tür ist Marianna Tretskow, die Pressefrau. Aber die meisten in der Partei nennen sie nur die ›Eisprinzessin‹.«

»Das klingt nach einem Disney-Film«, sagte Lucas.

»Ich kann dir versichern, in einem Disney-Film wäre sie nicht die Titelheldin, sondern höchstens die böse Stiefschwester. Die Frau gilt als rücksichtlos. Sie ist noch nicht lange in der Volkspartei, aber schnell aufgestiegen.«

»Und da ganz hinten, ist das nicht Georg Rotten, der stellvertretende Parteivorsitzende?«, fragte Lucas.

»Genau.«

Lucas ließ das Video in Zeitlupe weiterlaufen. »Erkennst du noch andere?«

»Ja«, erwiderte Nicholas. »Soweit ich das überblicke, sind alle wichtigen Leute der VP anwesend. Die Chefin der Jugendorganisation ist da, die meisten Landesvorsitzenden, der Vorsitzende der Bundestagsfraktion und der Bundesgeschäftsführer.«

Lucas schüttelte in gespielter Verwunderung den Kopf. »Wen du alles kennst.«

»Ich lese halt Zeitung«, sagte Nicholas. Ehe sein Kollege etwas erwidern konnte, sprach er schnell weiter. »Aber wir wissen jetzt immer noch nicht, wieso sie sich getroffen haben. Kannst du das Video noch mal von Anfang an zeigen? Ton gibt's keinen?«

»Nein, die Drohne war zu weit weg. Aber vielleicht fällt uns was anderes auf.«

Lucas spielte den ganzen Film noch einmal ab. »Kannst du erkennen, was Hartwig präsentiert?«, fragte er Nicholas. »Was steht auf den Folien?«

Nicholas beugte sich über den Tisch und starrte auf den Bildschirm, als wollte er ihn hypnotisieren, während Lucas das Video immer wieder vor- und zurückspulte.

Nach einer Weile schüttelte Nicholas frustriert den Kopf. »Der Winkel ist leider sehr ungünstig, Hartwigs Körper verdeckt fast alles.«

»Das nächste Mal solltest du vielleicht die Drohne auf ein Stativ schrauben.«

Nicholas hatte gar nicht zugehört, ihm war etwas auf dem Monitor aufgefallen.

»Halt, fahr mal zurück! Was ist das? Kannst du das größer machen?«

Er deutete auf den Bildschirm. Am unteren Rand des Videos sah man angeschnitten einige Tische und nur ein paar Arme und Hände. Die Gesichter der Leute, die dort saßen, waren nicht zu erkennen. Aber auf einem Tisch, an dem offenbar gerade niemand Platz genommen hatte, lagen Notizzettel.

»Ist das der Tisch von Hartwig?«

Lucas zoomte nah heran. Das Bild war jetzt grobkörnig und verschwommen, doch wenn man genau hinsah, konnte man mit Mühe entziffern, was auf den Zetteln stand.

»*D-Day*. Nach der Nacht ...«, las Lucas langsam vor.

»Nach der Machtergreifung!«, rief Nicholas.

Er sah Lucas an. Dann schaute er wieder auf den Monitor. »Die andere Notiz kann ich nicht entziffern.«

»Ich glaube, da steht ›Schwarzer Sonntag‹«, sagte Lucas.

Nicholas sah ihn an. »Das ist alles?«

»Ich nehme mir das Video morgen noch mal in Ruhe vor. Ich hab ein paar neue Apps, die ich ausprobieren will. Aber jetzt ...« Lucas sah bedeutungsvoll auf seine Smartwatch. »Ich muss los, ich bin verabredet.«

Nicholas sah ihn ungläubig an. »Du bist verabredet? Womöglich mit einer Frau?«

Lucas lächelte unbeholfen und lief rot an. »Warum denn nicht? Ich entwickle mich auch weiter.«

»Tinder?«, grinste Nicholas. In diesem Moment fiel sein Blick noch einmal auf das Video, das weitergelaufen war. »Den kenn ich doch!«

Auf dem Film war ein Mann in einem schwarzen Anzug zu sehen, der wütend aus der Villa in Richtung der Drohne stürmte.

»Der sieht total durchschnittlich aus«, entgegnete Lucas.

»Kurze braune Haare, dunkle Augen, etwa eins achtzig groß, schlank. Eher unauffällig, würde ich sagen.«

»Ich habe das Gefühl, ich kenne ihn irgendwoher.«

Nicholas vergaß nie Gesichter, die er einmal gesehen hatte – und keinen Namen. In seinem Beruf war das ein großer Vorteil. Er war schon oft bei Veranstaltungen ohne Einladung eingelassen worden, weil er sich an den Namen der Assistentin erinnert hatte, die sich um die Gästeliste kümmerte.

»Kannst du feststellen, wer das ist?«, fragte er Lucas.

»Ich versuch's. Ich wollte sowieso die Gesichtserkennung über das Video laufen lassen.«

»Und ich recherchiere mal. Vor allem muss ich rausfinden, was hinter diesem Schwarzen Sonntag steckt. Erst wenn ich mehr darüber weiß, kann ich mit der Geschichte zum Knurrer gehen, sonst zerreißt er mich in der Luft.«

Lucas zog seine Jacke an und stand auf.

»Hast du eigentlich ein Backup gemacht?«, fragte Nicholas.

Lucas sah ihn leicht beleidigt an. »Ich mach nachher noch eins. Und erzähl niemandem, was du gesehen hast.« Er hatte schon die Türklinke in der Hand, als ihm Nicholas hinterherrief: »Und viel Spaß bei deinem Date!«

***

Torsten Sarko las auf seinem Laptop noch einmal die E-Mail, die er vor ein paar Minuten aus Moskau bekommen hatte. Dann stellte er sich an die Fensterfront seines Eckbüros, das im sechsten Stock eines unauffälligen Hochhauses in Berlin-Mitte lag. Schwierige Telefonate führte er lieber im Stehen. Sein Blick wanderte durch die riesigen Scheiben über die Spree bis zum Kanzleramt. Der Betonbau, der aussah wie eine gigantische Waschmaschine, leuchtete in der Abenddämmerung.

Wenn alles lief wie geplant, würde Markus Hartwig schon in ein paar Wochen dort einziehen, und diesen Erfolg, der das Land für immer verändern würde, verdankte der Chef der Volkspartei zum Großteil ihm. Sarko war sich zwar nicht ganz sicher, ob Hartwig das auch so sah, aber das würde er ihm schon noch rechtzeitig klarmachen.

Er rollte die Ärmel seines perfekt gebügelten weißen Hemdes nach oben, räusperte sich kurz und setzte ein falsches Lächeln auf. Ein Coach hatte ihm mal erklärt, dass die Stimme dann sympathischer wirkte, auch wenn der Angerufene das Lächeln gar nicht sehen konnte. Dann drückte er eine eingespeicherte Nummer auf seinem Smartphone.

»Hallo, hier ist Sarko. Ich habe eine gute Nachricht. Wir haben es tatsächlich geschafft, Teile des Videos aus dem Hauptspeicher der Drohne zu rekonstruieren.« Sein Lächeln gefror gleich wieder. »Nein, es ist leider nicht vollständig …«

Während er ungeduldig wartete, bis sein Gesprächspartner ausgeredet hatte, klopfte er mit den Fingern gegen die schalldichte Fensterscheibe. Er hatte sie extra einbauen lassen, als er mit seinem Unternehmen in dieses Bürohaus gezogen war, das praktischerweise mitten im Berliner Regierungsviertel lag. Auf dem Glas klebte eine fast unsichtbare Spezialfolie, die das Abhören des Raums verhinderte. Spezialisten konnten mit Lasern die feinsten Schwingungen einer Scheibe erfassen und so aufzeichnen, was in einem Zimmer gesprochen wurde. Aber nicht bei ihm.

Manche warfen ihm vor, paranoid zu sein, dabei war er nur vorsichtig. Wie konnte er sicher sein, dass andere nicht die gleichen Methoden anwandten wie er? Er hätte es nie so weit gebracht, wenn er nicht wachsam gewesen wäre. Paranoid zu sein war überlebenswichtig, vor allem, wenn man für Politiker tätig war.

Als sein Gesprächspartner endlich Luft holen musste, hakte er schnell ein. »Nein, ich habe dir nicht zu viel versprochen. Weißt du, wie schwierig es war, ohne die Speicherkarte auch nur eine Sekunde aus diesem Clip wiederherzustellen? Das hätte außer uns niemand geschafft, nicht einmal der BND. Das ging nur, weil die besten Leute für uns arbeiten. So gut wie die Russen kann das nur noch die NSA.« Er bemühte sich, seine Mundwinkel wieder nach oben zu ziehen. »Ich kann ja verstehen, dass du enttäuscht bist. Aber man kann zumindest eine Person auf dem Video erkennen. Ich schick euch ein Foto. Nein, leider hat unsere Gesichtserkennung die Person nicht identifiziert.«

Er legte auf und schüttelte den Kopf. Als er sein Handy in die Hosentasche stecken wollte, klingelte es wieder.

»Ja? Willst du jetzt auch wissen, was mit diesem Video ist? Wieso seid ihr denn alle so verdammt nervös wegen dieser Aufnahme?«

Während er weitersprach, sah Sarko auf dem Überwachungsmonitor zwei Polizisten auf der Straße patrouillieren. Sie trugen schusssichere Westen und liefen breitbeinig über den Gehsteig, vor ihren Oberkörpern baumelten demonstrativ Maschinenpistolen. Sie blickten die Passanten grimmig an und schienen sich sehr sicher zu fühlen. Wenn ihr wüsstet, dachte Sarko, eure Waffen werden euch gegen die wahren Angriffe nicht helfen.

Er schüttelte den Kopf und versuchte, sich wieder auf sein Telefongespräch zu konzentrieren. »Ah, ich verstehe. Das wäre schlecht. Sehr schlecht. Aber keine Sorge, das bleibt natürlich unter uns. Ich habe ihm nur ein Standbild aus dem Video gegeben, sonst nichts. Den Rest der Aufnahme lass ich noch analysieren. Keine Sorge, er erfährt nichts davon.«

Als er auflegte, sah er auf dem Monitor, wie eine Frau mit ungewöhnlich langen kastanienbraunen Haaren zu ihrem Auto lief. Sie trug ein dunkelblaues Kostüm mit einem kurzen Rock und hohen Pumps, die ihre schlanken Beine betonten. Sarkos Augen funkelten gierig. Er versuchte, mit der Überwachungskamera näher an das Dekolleté der Frau zu zoomen, doch ihr Blazer verdeckte es. Verärgert schüttelte er den Kopf und drückte mit der Maus auf einen Knopf. In wenigen Sekunden durchsuchte der Computer eine Datenbank mit mehr als vier Milliarden Gesichtern, es war das Herzstück ihres Systems, sie hatten Jahre gebraucht, um weltweit die Informationen aufzukaufen und zu sammeln.

Die Blonde stieg gerade in ihr silbernes Mercedes-Cabrio, als der Computer einen Treffer meldete. Auf dem Bildschirm tauchte ihr Name auf. Dahinter standen ihre Adresse und ihre Telefonnummer.

Hübscher Name, dachte er.

***

Im Dunkeln sah Nicholas nicht genau, wo er hintrat. Er stolperte über Wurzeln, rappelte sich wieder auf, Äste peitschten ihm ins Gesicht, er blieb an Büschen hängen, Dornen rissen seine Hände auf – doch das war ihm alles egal. Er hatte nur einen Gedanken: Wo war Hanna? Vorhin war sie doch noch bei ihm gewesen, wieso war sie plötzlich verschwunden? Er sprintete an Bäumen, Blumenbeeten und antiken Statuen vorbei, erst nach links, dann nach rechts, drehte sich wieder um, schrie ihren Namen in die

Nacht und lief hektisch wieder in eine andere Richtung. Er hatte keine Ahnung mehr, wo er war, und nirgendwo war jemand, den er hätte fragen können. Je mehr er rannte, desto mehr veränderte sich der Park, der vorhin noch so lieblich gewesen war. Er ähnelte jetzt einem riesigen Irrgarten aus undurchdringlichen Hecken.

Da! Endlich, da war sie! »Hanna!« Sie lief völlig sorglos fünfzig Meter vor ihm und schien ihn nicht zu hören. Nicholas rannte hinter ihr her. Sie bewegte sich mühelos voran. Während er schwer atmete, schienen ihre Beine den Boden gar nicht zu berühren. Jedes Mal, wenn er kurz davor war, sie einzuholen, verschwand sie plötzlich, dann tauchte sie weit entfernt in seinem Rücken wieder auf. »Papa, ich bin doch hier!«, rief sie schließlich mit süßer Kinderstimme, sah ihn spöttisch an und winkte ihm wie in Zeitlupe zu. Auf ihrem Gesicht waren komische schwarze Muster aufgemalt. »Wieso siehst du so seltsam aus?« »Mama hat mich geschminkt, damit mich die Drohne nicht erkennt.« »Welche Drohne denn?« Er sah nach oben in den schwarzen Himmel. Was er die ganze Zeit für leuchtende Sterne gehalten hatte, waren in Wahrheit die Positionslichter einer Drohne. Wie ein riesiger Raubvogel, der sich aus den Wolken auf ihn stürzte, kam sie mit einem bedrohlichen Heulen immer näher.

Er wollte Hanna umarmen, sie irgendwie schützen, aber er konnte sich auf einmal nicht mehr bewegen, seine Füße waren wie festgenagelt. Er schrie in Todesangst – und plötzlich war alles still. Die Drohne war verschwunden.

Nicholas brauchte ein paar Sekunden, um zu verstehen, dass er aufgewacht war und in seinem Schlafzimmer lag. Sein T-Shirt war nassgeschwitzt, die Bettdecke lag auf dem Boden, und er hatte einige der leeren Bierflaschen umgeworfen, die dort seit Wochen Staub ansetzten. Langsam wurden seine Gedanken klarer. So einen seltsamen Traum hatte er lange nicht mehr gehabt. Er schaltete den Wecker aus, der offenbar seit mehreren Minuten Alarm schlug.

Weil ihm der Traum keine Ruhe ließ, schickte er Hanna eine WhatsApp: *Guten Morgen, mein Schatz! Hast du gut geschlafen? Papa.* Er zögerte kurz, dann schickte er noch drei Herzchen hinterher. Das hatte er noch nie getan.

Ein paar Minuten lang stand er einfach nur da, starrte aus dem schmutzigen Fenster und hoffte, dass auf dem Handy in seiner Hand endlich eine Antwort von Hanna aufleuchtete. Seine Wohnung lag in einem hässlichen Hochhaus in Neuperlach, einer gesichtslosen Neubausiedlung, die man in den Siebzigerjahren im Osten Münchens errichtet hatte. Als er und Sandra sich getrennt hatten, hatte er auf die Schnelle keine andere Wohnung gefunden, die er sich leisten konnte. Inzwischen wusste er die Anonymität in dem Haus zu schätzen. Hier kümmerte es niemanden, wenn er fünf leere Pizzakartons auf einmal neben die überfüllten Mülltonnen stellte oder wenn er manchmal nachts betrunken mit einer Frau nach Hause kam, deren Namen er am nächsten Morgen schon wieder vergessen hatte. Wenn er eine Glühbirne wechseln musste, brauchte er keine Leiter wie in dem feudalen Altbau, den er früher in Berlin-Kreuzberg bewohnt hatte, sondern konnte sich einfach auf die Zehenspitzen stellen, so niedrig war die Decke. Schlimm wurde es nur, wenn einer seiner Nachbarn, der psychische Probleme hatte, wieder die ganze Nacht schreiend durch die Wohnung lief und gegen die Wand hämmerte, um imaginäre Dämonen zu vertreiben.

Nicholas lächelte bitter. Wenn er öfter solche Dinge träumte, würde er auch so enden.

Als klar war, dass er vergeblich auf ein Zeichen von Hanna

wartete, ging er in die Küche, um Kaffee zu kochen. Er hatte ausnahmsweise ausreichend Pulver im Schrank. Während sich die Espressokanne auf dem Herd erhitzte, schaltete er sein altes Küchenradio ein, dessen Antenne er mit einem Klebeband zusammengeflickt hatte.

Markus Hartwig, der Kanzlerkandidat der Volkspartei, hatte es wieder einmal mit einer neuen Forderung in die Nachrichten geschafft. »Wir verlangen die sofortige atomare Bewaffnung der Bundeswehr. Nur so kann Deutschland unabhängig von den USA werden und auf Augenhöhe mit anderen Großmächten agieren.«

Angewidert schüttelte Nicholas den Kopf. Was plante die Volkspartei denn noch alles? Den Austritt aus EU und NATO strebte sie schon länger an. Seit Kurzem forderte sie auch das »Ende der Verbotskultur«: Jeder »gefährdete und unbescholtene« Bürger« sollte eine scharfe Waffe kaufen und tragen dürfen, eine einfache Überprüfung durch den Händler sollte dafür ausreichen. Wie weit würden sie gehen? Nicholas hielt Hartwig für einen Populisten, der alles tun würde, um an die Macht zu kommen. Lügen, intrigieren, sich rücksichtslos durchsetzen. Aber die meisten Experten glaubten, dass er sich an die demokratischen Spielregeln halten würde, wenn er Kanzler werden sollte. Nur ein paar Politiker und Journalisten befürchteten, dass Hartwig das ganze System umstürzen wollte, schlimmer als Viktor Orbán in Ungarn oder Jarosław Kaczyński in Polen. Aber gab es nicht immer Hysteriker, die jeden für einen Despoten hielten, der nicht so war wie sie?

Er musste herausfinden, was Hartwig und die Volkspartei vorhatten.

Nicholas ging mit der dampfenden Kaffeetasse ins Arbeitszimmer und setzte sich an seinen Laptop. Er schickte seiner

Ressortleiterin eine Nachricht, dass er heute von zu Hause aus arbeiten würde. Dann rief er nacheinander Michael Maertens, der für das *Abendblatt* über die Volkspartei schrieb, und Christine Fochs, die Rechtsextremismus-Expertin der Zeitung, an. Sie waren nicht nur Spezialisten auf ihrem Gebiet, sie gehörten auch zu den wenigen Redakteuren, mit denen Nicholas noch halbwegs offen sprechen konnte. Trotzdem verriet er ihnen nicht, woher er seine Informationen hatte. Dafür war es noch zu früh.

Zu seinem Bedauern konnten ihm die Kollegen nicht wirklich weiterhelfen. Beide hatten noch nie von einem »Schwarzen Sonntag« im Zusammenhang mit der Volkspartei gehört. Einige VP-Politiker hatten schon öffentlich von »Machtergreifung« gefaselt, doch das waren unbedeutende Leute aus der Provinz, die in Bierzelt-Reden das große Wort schwangen, aber in der Partei nichts zu sagen hatten. Der Parteivorstand hatte sie dafür immer sofort streng gerügt.

»Mich wundert es, dass ausgerechnet Hartwig dieses Wort benutzt. Er gibt sich doch gern als moderaterer Nationalist«, sagte Fochs. »Bei Georg Rotten, seinem Stellvertreter, hätte mich das nicht erstaunt. Das ist ein Bluthund. Obwohl er es nie zugegeben hat, weiß jeder, dass er dem rechtsradikalen Teil der Volkspartei angehörte, bevor der sich angeblich aufgelöst hat.«

»Du hast ja ein positives Bild von Hartwig.«

»Er ist clever, das muss man ihm lassen. Hartwig weiß, dass man nicht zu radikal sein darf, wenn man an die Macht will. Inzwischen dringen kaum noch Informationen aus dem inneren Zirkel nach außen, die VP hat dazugelernt, sie haben die Reihen geschlossen. Welche Positionen er wirklich vertritt und welche nur aus Wahlkalkül, kann ich deshalb nicht genau sagen. Das war früher noch anders, als sie sich ständig öffentlich bekriegt haben.« Mit einem Seufzen fügte sie hinzu: »Leider ... das macht meine Arbeit viel schwieriger.«

Nach den Telefonaten loggte sich Nicholas in das Online-Archiv des *Abendblatts* und in mehrere Internetdatenbanken ein. Die Villa Wachenheim, in der sich die Volkspartei getroffen hatte, gehörte tatsächlich einer Schweizer Firmengruppe, so wie es die Hotelangestellte erzählt hatte. Diese Blue Oasis Group war ein weitverzweigtes, schwer durchschaubares Geflecht. Sie hatte Büros und Anteile an Unternehmen in so ziemlich jeder Steueroase der Welt, auf den Cayman- und den britischen Kanalinseln, auf Malta, in Singapur, Dubai, Panama und auf den Philippinen. Blue Oasis war an Ölfirmen in Russland und Österreich beteiligt, an Fracking- und Rüstungskonzernen in den USA und besaß Immobiliengesellschaften in Spanien, Deutschland, der Schweiz und Großbritannien.

Bald war offensichtlich, dass die Firma große Anstrengungen unternahm, um ihre Spuren und Beteiligungen zu verschleiern. Nicholas war aber immer noch nicht klar, was diese weltweit agierende Gruppe mit der deutschen Volkspartei zu tun haben sollte. War es vielleicht doch nur ein Zufall, dass sich die VP in einem Gebäude getroffen hatte, das so einem Unternehmen gehörte?

Er musste tiefer graben, wenn er mehr herausfinden wollte. Er war kein Nerd wie Lucas, der manchmal fast schon eine telepathische Verbindung zum Internet zu haben schien. Es hatte ewig gedauert, bis Nicholas sich ein Smartphone angeschafft hatte, und eine Smartwatch würde er nie freiwillig tragen. Aber er lehnte Technik auch nicht prinzipiell ab. Wenn eine Technologie ihm Hilfe bei der Arbeit versprach, dann setzte er sie auch ein.

Deshalb hatte er beim *Abendblatt* in den vergangenen Jahren mehrere Seminare zur Internetrecherche besucht. Erst widerwillig, weil der Knurrer in seiner charmanten Art einfach alle Redakteure dazu verdonnert hatte – obwohl der Chefredakteur sich selbst bis heute weigerte, ein Smartphone zu benutzen. Aber Nicholas hatte schnell zu schätzen gelernt, was ihm der Dozent beigebracht hatte.

Er wusste jetzt, wie man im Deep Web nach Informationen suchte, die nicht für die Öffentlichkeit bestimmt waren, obwohl sie nur ein paar Mausklicks entfernt waren. Im Gegensatz zum Dark Web war das Deep Web mit jedem Webbrowser zugänglich, aber es war der unbekannte Teil des Netzes, der von Google und anderen Suchmaschinen nicht erfasst wurde. Geschätzt standen dort fünfundneunzig Prozent aller Informationen im Internet, doch nicht nur die Bots der Suchmaschinen ignorierten es, auch die wenigsten Menschen bekamen das Deep Web je zu Gesicht. Aber wer sich auskannte, der konnte dort in speziellen Datenbanken wertvolle Hinweise aufspüren.

Bald fand Nicholas heraus, dass Blue Oasis auch einen unbekannten Venture-Capital-Ableger in der Schweiz hatte, der mit seinem Risikokapital Start-ups finanzierte, die sich vor allem mit Künstlicher Intelligenz und Überwachungstechnik beschäftigten. Einige von ihnen lieferten Spähsoftware an die Regierungen von Myanmar, Bahrain, Saudi-Arabien, Russland und China.

Er klappte seinen Laptop zu und schüttelte ungläubig den Kopf. Vieles von dem, was er gerade gelesen hatte, kam ihm nur allzu bekannt vor. Als er sich daran erinnerte, lief wieder eine Schockwelle durch seinen Körper. Im Grunde war die Sache erst zwei Jahre her – zwei Jahre, die zu den schlimmsten seines Lebens gehörten. Für Nicholas fühlte es sich aber wie eine andere Zeit an, so viel war seitdem passiert.

Er hatte damals noch im Berliner Büro des *Abendblatts* gearbeitet, als sich ein anonymer Informant bei ihm gemeldet hatte. Der geheimnisvolle Unbekannte besaß angeblich Informationen über den großen deutschen Softwarekonzern Securecom, der illegal Überwachungstechnologie an autoritäre Staaten verkaufte.

Nicholas war erst skeptisch gewesen. Es gab immer wieder Wichtigtuer, die sich mit angeblich exklusiven Neuigkeiten in der Redaktion meldeten, die sich als falsch herausstellten oder ohnehin längst bekannt waren.

Doch dieser Informant, der sich Reed nannte, war anders. Er hatte nach und nach Kopien von Dokumenten geschickt, die nur ein Insider haben konnte. Das Material war brisant. Der Konzern, dessen Programme auch in vielen deutschen Behörden benutzt wurden, hatte demnach Software in den Nahen Osten verkauft, mit der man Oppositionelle überwachen und auslesen konnte. Jedes Telefongespräch konnte abgehört, jede SMS, WhatsApp und Mail aus der Ferne gelesen werden. Die Software erstellte sogar automatisch Bewegungsprofile und schickte auf Wunsch jedes Foto und jedes Video, das mit dem überwachten Handy aufgenommen wurde, direkt an die Spione.

In mehreren Ländern waren Hunderte Journalisten und oppositionelle Politiker, aber auch Studenten und Gewerkschafter, die man überwacht hatte, verhaftet und gefoltert worden.

Dieses Schnüffelprogramm schien nur ein kleiner Teil eines viel größeren Überwachungssystems zu sein, das Securecom zusammen mit anderen internationalen Konzernen entwickelte. Offenbar gehörten dazu auch Drohnenschwärme, die aus der Luft ganze Viertel kontrollieren, Gruppen von Menschen verfolgen und Gespräche belauschen konnten, sogar in Wohnungen, durch Wände hindurch. Es gab Roboter, die wie große mechanische Hunde aussahen und in Straßen und Parks patrouillierten, Ampeln mit integrierten Kameras, die per Gesichtserkennung alle Passanten identifizierten, und Straßenlaternen mit eingebauten Mikrofonen, die automatisch Alarm schlagen konnten, wenn sich mehr als drei Menschen in ihrer Nähe versammelten. Mit dieser günstigen Technik konnte man auch große Städte permanent überwachen. Es war ein wahr gewordener dystopischer Stasi-Traum.

Nicholas hatte von Reed Dutzende Dokumente bekommen, die das belegten. Trotzdem hatte er lange gezögert, ob er darüber im *Abendblatt* schreiben sollte. Der Softwarekonzern war dummerweise auch ein Anzeigenkunde des Verlages und zahlte viel Geld für üppige Hochglanzbeilagen. Das war zwar eigentlich kein Problem, wenn die Geschichte stimmte, denn der Knurrer und die Redaktion stemmten sich immer noch vehement gegen jede Einflussnahme der Anzeigenabteilung. Doch es machte die Sache auch nicht leichter.

Das größte Problem jedoch war, dass der Whistleblower seine wahre Identität nicht verraten hatte. Nicholas hätte nie den Namen eines Informanten veröffentlicht, aber wenn er sicher sein wollte, dass er ihm vertrauen konnte, musste zumindest er wissen, wer der Mann wirklich war. Jedes Mal, wenn ihn Nicholas danach fragte, wich Reed aus. Klar war nur, dass er bei dem Softwarekonzern arbeitete und dass es ihn störte, dass seine Chefs Geschäfte mit Diktaturen machten. Er fürchtete, dass der Einsatz im Nahen Osten nur der Auftakt war und der Konzern die Schnüffeltechnik bald auch in Deutschland einsetzen würde. Reed hatte viel Ahnung von Technik. Wenn er sich meldete, was er nur selten tat, rief er über die Signal-App an, die jeden Anruf verschlüsselte. Seine Stimme verzerrte er so, dass Nicholas das Gefühl hatte, mit Darth Vader zu sprechen. Sosehr es Nicholas auch versuchte, es gelang ihm nicht, Reed zu einem Treffen zu überreden.

Wochenlang hatte er überlegt, was er machen sollte. Konnte er die Geschichte trotz der Vorbehalte veröffentlichen? War das Risiko nicht zu groß, dass er vielleicht doch einem raffinierten Schwindler aufgesessen war? Wenn er falschlag, dann wäre das eine Katastrophe für ihn und für das *Abendblatt*. Der Knurrer hatte es deshalb abgelehnt, den Artikel zu drucken.

Doch Nicholas hatte die Hoffnung nie aufgegeben. Die ganze Zeit trug er die geheimen Dokumente in einem mehrfach verschlüsselten USB-Stick bei sich. Wenn er abends das Büro verließ und am Landwehrkanal entlang zu seiner Wohnung in Neukölln lief, spürte er ihn in seiner Hosentasche. Während seiner Telefongespräche mit Sandra, die nicht mit nach Berlin gezogen war, strich er manchmal mit seinen Fingerkuppen über die angenehm glatte Metalloberfläche des Sticks, um sich zu beruhigen.

Sie stritten oft. Als Nicholas ein paar Monate vorher ins Hauptstadt-Büro der Zeitung gewechselt war, hatte ihnen der Abstand zwischen Berlin und München gutgetan. Doch mit der Zeit hatten sich die Risse in ihrer Beziehung wieder vertieft. Er war zu beschäftigt gewesen, um es wahrzunehmen, vielleicht hatte er es aber auch einfach nicht sehen wollen. Selbst als sich Hanna beklagte, dass er immer seltener nach Hause nach München käme, hatte er sich viel zu wenig bei ihr gemeldet.

Seine Gedanken kreisten ständig um die geheimen Dokumente. Nicholas kam sich vor wie ein Zauberer, der seinen besten Trick nicht vorführen durfte. Dabei hätte das eine seiner größten Geschichten werden können, sein Aufstieg in den Journalisten-Olymp. Auch Reed drängte ihn per Mail immer wieder, den Artikel zu schreiben. Er drohte, eine andere Zeitung zu informieren, wenn Nicholas die Dokumente nicht bald publizierte.

Aber dann hatte sich völlig überraschend das Blatt gewendet. Nach langen Recherchen hatte ein freier Journalist des *Abendblatts* noch einen Mitarbeiter von Securecom gefunden, der die Aussagen von Reed bestätigte. Der neue Informant hatte sogar den Kaufvertrag über die Spionagesoftware geschickt – der mit Abstand beste Beweis, den sie besaßen. Auch diese Quelle wollte anonym bleiben, aber jetzt hatten sie zwei Whistleblower und jede Menge Dokumente. Das musste reichen. Nicholas redete immer wieder auf den Knurrer und seinen Ressortleiter ein, bis sie endlich doch zustimmten, die Geschichte zu publizieren. Allen war bewusst, dass sie damit ein Risiko eingingen, aber sie hatten es für überschaubar gehalten.

Die Erinnerung ließ Nicholas erschaudern. Wie hatten sie, wie hatte er, nur so naiv sein können? Sein Blick fiel auf den Kalender über seinem Schreibtisch, den Hanna damals für ihn gebastelt hatte. Er zeigte ein Foto von ihr, Sandra und Nicholas, das sie bei einer Wanderung in der Jachenau aufgenommen hatten. Sie hatten sich in einer Bushaltestelle untergestellt, weil es stark geregnet hatte. Alle waren völlig durchnässt, aber alle strahlten. War ihr Lachen echt? Hannas ganz sicher. Für sie war in diesen Tagen die Welt noch in Ordnung gewesen. Sandra und er hatten es erstaunlich lange geschafft, die Fassade aufrechtzuerhalten, umso überraschter waren alle gewesen, als sie sich ein paar Monate später von ihm getrennt hatte. Zwei lange Jahre war das her.

Nicholas seufzte, beugte sich über den Schreibtisch und drehte den Kalender um, damit er das Foto nicht mehr ansehen musste.

7

Es hatte wieder angefangen zu schneien. Touristen in quietschbunten Trainingsanzügen schoben sich auf Langlaufskiern durch den Ort und freuten sich, dass der Winter kurz noch einmal zurückgekehrt war. Neben der alten Kirche bauten drei Kinder hoch konzentriert einen Schneemann, der in wenigen Stunden sicher wieder schmelzen würde.

Thoma beachtete sie nicht weiter. Er hatte Balderschwang schon verlassen, war aber noch einmal zurückgekommen. Nun stapfte er bereits den ganzen Tag durch das Dorf und klapperte Hotels und Pensionen ab. So einen wichtigen Auftrag konnte er nicht seinen Männern überlassen, den musste er selbst erledigen.

Bislang war seine Suche enttäuschend verlaufen. Niemand hatte das Mädchen auf dem Foto auf seinem Handy erkannt, das ihm Sarko geschickt hatte. Thoma erzählte allen immer die gleiche Geschichte: Seine Tochter habe das gleichaltrige Mädchen mit der Basecap vergangenes Jahr hier beim Skiurlaub kennengelernt, und er wolle die Spielkameradin für sie wiederfinden.

Thoma war nicht überrascht gewesen, dass es dem Computerexperten der Volkspartei gelungen war, das Bild zu rekonstruieren. Niemand, den er kannte, wusste so viel über Computer wie Sarko. Hartwig und Rotten schienen ihm blind zu vertrauen, er hatte Gerüchte gehört, dass Sarko auch die Wahlkampagne der Partei in den sozialen Medien steuerte und mit mysteriösen Hackern in Russland zusammenarbeitete. Angeblich steckten hinter dieser Gruppe mächtige Drahtzieher, aber so genau wollte es Thoma gar nicht wissen. Das ging ihn schließlich nichts an, er war ein Profi, der einen Job zu erledigen hatte.

Er setzte seine Sonnenbrille auf und überquerte die Hauptstraße, auf der sich der Schnee schon in grauen Matsch verwandelte. Er lief durch den Ort und bog dann links auf eine schmale Querstraße ab, bis er an seinem nächsten Ziel war, dem Hotel Engel. Als er durch die Glastür trat, begrüßte ihn die junge Frau an der Rezeption mit routinierter Freundlichkeit. Sie sah sich das Foto des Mädchens aufmerksam an.

»Wissen Sie denn, wie die Bekannte Ihrer Tochter heißt?«, fragte sie mit osteuropäischem Akzent.

Thoma lächelte sie an. »Ach, das tut mir leid, das habe ich mir nicht gemerkt. Ich bin leider ganz schlecht mit Namen.«

Dann tat er so, als würde er angestrengt nachdenken. »Hm, Marie hat immer von Emma gesprochen, oder so ähnlich.«

Die Empfangsfrau schien sich an etwas zu erinnern. »Das könnte Hanna sein. Aber ich bin mir nicht sicher. Da muss ich meine Chefin fragen. Warten Sie bitte einen Moment.«

Sie verschwand hinter der Rezeption. Thoma sah sich um. Er war allein im Foyer. Schnell beugte er sich über den Empfangstresen, wo der Computer stand, in dem alle Übernachtungen erfasst wurden. Leider hatte die Hotelangestellte den Bildschirm mit einem Passwort gesperrt. An der Umrandung des Monitors hingen mehrere gelbe Zettel, auf denen mit Kugelschreiber Zahlen und Namen notiert waren.

Thoma drehte sich wieder um, da kam die Empfangsdame in Begleitung einer älteren rundlichen Frau zurück, die ganz in Schwarz gekleidet war. Sie war sicher über sechzig Jahre alt und hatte glänzende, grauweiße Haare, die ihr bis zu den Schultern reichten, und erstaunlich wenig Falten.

Sie warf ihm einen skeptischen Blick zu. »Guten Tag, ich bin Frau Lorenz, die Besitzerin des Hotels. Sie suchen also ein Mädchen. Darf ich das Foto mal sehen?«

Sie blickte nur kurz auf das Handydisplay, dann schüttelte sie den Kopf. »Tut mir leid, da hat sich meine Kollegin wohl geirrt. Ich habe dieses Mädchen noch nie gesehen.«

Die Frau log, so etwas spürte er sofort, schließlich hatte er jahrzehntelange Erfahrung im Befragen von Leuten.

»Schade, sehr schade.« Thoma sah sie mit einem bohrenden Blick an. »Marie hätte sich sicher so gefreut, das Mädchen wiederzusehen. Das wäre eine tolle Überraschung gewesen. Sind Sie sich ganz sicher? Denken Sie doch noch mal nach.«

»Das ist nicht nötig«, antwortete die Besitzerin des Hotels kühl. »Ich habe ein exzellentes Gedächtnis. Meine Schwester Babette und ich, wir kennen jeden unserer Gäste, auch die Kleinen. Aber das Mädchen hier sagt mir nichts.«

Sie bemühte sich nicht einmal, ihr Misstrauen zu verbergen. »Sie können mir aber gern ihren Namen dalassen und Ihr Hotel hier in Balderschwang, dann melde ich mich, falls uns doch noch etwas einfällt.«

Die Alte war raffiniert. Er nahm eine der gefälschten Visitenkarten aus seiner Tasche, die er für solche Zwecke immer bei sich trug, und gab sie ihr. »Aber natürlich gern, sehr nett von Ihnen. Mein Name ist Spindler. Rufen Sie mich einfach unter dieser Handynummer an, falls Sie mehr wissen.«

Thoma verabschiedete sich übertrieben freundlich. Beim Hinausgehen sah er aus den Augenwinkeln, wie die Frau ihre Angestellte zurechtwies und zu ihrem Handy griff. Als er wieder auf der matschigen Straße stand, nahm er die zwei gelben

Haftnotizen, die er vom Monitor gerissen hatte, aus seiner Hosentasche und studierte sie genau.

***

»Vielen Dank für Ihren Anruf, Frau Lorenz. Ich werde Hanna natürlich Grüße von Ihnen ausrichten. Auf Wiederhören!«

Nicholas legte sein Handy zur Seite. »Verdammt!« Wütend schlug er mit der Faust auf den Tisch. Offenbar suchten diese Typen aus der Villa Wachenheim nach seiner Tochter. Sie hatten die Drohne also tatsächlich gefunden. Aber wieso hatten sie nur ein Foto von Hanna – und nicht von ihm? Wenn sie nicht wussten, wer er war, dann würde es ihnen zumindest schwerer fallen, Hannas Identität herauszufinden. Aber was, wenn sie seine Tochter doch aufspürten? Was würden sie mit ihr machen?

Zum Glück kannte ihn Frau Lorenz schon so lange, dass sie sich gleich nach dem seltsamen Besuch gemeldet hatte. Ihre Beschreibung des Mannes war leider nicht sehr gut, aber sie war so geistesgegenwärtig gewesen, ihn nach einer Visitenkarte zu fragen. Nicholas hatte die angegebene Nummer gleich angerufen – es ging niemand ran. Natürlich.

Er rief Lucas an. Nachdem er ihm erzählt hatte, was vorgefallen war, schwieg sein Kollege lange.

»Wahrscheinlich haben sie das Video nur teilweise rekonstruieren können, deshalb haben sie nur ein Foto von Hanna«, sagte Lucas schließlich. »Aber pass auf dich und Hanna auf. Ich sage es nur ungern, aber vielleicht gelingt es ihnen auch noch, den Rest der Aufnahmen wiederherzustellen.«

»Wenn das ginge, hätten sie es doch schon gemacht«, antwortete Nicholas.

»Vielleicht. Manchmal dauert es aber einfach länger, alle

Daten zu retten«, sagte Lucas. »Die Sache hat übrigens auch ihr Gutes. Wenn die Volkspartei so intensiv nach dir sucht, dann musst du einer großen Sache auf der Spur sein. Aaaaber …« Er machte eine Kunstpause, bevor er weitersprach: »… recherchiere diesmal gründlicher. Du weißt ja, was passiert, wenn du dich wie damals von deinen Gefühlen leiten lässt.«

Nicholas ließ sich nichts anmerken, aber der Seitenhieb schmerzte ihn.

»Apropos Gefühle: Wie war eigentlich dein Date?«

»Also, äh… Wie soll ich es sagen…«

»Hat sie dich versetzt?«

»Im Gegenteil: Es war großartig. Stell dir vor, sie hat alle Staffeln von *Star Trek – Deep Space Nine* zu Hause, 48 DVDs. Ich glaube …« Wieder brach Lucas ab und setzte neu an. Nicholas spürte seine Aufregung sogar durch das Telefon. »Also ich glaube, ich bin ein bisschen verliebt.«

»Was? Das ist großartig. Und du warst sogar schon in ihrer Wohnung? Du gehst ja ganz schön ran.«

»Na ja, ging nicht anders.«

»Wie? Das versteh ich nicht.«

»Ach, das erzähl ich dir gelegentlich mal in Ruhe.« Lucas räusperte sich, dann wechselte er schnell das Thema. »Wir sollten uns beide jetzt wieder auf die Arbeit konzentrieren. Ich melde mich, wenn ich rausgefunden habe, was auf dem Video genau zu sehen ist.«

Nachdem er aufgelegt hatte, nahm Nicholas aus einem Schrank einen der Aktenordner, in denen er seine alten Artikel aufbewahrte. Er hatte sich die *Abendblatt*-Ausgabe mit der Geschichte über die illegalen Geschäfte von Securecom seitdem nie wieder angesehen. Lucas hatte recht, er durfte nicht den gleichen Fehler machen wie vor zwei Jahren und sich zu sicher sein.

Dabei war er damals noch so ungewöhnlich gut gelaunt gewesen, als der Artikel erschienen war. Er hatte sich frei genommen und war extra zum Kiosk bei ihm um die Ecke an der Urbanstraße gegangen, um die Ausgabe zu kaufen. Eigentlich war das unnötig, denn er hatte natürlich ein Mitarbeiter-Abonnement. Aber er wollte den hohen Stapel mit den Zeitungen bewundern, auf deren Titelseite groß seine Geschichte stand. Insgeheim hatte er gehofft, dass ihn der notorisch schlecht gelaunte Besitzer diesmal erkannte und vielleicht sogar auf seinen Artikel ansprach. Doch der alte Mann stritt sich nur mit einer schwerhörigen Oma, die den Lottoschein falsch ausgefüllt hatte.

Als Nicholas danach Sandra und Hanna vom Berliner Hauptbahnhof abholte, um mit ihnen in den Zoo zu gehen, strahlte die Frühlingssonne. Sie waren noch nicht einmal durch das Eingangstor des Tiergartens getreten, als er schon die ersten E-Mails und WhatsApp-Nachrichten von Kollegen und Freunden mit Gratulationen erhielt. Bekannte, von denen er seit Jahren nichts mehr gehört hatte, meldeten sich plötzlich, selbst der Knurrer rief ihn an, um ihn zu beglückwünschen. Der Artikel hatte eingeschlagen wie eine Bombe.

Andere Medien griffen die Geschichte auf und drehten sie weiter. Die Oppositionspolitiker sahen Deutschland auf dem Weg in einen Überwachungsstaat und riefen nach einem parlamentarischen Untersuchungsausschuss. Die Regierung tat die Aufregung als hysterisch ab und wies jede Schuld von sich. Für ein paar Stunden hatte sogar Sandra verstanden, wieso er sich in letzter Zeit so rar gemacht hatte. Von den beiden Informanten hatte Nicholas nichts mehr gehört, aber das war nicht ungewöhnlich.

Einige Tage sonnte sich Nicholas in seinem neu erlangten

Ruhm, dann bekam er eine E-Mail vom Knurrer. Er saß gerade beim Frühstück und überlegte sich, ob er noch ein Glas Orangensaft trinken sollte, als er die Nachricht las.

Sie war sehr kurz. Der Chefredakteur hatte einen Link gemailt und dazu nur lapidar geschrieben: *Stimmt das?* Ohne Anrede, ohne Gruß.

Der Link führte ausgerechnet zu einem Artikel auf der Webseite der *Woche*, einem der größten Konkurrenten des *Abendblatts*. In dem Text wurde Nicholas' Geschichte heftig attackiert. Das überraschte ihn nicht. Securecom hatte sich von Anfang an gegen die Berichterstattung gewehrt und seine Anwälte losgeschickt. Es war nicht ungewöhnlich, dass Konzerne oder Personen, die so angegriffen wurden, sich an andere Medien wandten und ihre Version der Geschichte erzählten.

Doch der Artikel der *Woche* ging deutlich weiter. Er behauptete, dass das wichtigste Beweisstück, der Vertrag über den Verkauf der Schnüffelsoftware, eine Fälschung war. Die *Woche* hatte angeblich mit mehreren unabhängigen Experten gesprochen, und alle waren sich sicher: ein Fake.

Nicholas legte das Smartphone aus der Hand und erbleichte. Konnte das stimmen? Er versuchte Reed zu erreichen und den anderen Informanten, aber niemand reagierte.

Dann rief Alexander Wiedmann an, der Leiter des Investigativressorts des *Abendblatts*. So wütend hatte ihn Nicholas noch nie erlebt. Wiedemann, der sonst immer so besonnen war, brüllte fast ins Handy: »Wir haben hier gerade noch mal ganz genau die Echtheit des Kaufvertrags geprüft, und er ist verdammt noch mal eine Fälschung! Was hast du dir …«

Nicholas legte einfach auf. Ihm wurde schwarz vor Augen.

An die Wochen danach erinnerte er sich nur noch wie an einen weit entfernten schlechten Traum. Das *Abendblatt* hatte sich öffentlich entschuldigen müssen, die anderen Medien hatten sich mit hämischen Kommentaren nicht zurückgehalten. In der Redaktion mieden ihn die meisten Kollegen, als hätte er eine ansteckende Krankheit, selbst in der Kantine setzte sich kaum noch jemand neben ihn. Der Knurrer wollte ihn wütend entlassen, aber weil Nicholas schon so lange bei der Zeitung war und ein paar Kollegen protestierten, wurde er genau wie der Ressortleiter Politik zur Strafe nur versetzt. Er musste in die Lokalredaktion nach München.

Nicholas hatte alles erstaunlich teilnahmslos hingenommen, seine Energie war nach der Enthüllung, dass er auf eine Fälschung reingefallen war, mit einem Schlag verflogen gewesen. Er kam sich vor wie ein Ballon, aus dem langsam die Luft entwich. Nicholas brachte nicht einmal die Kraft auf, seine Informanten noch einmal zu kontaktieren. Dabei hatte er so viele Fragen: Wie konnte es sein, dass sie ihm gefälschte Beweise gegeben hatten? Hatten sie selbst nicht gewusst, dass es Fälschungen waren? Oder hatten sie Nicholas die Papiere bewusst untergejubelt, um seinen Ruf zu ruinieren? Aber wieso sollten sie das machen?

An seinem letzten Arbeitstag in Berlin war er noch einmal in sein Büro gegangen. Früher lag die Berliner Außenstelle des *Abendblatts* in einem pompösen Altbau am Prachtboulevard Unter den Linden, direkt über einem Ferrari-Händler. Überall standen Designermöbel, das tiefbraune Parkett war aus Jatoba-Holz, das man eigens aus Westindien eingeflogen hatte, und die Wände der Redaktionsräume waren makellos weiß.

Aber die Medienkrise hatte auch das *Abendblatt* schwer getroffen. Es gab sogar Gerüchte, dass der Verlag nach einem Investor suche und die Zeitung verkaufen wolle. Das Berliner Büro lag jetzt in einer heruntergekommenen Nebenstraße der Friedrichstraße in einem Sechzigerjahre-Bau, nur ein unscheinbares Klingelschild wies auf die Redaktion hin. Nicholas fuhr mit dem rumpelnden Aufzug in den vierten Stock und hastete in sein Büro, das am Ende eines langen, dunklen Ganges lag. Er wollte niemandem begegnen, er hasste Abschiede ohnehin, und das hier war eher eine Flucht als ein normaler Abgang. Von den wenigen Kollegen, die weiterhin zu ihm hielten, würde er sich später in Ruhe am Telefon verabschieden.

Sein Büro kam ihm noch kahler vor als sonst. Er war sowieso nicht der Typ, der seinen Schreibtisch dekorierte oder sich Bilder an die Wand hängte. Das alte Sofa, auf das er sich gerne legte, wenn er nachdenken musste, hatte er einem Kollegen geschenkt, und das gerahmte Foto von Hanna hatte er schon vor ein paar Tagen mitgenommen.

Er packte den klapprigen Laptop ein, den er auch in München brauchen würde, und sah ein letztes Mal aus dem Fenster. Gerade als er sich schwor, nicht sentimental zu werden, und ihn trotzdem die Rührung packte, klingelte sein Smartphone. Es war die Signal-App. Reed.

Seine Stimme klang trotz der Verzerrung gehetzt. »Ich muss Sie sprechen. Dringend!«

»Sie haben sich ja rar gemacht«, antwortete Nicholas barsch. Er hatte nicht vor zu verbergen, wie wütend er auf seinen Informanten war. »Sie haben vielleicht zufällig mitbekommen, dass ich wegen Ihnen beruflichen Selbstmord begangen habe. Ich bin erledigt!«

»Ich kann Ihnen das alles erklären, aber nicht jetzt. Sie sind reingelegt worden.«

»Das stimmt allerdings. Und zwar von Ihnen.«

»Nein. Sie haben nichts verstanden. Seit Ihr Artikel erschienen ist, habe ich weiter recherchiert. Mir kam dieser Kaufvertrag von Anfang an seltsam vor. Jetzt bin ich mir sicher: Der andere Informant hat sie reingelegt. Er wollte Ihre Geschichte unglaubwürdig machen.«

»Was erzählen Sie da?«, fragte Nicholas.

Doch Reed redete ungerührt weiter. »Hören Sie, ich habe jetzt die Beweise.«

»Und das soll ich Ihnen glauben?«

Für ein paar Sekunden war es ruhig im Telefon, Nicholas dachte schon, dass der Whistleblower aufgelegt hatte. Dann knackte es, und er hörte zum ersten Mal Reeds unverzerrte Stimme. Sie klang viel jünger, als er gedacht hatte, und er meinte, einen ausländischen Akzent wahrzunehmen.

»Ich habe mich entschieden, mit offenen Karten zu spielen, nur so können wir sie aufhalten. Wir treffen uns in einer Stunde, dann zeige ich Ihnen neue Beweise. Echte Beweise. Ich schicke Ihnen den Treffpunkt gleich per Signal.« Reed war hörbar aufgeregt. »Das ist alles noch viel größer, als ich zuerst dachte. Viel größer. Aber diesmal kommen die nicht davon.«

Dann brach die Verbindung ab.

Eine Stunde später näherte sich Nicholas mit seinem Citroën dem vereinbarten Treffpunkt. Es war eine dieser typischen Brandenburger Alleen, deren Schönheit mit den riesigen, öden Feldern kontrastierte, die rechts und links die Landstraße säumten. »Ihr Ziel liegt auf der rechten Seite«, sagte die aufdringlich-unaufdringliche Stimme aus dem Navigationsgerät. Einen Kilometer entfernt, direkt hinter einer Kurve, war ein Parkplatz. Das musste es sein. Reed hatte ihm nur die GPS-Koordinaten geschickt.

Als er um die Kurve bog, hörte er schon wildes Hupen, noch bevor er den Wagen sah. Es war ein roter VW Golf. Das Auto fuhr viel zu schnell in Schlangenlinien. Der Fahrer kurbelte verzweifelt am Lenkrad und drückte ununterbrochen auf die Hupe, er schien die Kontrolle verloren zu haben.

Wieso bremst er nicht, fragte sich Nicholas und riss sein Lenkrad nach rechts, um dem Golf auszuweichen. Ohne nachzudenken, drückte er das Gaspedal durch. Der Motor des Citroëns heulte widerstrebend auf, als die uralte Automatik nach unten schaltete – und das Auto schoss mit einem Satz nach vorn.

Doch der Golf war ins Schlingern geraten und raste genau auf ihn zu. Durch die Windschutzscheibe sah Nicholas das entsetzte Gesicht des Fahrers, das immer näher kam. Instinktiv duckte er sich hinter das Lenkrad, dann spürte er eine Erschütterung und hörte das hässliche Krachen von Metall. Aus dem Augenwinkel sah er, wie der Golf seitlich seine Tür touchierte, für einen Moment schliff das Auto am Citroën entlang, schließlich löste es sich wieder und fuhr mit voller Geschwindigkeit weiter. Dann merkte Nicholas, wie ein Vorderrad seines Wagens die Bodenhaftung verlor. Mit aller Kraft trat er auf die Bremse.

Er wusste nicht, wie lange er bewusstlos gewesen war, als ihn das Navi weckte. »Bitte wenden! Bitte wenden! Bitte wenden!«, wiederholte die Computerstimme wie zum Hohn. Der Citroën war halb in den Straßengraben gerutscht, als Nicholas dem Golf ausgewichen war. Seine Nase blutete, sein Kopf dröhnte, und seine Rippen schmerzten, wo der Gurt ihn in den Sitz gepresst hatte. Doch sonst schien er unverletzt zu sein. Im Rückspiegel sah er eine Rauchsäule aufsteigen.

Er öffnete die Fahrertür, die tiefe Kratzer abbekommen hatte, und rannte, so schnell er konnte, die Straße zurück, in Richtung des Golfs. Der Wagen war gegen einen Baum geprallt und völlig zerquetscht. Im Motorraum brannte es. Nicholas wollte rufen, vielleicht war der Fahrer ja noch bei Bewusstsein, waren das Schreie, oder bildete er sich das ein? – da stieg eine Stichflamme in den Himmel.

Er riss einen Arm vors Gesicht, als eine mächtige Explosion den Wagen wie ein Modellauto in die Höhe schleuderte. Die Druckwelle warf ihn zu Boden.

»Kommen Sie!« Eine Hand tauchte vor seinem Gesicht auf und half ihm aufzustehen. Sie gehörte einem bärtigen Fernfahrer mit freundlichen braunen Augen, der ihm zunickte.

»Sind Sie in Ordnung?«

»Ja, so einigermaßen.« Nicholas sah zu dem brennenden Wagen.

Der Trucker schüttelte den Kopf. »Furchtbar. Aber wir können nichts machen, viel zu gefährlich. Das müssen wir den Profis überlassen.« Er deutete in die Richtung, aus der man schon die Sirenen von Krankenwagen und der Feuerwehr hörte.

Hinter dem LKW des Fernfahrers hatten am Straßenrand ein paar Autos angehalten. Einige Männer und Frauen waren ausgestiegen, um zu helfen. Aber jetzt standen sie etwas verloren auf dem Asphalt, sahen mit bestürzten Mienen zur Rauchsäule und trauten sich nicht, zu dem brennenden Wrack zu gehen.

Nicholas blickte die Gruppe an. War einer von ihnen vielleicht Reed, mit dem er sich hier treffen wollte? Während er sie musterte, spürte er im Rücken die Hitze der Flammen – und er wusste, dass er seinen Informanten nie kennenlernen würde.

Unser Gedächtnis ist schon seltsam, dachte Nicholas. Er konnte sich an vieles von damals nicht erinnern, aber dieser Unfall war ihm immer noch sehr präsent, selbst jetzt, als er zwei Jahre später in seiner Wohnung saß. Er konnte den Rauch noch riechen, der vom Wrack über die Straße zog: gar nicht so beißend, wie er gedacht hatte, fast schon würzig. Plötzlich fiel ihm etwas ein.

Er stand auf und ging in die Abstellkammer. In einem großen Pappkarton lagen angeschlagene Teller und Tassen, die einmal schön gewesen waren, die Kurbel eines kaputten Fahrrads, das Fernglas seines Vaters, Dutzende Musikkassetten, mehrere LPs, sein erster Walkman und anderes Gerümpel.

Nach ein paar Minuten fand er schließlich, was er gesucht hatte: sein altes Navigationsgerät, ein hässliches Plastikding. Durch die eingebaute Kamera war es noch klobiger, als er es in Erinnerung hatte. Sandra hatte es ihm damals geschenkt, damit er im Falle eines Unfalls ein Beweisvideo hatte, bei einem Aufprall begann die Dash-Cam automatisch zu filmen. Er nahm das Gerät mit zu seinem Schreibtisch und steckte es an seinen Laptop.

Nicholas fand die Aufnahme im Speicher des Navis sofort, es gab nur eine. Das Datum stimmte, es war der Tag, an dem Reed bei dem Unfall gestorben war. Auch wenn die Feuerwehr sofort mit dem Löschen begonnen hatte, war die Hilfe zu spät gekommen. Man fand nicht einmal eine Leiche, nur einzelne, verkohlte Körperteile. Die Rekonstruktion des Unfalls ergab, dass der Golf sogar noch beschleunigt hatte, als er auf den

Baum zuraste. Doch die genaue Unfallursache war bis jetzt ungeklärt geblieben, die Experten konnten nur vermuten, dass jemand die Motorelektronik manipuliert hatte.

Niemand wusste, wer wirklich in dem Auto gesessen hatte. Der Wagen gehörte einem Carsharing-Anbieter, der Fahrer hatte ihn mit seinem Smartphone erst eine Stunde vorher in Berlin gemietet. Die Identität des Mannes war offensichtlich gefälscht, unter der angegebenen Adresse fand sich nur ein Sushi-Restaurant in Berlin-Mitte. Nicholas hatte das nicht gewundert, Reed war immer sehr vorsichtig gewesen.

Nicholas startete das Video. Es begann genau während des Unfalls, die Kamera wackelte furchtbar, man sah, wie der matschige Straßengraben immer näher kam, dann blieb der Citroën stehen, und das Bild beruhigte sich. Ungeduldig spulte Nicholas vor.

Beim Aufprall im Graben war die Kamera verrutscht und hatte ab diesem Moment seitlich aus dem Fahrerfenster gefilmt. Die Aufnahme zeigte die Straße, auf der noch keine Schaulustigen standen, auch der LKW mit dem freundlichen Trucker war noch nicht zu sehen.

Langsam näherte sich eine schwarze Mercedes-Limousine. Als sie neben dem Citroën war, in dem der bewusstlose Nicholas in den Gurten hing, hielt der Fahrer an. Doch obwohl er offensichtlich der Erste am Unfallort war, stieg er nicht aus. Stattdessen ließ er die getönten Scheiben herunter, nahm ungerührt eine Spiegelreflex-Kamera mit einem riesigen Teleobjektiv in die Hand und fotografierte Nicholas' Wagen. Dann schoss er auch noch mehrere Bilder des verunglückten Golfs. Ohne zu helfen, fuhr er einfach weiter.

Nicholas stoppte das Video. Er hatte sich die Aufnahme damals mehrmals angesehen, aber erst jetzt erkannte er den

Mann mit dem ausdruckslosen Gesicht am Steuer des Mercedes. Über dem rechten Auge hatte er eine kleine Narbe. Es war der Mann, der in der Villa Wachenheim seine Drohne verfolgt hatte.

8

Es war der 2. Mai, und die Siegessäule glänzte im Mittagslicht der Frühlingssonne. Der Anblick der goldenen Viktoria, die in sechzig Meter Höhe über Berlin wachte, erfreute Hartwig jedes Mal. Er hielt die mythische Figur mit dem Lorbeerkranz und dem Eisernen Kreuz in der Hand für ein gutes Omen.

»Als sie dieses Denkmal gebaut haben, da war Deutschland noch eine stolze und gefürchtete Weltmacht, die von Sieg zu Sieg eilte – nicht so ein verzagtes, fremdgesteuertes Land wie heute. Aber das werden wir wieder ändern, wir machen Deutschland wieder groß«, sagte Hartwig mehr zu sich selbst als zu Marianna Tretskow, die neben ihm auf dem Rücksitz der Mercedes S-Klasse saß. Seine Büroleiterin nickte nur und tippte weiter auf ihr Smartphone.

»Wir werden diese Wahl gewinnen!«, stellte er fest.

»Natürlich!« Marianna Tretskow streckte ihm das Display ihres Handys entgegen. »Siehst du? Du legst bei den Umfragen weiter zu, vor allem das Thema Ausländerkriminalität kommt sehr gut an. Und diese Prügelei in Troisheim kommt uns sehr entgegen.«

In der sächsischen Kleinstadt hatten sich Asylbewerber aus verschiedenen Ländern eine Massenschlägerei geliefert, es hatte mehrere Verwundete gegeben. Drei Marokkaner hatten dabei auf einen deutschen Jugendlichen aus dem Ort eingestochen und ihn so schwer verletzt, dass er im Koma lag. Die Volkspartei stachelte die Wut darüber seit Tagen an und sorgte dafür, dass die Medien kaum noch über etwas anderes berichteten.

»Dann muss ich das wohl noch öfter erwähnen.« Hartwig nahm sein Smartphone und twitterte: *Schande von #Troisheim: ALLE Asylanten dort sofort abschieben, nur harte Abschreckung wirkt. #SichereGrenzen #Volksparteiwählen #DeineStimmeentscheidet #Deutschlandzuerst*

»Perfekt!«, sagte Marianna.

Hartwig bleckte die Zähne zu seinem Sonnyboy-Grinsen und starrte unverhohlen auf ihre großen Brüste, zwischen denen sich der Gurt spannte. »Dieses Kleid steht dir wirklich gut, aber ist es nicht etwas …« Sie sah ihn fragend an, doch er genoss es, sie noch etwas zappeln zu lassen. »… nicht etwas zu eng?«

Marianna verzog ihren schmalen Mund zu einem unterkühlten Lächeln.

»Du füllst das aber wirklich gut aus, das solltest du öfter tragen!«, bekräftigte Hartwig.

Marianna wechselte das Thema. »Stimmt es eigentlich, dass Rotten auch zu dem Treffen kommt?«

»Ja, er wird auch da sein. Stört es dich?«

»Du weißt ja, dass ich ihn nicht ertrage. Du doch auch nicht. Er ist so grob, so geifernd – und er ist intrigant.«

»Sind wir das nicht alle in der Politik? Was macht eigentlich deine Vorgängerin?« Ein maliziöses Lächeln umspielte Hartwigs Lippen.

Marianna schwieg und wischte wieder über den Bildschirm ihres Handys.

Der Chauffeur steuerte den Wagen an der Siegessäule vorbei durch den Tiergarten in Richtung Süden. Auch Hartwig las die E-Mails auf seinem Handy. Der Chef des Arbeitgeberverbandes lud ihn zu einem geheimen Treffen ein, um ihn kennenzulernen. So waren diese Wirtschaftsbosse, sie witterten, dass er die Wahl gewinnen würde, und wollten sicher sein, auf den Richtigen zu setzen. Hartwig sagte zu.

Dann schrieb er seiner Frau eine WhatsApp: *Schatz, ich freue mich so, dass wir uns heute Abend endlich wieder mal sehen!!!! Grüße die Kinder von mir.* Er überlegte einen Moment. Dann hängte er noch drei Herzen an die Nachricht.

Ein paar Minuten später fuhr die Limousine um eine Kurve. Aus der Ferne sah man schon eine Menschenmenge, die vor einem schmucklosen Bürogebäude aus den Neunzigerjahren stand. Als sie näher kamen, erkannte Hartwig die Demonstranten, die vor der Zentrale der Volkspartei den Gehsteig blockierten. Sie trugen selbst gemalte Schilder, mit denen sie gegen die VP und Hartwig protestierten. »Auch das noch!«, schimpfte Hartwig. »Haben diese Idioten keine Arbeit, wo sie jetzt sein müssten?«

Auf der gegenüberliegenden Straßenseite stand ein Streifenwagen, die beiden Polizisten darin beobachteten die Demonstranten aufmerksam. Einer sprach in sein Funkgerät. Hartwigs Chauffeur hielt direkt neben ihnen und ließ das Fenster herunter. Sie wechselten ein paar Worte.

»Die Beamten sagen, dass sie sich um die Sache kümmern. Es ist wohl schon Verstärkung unterwegs«, sagte der Fahrer zu Hartwig und Marianna. »Wir fahren am besten einfach weiter in die Garage.«

Hartwig knipste sein breitestes Lächeln an und streckte den Polizisten seinen hochgereckten Daumen entgegen. Der Uniformierte hinter dem Steuer lächelte zurück und hob auch den Daumen. Der Chauffeur fuhr los und bog nach einigen Metern in eine Seitenstraße ab.

»Diesen demonstrierenden Abschaum sind wir zum Glück bald los«, sagte Hartwig, als der Mercedes in die Tiefgarage hinabrollte.

Beim Aussteigen griff Marianna nach dem schmalen Diplomatenkoffer, der zwischen ihnen lag. Hartwig riss ihn ihr fast aus der Hand. »Danke, den nehm ich selbst.«

Sie zuckte mit den Schultern. »Was ist da eigentlich so Besonderes drin, dass du ihn nie aus den Augen lässt?«

»Das wirst du noch früh genug erfahren.«

Eine Leuchtstoffröhre war defekt, ihr flackerndes Licht warf seltsame Schatten, als sie durch das Halbdunkel der Garage zum Aufzug gingen. Hartwig hielt eine Chipkarte vor einen Scanner, und die glatten Metalltüren schoben sich auf. Im Inneren gab es keine Knöpfe und keine Schilder mit den Namen von Unternehmen, nur einen Monitor, auf dem Nachrichten gezeigt wurden. *Hartwig fordert hartes Durchgreifen in Troisheim*, hieß es. *Der Kanzlerkandidat der Volkspartei drängt auf die sofortige Abschiebung aller dreihundert Flüchtlinge, die in der Sammelunterkunft wohnen.*

Hartwig drehte sich zu Marianna. »Findest du, dass meine Forderungen noch radikaler sein sollten?«

»Das ist genau richtig, sonst verschreckst du gemäßigtere Wähler. Wenn du an der Macht bist, kannst du immer noch die Zügel anziehen.«

»Du bist ja so klug. Und so schön.« Er strich über ihre seidigen langen Haare, die nach Frühling rochen, und berührte wie zufällig ihren schlanken Hals.

Dann nahm er einen Schlüssel aus seiner Hosentasche und steckte ihn in das Bedienfeld aus gebürstetem Edelstahl. Als er ihn umdrehte, blieb der Aufzug abrupt stehen. Marianna sah ihn erstaunt an.

Hartwig knöpfte sein Jackett und sein Hemd auf und rückte so nah an sie heran, dass er ihren Oberkörper berührte. Durch den dünnen Stoff ihres Kleides spürte er ihre Brüste. Sein Atem ging schneller. Er schob sie gegen die kalte Metallwand des Aufzugs, legte seine Hand auf ihren Hintern und wollte sie küssen. Doch Marianna wich ihm aus.

»Sei vorsichtig, hier sind überall Kameras.«

Hartwig seufzte. »Da könntest du recht haben. Schade, du siehst heute besonders lecker aus.« Missgelaunt ließ er von ihr ab.

Im zehnten Stock wurden sie von einer stark geschminkten Assistentin empfangen. Sie lächelte Hartwig bewundernd an, als sie die beiden zum Konferenzraum führte. An dem großen Tisch saßen schon Hartwigs Stellvertreter Georg Rotten, die Leiter der PR-, Marketing- und Social-Media-Teams der Volkspartei und ihre engsten Mitarbeiter – ungefähr ein Dutzend Leute. An den Wänden hingen die Plakate der neuen Wahlkampagne, auf allen war Hartwig zu sehen – mal als Staatsmann im Gespräch mit befreundeten Politikern wie Russlands Präsident Wladimir Putin oder Ungarns Viktor Orbán, mal als glücklicher Familienvater mit seinen drei Kindern und seiner blonden Frau oder im Gespräch mit einfachen Bürgern, denen er aufmerksam zuhörte. Er war der Mann, der sie verstand, der ihre Sorgen und Nöte ernst nahm.

»Dann sind wir ja endlich vollzählig«, sagte Rotten, nachdem sich alle begrüßt hatten, und blickte Hartwig und Marianna Tretskow mit seinen wässrigen Augen vorwurfsvoll an. Obwohl man den kalten Luftzug der Klimaanlage spüren konnte, stand Schweiß auf seiner Glatze. Ein Frosch, dachte

Hartwig, mit diesem breiten Gesicht und dieser glänzenden Haut sieht er aus wie ein Frosch.

Er hatte sich ans Ende des Tisches gesetzt. Bevor er anfing zu sprechen, straffte er noch einmal seine Schultern, die in dem gepolsterten Jackett ohnehin schon breiter wirkten. »Wie ihr wisst, kämpfen wir in einem Informationskrieg, bei dem wir auf allen Kanälen mit allen Mitteln zuschlagen müssen. Ihr alle hier seid Krieger, die mir helfen, den Sieg zu holen.« Sofort verbesserte er sich mit einem wölfischen Lächeln. »Ich meine natürlich, unseren Sieg zu holen.«

Er übergab an Georg Rotten, der schon ungeduldig seine Nickelbrille mehrmals ab- und wieder aufgesetzt hatte.

»Ich habe gute Nachrichten. Das Projekt ›Sleeping Giant‹ läuft wie geplant. Seit der Gründung der Holding in der Schweiz haben wir Verlage und Medienhäuser in ganz Deutschland übernommen. Damit kontrollieren wir nicht nur zahlreiche Lokalzeitungen, die oft das Monopol in ihrem Verbreitungsgebiet haben, sondern auch zwölf der dreißig reichweitenstärksten Nachrichten-Webseiten des Landes. Aber das Beste ist: Dank der raffinierten Konstruktion unserer Holdinggesellschaften weiß niemand, dass diese Medien uns gehören.« Rotten sah sich triumphierend im Raum um. »Und wir sind noch nicht am Ende! Ich habe gehört, dass eine weitere Akquisition kurz bevorsteht.«

»Auf die freue ich mich ganz besonders«, warf Hartwig ein. »Und dafür brauchen wir nicht einmal die Hilfe einer russischen Oligarchen-Nichte, wie sie der Strache in Österreich wollte.«

Alle lachten.

Danach war Ben Stegen, der Leiter des Social-Media-Teams, an der Reihe. Hartwig hatte den Mann selbst ausgewählt, er war erst einunddreißig Jahre alt, hatte aber schon viel Erfahrung gesammelt. Stegen hatte bei Facebook im Silicon Valley gearbeitet und bei Wahlkämpfen in den USA gelernt, wie man siegreiche Kampagnen organisiert. Er wusste, wie man den politischen Gegner in die Enge trieb, dafür war ihm jedes Gerücht, jedes manipulierte Foto recht.

»Facebook, Instagram, YouTube und Twitter sind die größte Propagandamaschine in der Geschichte der Menschheit – und noch nie hat eine Partei in Deutschland sie so gut genutzt wie wir. Nicht nur auf den Straßen und Plätzen unseres Landes, auch im Internet treiben wir die Altparteien längst vor uns her«, sagte Stegen. »Die denken doch immer noch, dass es wichtig ist, möglichst viele Plakate zu kleben. Dabei entscheidet sich die Schlacht längst im Netz.« Er strich sich voller Selbstzufriedenheit über seinen langen, fein ondulierten Vollbart, der ihm fast bis zur Brust reichte. »Durch Aufrufe in unseren Facebook- und Telegram-Gruppen haben wir in den vergangenen Wochen zum Beispiel Hunderte von koordinierten *Trendingraids* gestartet. Damit ist es uns gelungen, bei Instagram und Twitter unsere Themen und Hashtags immer wieder ganz nach oben zu bringen – oder die Themen und Hashtags unserer Gegner zu kapern.«

Auf einer Leinwand tauchten komplizierte Kurven und Balkendiagramme auf, die alle nach oben zeigten. Hartwig entzifferte Begriffe wie *User Engagement* und *Content Performance Indicator*. Vieles davon sagte ihm nichts, aber das war nicht so wichtig, darum kümmerten sich ja Stegen und seine Leute, das waren die Experten. Und wenn die nicht weiterkamen, war da auch immer noch Sarko mit seinen russischen Hackern.

Stegen zeigte eine Folie nach der anderen mit Diagrammen, Tabellen und Schlagwörtern, mit jeder Seite schien sein Gesicht noch mehr vor Begeisterung zu glühen. »Wisst ihr, was diese Zahlen und Grafiken am Ende bedeuten? Sie bedeuten, dass wir bestimmen, was die Menschen beschäftigt und worüber sie sprechen. Wir lenken ihre Gefühle!«

Der Beamer zeigte jetzt das Foto eines verschneiten Berghanges in den Alpen. Junge Männer und Frauen in Skianzügen hatten quer über eine Wiese eiserne Stangen in den Boden gerammt und darunter ein riesiges Plakat entrollt, auf dem stand: *Verteidigt Europa – sichere Grenzen jetzt!*

»Alleine mit der spektakulären Aktion ›#sichereGrenzen‹ unserer Parteijugend haben wir zum Beispiel innerhalb von fünf Tagen mehr als fünfzehn Millionen User erreicht.«

»Ganz ohne Bots?«, wollte eine Frau mit zwei geflochtenen Zöpfen wissen, die auf ihrem Tablet unentwegt mitschrieb.

»Fast«, entgegnete Stegen lächelnd. »Ein paar Bots haben wir schon im Einsatz, wir müssen schließlich mit den gleichen Waffen kämpfen wie unsere Gegner. Und die Unterstützung unserer vielen Sympathisanten aus dem befreundeten Ausland ist natürlich auch hilfreich.« Er zwinkerte in die Runde, als er »Sympathisanten« sagte.

Nach dem Social-Media-Leiter sprachen auch die PR- und Marketing-Chefs über ihre Erfolge. Je länger die Konferenz dauerte, desto siegesgewisser wurde Hartwig. Sie hatten die traditionellen Medien im Griff, und, was noch wichtiger war, sie gaben den Ton in den sozialen Medien an. Und dank ihres reichen Unterstützers aus der Schweiz hatten sie auch genügend Geld, um in den letzten Wochen bis zur Wahl ihre Angriffe noch zu verstärken.

Als die Präsentation vorbei war und sich der Konferenzraum geleert hatte, baute sich Hartwig vor Rotten auf, der gerade gehen wollte. Er legte seinem Stellvertreter, der einen

Kopf kleiner war als er, einen Arm auf die Schulter und sah ihm direkt in die Augen. »Deine seltsamen Bemerkungen kannst du dir in Zukunft übrigens sparen. Wenn es hier vor der Parteizentrale, für die schließlich du verantwortlich bist, keine Demonstrationen geben würde, dann wäre ich auch pünktlich gewesen.«

Rotten wischte sich nervös über die feuchte Stirn. »Spiel dich nicht so auf. Für dich gelten die gleichen Regeln wie für alle anderen.«

Hartwig deutete auf die Wahlplakate an der Wand. »Ah ja, und wieso bin dann ich da zu sehen und nicht du? Ich erkläre es dir: weil ich eben nicht so bin wie ihr. Ich bin mehr als ein Parteichef: Ich bin der Anführer einer Bewegung.« Er sah Rotten verächtlich an. »Als ich Parteivorsitzender geworden bin, standen wir bei fünfzehn Prozent in Deutschland, jetzt haben wir dank mir bald mehr als vierzig Prozent. Ich fülle die Bierzelte und Marktplätze, ohne mich seid ihr doch nichts.«

»Dr. Mang hat mich auch schon auf deine Eskapaden angesprochen. Es gibt da Gerüchte …«

»Willst du mir drohen? Mang ist mir völlig egal, mich interessiert nur sein Geld. Es war eine schlechte Idee, sich in seiner Villa in Balderschwang zu treffen. Der Mann kann nicht mal sein eigenes Haus schützen. Wisst ihr denn endlich, wer dieses Kind ist, das auf dem Drohnenvideo zu sehen ist?«

»Wir arbeiten dran.«

Hartwig warf Rotten einen verärgerten Blick zu. »Das will ich schwer hoffen. Das dauert schon viel zu lange.«

Als er den Konferenzraum verließ, sah er, wie unten auf der Straße die Polizei mit einem Wasserwerfer die Demonstranten vertrieb. Eine weißhaarige Oma hielt sich die Hände vors Gesicht, um sich vor dem harten Wasserstrahl zu schützen, Jugendliche mit Regenbogenfahnen sprangen zur Seite, und ein Rollstuhlfahrer versuchte, sich hinter Bäumen in Sicherheit zu bringen. Man konnte ihre Schreie bis nach oben hören.

Schau dir an, wie sie rennen, dachte er.

***

Mitten in der Woche war um kurz vor 15 Uhr im Café Lareto in München-Haidhausen nicht viel los. An den kleinen Metalltischen unter der vergilbten Markise saßen nur ein paar Studenten, eine junge Mutter in Yoga-Pants mit ihrem Kinderwagen und ein Geschäftsmann in einem dunklen Anzug, der ununterbrochen in sein Headset sprach.

Das Café lag an einem kleinen Platz zwischen lauter Altbauten aus der Gründerzeit, von denen es in diesem Viertel so viele gab. Der Lärm der nahen Hauptstraße war hier kaum noch zu hören. Zwischen den Bäumen blinzelte die Sonne hervor. Obwohl es schon Anfang Mai war, erwachte der Frühling erst langsam, der Winter war dieses Jahr ungewöhnlich lang gewesen.

Nicholas setzte sich etwas abseits an einen leeren Tisch und bestellte gedankenverloren einen Cappuccino. Er war extra etwas früher zu dem Treffen gekommen. Nina hatte ihn immer damit aufgezogen, dass er so unpünktlich war, er wollte ihr zeigen, dass er dazugelernt hatte. Auch wenn er es nie zugegeben hätte: Er war aufgeregt, sie hatten sich schon lange nicht mehr gesehen. Ob sie sich sehr verändert hatte?

Während er nach ihr Ausschau hielt, fiel sein Blick auf mehrere Wahlplakate der Volkspartei, die an Laternen, Straßenschildern und Bäumen hingen. Sie sahen alle gleich aus. Unter einem Foto, auf dem Markus Hartwig sein breitestes Sonnyboy-Lächeln zeigte, stand: *Der Volkskanzler – Sie sind gegen ihn, weil er für euch ist.*

Hatte man denn nirgends Ruhe vor diesem Typen?

In diesem Moment kam Nina um die Ecke. Sie hatte ihn noch nicht gesehen, so konnte er sie in Ruhe betrachten. Was er sah, ließ seine Aufregung steigen. Das elegante kurze Kleid, das sie trug, kontrastierte stark mit ihren Sneakern und der engen dunkelgrünen Lederjacke, die schon etwas abgewetzt war. Bei jedem Schritt rutschten die langen, schwarzen Korkenzieherlocken in ihr fein geschnittenes Gesicht. Als sie ihn entdeckte, winkte sie ihm fröhlich über die Straße zu. Ihr ungewöhnlich großer Mund, den sie dunkelrot angemalt hatte, formte sich zu diesem schiefen Lächeln, das er immer so unwiderstehlich gefunden hatte.

Er stand auf und konnte sich nicht entscheiden, wie er sie begrüßen sollte. Ein Wangenkuss? Eine Umarmung? Eine Sekunde lang stand er wie ein Schuljunge vor ihr. Unschlüssig streckte er die Hand aus.

»Lange nicht mehr gesehen, Nina!«

»Uhh, so förmlich, der Herr?« Sie ergriff seine Hand und zog ihn zu sich, um ihm schnell einen Kuss auf jede Wange zu geben. Als sie sich zu ihm vorbeugte, konnte er ihr Parfüm riechen, das schwer nach Vanille und Aprikose duftete. Es war immer noch das gleiche wie früher, Poison von Dior.

»Es ist allerdings lange her.« Sie setzte sich neben ihn und steckte sich ihre Ray-Ban-Sonnenbrille ins Haar. »Schade eigentlich.« Unverhohlen musterte sie ihn mit ihren hellbraunen Augen. »Die grauen Haare im Bart stehen dir gut. Damit siehst du ja fast seriös aus.«

Bevor er sich überlegen konnte, wie sie das wohl gemeint

hatte, bestellte sie einen Negroni. »Den habe ich jetzt dringend nötig!«

Nicholas lächelte. »War es denn so schlimm bei deinen Eltern?«

»Du kennst ja meinen Vater, er hat sich nicht verändert.« Sie seufzte.

Er konnte sich nur zu gut an ihren Vater erinnern. Nina war seine erste große Liebe gewesen. Zwei Jahre vor dem Abitur hatte er sich in ihre Locken, ihr Lächeln und ihr Temperament verliebt. Es war eine rauschhafte Zeit gewesen. Doch ihre Eltern hatten ihnen immer im Weg gestanden. Seine strenge Mutter hatte es nie gemocht, dass er mit einer »Ausländerin« zusammen war. Und Ninas Vater, der aus Tunesien stammte und von dem sie ihren dunkleren Teint geerbt hatte, hätte es lieber gesehen, wenn der Freund seiner Tochter ein Muslim gewesen wäre. Obwohl er seit fast vierzig Jahren in Deutschland als Arzt arbeitete und schon lange mit einer Deutschen verheiratet war, hatte er erstaunlich konservative Ansichten, wenn es um seine Familie ging.

»Er versteht einfach nicht, dass ich mit vierzig immer noch nicht verheiratet bin.«

»Das versteh ich, ehrlich gesagt, auch nicht«, erwiderte Nicholas und sah sie herausfordernd an. »So schlecht siehst du doch noch gar nicht aus?«

Nina verdrehte nur die Augen und nahm einen Schluck von ihrem Drink. »Soll ich etwa heiraten und mich wieder scheiden lassen, so wie du?«

Nicholas versuchte, sich nichts anmerken zu lassen, aber Nina sah ihm offensichtlich an, wie sehr ihn die Bemerkung traf.

»Oh, das tut mir leid. Das war wirklich sehr unsensibel von

mir.« Sie legte ihre Hand auf seinen Arm. »Ich wusste nicht, dass dich das immer noch so beschäftigt.« Sie winkte der Bedienung zu und schenkte Nicholas ein breites Lächeln. »Ich glaube, du brauchst jetzt auch einen Drink!«

Er nickte. Aber wenn er auf etwas keine Lust hatte, dann war das, mit seiner Ex-Freundin über seine Ex-Frau und seine gescheiterte Ehe zu sprechen. Rasch wechselte er das Thema.

»Du hast ja richtig Karriere gemacht. Wie gefällt es dir denn beim BKA in Berlin?«

Nina setzte ihre Sonnenbrille wieder auf und sah sich um, ob ihnen jemand zuhörte. Aber der Geschäftsmann redete immer noch so laut in sein Headset, dass er den halben Platz mit seinen Anweisungen beschallte.

»Ich arbeite mich noch ein, aber es ist ziemlich aufregend, wenn ich ehrlich bin«, sagte Nina deutlich leiser. »Und viel besser als hier beim LKA.« Nicholas erinnerte sich, dass sich Nina beim Landeskriminalamt in München nie richtig wohlgefühlt hatte. Der ständige Stress hatte mehrere Beziehungen ruiniert. Obwohl sich Nicholas nicht so sicher war, dass es wirklich nur an ihrer Arbeit lag. Inzwischen hatte er den Verdacht, dass Nina einfach nicht für eine längere Partnerschaft geschaffen war.

Er war froh, als die Bedienung seinen Whisky brachte, obwohl er tagsüber eigentlich nie etwas trank. Schon beim ersten Schluck spürte er, wie der Alkohol ihn wärmte und entspannte. Er starrte noch ein bisschen in sein Glas, bevor er ihr die nächste Frage stellte, denn er wusste nicht, wie Nina reagieren würde.

»Beim Polizeilichen Staatsschutz kriegst du jetzt sicher Einblicke, die man sonst nicht hat.«

Sie stellte ihr Glas ab und sah ihn misstrauisch an. »Woher weißt du, was ich beim BKA mache?«

»Das habe ich von deinem LinkedIn-Profil«, erwiderte Nicholas. »Nein, im Ernst, das hab ich gehört.« Er zuckte mit den Schultern. »Aus gut informierten Kreisen, wie man so sagt.«

»Du bist etwas zu gut informiert für meinen Geschmack. Das sollte eigentlich geheim sein. Aber gut, wenn du es sowieso schon weißt.« Sie prostete ihm unauffällig zu. »Ich bin sogar Abteilungsleiterin.«

»Gratuliere!«, sagte Nicholas. »Dann hast du jetzt wahrscheinlich auch mit diesen Typen zu tun.« Er deutete auf das Plakat der Volkspartei.

Nina verzog das Gesicht. »Wolltest du mich deshalb treffen? Damit ich dir erzähle, was wir über Hartwig wissen? Ich hatte mich schon über deinen Anruf nach so langer Zeit gewundert.« Verärgert fasste sie nach ihrer Handtasche und wollte aufstehen.

Nicholas griff, ohne nachzudenken, nach ihrer Hand. »Nein, ich wollte dich sehen. Es ist wirklich viel zu lange her«, sagte er und sah ihr in die Augen. Ihre schwarzen Wimpern waren immer noch ungewöhnlich lang und dicht. Sie zog ihre schlanke Hand nur langsam zurück.

»Aber dann hast du dir gedacht: Wenn wir uns schon sehen, kannst du das ja auch beruflich nutzen?« Nina schüttelte den Kopf. »Du hast dich wirklich nicht verändert. Die Arbeit steht bei dir immer an erster Stelle.«

»Na ja, ich …«

Bevor sich Nicholas entschuldigen konnte, unterbrach ihn Nina. »Ach, es ist auch egal. Ich bin mal wieder zu emotional. Vielleicht sollten wir das wirklich eher geschäftlich sehen.« Ihr Gesichtsausdruck verriet nicht, ob sie es sarkastisch oder ernst meinte. »Du willst also wissen, was ich über Hartwig weiß?«

Nicholas nickte nur.

»Ich verachte ihn. Er vergiftet das Klima in unserem Land. Mein Vater wurde vor Kurzem auf der Straße von einer Gruppe Jugendlicher angespuckt und angebrüllt, er solle dahin zurückgehen, wo er hergekommen sei …« Sie geriet ins Stocken. »›Nina, *habibti*, ist das noch mein Land?‹, hat er mich am Telefon gefragt.« Sie legte die Hand auf ihren Mund und schüttelte den Kopf. »Was sollte ich darauf antworten?« Ihre Augen schimmerten feucht. Sie klammerte sich an ihren Drink und trank langsam einen Schluck. Als sie sich wieder gefangen hatte, sah sie Nicholas traurig an. »Aber du willst natürlich hören, was ich dir als Polizistin über Hartwig verraten kann. Und das ist nichts Besonderes. Er bemüht sich sehr, nichts Verfassungsfeindliches zu äußern, seit er in den Umfragen vorne liegt – und das macht er sehr geschickt. Der Wolf hat Kreide gefressen. Dabei gibt es in der Volkspartei nach wie vor starke rechtsradikale Strömungen. Georg Rotten zum Beispiel …«

»Sein Stellvertreter …«, warf Nicholas ein.

»Er leugnet es zwar und gibt sich auch gemäßigter, aber es existieren Fotos, die zeigen, wie er als Student mit Neonazis Schießübungen macht, und er verfügt immer noch über Kontakte zu rechtsextremen Politikern in ganz Europa. Aber damit erzähle ich dir sicher nichts Neues.« Nina sah ihn neugierig an. »Wieso interessierst du dich eigentlich so für die Volkspartei?«

Nicholas berichtete ihr knapp von dem Treffen, das er in den Bergen beobachtet hatte. Die Schüsse erwähnte er lieber nicht, er wollte sich nicht auch noch von Nina anhören müssen, was für ein schlechter Vater er war. Dafür beschrieb er, was auf den seltsamen Notizzetteln stand, die die Drohne gefilmt hatte.

»Nach der Machtergreifung, *D-Day*? Was soll das heißen?«

»Das versuche ich ja rauszufinden«, sagte Nicholas.

»Dass Hartwig an die Macht kommen will, ist kein Geheimnis. Und dass er möglichst lange Kanzler bleiben will, auch nicht. Aber mit *D-Day* könnte noch etwas anderes gemeint sein.«

»Mach es nicht so spannend.«

»Kollegen von mir vermuten, dass er heimlich nach einem Weg sucht, um nach einem Wahlsieg die Verfassung auszuhebeln.«

»Wie sollte das möglich sein? Das Grundgesetz hat doch eine Ewigkeitsklausel, das kann man nicht abschaffen.«

»Das weiß ich nicht. Ich bin Polizistin, keine Juristin und muss mich zum Glück nicht mit der VP rumschlagen. Ich bekomme das nur am Rande mit. Aber das Grundgesetz ist wohl doch nicht so unveränderlich, wie man es uns in der Schule beigebracht hat.«

»Und ›Operation Schwarzer Sonntag‹? Was könnte damit gemeint sein?«

»Ich kenne nur eine islamistische Terrorgruppe aus Syrien, die sich so nennt. Das passt aber wohl eher nicht so zu Hartwig und der Volkspartei. Es sei denn, er plant eine islamistische Revolution für den Fall, dass er die Wahl nicht gewinnt.«

Sie fing an, so laut zu lachen, dass der Geschäftsmann kopfschüttelnd zu ihnen herübersah. Auch Nicholas musste grinsen. Als sie sich wieder beruhigt hatte, nahm er sein Smartphone und zeigte Nina das Bild des Mannes, der ihn damals bei dem Autounfall fotografiert hatte.

»Kennst du diesen Typen?«

»Noch nie gesehen. Wieso interessiert er dich denn?«

»Ich habe ihn bei diesem Treffen in den Bergen gesehen, er arbeitet wohl für die Security der VP. Und ich glaube, dass er nach mir sucht.«

»Die Volkspartei sucht nach dir?« Nina sah ihn besorgt an. »Sei bloß vorsichtig, mit deren Sicherheitsdienst und den Rechtsradikalen in der Partei ist nicht zu spaßen. Es gibt da üble Geschichten. Mail mir doch das Foto, vielleicht finde ich mehr über ihn heraus.«

Auf Ninas Handy erschien eine Nachricht. »Ich muss leider los, ich bin noch mit meiner Schwester verabredet, bevor ich nachher zurück nach Berlin fahre. Sobald ich wieder im Büro bin, werde ich ein paar Kollegen fragen, ob sie etwas über diese geheimnisvollen Notizzettel und diesen Typen wissen.« Sie stand auf und umarmte den überraschten Nicholas. »Ich freue mich, dass wir uns endlich wiedergesehen haben.« Dann ging sie.

Nicholas sah ihr nach, wie sie in ihrem stolzen, betont aufrechten Gang über die Straße lief. Ihm war vorhin gar nicht aufgefallen, dass sie so einen Hüftschwung hatte. Auf einmal wusste er, was er tun musste. Er sprang zwischen die parkenden Autos und rannte über die Straße. Ein BMW musste bremsen und hupte laut, doch Nicholas ging weiter, ohne sich umzusehen, bis er Nina eingeholt hatte, die gerade in ein Carsharing-Auto steigen wollte.

»Halt, ich habe die wichtigste Frage ganz vergessen«, stieß er keuchend aus. »Bist du eigentlich Single zurzeit?«

Ihre Augen blitzten auf.

»Finde es raus! Du hast doch so gute Kontakte. Oder du meldest dich einfach, wenn du mal in Berlin bist.«

Damit stieg sie in den Wagen und fuhr davon.

***

Als die Touristen näher kamen, klappte er seinen Laptop sicherheitshalber zu. Doch die Urlauber, die über den Roten Platz liefen und sich angeregt unterhielten, hatten nur Augen für ihre junge Reiseführerin, die ihnen mit dem Regenschirm den Weg wies. Niemand achtete auf den Mann, der am Rande des Platzes auf einer Parkbank saß. Wahrscheinlich hielten sie ihn mit seinen dunklen Jeans und dem schwarzen Hoodie für einen der vielen Studenten, die hier in der Nähe der Moskauer Universität überall zu sehen waren. Obwohl der Himmel bedeckt war, trug er eine schwarze Sonnenbrille.

Kaum war die lärmende Besuchergruppe weiter in Richtung der Erzengel-Michael-Kathedrale gezogen, machte er weiter. Seine roten Haare rutschen ihm in die Stirn, als er sich über sein Notebook beugte und sich erneut in das kostenlose WLAN von Moskau einloggte, hinter dem er seine Spuren verstecken konnte. Er las noch einmal die E-Mail mit den Anweisungen, die er heute Morgen aus Berlin bekommen hatte. Diesmal hatten sie ihm sogar mögliche Hinweise auf das Passwort mitgeschickt. Das würde die Sache enorm beschleunigen.

Es dauerte keine zehn Minuten, bis er in das 2500 Kilometer entfernte Netzwerk des Hotel Engel eingedrungen war, das so gut wie nicht gesichert war. Ein Kinderspiel. Er überflog die Gästeliste. An dem gewünschten Wochenende waren überhaupt nur drei Familien mit Kindern im gesuchten Alter gemeldet. Er lud die Adressen herunter und schickte sie an seine Auftraggeber.

Dann packte er seinen Laptop wieder in den Rucksack und stand auf, um sich beim nahen McDonald's einen Big Mac zu holen.

9

Es klingelte an der Wohnungstür. Einmal. Zweimal. Dreimal. Jemand schien sehr ungeduldig zu sein. Nicholas überlegte, vom Sofa aufzustehen oder ob er einfach weiter seine Lieblingsserie *Breaking Bad* schauen sollte. Er erwartete keinen Besuch, um diese Zeit schon gar nicht. Das konnte höchstens der nervtötende Nachbar sein. Wahrscheinlich hatte er im Flaschenöffner, der nahen Eckkneipe, wieder zu viel getrunken und sich in der Tür geirrt. Mit einem Mal fiel Nicholas ein, dass Hanna nebenan in ihrem Zimmer schlief – falls sie der Lärm noch nicht geweckt hatte.

Am Nachmittag war sie plötzlich aufgetaucht. Da Sandra nicht wollte, dass Hanna ihn traf, war sie heimlich von zu Hause getürmt. Sie hatte Sehnsucht nach ihrem Vater gehabt, und er hatte es nicht übers Herz gebracht, sie wieder wegzuschicken. Seiner Ex-Frau hatte er eine Nachricht geschickt, dass ihre Tochter bei ihm war. Zu seiner Verwunderung hatte sie noch nicht reagiert.

Jetzt hämmerte es auch noch an der Tür. Dem Typen würde er was erzählen!

Nicholas sprang auf und lief durch den dunklen Flur, fluchend stolperte er über Hannas Tretroller, den sie nicht richtig weggeräumt hatte. Als er sein Auge gegen den Türspion presste, sah er, dass in dem kahlen Treppenhaus nicht sein Nachbar stand, sondern Lucas. Durch die Froschperspektive wirkte sein Bauch noch mächtiger als sonst. Nicholas hatte die Tür kaum geöffnet, da stapfte sein Kollege schon mit schweren Schritten in die Wohnung.

»Warum gehst du denn nicht ans Handy?«

»Psst, nicht so laut.« Er deutete auf das Zimmer seiner Tochter.

Lucas zuckte schuldbewusst zusammen. »Oh, 'tschuldigung.«

Erst jetzt sah Nicholas, dass Lucas mehrmals angerufen hatte. »Sorry, dass ich nicht geantwortet habe, ich bin eingenickt.«

»Was? Es ist doch erst zehn? Gehst du immer so früh ins Bett?«

»Ich bin auf dem Sofa eingeschlafen. Hanna hat so viel Energie – wie ich früher. Und diese verdammten Tabletten machen mich auch müde.«

»Musst du das Zeug immer noch nehmen?«

»Ja, sie helfen mir durch den Tag. Nur manchmal träume ich schlecht davon.«

Lucas deutete auf die Laptoptasche in seiner Hand. »Wenn du siehst, was ich rausgefunden habe, wirst du heute Nacht gar nicht schlafen können.«

Nicholas rollte mit den Augen. »Na toll.«

Er führte Lucas in sein Arbeitszimmer und öffnete leise die Tür. Unter einem Berg alter Zeitschriften, den er zur Seite räumte, kam ein Bürostuhl zum Vorschein, den er ihm anbot.

Als Lucas seinen Rechner auf dem Schreibtisch aufklappte, fiel etwas auf den Boden. Noch bevor sein Kollege reagieren konnte, bückte sich Nicholas und hob es auf. Es war ein Anstecker aus vergoldetem Metall, der aussah wie eine stilisierte, asymmetrische Pfeilspitze.

»Oh, was ist das denn?«

Lucas lief rot an. »Ach, das ist nur das Symbol für die Sternenflotte aus *Star Trek*. Das hat mir Mona geschenkt.«

»Mona? Ist das die Frau vom Online-Dating?«

»Ja.« Lucas nahm den Anstecker und sah ihn verzückt an. »Ist das nicht ein tolles Zeichen von ihr? Sie hat genau den gleichen.«

»*Star Trek*? Wie romantisch. Wann lerne ich sie denn mal kennen?«

»Bald, das verspreche ich dir. Aber jetzt schau dir mal an, was ich gefunden habe.«

Auf dem Laptop-Display erschien eine Excel-Tabelle mit Namen, Adressen, Telefonnummern und E-Mail-Adressen. Lucas scrollte schnell durch die Liste, aber sie schien kein Ende zu nehmen.

»Was ist das?«

»Was denkst du denn?«

Nicholas überflog die Tabelle, einige Namen klangen seltsam vertraut. Er suchte nach Hinweisen, wofür diese Liste war, aber es gab weder eine Überschrift noch irgendwelche Anmerkungen. Nur Adressen. Hunderte, Tausende von Adressen.

»Die Gästeliste für deinen nächsten Geburtstag kann es nicht sein«, sagte er. »Hm, Peter Andermann? Ist das der Bundeswehrgeneral? Und ist Caroline Sand nicht eine Richterin am Oberlandesgericht in Berlin? Mesut Öztürk? So heißt doch der Vorsitzende der Türkischen Gemeinde in Hamburg. Und das hier scheint die Privatadresse der Münchner Polizeipräsidentin zu sein. Was ist das denn für eine seltsame Aufstellung?«

»Alle Personen in dieser Tabelle haben sich schon mehrmals kritisch über die Volkspartei geäußert. Das, mein Lieber, das ist …« Lucas machte eine theatralische Pause, als würde er in einem Zirkus eine besonders gefährliche Dressurnummer ansagen. »… das ist die Feindesliste der Volkspartei.«

»Wie bitte? Wo hast du die her? Und woher weißt du, was das ist?«

Lucas ignorierte die Fragen. »Das ist noch nicht alles, für jede Person gibt es einen weiterführenden Link.«

Lucas klickte auf einen der unterstrichenen Namen, und in einem neuen Bildschirmfenster tauchten Fotos, Screenshots, Texte und Diagramme auf.

»Sieh dir das an!«, rief er, seine Stimme zitterte vor Aufregung. »Das sind die Social-Media-Profile der Person, mit genauen Angaben, was sie mag und was nicht.«

»Frau Sand ist wohl ein großer Fan von *Suits*, dieser Anwaltsserie«, sagte Nicholas.

»Und das sind ihre Bankkonten und Fotos, die offenbar Überwachungskameras von ihr aufgenommen haben. Hier sieht man sie beim Shoppen im KaDeWe, und das hier wurde vor dem Gericht aufgenommen. Lauter geheime Daten.« Er sah Nicholas an. »Ich habe die Liste vorhin genauer analysiert. Von den meisten Leuten gibt es sogar detaillierte Bewegungsprofile.« Er zeigte mit der Maus auf eine Karte, und es erschien wie bei einem Routenplaner eine schmale rote Linie, die Orte und Häuser miteinander verband. »Das zum Beispiel zeigt uns, wo Richterin Sand am 3. Februar nach der Arbeit noch einen trinken war. Und wenn wir weitergehen, dann erkennen wir, dass sie um 23 Uhr von der Bar noch nach Prenzlauer Berg in ein Wohnhaus gefahren ist, wo sie zwei Stunden geblieben ist.«

»Interessant, laut der Liste wohnt sie aber in Charlottenburg.«

»Genau, und dann schauen wir doch mal nach, wer zufällig

auch in diesem Haus wohnt …« Lucas suchte in der Liste nach der Adresse.

»Treffer! Das ist das Haus von Dirk Meiden, einem Staatsanwalt.«

»Ist ihr Mann nicht Arzt?«

»Ja. Da macht Frau Sand doch glatt nachts mit einem Kollegen fleißig Überstunden. Oder, was ein bisschen wahrscheinlicher ist: Wir haben sie beim Fremdgehen erwischt.«

»Unglaublich.« Jetzt konnte auch Nicholas seine Aufregung nicht mehr verbergen. »Wie kommt die VP an diese Informationen?«

»Das frag ich mich auch. Die Bewegungsdaten stammen wahrscheinlich von Handy-Providern, die anderen Informationen wurden aus vielen verschiedenen Quellen sehr professionell zusammengesucht.«

»Waren das Hacker?«

»Vielleicht. Oder ein Geheimdienst. Oder …« Lucas sah ihn wieder an. »Oder sie haben die Daten direkt von den Unternehmen, die sie erheben.«

»Wie soll das denn gehen?«

»Es gibt angeblich Verbindungen der VP zu Firmen aus der Branche. Aber dieser Spur muss ich die nächsten Tage mal in Ruhe nachgehen.«

Nicholas' Gedanken rasten. Wozu sammelte die Volkspartei illegalerweise so genaue Informationen über ihre Gegner? Tief drinnen ahnte er, wie die Antwort lautete, aber er wollte es nicht wahrhaben. Stattdessen fragte er seinen Kollegen etwas anderes: »Sehr gute Arbeit, Lucas. Und jetzt sag: Woher hast du diese Liste?«

»Da staunst du, was? Ich habe das Drohnenvideo aus Balderschwang noch einmal genauer analysiert, das hat ganz schön lange gedauert – und dabei etwas entdeckt. Siehst du das?« Er öffnete ein Standbild aus dem Video, das wieder den Tisch mit Hartwigs Notizzetteln zeigte. »Links oben in der Ecke.«

Nicholas kniff die Augen zusammen und starrte auf den Bildschirm, konnte aber nichts Ungewöhnliches erkennen.

Lucas deutete mit seinem dicken Zeigefinger wie ein ungeduldiger Lehrer auf das Display. »Die silberne Thermoskanne!«

»Ja, und? Mir gefällt sie nicht.«

»Tja, man muss schon clever sein, damit man hier etwas findet. So wie ich eben.« Lucas grinste. Dann öffnete er ein Bildbearbeitungsprogramm und vergrößerte mit dem Mauszeiger einen Ausschnitt auf der Kaffeekanne, bis er fast den ganzen Monitor füllte.

»In der Kanne spiegelt sich etwas!«, entfuhr es Nicholas. »Ist es das Display des Smartphones, das auf dem Tisch liegt? Aber man kann leider nichts erkennen, das ist völlig unscharf.«

Sein Kollege aktivierte nacheinander verschiedene Filter in der Software, und das Bild wurde immer klarer, aus den verschwommenen Pixeln ergaben sich nach und nach einzelne Zeichen. Schließlich konnte man erahnen, was es war.

»Ist das eine Signal-Nachricht?«, fragte Nicholas.

Lucas nickte. »Ja, und wenn du genau hinsiehst, kannst du lesen, was da steht.«

Es war nur eine Zeile, doch für Nicholas ergab sie keinen Sinn. »Der Absender ist leider nicht zu erkennen, und die Nachricht besteht nur aus einer wirren Buchstaben- und Zahlenkombination. Oder dein Programm hat beim Berechnen etwas durcheinandergebracht.«

»Das stimmt schon so. Das ist eine Adresse im Darknet, die sehen immer so aus.« Lucas startete auf seinem Laptop den Tor-Browser, mit dem man in den Teil des Internets gelangte, der sonst nicht sichtbar war, und gab dort die seltsame Adresse ein. Ein neues Fenster öffnete sich, in dem nur Text stand.

»Ein geheimer Chat!«, sagte Nicholas. Er klopfte Lucas anerkennend auf die Schulter. »Man könnte auf die Idee kommen, dass du gar nicht so dumm bist.«

In diesem Moment klingelte Nicholas' Handy. Sandra. Obwohl er wusste, was jetzt kommen würde, nahm er den Anruf an.

Schon eine Minute später legte er seufzend wieder auf.

Dann las er den Chat, in dem sich zwei anonyme Teilnehmer unterhielten. Er war kurz, aber was er da sah, reichte Nicholas. *Wir haben die Männer für die Operation Schwarzer Sonntag! – Endlich, das wurde Zeit. Hier der Link zur Liste mit den Volksfeinden. Müssen dann unschädlich gemacht werden.*

Nicholas' Herz schlug schneller. Er sah erst ungläubig auf den Bildschirm, dann zu Lucas, der sich nervös durch seinen Bart fuhr.

»Ist es das, was ich glaube, dass es ist?«

»Auf dem Notizzettel, den die Drohne aufgenommen hat, stand etwas von *Machtergreifung*. Wenn ich dann noch diese Liste dazunehme, klingt es fast, als würde Hartwig einen Umsturz vorbereiten, wenn du das meinst. So könnte man das jedenfalls sehen.«

»Unmöglich.« Nicholas schüttelte den Kopf und schlug mit der Faust auf den Tisch. Eine alte Buntstiftzeichnung, die Hanna im Kindergarten gemalt hatte, fiel von der Wand. »Das kann doch nicht wahr sein, verdammt!«

»Psst, nicht so laut«, sagte Lucas. Diesmal deutete er auf Hannas Zimmer.

Nicholas beachtete ihn nicht und griff nach seinem Handy. »Wir müssen sofort die Polizei anrufen!«

»Und was sollen wir denen erzählen?« Lucas stieß ein Schnauben aus. »Dass wir heimlich einen Notizzettel gefilmt haben? Und in einem anonymen Chat im Darknet eine seltsame Liste gefunden haben? Und den Hinweis auf diesen Chat auf einer Thermoskanne?«

Nicholas setzte sich wieder. Nervös kaute er an seinem Daumennagel. »Ich ruf den Knurrer an, das muss das *Abendblatt* groß bringen«, sagte er dann.

»Der wird sicher begeistert sein – bei dieser Beweislage.«

Während Lucas weiter an seinem Bart zupfte, tigerte Nicholas durch das Zimmer. Konnte das wirklich stimmen? War Hartwig so verkommen, dass er einen Umsturz plante? War das der Sinn dieses geheimen Treffens in den abgelegenen Bergen gewesen? Bereitete die Volkspartei einen Coup vor? Aber Deutschland war doch keine Bananenrepublik, in der man einfach so putschen konnte. Oder interpretierten sie die paar Zeilen falsch? Aber was war das dann für eine Liste?

Als er sich einigermaßen beruhigt hatte, sah er Lucas fragend an: »Was glaubst du, was wir tun sollten?«

»Wir brauchen Beweise – und zwar richtige. Vorher können wir nichts unternehmen.«

Nicholas nickte. »Wir sollten eine Nacht drüber schlafen, bevor wir entscheiden, was wir tun.«

Während Lucas seinen Laptop einpackte, sah er nach Hanna. Die Leselampe in ihrem Zimmer brannte noch. Sie war erschöpft in ihrer Jeans und ihrem Spiderman-T-Shirt eingeschlafen, in der Hand hielt sie den rosa Stoffhasen fest umklammert. Behutsam nahm er ihr den Kopfhörer ab und legte ihn auf den Nachttisch. Er beugte sich über seine Tochter und küsste sie sanft auf den Nacken. Einen Moment lang beobachtete er, wie sich ihr kleiner Körper mit jedem Atemzug fast unmerklich hob und wieder senkte, dann ging er auf Zehenspitzen zurück in den Flur.

Lucas stand schon an der Eingangstür. Als Nicholas sie öffnete und in den dunklen Gang des Hochhauses sah, bekam er weiche Knie. Angst kroch in ihm hoch. Er schaltete das Licht ein, und ohne zu überlegen umarmte er seinen verdutzten Kollegen. »Pass auf dich auf!«

Lucas war so überrascht, dass er unbeholfen die Arme zur Seite streckte, als Nicholas ihn berührte. Aber dann drückte er ihn auch kurz an seinen Bauch. »Du auch!«

Er war schon lange verschwunden, als ihm Nicholas immer noch nachdenklich hinterhersah. Plötzlich erlosch das Licht im Treppenhaus. Nicholas zuckte zusammen, aber es ging gleich wieder an. Kurz danach öffnete sich quietschend die Tür des zerkratzten Fahrstuhls, und vor ihm stand Sandra. Ihr Gesicht war rot vor Zorn.

***

»Schau dir das an, überall haben sich die Fidschis breitgemacht.«

Georg Rotten schüttelte angewidert den Kopf, als sie an dem vietnamesischen Supermarkt vorbeifuhren. Das Asia Shoppingland lag direkt an der Bundesstraße, die nach Eger führte, ein trister Flachbau, von dessen Fassade die Farbe abblätterte. Die Neonschilder und Leuchtgirlanden blinkten grell, obwohl es erst Nachmittag war. Auf dem Parkplatz davor standen ein paar asiatisch aussehende Männer in Parkas und rauchten.

»Grauenhaft«, erwiderte Mirko Strasser, der am Steuer ihres Leihwagens saß. »Aber wenn du deiner Frau günstig eine nagelneue Gucci-Handtasche mitbringen willst, bist du hier richtig.«

Der Leibwächter deutete grinsend auf die Tische vor dem Laden, auf denen unzählige gefälschte Designertaschen aufgereiht waren. Unter dem engen schwarzen Rollkragenpullover zeichnete sich sein Bizeps ab.

»Und danach entspannst du dich schön in der Lotus-Oase.« Mit Kennermiene zeigte er auf ein abgerissenes Haus, das etwas versetzt hinter dem Supermarkt lag. Vor der rot beleuchteten Tür hing ein Drachen-Lampion. »Die haben da sehr hübsche Mädels, muss ich sagen.« Wieder grinste er. »Davon erzählst du deiner Frau aber lieber nichts.«

Rotten starrte regungslos aus dem Fenster. Er fühlte sich ertappt. War das eine Anspielung seines Leibwächters? Er nahm ein Taschentuch, in das seine Initialen eingestickt waren, aus der Innentasche seiner Lederjacke und tupfte sich die Stirn ab. Quatsch, sei nicht paranoid, sagte er zu sich selbst. Strasser bekam viel mit, aber von seinen kleinen Ausflügen konnte er eigentlich nichts wissen, darauf hatte er immer geachtet.

»Du redest zu viel, Strasser. Hast du bei der Bundeswehr nicht gelernt, dass man auch mal den Mund halten muss?«, sagte Rotten ungehalten. »Konzentrier dich lieber auf die Straße, damit du die Abzweigung nicht verpasst. Wir müssen hinter dem Ortsschild nachher rechts auf die Umgehungsstraße fahren.«

Als ihr weißer Skoda das Ortsschild *Cheb* passierte, verzog Rotten das Gesicht. Für ihn hieß die Kleinstadt an der deutschen Grenze immer noch Eger, auch wenn sie inzwischen zu Tschechien gehörte. Seine Familie stammte aus der Gegend, nach dem Krieg waren sie vertrieben worden. Sein Großvater hatte immer geklagt, wie viel Leid die Tschechen ihnen zugefügt hatten, nur weil er in der NSDAP gewesen war. Auch in der Burschenschaft waren viele gewesen, deren Familien man nach dem Krieg die Höfe und Häuser weggenommen hatte. Wut stieg ihn ihm auf. Er schloss seine Hände so fest um die Aktentasche, die er auf dem Schoß hielt, dass die Knöchel weiß hervortraten. Dann zählte er im Kopf langsam bis zehn, um sich zu beruhigen.

Die nächsten Kilometer fuhren sie schweigend an Feldern, Wiesen, Telefonmasten und winzigen Dörfern vorbei, die Straßen wurden immer schlechter. Unterbrochen wurde die Stille nur vom Regen, der auf die Windschutzscheibe prasselte, und den knappen Anweisungen, die Rotten von Zeit zu Zeit seinem Fahrer gab.

»Wieso schalten wir eigentlich nicht einfach das Navi ein?«, fragte Strasser schließlich genervt, als sie eine scharfe Abzweigung in einen Waldweg fast verpasst hätten.

»Unser Ziel steht auf keiner Karte«, antwortete Rotten. »Außerdem ist es besser, wenn wir so wenig Spuren wie möglich hinterlassen.« Er sah seinen Leibwächter eindringlich durch seine Nickelbrille an. »Über das, was wir gleich sehen werden, sprichst du mit niemandem, verstanden? Mit niemandem!«

Strasser nickte knapp. »Verstanden.«

In Schrittgeschwindigkeit fuhr er über den holprigen Weg, der durch einen düsteren Nadelwald führte. An manchen Stellen war er kaum noch zu erkennen. Sie rollten über dicke Wurzeln, immer wieder knackten Äste und Tannenzapfen unter den Rädern. »Wir hätten lieber einen Geländewagen mieten sollen«, murmelte Strasser, als sie durch eine tiefe Pfütze fuhren und Matsch bis zu den Seitenfenstern hochspritzte.

Nach und nach lichtete sich der Wald, und auf einmal standen sie auf einer mehrere hundert Meter langen Lichtung. Vor ihnen lagen drei flache dunkelbraune Holzhütten, die aussahen, als hätten sie früher zu einem Militärcamp gehört. Daneben waren olivgrüne Mannschaftszelte aufgebaut, am Rand parkten mehrere schwarze Land Rover und Mercedes G-Klasse Geländewagen mit deutschen Kennzeichen.

Der Regen hatte fast aufgehört, es tröpfelte nur noch, und zwischen den Wolken kam langsam die Sonne hervor. Als Rotten und Strasser ausstiegen, gingen zwei kräftige Männer in Kampfanzügen und schweren Stiefeln auf sie zu, an ihren Patronengürteln hingen Messer. Kurz vor ihnen blieben die beiden stehen und salutierten militärisch.

»Herzlich willkommen im Camp!«, sagte der Ältere der beiden. Seine rechte Wange durchzog eine auffällige Narbe, die einer Schlange ähnelte. Er musterte Rotten und Strasser mit einem harten Blick, der nicht zu seinen freundlichen Worten passen wollte, und stellte weder sich noch den anderen Mann vor, der sein Adjutant zu sein schien und auf dessen muskulösem Unterarm ein Eisernes Kreuz tätowiert war.

Plötzlich hörte man das Rattern einer Maschinenpistole. Rotten ließ seine Aktentasche fallen und duckte sich instinktiv hinter den breiten Rücken seines Leibwächters, der einfach stehen blieb.

»Keine Sorge, hier wird nicht geschossen.« Der Kommandant sah ihn mitleidig an. »Jedenfalls nicht auf Sie«, ergänzte er mit einem breiten Grinsen, das seine Narbe noch größer erscheinen ließ.

Rotten hob seine Tasche auf und schob sich ungelenk seine Brille, die heruntergerutscht war, zurück auf die Nase.

»Ich sehe, es wird schon trainiert. Da hat sich ja einiges getan seit meinem letzten Besuch, Kommandant.«

»Allerdings, ich zeige es Ihnen.«

Sie folgten den beiden, die um die Hütten herumliefen. Dahinter war ein großer Schießstand aufgebaut, der provisorisch aus Brettern zusammengezimmert worden war. Der Geruch von Schwefel und Rauch wehte über den Platz. Ein Dutzend Männer, die alle wie Soldaten angezogen waren, stand dort und johlte. Sie beachteten die Neuankömmlinge gar nicht, sondern feuerten einen Glatzkopf mit einem langen Vollbart und einen Hünen mit nacktem Oberkörper an, die nacheinander mit Sturmgewehren auf weit entfernte Pappfiguren schossen. So gut wie jede ihrer Salven traf ins Schwarze.

»Sie kommen rechtzeitig zum Finale unseres kleinen Wettkampfs«, sagte der Kommandant, als der Lärm der Geschosse einmal kurz verstummte, und klang so beiläufig wie ein Reiseleiter.

Rotten sah den beiden Männern fasziniert zu, dann ließ er seinen Blick über die anderen Kämpfer schweifen. Hinter ihnen lehnten Maschinenpistolen und Gewehre an der Holzwand. Der Anblick der Waffen, die im Sonnenlicht glänzten, und die entschlossenen Gesichter versetzten Rotten in Hochstimmung.

»Was Sie hier auf die Beine gestellt haben, ist wirklich aller Ehren wert!«

»Danke. Das sind hervorragend ausgebildete Männer, die meisten von ihnen waren früher bei Spezialeinheiten, vor allem beim KSK.«

»Sind das denn schon alle Kameraden?«

»Nein, es kommen in den nächsten Wochen noch mehr dazu. Wir werden dann wie geplant dreißig Kämpfer sein«, antwortete der Kommandant. »Glauben Sie mir, das reicht völlig für unser Vorhaben. Castro hat mit nur einundachtzig Männern Kuba erobert. Wichtig ist nur, dass man entschlossen genug ist.«

Rotten sah ihn mit überraschter Miene an. »Castro?«

Der Kommandant verzog seinen Mund zu einem Lachen. »Keine Sorge, ich kann Kommunisten so wenig leiden wie sie. Aber Mumm hatten diese Schweinehunde, das muss man ihnen lassen.«

»Wissen Ihre Männer, um was genau es geht?«

»Sie wissen, dass es um unser Vaterland geht, das reicht ihnen. Denn Rest erfahren sie, wenn es so weit ist.«

Er deutete mit dem Kopf zur hintersten Hütte. »Kommen Sie, ich zeige Ihnen etwas.«

Rotten folgte dem Kommandanten. Auch Strasser wollte mitgehen, doch der tätowierte Adjutant stellte sich ihm in den Weg. »Das ist nur für die Chefs.«

Als sie sich der Hütte näherten, erkannte Rotten, dass dahinter ein fensterloser Container stand, der neu aussah und mit einer schweren Tür gesichert war. Der Kommandant sperrte auf.

Die Luft in dem Raum roch muffig, ein riesiger Tisch nahm fast den ganzen Platz ein, an der Wand dahinter hingen Landkarten von Deutschland und dem Großraum Berlin und Schwarz-Weiß-Fotos von Soldaten der Waffen-SS in Siegerpose. Was auf dem Tisch stand, konnte Rotten nicht erkennen, ein schwarzes Tuch wölbte sich darüber.

Der Kommandant ging zielstrebig auf drei mächtige Waffenschränke aus Stahl zu, die in einer Ecke standen. Er hielt seinen Daumen an ein elektronisches Schloss und tippte einen Code ein, dann öffnete er die schwere Tür eines Schranks. Sauber aufgereiht standen dort G-3-Sturmgewehre, Skorpion-Maschinenpistolen, Kalaschnikows, Pumpguns, Munition und Handgranaten.

»Das ist unsere Spielzeug-Ecke mit allem, was Männern Spaß macht.«

»Sehr gut, sehr gut. Läuft das denn wie geplant mit den Lieferungen aus Kroatien?«, fragte Rotten.

»Unser Kontaktmann dort ist im Umgang etwas, na, sagen wir, gewöhnungsbedürftig, aber er liefert schnell und zuverlässig.« Der Kommandant grinste. »Mal schauen, ob wir auch noch den Raketenwerfer bekommen, den wir bestellt haben.«

Rotten drückte ihm seine Aktentasche in die Hand. »Hier, wie abgemacht.«

Der Kommandant sah kurz hinein, nickte und zog dann mit einem Ruck das schwarze Tuch vom Tisch.

»Wie Sie sehen, sind wir wirklich in jeder Hinsicht bestens vorbereitet. Wir können zwar leider noch nicht so handeln, wie wir möchten, aber das wird sich bald ändern.«

Rottens Augen glänzten, als er erkannte, was vor ihm stand: ein riesiges, perfekt ausgearbeitetes Modell des Reichstags.

10

Die Rücklichter der Straßenbahn, mit der Nina gekommen war, verschwanden langsam in der Abenddämmerung. Als sie die Straße überquerte, fielen ihr die altmodischen Bekleidungsgeschäfte, Versicherungsagenturen, Bistros und pinkfarbenen Nagelstudios auf, die Namen wie *Uschis Star Nails* trugen. In diesem Teil von Treptow sah Berlin nicht mehr aus wie eine Weltmetropole, sondern wie eine Provinzstadt. Viele der vierstöckigen Häuser waren Zweckbauten aus DDR-Zeiten, und sie waren durch die Sanierung nach der Wende nicht schöner geworden. An dem Bauzaun, an dem sie vorbeilief, hingen fast nur Wahlplakate der Volkspartei, die Aushänge der anderen Parteien waren eingerissen oder mit Filzstiften verunstaltet worden. *Deutschland zuerst!* hatte jemand auf eine Hauswand gesprüht, darunter prangte das Symbol der Volkspartei. Auf der Straße war an diesem Samstag nicht viel los, die meisten Läden hatten schon geschlossen, obwohl es erst 19 Uhr war.

Sie war mit ihrem Onkel Ahmad in der Nähe im Saloniki verabredet, einem griechischen Restaurant. Er wohnte nicht weit weg von hier und hatte das Lokal vorgeschlagen. Sie freute sich darauf, ihn wiederzusehen. Schon als Kind hatte sie seine braunen Augen, die immer zu lächeln schienen, und seinen Schnauzbart geliebt, über den er sich immer zufrieden strich, wenn er ihr Fahrrad repariert hatte. Obwohl er ihr einziger Verwandter in Berlin war, hatten sie sich schon seit Monaten nicht mehr gesehen. Seit sie beim BKA angefangen hatte, musste sie dauernd Überstunden machen.

Sie sah auf die Uhr. Eine Viertelstunde hatte sie noch Zeit, das würde für einen Anruf reichen. Als sie ihr Smartphone aus ihrer Handtasche nahm und Nicholas' Nummer suchte, musste sie lächeln. Sie hatte seinen Namen früher schon in ihrem Handy-Adressbuch gespeichert, danach hatte sie ihn ein paarmal gelöscht und wieder hinzugefügt. Seit einer Woche stand er wieder drin.

Er ging sofort ans Telefon.

»Ich habe gute Nachrichten, Nicholas.«

»Noch besser, als deine Stimme zu hören, kann es ja eigentlich nicht mehr werden.«

Sie ignorierte seinen Flirtversuch. »Das heißt, ich weiß nicht, ob es wirklich gute Nachrichten sind: Ich hab rausgefunden, wer dieser Typ auf dem Foto von der Drohne ist. Er heißt Sven Thoma und ist der Sicherheitschef der Volkspartei. Ein harter Hund, sagen meine Kollegen, die sich damit auskennen. Saß schon in seiner Jugend im Gefängnis wegen schwerer Körperverletzung, war danach bei der Fremdenlegion und später wohl auf der ganzen Welt als Söldner tätig, unter anderem in Libyen für die Gruppe Wagner, eine private russische Miliz. Danach verlor sich seine Spur, bis er vor Kurzem als Sicherheitschef der VP wieder aufgetaucht ist.«

Am anderen Ende der Leitung blieb es stumm.

»Nicholas? Hast du mich verstanden?«

»Ja, leider nur zu gut. Mein Gott, und dieser Mann sucht jetzt nach Hanna …«

»Ihr müsst vorsichtig sein, er wird wahrscheinlich bald wissen, wer du bist. Ich schicke dir morgen alles, was ich sonst noch in Erfahrung gebracht habe.«

»Danke. Dafür habe ich herausgefunden, was die Notizzettel bedeuten …«

»Ja, und?« Nina hatte es schon immer genervt, wenn er so bedeutungsschwere Kunstpausen machte. Doch als Nicholas ihr von der Feindesliste erzählte, hörte sie konzentriert zu, während sie weiter in Richtung ihres Treffpunktes lief.

»Und du glaubst deshalb, dass die VP einen Umsturz plant? Ist das nicht etwas hysterisch?«

»Hör mal, Nina …«

Es piepste mehrmals in ihren Ohrhörern.

»Entschuldige, ich muss leider auflegen, Nicholas. Mein Onkel ruft an, er will sicher wissen, wo ich bleibe. Ich meld mich gleich wieder!«

Sie legte auf und hörte Ahmad in der Leitung.

»Nina, ich …« Er stockte.

»Onkel Ahmad, was ist denn? Geht's dir gut?« Sie hörte Geschrei im Hintergrund, jemand brüllte: »Scheiß Muslim!«

»Hört auf!«, schrie ihr Onkel.

»Onkel Ahmad? Sag doch was!«

»Ich …« Sein Atem ging schwer. »Da sind Jungs, die werfen Steine nach mir.« Sie hörte wieder Gebrüll und Kampfgeräusche. Es schepperte, als sei das Handy auf den Boden gefallen. Dann war die Leitung tot.

Sie rannte los. Während sie die Straße entlanglief, rief sie den Notruf an und bat ihre Kollegen, einen Einsatzwagen zum Saloniki zu schicken. Sie hoffte inständig, dass ihr Onkel dort war.

Ihre Füße flogen über den Gehsteig, einige Passanten sahen ihr kopfschüttelnd hinterher. Je mehr sie sich von der Hauptstraße entfernte, desto düsterer wurden die Straßen. Die Häuser sahen hier alle gleich aus. An einer Kreuzung blieb sie stehen, sie hatte keine Ahnung, wo sie war. Wo lag das Restaurant? Verdammt, sie hatte sich verlaufen. Nach einem Blick auf Google Maps drehte sie sich um und hastete zurück nach Norden.

Als sie sich endlich der Ecke näherte, wo sich das Saloniki befand, hörte sie schon aus der Ferne die Schreie. Sie rannte schneller.

Im Licht einer Straßenlaterne sah sie fünf Jugendliche, die sich ihre schwarzen Hoodies über den Kopf gezogen hatten. Sie umzingelten einen Mann, der auf dem Boden kniete und abwehrend seine blutenden Hände vors Gesicht hielt. »Das ist für dich, du scheiß Zickenficker!« Zwei von ihnen hoben ihre Arme und schleuderten Steine auf Ninas Onkel. Als ihn die Geschosse trafen, stöhnte er auf. Er sackte zu Boden, sein Gesicht schlug hart auf dem Gehsteig auf. Der größte Angreifer holte mit dem Fuß aus und trat ihm in den Bauch.

»Aufhören!« Nina schrie, so laut sie konnte, und zog ihre Dienstmarke aus der Hosentasche. »Sofort aufhören, Polizei!« Sie war noch zwanzig Meter entfernt.

Der Anführer ließ von ihrem Onkel ab und zeigte in ihre Richtung. »Schaut mal, noch so eine Kameltreiberin!« Er sah sich theatralisch nach allen Seiten um. »Und? Seht ihr die Polizei? Also ich nicht. Ich seh nur so eine schlecht gefickte Muslim-Fotze.«

Die Jungs lachten höhnisch und kamen langsam auf sie zu, drohend wie in einem schlechten Musikvideo. Der Hass verzerrte ihre Milchgesichter. Sie schätzte den Jüngsten von ihnen auf höchstens dreizehn. Währenddessen wälzte sich ihr Onkel hinter ihnen vor Schmerzen am Boden und wimmerte.

Sie zog ihre Pistole. »Sofort stehen bleiben, ich sag es nur einmal.«

Die Jugendlichen erstarrten. »Fuck, die Hure ist bewaffnet«, stieß der Anführer aus.

»Ich sagte ja, Polizei!«, erwiderte Nina.

Sie wollte ihnen gerade befehlen, sich auf den Boden zu legen, als sie wie in Zeitlupe einen roten Backstein auf sich zufliegen sah. Instinktiv sprang sie zur Seite – sie spürte einen heftigen Schlag am Fuß, schrie auf und knallte der Länge nach hin.

Als sie sich wieder aufrappelte, klebten in ihrem Gesicht Gras und Erde. Sie war über eine Metallkante gestolpert, die ein winziges Stück dreckigen Rasen vom Gehsteig trennte. Ihre Dienstwaffe war unter ein parkendes Auto gerutscht, zum Glück war sie noch gesichert gewesen.

Die Angreifer waren sofort weggerannt, jeder in eine andere Richtung. Nina überlegte, ob sie die Verfolgung aufnehmen sollte, aber ihr Vorsprung war schon zu groß. Außerdem benötigte ihr Onkel jetzt ihre Hilfe.

Als sie sich über ihn beugte, blickte er sie aus geschwollenen Augen an. »Nina, *habibti*, mein Mädchen.«

Vorsichtig strich sie ihm die blutverschmierten Haare aus der Stirn, auf der eine Platzwunde klaffte. Von seiner Nase tropfte Blut auf seinen Schnurrbart. Das Gesicht war voller Blutergüsse, die sich von seinen Augen bis zu seinen aufgeplatzten Lippen zogen. Neben ihm lagen noch die schweren Steine, die sie auf ihn geschmissen hatten. Sein altes Handy lag zersplittert auf dem Boden, jemand war mit voller Wucht daraufgetreten. Daneben lagen ein Plastikfähnchen mit dem Logo der Volkspartei und ein zerknittertes Flugblatt. *Gib deine Stimme dem Volkskanzler – Markus Hartwig.* Sie war so wütend, dass sie die Wahlwerbung auseinanderreißen wollte, doch dann besann sie sich und steckte das Beweisstück ein.

»Hilf mir, bitte!« Ninas Onkel streckte eine Hand nach ihr aus, mit der anderen versuchte er vergeblich, sich aufzustützen.

»Onkelchen, das tut mir so leid!« Während ihm Nina mit einem Taschentuch das Blut abtupfte, näherten sich vorsichtig zwei ältere Kellner aus dem griechischen Restaurant.

»Ich habe schon einen Krankenwagen gerufen«, sagte der eine, der seine spärlichen Haare zurückgekämmt hatte. Er hob entschuldigend die Schultern. »Als wir vorhin helfen wollten, haben sie uns auch mit Steinen beschmissen und ›Ausländer raus‹ geschrien. Wir haben die Polizei angerufen, aber die brauchen hier immer lange.« Man sah ihm an, wie erschüttert er war.

Nina versuchte, ihrem Onkel aufzuhelfen, aber seine Beine knickten immer wieder weg. »Lass mich, meine Liebe, lass mich.« Er rutschte zurück auf den Boden und fing an zu weinen. »Wieso haben die das gemacht? Was habe ich ihnen denn getan?« Er verzog das Gesicht, doch Nina wusste nicht, ob es vor Schmerz oder vor Scham war.

»Ich lebe jetzt seit dreißig Jahren hier, aber das ist mir noch nie passiert. Wo soll das denn nur hinführen?«

Nina presste die Lippen aufeinander und wusste nicht, was sie antworten sollte. Sie war froh, als das Heulen der Polizeisirenen die Stille durchbrach.

***

»Bitte sehr, unsere Colonial-Suite, hier sind Sie ungestört. Aber Sie kennen sich ja aus.« Mit einer angedeuteten Verbeugung öffnete ihm die Assistentin die handgeschnitzte Flügeltür mit den Goldintarsien.

»Danke, bitte sorgen Sie dafür, dass wir die nächste Stunde völlig ungestört sind«, sagte Markus Hartwig.

Er bedauerte es, dass sie schon angekommen waren. Er hätte der Frau mit den kupferfarbenen Haaren, die ihr fast bis zum Hintern reichten, gern noch etwas länger dabei zugesehen, wie sie vor ihm grazil die Treppe emporstieg – und sich dabei ausgemalt, was sie wohl für scharfe Dessous unter ihrer schwarzen Stoffhose trug. Leider hatte sie ihre Haare zu einem schlichten Zopf zusammengebunden, sonst hätte er sie noch attraktiver gefunden. Doch er verstand, dass im Berliner Business Club die konservative Fassade gewahrt werden musste, damit kannte er sich schließlich aus.

Die Colonial-Suite sah aus wie ein englischer Herrenclub, mit schweren Ledersesseln und eichengetäfelten Wänden, der Geruch von Zigarren lag in der Luft. Regale mit dicken Büchern, die bis zur Decke reichten, ließen den Raum wie eine Bibliothek wirken, dabei interessierten sich die prominenten Gäste aus Politik, Wirtschaft und Medien, die sich hier gern ungestört trafen, schon lange nur noch für das, was sie auf ihren Smartphones lesen konnten.

Der Mann, mit dem Hartwig an diesem frühen Montagnachmittag verabredet war, saß schon auf einer riesigen Ledercouch, direkt neben einem falschen Kamin, in dem dekorativ Holzscheite gestapelt waren, die nie brennen würden. Als er Hartwig bemerkte, stand Roland Isslinger auf und reichte ihm die Hand.

Hartwig war überrascht, wie klein der Richter war, im Fernsehen hatte er immer deutlich größer gewirkt. Aus der Nähe sah Isslinger auch älter aus, aber vielleicht lag das an dem altmodischen Zweireiher, den er trug, und daran, dass er aufdringlich nach Kölnisch Wasser roch.

»Bitte entschuldigen Sie meine Verspätung vielmals«, sagte Hartwig. »Sie wissen ja, der Wahlkampf, die vielen Termine …«

Isslinger lud ihn mit einer Geste ein, sich in den Sessel gegenüber zu setzen.

»Lieber Herr Hartwig, das ist doch kein Problem. Man muss ja nur die Nachrichten verfolgen, um zu sehen, was für ein viel beschäftigter Mann Sie sind. Es wird so viel über Sie geredet – da bekommt man fast das Gefühl, dass es in Deutschland nur noch einen relevanten Politiker gibt. Umso erstaunter bin ich, dass Sie mich treffen wollten. Was verschafft mir denn diese Ehre?«

Hartwig setzte eine staatsmännische Miene auf. »Ich möchte nicht lange drum herumreden: Ich suche einen fähigen Mann für einen der wichtigsten Posten, den es in diesem Land gibt.« Er lächelte. »Das heißt, noch gibt es diesen Posten nicht. Aber bald, sehr bald.«

»Sie sprechen in Rätseln ...«

»Kann ich offen mit Ihnen sein?« Hartwig sah sich um, ob sie auch wirklich allein waren. Der Richter nickte.

»Wir beide haben einiges gemeinsam, Herr Isslinger. Ich weiß, dass Sie auch ein Mann sind, der national denkt, der dieses Land liebt und es schützen will. Das haben Sie ja mehrfach in den Medien erwähnt. Glauben Sie mir, das ist mir nicht entgangen. Und das hat Sie wahrscheinlich Ihre Beförderung gekostet. Sie könnten sonst längst schon Bundesrichter sein, so ein fähiger Mann, wie Sie es sind. Und wir sind beide der Meinung, dass sich in Deutschland etwas grundlegend ändern muss. Dieses Land war viel zu lange gefesselt, es muss endlich zu seiner wahren Größe zurückfinden. Und dafür muss es hinter einer starken Führung geeint werden.«

»Sie haben ja recht, aber ich verstehe immer noch nicht, worauf Sie hinauswollen.«

»Nun, wie fänden Sie es, wenn Sie Verfassungsrichter werden würden? Sogar noch besser: Wie wäre es, wenn Sie Vorsitzender eines Senates des Verfassungsgerichts werden?«

Isslinger rutschte unruhig auf dem Sessel hin und her und fuhr sich mit der Hand durch die grauen Haare, die er militärisch kurz trug. Man merkte ihm an, dass er seine Aufregung mühsam unterdrückte. »Wie soll das gehen? Die Spitzen der zwei Senate sind doch längst besetzt für die nächsten Jahre.«

»Ganz einfach …« Hartwig genoss es, ihn zappeln zu lassen. »Wenn ich die Wahl gewinne, wovon Sie ausgehen können, dann werde ich einen dritten Senat beim Bundesverfassungsgericht schaffen.«

»Das ist … Das ist unmöglich.«

»Aber nein, es ist sogar ziemlich einfach. Man muss sich nur trauen, groß zu denken – nicht wie diese unfähigen Politiker der Altparteien. Das Verfassungsgericht ist doch völlig überlastet, das sagt es selbst schon seit Jahren. Nach unserem Wahlsieg werden wir dieses Problem endlich angehen. Mit unserer Mehrheit im Bundestag werden wir das Gesetz über das Bundesverfassungsgericht ändern – und zu den zwei schon vorhandenen Senaten einen neuen, dritten Senat schaffen. Der wird sich vor allem um Organklagen, Normenkontrollverfahren und Wahlprüfungssachen kümmern. Die bisherigen Richter können doch froh sein, dass sich dann jemand anderes um dieses öde Zeugs kümmert.«

»Das wird einen Aufschrei geben!«

Hartwig ging zur Hausbar und goss sich aus einer Karaffe einen Whisky ein. Aufreizend langsam schwenkte er das schwere Glas. Während er weitersprach, beobachtete er, wie die goldbraune Flüssigkeit in kleinen Wellen gegen den Rand des Tumblers schwappte. »Ja, das wird es. Na und? Es gibt ja auch einen Aufschrei, wenn ich in einer Talkshow mal wieder eine Wahrheit sage, die sich sonst keiner auszusprechen traut. Und was ändert es? Nichts. Wir modifizieren dann übrigens auch gleich die überkommene Regel, dass Verfassungsrichter im Bundestag mit Zweidrittelmehrheit gewählt werden müssen. Eine einfache Mehrheit reicht völlig aus, um dem Willen des Volkes zu entsprechen.« Er drehte sich zum Sofa. »Wollen Sie auch einen Drink?«

Isslinger schüttelte den Kopf, hinter seiner Goldrandbrille schien es zu arbeiten.

»Wir dürfen dann vier Richter bestimmen«, fuhr Hartwig fort. »Das ist nur fair. Und weil ich ein Freund der Demokratie bin, darf der Bundesrat, wo die Volkspartei ja noch nicht die Mehrheit hat, die anderen vier Richter wählen.«

»Aber was bringt Ihnen das dann? Es wird in den entschiedenen Urteilen immer Stimmengleichheit geben – Ihre Richter gegen die Richter, die der Bundesrat ernannt hat.«

»Sie sind ein kluger Mann, so wird es wahrscheinlich kommen. Aber im Gesetz steht, dass bei solch einem Patt ein Verstoß gegen das Grundgesetz schlicht und einfach nicht festgestellt werden kann.« Zufrieden lächelnd nahm Hartwig einen Schluck Whisky. »Und das eröffnet uns einigen Spielraum.«

»Ich glaube, jetzt möchte ich doch einen Drink.« Isslinger hatte sein Jackett geöffnet und den Knoten seiner Krawatte gelockert.

Hartwig schenkte ihm auch ein Glas Whisky ein.

»Mit Ihrer Hilfe können wir so Gesetze erlassen, die das Land wirklich grundlegend verändern. So könnte zum Beispiel die Bundeswehr endlich der Polizei helfen, Terroristen zu jagen, kriminelle Ausländer-Clans auszuheben und Drogendealer festzunehmen. Oder sie könnte dafür sorgen, dass bei Demonstrationen Störer keine Chance haben, die Polizei ist doch viel zu lasch. So könnte man das Land viel sicherer machen. Stellen sie sich vor, was wir zusammen alles bewirken könnten!«

»Und was ist, wenn sich der Bundespräsident weigert, so ein Gesetz zu unterschreiben? Der Mann hat sich bisher nicht gerade freundlich über Sie und die Volkspartei geäußert.«

»Ach, wissen Sie, der Bundespräsident nimmt sich viel zu wichtig«, sagte Hartwig und lehnte sich entspannt mit dem Rücken an die Hausbar. »Das sehen auch viele führende Juristen so. Er ist ja nicht einmal direkt vom Volk gewählt – das Parlament, das die Gesetze verabschiedet, schon. Haben Sie nicht selbst einmal in einem klugen Gutachten darauf hingewiesen, dass sich der Bundespräsident nur auf die rein formale Prüfung von Gesetzen beschränken sollte?«

»Das stimmt«, antwortete Isslinger, sichtlich beeindruckt, dass Hartwig seinen Aufsatz gelesen hatte.

»Na, und wer anderer Meinung ist, der kann ja gern in Karlsruhe dagegen klagen. Bei unserem dritten Senat natürlich, denn der ist dann für solche Anliegen zuständig.« Das Glas in seiner Hand zitterte, als er schallend loslachte. »Und das wird erst der Anfang sein«, sagte er. »Wenn wir fest im Sattel sitzen, dann gehen wir die Reform des Wahlrechts an, die ist auch dringend nötig. Der Bundestag ist doch absurd groß – was das den Steuerzahler kostet, da werden Millionen verbrannt! Das werden wir alles verschlanken. Es gibt dann weniger Wahlkreise, die wir neu einteilen, dazu stärken wir die Erststimme, das ist dringend nötig, damit das Volk genau weiß, wen es wählt. Unser Freund Viktor Orbán hat so in Ungarn mit 43 Prozent der Stimmen eine Zweidrittelmehrheit im Parlament bekommen. Das schaffen wir auch.«

Hartwig spürte, wie er sich in einen Rausch redete.

»Und damit können wir das ganz große Ziel in Angriff nehmen: Wir ersetzen das Grundgesetz durch eine Verfassung, die sich das deutsche Volk in freier Entscheidung selbst gibt, so wie es in Artikel 146 steht. Das haben die Altparteien nach der Wiedervereinigung ja verpasst oder besser gesagt: nicht gewollt. Wir als Volkspartei lassen dann endlich das Volk über unsere Verfassung abstimmen, der Souverän soll endlich entscheiden dürfen.«

»Und wenn es der Opposition nicht passt, dann kann sie ja beim Verfassungsgericht klagen«, sagte Isslinger grinsend. »Beim dritten Senat.«

Hartwig stieß mit ihm an. »Sie lernen wirklich schnell. Ich wusste, dass Sie der richtige Mann sind.«

***

»Und sei vorsichtig, mein Schatz!«

Hannas Mutter gab ihr einen Kuss auf die Wange. Natürlich konnte sie sich die Bemerkung nicht verkneifen, obwohl Hanna den Weg zur Schule schon hundert Mal allein gefahren war.

»Ja, Mama!«

»Es tut mir leid, dass ich dich heute Mittag auch nicht abholen kann, aber ich komm nicht rechtzeitig aus der Agentur, ich habe leider einen dringenden Termin mit einem Kunden.«

»Kein Problem, Mama.«

»Du weißt ja, wo das Essen steht. Ich bin spätestens um 15 Uhr wieder zu Hause.«

»Klar.«

Hanna konnte es ihrer Mutter ansehen, wenn sie ein schlechtes Gewissen hatte. Ihre hübschen Sommersprossen leuchteten dann besonders intensiv, und sie war so übertrieben besorgt. Dabei fand Hanna es gar nicht schlimm, dass sie heute Mittag allein sein würde. Dann würde sie sich einfach eine Pizza aufwärmen und in Ruhe eine Runde Playstation spielen, die Hausaufgaben konnten warten.

»Bis später, Mama!« Hanna setzte ihren Rucksack auf und schob ihr gelbes Rennrad auf den Gehsteig. Es hatte aufgehört zu regnen, aber die Straße war immer noch feucht.

»Warte, Schatz, so geht das nicht.«

Ihre Mutter kam in ihren engen Jeans durch den Vorgarten des Reihenhauses auf Hanna zugerannt. Sie schob ihr eine Strähne aus der Stirn und steckte sie mit einer Haarspange fest. »Das sieht doch so viel besser aus.«

Hanna nickte nur und fuhr los. Ihre Mutter winkte überschwänglich, so als würde Hanna gleich zur Tour de France starten und nicht nur zehn Minuten zur Schule fahren.

Während sie durch die Siedlung radelte, fragte sie sich, ob dieser wichtige Kunde in Wahrheit der Mann war, mit dem ihre Mutter in letzter Zeit heimlich telefonierte. Hatte sie sich deshalb heute so stark geschminkt? Sandra glaubte wahrscheinlich, dass Hanna nichts von den Anrufen mitbekam, aber sie hatte ein paarmal ihre Gespräche mitgehört, als sie auf der Toilette war. Und die SMS hatte sie auch gesehen, die er ihr geschickt hatte. Roger, was für ein seltsamer Name.

Hanna musste sich beeilen, Michel wartete sicher schon. Außerdem hatte sie dienstags in der ersten Stunde Mathe, und Frau Weber war sehr streng, wenn man zu spät kam. Als sie beim Abbiegen in die Hauptstraße über die Schulter blickte, fiel ihr das schwarze Auto auf. Es fuhr in Schrittgeschwindigkeit hinter ihr her, irgendwie kam ihr der Wagen bekannt vor. Den Fahrer konnte sie aber hinter den dunklen Scheiben nicht erkennen, er war zu weit weg.

Sie stieg aus dem Sattel und ging in den Wiegetritt. Ihre Beine flogen nach oben und unten, sie wurde immer schneller. Zum Glück hatte ihr Vater ihr zu Weihnachten das kleine Rennrad geschenkt – und nicht so ein schweres Damenrad, wie ihre Mutter es gewollt hatte.

Sie fuhr an dem Spielplatz vorbei, wo sie bis früher so gern gerutscht war. An einer Kreuzung musste sie stehen bleiben, unauffällig versuchte sie, nach hinten zu sehen. Der Wagen war immer noch hinter ihr, aber fast weiter weg als vorher. Folgte er ihr wirklich, oder bildete sie sich das nur ein?

Als die Ampel auf Grün schaltete, sprintete sie los. Statt geradeaus auf dem Radweg weiterzufahren, raste sie über den Gehsteig und in den kleinen Park, wo die älteren Schüler manchmal heimlich rauchten. Sie überholte einen alten Mann mit Gehstock und wich gerade noch zwei Müttern aus, die ihre Kinderwagen nebeneinander herschoben. Schlamm spritzte hoch, die Frauen schimpften, aber Hanna fuhr schon weiter. Die Räder ratterten, als sie über eine enge Holzbrücke steuerte, die über einen Teich führte. Dahinter bog sie nach der Böschung rechts in einen engen Fußgängerpfad ab. Sie schaute nicht zurück, sondern schaltete noch einen Gang höher und trat mit aller Kraft in die Pedale. Das Grün war längst zu Ende, sie flog durch Hinterhöfe und über Gehwege, vorbei an Mülltonnen, Einfahrten und hässlichen Garagen, bis sie endlich das beige Eckhaus sah, in dem Michel seit Kurzem mit seiner Familie wohnte.

Ihr Schulfreund saß auf seinem Fahrrad und sah schon ungeduldig in ihre Richtung. Mit einer Vollbremsung kam sie neben ihm zum Stehen, ihre Wangen glühten, ihre Jeans war voller Dreck.

»Was ist denn mit dir los?«

»Das schwarze Auto«, sagte Hanna und schnappte nach Luft. »Das Auto folgt mir.«

Michel sah sich um, die Straße war bis auf einige parkende Wagen leer.

»Also, ich sehe hier kein schwarzes Auto.«

***

Nicholas hatte die Klinke schon in der Hand. Für einen Moment überlegte er, ob er die Tür nicht einfach mit voller Wucht zuknallen sollte. Am besten so heftig, dass die dämlichen Bilder von der Wand fielen, sollte der Knurrer seine hässlichen Aquarelle, historischen Schwarz-Weiß-Aufnahmen und Branchen-Auszeichnungen doch vom Boden aufklauben. Doch er beherrschte sich und ließ die Tür einfach offen, als er das Büro des Chefredakteurs verließ.

»Das war wirklich der dämlichste Vorschlag, den ich in letzter Zeit gehört habe – und ich muss mir in diesem Haus viele dämliche Vorschläge anhören!«, schrie ihm der Knurrer hinterher.

Nicholas blieb im Türrahmen stehen und drehte sich langsam um. Der Chefredakteur des *Abendblatts* stand kopfschüttelnd hinter seinem mächtigen Eichenschreibtisch und wirkte ernsthaft betrübt über die Dummheit der Welt.

»Danke auch für diese konstruktive Kritik!«, sagte Nicholas und ging zum Aufzug, der zum Glück gleich kam. Im Fahrstuhl stand Anna Krüger, eine Redakteurin, mit der er sich früher ein Büro geteilt hatte.

Sie lächelte ihn an. »Was machst du denn im zehnten Stock? Musstest du etwa beim Knurrer antreten?«

Er seufzte nur und verdrehte die Augen.

»Oje, sag nichts.« Sie sah ihn mitleidig an. »Nimm es nicht persönlich, er ist zurzeit noch knurriger als sonst.« Obwohl sie allein im Aufzug waren, beugte sie sich verschwörerisch zu ihm und flüsterte ihm ins Ohr. »Es gibt Gerüchte, dass er abgelöst werden soll.«

»Was? Das kann doch nicht sein. Ich weiß nicht, wie oft ich mich schon über ihn geärgert habe, aber Erich Munz ist das Herz dieser Zeitung. Woher weißt du das?«

Sie zwinkerte ihm zu. »Quellenschutz, mein Lieber! Und von mir hast du das natürlich nicht gehört.«

Als er in seinem Büro angekommen war, schloss Nicholas die Tür ab. Der Streit mit dem Chefredakteur hatte ihn aufgebracht. Obwohl er sich vorgenommen hatte, es nicht mehr zu tun, nahm er wieder die kleine Blechdose aus der Schreibtischschublade und spülte eine der weißen Pillen mit einem Schluck abgestandenen Kaffees hinunter. Er wartete, bis ihre Wirkung einsetzte. Nach und nach stieg eine wohlige Wärme in ihm auf. Das chemisch erzeugte Gefühl beruhigte ihn.

Es war richtig gewesen, dem Knurrer nichts von der Feindesliste der VP zu erzählen, er nahm Nicholas ja so schon nicht mehr ernst. Aber sollte er für sein Vorhaben wirklich seinen Job beim *Abendblatt* riskieren? Was, wenn er sich irrte? Doch er würde mit seinen Recherchen über die Volkspartei nie weiterkommen, wenn er jetzt nichts unternahm. Machte er sich dann nicht mitschuldig, wenn die Partei die Macht an sich riss?

Einige Zeit starrte er aus dem Fenster, sah zu, wie die Wolken langsam über den hellblauen Himmel zogen, und dachte nach. Er wog die Vor- und Nachteile seiner Entscheidung ab, dann wusste er, was er tun musste. Und es kümmerte ihn nicht, dass der Chefredakteur dagegen war: Er würde Markus Hartwig interviewen. Und wenn nicht mit der Erlaubnis des

Knurrers, dann eben ohne. Ihn interessierte sowieso nicht, was Hartwig ihm erzählen würde, er hatte nicht vor, das Gespräch jemals zu veröffentlichen. Er wollte nur den Mann kennenlernen, der womöglich einen Umsturz plante – und herausfinden, ob seine Befürchtungen überhaupt stimmten.

Er rief Lucas an. »Du hattest recht, der Knurrer hat auf meinen Vorschlag, mit Hartwig zu reden, sogar noch schlechter reagiert als befürchtet«, sagte er. »Ich habe aber eine Idee … Okay, wir besprechen das heute Abend bei dir in Ruhe. Bis nachher!«

Als er aufgelegt hatte, setzte er sich an seinen Computer und begann, eine E-Mail an die Volkspartei zu schreiben.

***

Maria Lorenz zog die Schultern ein, aber das half natürlich nichts gegen den Regen, der unablässig auf sie einprasselte. Das war wirklich ein feuchter Mai. Sie seufzte, stülpte den Kragen ihres grauen Regenmantels hoch und ging auf dem einsamen Waldweg hinter ihrem Hotel weiter. Bei jedem Schritt quoll der Schlamm unter ihren Gummistiefeln hervor. Sie musste die Augen zusammenkneifen, um in der Ferne das rot leuchtende Halsband ihrer Hündin noch zu erkennen. Die Sonne war längst hinter den Hausbergen von Balderschwang untergegangen, nur bleiches Mondlicht erhellte den Wald ein bisschen. Doch die Dunkelheit störte Maria nicht, sie hätte den Weg auch blind gefunden, schließlich ging sie ihre Gassirunde jeden Abend, egal bei welchem Wetter.

Aber Regen mochte sie nicht, wenn es so feucht war, spürte sie jeden Knochen in ihrem Körper. Mit dem Alter wurde es immer schlimmer, auch wenn sie das nie laut zugegeben hätte.

Vielleicht sollten sie und ihre Schwester das Hotel Engel doch bald verkaufen und sich zur Ruhe setzen.

Sie seufzte wieder, dann schreckte sie auf. Versunken in ihre Gedanken hatte sie ihre Hündin vergessen. Sie konnte Misha nicht mehr sehen. »Misha! Misha!« Stille. Oder kam da vielleicht ein Winseln aus dem Wald? »Komm sofort her!« Sie lauschte angestrengt, hörte aber nur Vögel aufflattern, sonst nichts, dabei reagierte die Mischlingshündin mit dem lockigen schwarzen Fell eigentlich immer auf ihren Namen.

Maria beschleunigte ihre Schritte. Sie suchte zwischen den Bäumen nach dem blinkenden Halsband. Wo war ihr Liebling nur? Ihre Rufe wurde lauter. »Misha!«

Obwohl sie den Wald seit ihrer Kindheit kannte, kam er ihr jetzt bedrohlich vor. Die Kiefern warfen im Mondlicht lange furchteinflößende Schatten auf den Weg, man konnte nicht erkennen, was sich womöglich hinter den dicken Stämmen der Eichen verbarg. Maria versuchte, die düsteren Gedanken zu verscheuchen. Vielleicht war Misha einfach schon vorgerannt zur Wiese mit den Wildblumen. Auch sie kannte ja den Weg.

Hinter ihr knackte ein Ast. Bevor sie sich umdrehen konnte, schlang sich ein Arm um ihren Hals. Sie wollte schreien, aber es ging nicht. Der Arm drückte ihr wie ein Schraubstock die Kehle zu, der Griff war so fest, dass sie würgen musste. Magensäure und ihr halb verdautes Abendessen stiegen in ihr auf.

»Du machst jetzt keinen Mucks. Keinen einzigen Laut, verstanden?« Die Männerstimme war tief und bestimmend. Maria versuchte zu nicken, obwohl sie ihren Kopf kaum bewegen konnte und ihr Mund voll mit Erbrochenem war.

»Gut so!« Der Griff lockerte sich etwas.

Voller Panik zu ersticken, öffnete sie den Mund, so weit sie konnte, und spie den sauren Inhalt ihres Magens aus.

»Spinnst du?« Der Unbekannte schlug ihr mit voller Wucht seine Faust ins Gesicht, Knochen splitterten, und Maria stürzte mit dem Kopf voran in den Schlamm und in ihr Erbrochenes. Sie roch den Gestank ihrer eigenen Kotze.

»Das ist ja ekelhaft«, sagte die Männerstimme.

Sie versuchte, sich aufzurichten, aber ihr Schädel dröhnte, bei jedem Atemzug schmerzte ihre Nase, wie sie es noch nie erlebt hatte.

»Bitte …« Mehr als ein Wimmern brachte sie nicht hervor.

»Schnauze!« Ihr Rücken krachte, als der Mann ihr seinen Stiefel zwischen die Schulterblätter rammte.

»Hier rede nur ich, verstanden?«

»Ja.« Beim Sprechen stieß sie mit der Zunge gegen ein Stückchen Unverdautes, das an ihren Zähnen klebte.

»Dann sag mir jetzt, wer vor einer Woche zusammen mit Hanna Beckmann bei euch übernachtet hat.«

Sie wusste sofort, wen er meinte. War das der gleiche Mann, der sie im Hotel nach Hanna gefragt hatte? Was wollte er nur von ihrem Vater?

»Ich weiß es nicht …« Sie hatte kaum ausgesprochen, da drückte sein Fuß sie noch tiefer in den Morast.

»Wenn du deinen Hund lebendig wiedersehen willst und nicht möchtest, dass ich dir noch mehr als die Nase breche, dann sagst du jetzt sofort, wer das war.«

Es war zwecklos. Sie sagte ihm alles, was er wissen wollte. Bevor er zwischen den Bäumen verschwand, raunte er ihr noch eine Warnung zu. »Du erzählst niemandem, was hier passiert ist. Und schon gar nicht Nicholas Moor. Du sagst einfach, dass du im Dunkeln gestürzt bist, verstanden?«

Wieder nickte sie stumm. Sie traute sich nicht, ihm nachzusehen, sondern blieb im Matsch liegen und zählte still bis tausend, wie er es verlangt hatte. Dann erst rappelte sie sich mühsam auf, den Regen bemerkte sie gar nicht mehr, so stark waren ihre Schmerzen.

Als sie zum Weg zurückhumpelte, sah sie ein rotes Blinken unter einem Baum. »Misha!« Jemand hatte ihre Hündin mit der Leine so fest an einen Ast gefesselt, dass sie sich kaum rühren konnte. Sie winselte verängstigt, als Maria sie mit zitternden Fingern losband.

Erleichtert, dass wenigstens Misha wohlauf war, machte sich Maria langsam auf den Weg nach Hause. Der Mond leuchtet so schön, dachte sie, als sie zum Himmel sah, wieso können Menschen so grausam sein?

Dann wurde ihr schwarz vor Augen. Sie stürzte mit dem Gesicht nach vorn auf den Waldboden und blieb regungslos liegen.

11

In Lucas' Haus sah es genau so aus, wie es sich Nicholas vorgestellt hatte. Im Flur hingen Poster aus *Star Wars*, *Tron* und *Matrix*, daneben prangte ein Lichtschwert. Von der Decke baumelte ein riesiges Modell des Millennium Falcon von Han Solo, das ihm fast gegen den Kopf geknallt wäre.

»Sag mal, ist das nicht ein bisschen sehr klischeehaft bei dir?«, sagte Nicholas, als er an einem *Donkey-Kong*-Automaten vorbeiging, der laut vor sich hin dudelte. »Wir wissen doch auch so, dass du ein Nerd bist.«

»Was soll ich machen? Fotos von Kim Kardashian oder Heidi Klum aufhängen, um meine weiche Seite zu betonen?« Bei diesem Gedanken schüttelte Lucas angeekelt seinen Bart.

»Außerdem finde ich es gut, dass Lucas so ein Nerd ist«, meldete sich eine Frauenstimme aus dem Nebenzimmer zu Wort.

Nicholas hörte ein Quietschen, dann schob sich ein Rollstuhl in den breiten Gang. »Hi, ich bin Mona«, sagte die Frau, die darin saß, und streckte Nicholas lächelnd die Hand hin. Sie hatte hellgrün gefärbte Haare, zwei Nasenringe und trug ein schwarzes *Minecraft*-T-Shirt.

Verdattert erwiderte Nicholas ihren Händedruck.

»Ja, also das ist Mona«, wiederholte Lucas verlegen.

»Aber wieso hast du mir…«, setzte Nicholas an, doch Mona unterbrach ihn.

»Ich habe ihn gebeten, nicht zu verraten, dass ich heute

Abend vorbeikomme. Die Atmosphäre wird oft so steif und verklemmt, wenn man weiß, dass man die neue Freundin eines Freundes kennenlernt. Das wollte ich vermeiden.« Sie ergriff mit ihrer kleinen Hand Lucas' behaarte Pranke. »Ich hoffe, du verzeihst uns diese Überrumpelung.«

»Da hat mich Lucas aber schon mit schlimmeren Sachen überrascht«, sagte Nicholas lächelnd und gab ihr die Hand. »Schön, dich kennenzulernen, Mona. Ich müsste nur kurz mit Lucas etwas besprechen.«

»Kein Problem, dann lass ich euch mal allein.« Sie wendete ihren Rollstuhl geschickt auf der Stelle und fuhr zurück ins Wohnzimmer, aus dem sie gekommen war.

Nicholas ging mit Lucas in die kleine Küche, in der sich in einer Ecke leere Pizzakartons stapelten.

»Wir wollten nachher eigentlich was beim Chinesen bestellen«, sagte Lucas, als er Nicholas' Blick sah. »Freitagabends gibt's immer frische Wan Tans. Aber wenn du willst, können wir auch eine Pizza kommen lassen.«

»Danke, nicht nötig. Ich liebe Wan Tans«, sagte Nicholas. »Sag mal, hast du Lust, Markus Hartwig persönlich kennenzulernen?«, fragte er unvermittelt.

»Oh Gott, wieso das denn?« Lucas sah ihn verblüfft an. »Ich dachte, der Knurrer will nicht, dass du ihn triffst?«

»Die Erlaubnis habe ich mir selbst gegeben. Ich habe sogar schon am Montag einen Termin bei ihm zu Hause in Berlin. Kommst du mit?«

***

Nicholas rollte langsam an den Villen vorbei, viele von ihnen lagen versteckt hinter Zäunen und hohen Hecken. Auf der

Straße war kein Mensch zu sehen, nur parkende Autos, die meisten davon teure Limousinen und SUVs. So wie hier sah es in vielen Teilen von Zehlendorf aus.

»Ich wundere mich immer noch, dass Hartwig mit uns spricht«, sagte Lucas, der auf dem Beifahrersitz des Mietwagens saß.

»Seine Büroleiterin war sogar richtig wild drauf«, antwortete Nicholas. »Die denken wohl, dass wir eine rührselige Homestory machen.«

»Oh, sind die wirklich so naiv? Die sollten doch …«

Bevor Lucas weitersprechen konnte, übertönte ihn die Frauenstimme aus dem Navigationsgerät. »In hundert Metern haben Sie Ihr Ziel erreicht.«

»Da vorne, hinter dem Polizeiauto, muss es sein«, sagte Lucas. Er nahm die Spiegelreflexkamera, die vor seinem Bauch baumelte, und drückte auf den Auslöser.

Nicholas blickte ihn skeptisch an. »Glaubst du, dass ein richtiger Fotograf aus dem fahrenden Auto Bilder macht? Ich weiß nicht, ob es eine gute Idee war, dich als Fotografen mitzunehmen.«

»Mach dir keine Sorgen, ich bin ein Naturtalent. Das fällt sicher keinem auf.«

»Na, wenn du das sagst …«

Sie fuhren an dem Polizeiauto vorbei, das gut sichtbar neben der Einfahrt parkte. »Bekommt Hartwig schon länger Polizeischutz?«, fragte Lucas.

»Ja, soviel ich gehört habe. Angeblich erhält er immer wieder Morddrohungen.«

»Kein Wunder, wenn man so hetzt.«

Nicholas blickte Lucas überrascht an. »Das meinst du jetzt aber nicht ernst, oder? Ich finde seine Reden auch furchtbar, aber du kannst doch nicht deinem politischen Gegner den Tod wünschen.«

»Und was ist mit den Menschen, gegen die er ständig Stimmung macht? Die bekommen sicher keinen Polizeischutz. Und was ist, wenn er ihren Tod nicht nur wünscht, sondern längst plant? Denk an die Liste.«

»Du spinnst! Hartwig ist ein Populist, aber kein Mörder.«

Sie beendeten ihre Diskussion so plötzlich, wie sie angefangen hatte, denn vor ihnen tauchte schon die Einfahrt zu Hartwigs Haus auf. Nicholas stoppte den VW Polo, den er gemietet hatte, direkt davor. Es war unmöglich zu erkennen, was hinter der hohen Mauer mit den schmiedeeisernen Zacken lag.

»Und was jetzt?«, fragte Nicholas. Er konnte nirgends eine Klingel sehen. Gerade als er aussteigen wollte, öffnete sich das schwere Eisentor automatisch.

»Ah, Kameras«, sagte Lucas. »Interessant. Ob die wohl automatisch das Kennzeichen erfassen?«

Hinter dem Tor erwartete sie schon ein grimmig aussehender Mann in einem schwarzen Anzug.

»Guten Tag, haben Sie einen Termin bei Herrn Hartwig?«

Nicholas reichte ihm seine Visitenkarte. Der Leibwächter musterte ihn und Lucas schweigend durch seine Sonnenbrille, dann winkte er sie durch.

Der Kies unter den Reifen knirschte, als das Auto auf die schneeweiße Gründerzeitvilla zufuhr, die etwas versetzt von der Straße hinter Bäumen stand.

»Der Möchtegern-Volkskanzler wohnt ja recht mondän«, stellte Lucas fest. »Dabei erwähnt er doch gern, dass er aus eher kleinen Verhältnissen stammt.«

»Na ja, seine Eltern waren Lehrer. Aber seine Frau ist die

Tochter eines reichen Industriellen, das erzählt er nicht so oft«, erklärte Nicholas grinsend.

Als sie aus dem Auto stiegen, kam ihnen über die frei stehende Treppe schon eine schlanke Frau mit kurzen blondierten Haaren entgegen.

Sie lächelte nervös und schüttelte ihnen mit übertriebener Herzlichkeit die Hände. Ihre Gesichtsfarbe war unnatürlich rotbraun, wie bei jemandem, der zu oft ins Solarium geht. »Herzlich willkommen! Ich bin Kathrin Hartwig, wir freuen uns ja so, dass Sie gekommen sind. Mein Mann hat gleich Zeit für Sie!«

Sie folgten der Frau durch einen Gang, in dem Geweihe und ein altes Gewehr hingen, in ein großes Wohnzimmer.

Vor dem Sofa standen ein kleines Mädchen mit Zöpfen und zwei Jungen in weißen Hemden. Sie begrüßten die Gäste höflich und gaben ihnen die Hand, das Mädchen deutete einen Knicks an. Nicholas schätzte die Kinder auf sechs bis zwölf Jahre.

»Das sind Elsa, Hermann und Heinrich«, sagte die Mutter. Sie drehte sich zu Lucas um. »Vielleicht sollten wir schon mal draußen Fotos machen, während sich mein Mann und Herr Moor unterhalten?«

Lucas sah Nicholas fragend an, doch bevor dieser etwas sagen konnte, öffnete sich die Flügeltür auf der anderen Seite des Raumes, und Markus Hartwig trat ins Wohnzimmer. Er trug eine Jeans und ein schwarzes Hemd und hatte ein gewinnendes Lächeln aufgesetzt. Mit federnden Schritten kam er auf sie zu, als beträte er eine Bühne.

»Ah, da sind ja die Herren Journalisten. Willkommen in meinem Haus!«

Nicholas und Lucas mussten schon wieder Hände schütteln, dann gab Hartwig seiner Frau einen Kuss auf die Wange, stellte sich hinter seine Kinder und legte ihnen seine Arme um die Schultern.

»Schaut sie euch genau an, meine Lieben, das sind zwei Herren von den Systemmedien.« Er beugte sich zu ihnen herunter und wisperte verschwörerisch: »Sie denken, dass hier der Teufel der Nation wohnt.« Hartwig hielt seine Finger wie Hörner an die Stirn und sprach mit tiefer Stimme: »Aber sehe ich denn aus wie ein böser Teufel?« Die Kinder, Hartwig und seine Frau lachten. »Wir werden ihnen zeigen, dass hier nur Engel wie ihr leben.«

Hartwig küsste seine Tochter auf die Stirn und gab seinen Söhnen einen kumpelhaften Klaps. »Aber jetzt lasst mich bitte mit dem Herrn Moor allein, während ihr mit Mama und dem Fotografen draußen schöne Fotos macht.«

Als Lucas und Hartwigs Familie das Zimmer verlassen hatten, setzte sich Nicholas auf einen Sessel, der Politiker nahm auf dem Designersofa Platz. Nicholas sah sich um. Er suchte nach etwas, dabei wusste er nicht einmal genau, wonach. Vielleicht nach einem Zeichen, dass hier etwas nicht stimmte. Aber alles war so normal, an den Wänden hingen ein Landschaftsbild von Spitzweg und Porträts alter Männer, in einer Ecke stand ein weiß lackiertes Klavier und in einer Glasvitrine mehrere sehr realistisch aussehende Oldtimer-Modelle.

Als Nicholas ein Mikrofon auf den Couchtisch stellte, der zwischen ihnen stand, legte Hartwig ein Aufnahmegerät daneben. »Vertrauen ist gut, Kontrolle ist besser«, sagte der Politiker und drückte den Aufnahmeknopf. »Wie Sie sich denken können, halte ich nichts von Lenin, aber in dieser Hinsicht hatte er recht.«

Nicholas zuckte mit den Schultern. »Wie Sie wollen.« Dann deutete er auf eine goldgerahmte Schwarz-Weiß-Fotografie auf dem Tisch. »Ist das Ihre Mutter?«

»Meine Großmutter Hildegard. Sie hat mich sehr geprägt, ich war oft bei ihr, weil meine Mutter so viel arbeiten musste.« Hartwig nahm das Bild in die Hand, sein Blick wurde weich. »Sie ist nach dem Krieg aus Ostpreußen vertrieben worden und ganz allein mit ihren zwei kleinen Kindern vor den Russen geflüchtet. Soldaten der Roten Armee hatten meinen Großvater erschossen, weil er ihnen den Hof nicht überlassen wollte, dann fielen sie über sie her. Wie wilde Tiere.« Hartwig machte eine Pause und verzog sein Gesicht vor Schmerz, als wäre er damals selbst dabei gewesen.

»Im Westen musste sie sich alles neu aufbauen, von null. Aber sie hat nie gejammert. Nie. Von ihr habe ich gelernt, was preußische, was deutsche Tugenden sind, und …«

»Diese äußerst traurige Geschichte kenne ich, die haben Sie ja schon öfter erzählt«, unterbrach ihn Nicholas. Wenn Hartwig über die Unterbrechung verärgert war, ließ er es sich nicht anmerken.

»Wieso haben Sie sich eigentlich bereit erklärt, mich zu treffen?«, fuhr Nicholas fort. »Ich dachte, Sie reden nicht mit unabhängigen Medien?«

»Ich rede *gerade* mit unabhängigen Medien, aber wir haben wohl ein anderes Verständnis davon, was unabhängig ist. Ich wollte bisher tatsächlich nie mit den Leuten vom *Abendblatt* sprechen, weil sie so viel Unwahrheiten über mich verbreitet haben und immer wieder gegen die Volkspartei hetzen.«

Er lächelte Nicholas an, als würde er von seinem Urlaub erzählen. »Aber ich sehe das jetzt anders, ich muss mich nicht mehr distanzieren, das ist vorbei. Unsere Umfrageergebnisse sind so gut, dass Sie uns nicht mehr schaden können. Und Sie haben ja bei der Zusage des Interviews versprochen, unvoreingenommen zu sein. Das freut mich sehr, denn das ist ja viel zu selten der Fall. Die Systemmedien nutzen jede Gelegenheit, um auf uns und unsere Wähler einzuprügeln. Und wissen Sie, wieso?«

Hartwig sah Nicholas herausfordernd an.

»Weil sie merken, dass es mir ernst ist. Und damit haben sie sogar recht. Mir ist es sehr ernst damit, dieses Land zu verändern – und das spüren meine Wähler auch, so etwas sind sie nicht mehr gewohnt bei Politikern. Deshalb gewinne ich in den Umfragen ständig dazu. So einfach ist das.«

Es klopfte an der Tür, und Kathrin Hartwig betrat das Zimmer mit einem Tablett in den Händen, auf dem Kaffeetassen und ein Kuchen standen. »Sie haben sicher Hunger«, sagte sie und strahlte Nicholas an. »Den Karottenkuchen habe ich selbst gebacken, garantiert glutenfrei.« Dann verschwand sie wieder so unauffällig, wie sie gekommen war.

»Meine Frau ist eine große Stütze für mich. Ohne sie würde ich es nicht schaffen, die Politik und die Familie zu vereinbaren, gerade jetzt im Wahlkampf«, sagte Hartwig, während er ein Stück Kuchen nahm und ihr versonnen nachblickte. »Und ich bin ihr sehr dankbar dafür – auch wenn es heutzutage leider nicht mehr populär ist, wenn sich eine Frau dazu bekennt, ihrem Mann den Rücken freizuhalten.«

In der nächsten halben Stunde ließ Nicholas den Politiker einfach reden. Hartwig erzählte von seiner schweren Kindheit und wie er sich auf dem zweiten Bildungsweg nach oben gekämpft hatte, er schilderte begeistert, wie die Geburt seiner Kinder seinen Blick auf die Welt verändert hatte, und schwärmte von seinem Hobby als Jäger und seiner Naturverbundenheit.

Nicholas hatte fast alles, was Hartwig sagte, schon einmal gelesen. Er nickte trotzdem immer wieder, als der Politiker sein Programm abspulte, und gab vor, interessiert mitzuschreiben.

Irgendwann setzte sich summend eine Wespe auf sein Knie, und er wollte sie gedankenverloren zur Seite schieben.

»Seien Sie vorsichtig, sonst werden Sie gestochen!«, warnte Hartwig.

Nicholas war völlig überrascht, als der Politiker eine Streichholzschachtel vom Couchtisch nahm und die Wespe geschickt darin einfing. »Aber Sie müssen auch vorsichtig mit der Wespe sein, auch sie hat ein Recht zu leben.«

Hartwig öffnete die Glastür zur Terrasse und wartete geduldig, bis das Insekt aus der Schachtel krabbelte und schließlich davonflog. »Das habe ich als Kind schon so gemacht. Wissen Sie, ich habe mit allen Wesen Mitleid, ich bin eben auch nur ein Mensch.«

»Ja, sogar mit Adolf Hitler fühlen Sie mit«, entgegnete Nicholas. »Haben Sie nicht kürzlich einem österreichischen Magazin gesagt, dass er zu negativ gesehen wird?«

Hartwig setzte sich nicht wieder hin, sondern blieb vor der Fensterfront stehen. »Sehen Sie, das ist wieder falsch. Gut, dass ich das gleich klarstellen kann. Ich habe nur erwähnt, dass die Geschichte immer von den Siegern geschrieben wird – und dass auch Hitler trotz all seiner Verbrechen nur ein Mensch gewesen ist. Das ist doch eine Selbstverständlichkeit, aber die Systemmedien empören sich darüber natürlich allzu gern.«

Nicholas schüttelte den Kopf, sagte aber nichts dazu. Es war sinnlos, über Hartwigs Geschichtsverständnis zu diskutieren, er wollte ihn lieber reden lassen, vielleicht erfuhr er so mehr über dessen Pläne. »In dem Interview haben Sie auch davon gesprochen, dass es manchmal einen Mann braucht, der alle Macht an sich reißt, um ein zerrüttetes Staatswesen zu retten.«

Hartwig ging zu einem Bild, das neben dem Klavier hing. Es war die Reproduktion eines alten Ölgemäldes und zeigte einen düsteren Mann, der in ein rotes Samtgewand gekleidet war und darüber einen schwarzen Umhang trug. In seiner linken Hand hielt er einen Handschuh, die rechte stützte sich auf ein Buch. Seine schmalen, zusammengekniffenen Lippen deuteten ein Lächeln an, das aber nichts Herzliches hatte, sondern kalt und herausfordernd wirkte. Er strahlte eine tiefe Traurigkeit aus und schien den Betrachter gleichzeitig zu verspotten.

»Kennen Sie diesen Mann?«

Nicholas schüttelte den Kopf.

»Das ist ein Porträt von Niccolò Machiavelli aus dem 16. Jahrhundert. Wie Sie vielleicht wissen, war dieser Philosoph aus Florenz einer der bedeutendsten politischen Denker der Renaissance, ach, was sage ich: einer der bedeutendsten aller Zeiten. Die meisten kennen leider nur den Propagandabegriff Machiavellismus und denken dabei an eine Politik, die sich nicht um Moral schert. Dabei war Machiavelli ein Realist und ein Patriot, der sein Vaterland liebte. Genau wie ich. In dem Interview, das Sie erwähnten, habe ich mich auf den ›Uomo Virtuoso‹ bezogen, den Machiavelli so trefflich beschrieben hat. Wenn das Volk im Elend versinkt, muss es jemanden geben, der mit aller Macht gegensteuert. Und das tut er nicht aus Machtgier, sondern aus Verantwortungsgefühl für sein Land, das im Chaos zu versinken droht.«

Bevor Nicholas etwas erwidern konnte, sprach Hartwig mit einem unbestimmten Lächeln weiter. »Ich kann mir vorstellen, was Sie sich jetzt genüsslich ausmalen, aber ich muss

Sie enttäuschen: Machiavelli hat das nur auf historische Ausnahmesituationen bezogen – und das war vor mehreren hundert Jahren.«

Als Hartwig weiterreden wollte, klingelte sein Smartphone. Er warf nur einen kurzen Blick auf das Display. »Es tut mir leid, ein dringender Termin. Wir sollten noch schnell die Fotos machen, ich muss gleich weg.« Er lief zur Tür, Nicholas stand auf und folgte ihm.

Auf dem Weg in den Garten fragte Nicholas so beiläufig wie möglich: »Wie bereiten Sie sich eigentlich auf den Schwarzen Sonntag vor?«

Nicholas hatte lange gewartet, bis der richtige Moment für die Frage gekommen war. Jetzt beobachtete er Hartwigs Reaktion ganz genau. Doch in dem braun gebrannten Gesicht des Politikers rührte sich kein Muskel. Das routinierte Sonnyboy-Lächeln verschwand keine Sekunde, als er die Treppe von der Terrasse auf den Rasen hinunterstieg. »Ich habe keine Ahnung, wovon Sie sprechen. Was soll das sein?«

Wenn er etwas von dem Plan wusste, dann verbarg er es gekonnt. Aber waren nicht alle geschickten Politiker Meister darin, ihre wahren Gefühle zu verstecken?

Lucas bewahrte Nicholas davor, antworten zu müssen. Er hatte Hartwig entdeckt und winkte ihn zu sich. »Bitte kommen Sie hierher!«

Er hatte die Kinder und Hartwigs Frau vor eine weiße Hollywood-Schaukel bugsiert und ließ sie Posen einnehmen, bei denen jeder Fotograf mit Selbstachtung erschauert wäre. Aber sie schienen nichts zu merken, sondern warteten willig darauf, dass er auf den Auslöser drückte. Der Leibwächter, dem sie vorhin schon begegnet waren, stand breitbeinig unter einem Baum und beobachtete aufmerksam das Geschehen.

Hartwig und Nicholas gesellten sich dazu.

»Können wir kurz reden, Nicholas?« Lucas ergriff ihn am Arm und wollte ihn zur Seite ziehen, er schien aufgeregt zu sein. Was war los mit ihm? Hatte er etwas entdeckt?

»Können wir bitte erst die Fotos machen?«, fuhr Hartwig dazwischen. »Ich habe wirklich wenig Zeit.« Er bemühte sich nicht einmal, seine Herablassung zu verbergen. »Das langatmige Interview hat länger gedauert als geplant.«

»Natürlich, machen wir.« Lucas hielt sich wieder die Kamera vors Gesicht und knipste. Dabei rief er ständig Floskeln, von denen er wohl glaubte, dass sie ein Profi-Fotograf sagen musste. »Wunderbar! Super! Und jetzt über die Schulter schauen! Genau so. Das sieht großartig aus!«

Während Lucas Hartwig fotografierte, der ständig sein Kinn vorstreckte, um männlicher zu wirken, stand seine Frau neben der Terrasse zwischen den Blumenbeeten und sah zu. Nicholas stellte sich neben sie. Aus der Nähe bemerkte er, dass sich unter den süßlichen Blumenduft ihres Parfüms noch ein anderer Geruch mischte. Sie roch nach Alkohol. Unter ihrem dicken Make-up zeichneten sich graue Augenringe ab, sie wirkte müde und abgekämpft.

»Das ist sicher eine aufregende Zeit für Sie, Frau Hartwig. Ihr Mann könnte der nächste Kanzler werden.«

»Ja, und es ist nicht nur für uns aufregend. Er hat so große Pläne für unser Land. Es wird sich vieles ändern, wenn Markus erst Volkskanzler ist.« Sie lächelte Nicholas wieder übertrieben an. »Zum Guten natürlich!«

»Sie und Ihre Kinder sehen ihn sicher nicht so oft während des Wahlkampfes …«

»Natürlich ist Markus viel unterwegs, aber er liebt seine Familie. Jede freie Sekunde, die er hat, verbringt er mit uns.«

Hartwig war es nicht entgangen, dass sich Nicholas mit seiner Frau unterhielt. »Schatz, kommst du bitte kurz?«

Kathrin Hartwig lief zu ihm, sie wechselten ein paar Worte, dann rief sie: »Entschuldigen Sie bitte, ich muss mich um die Kinder kümmern. Es war sehr nett, Sie beide kennengelernt zu haben.« Bevor Nicholas reagieren konnte, war sie schon im Haus verschwunden.

Hartwig blickte auf seine Armbanduhr und kam zu Nicholas. Lucas, der weiter fotografieren wollte, ließ er einfach stehen. »Ich muss mich jetzt verabschieden.« Er schüttelte ihnen die Hände und zeigte auf den muskulösen Leibwächter. »Mike wird Sie hinausbegleiten.«

In diesem Moment klingelte Nicholas' Smartphone. Hartwig verzog verärgert das Gesicht. Nicholas nahm das Telefon aus der Hosentasche, und auf dem Display lächelte ihn das Bild von Hanna an, das er unter ihrer Nummer eingespeichert hatte. Kurz überlegte er, ob er ihren Anruf annehmen sollte, nur um Hartwig zu ärgern, dann drückte er sie weg.

»Oh, ist das Ihre Tochter Hanna? Da hätten Sie aber gern rangehen können«, sagte Hartwig. »Kinder haben für mich immer oberste Priorität.«

Nicholas war zu verdutzt, um zu antworten.

»Sie sieht reizend aus, was für strahlende Augen sie hat«, fuhr Hartwig fort. »Sie hängen sicher sehr an ihr. Passen Sie gut auf sie auf!«

»Hey, hören Sie…«, rief ihm Nicholas hinterher, aber der Politiker ging schon zur Villa zurück.

»Kommen Sie mit!«, befahl der Leibwächter, und sie folgten ihm unter den hohen Bäumen entlang zu dem Parkplatz, wo ihr Leihwagen stand.

Als sie durch das Tor wieder hinaus auf die Straße fuhren,

brodelte es in Nicholas. »Was war das denn? Woher kennt dieser Mistkerl Hannas Namen?«

»Keine Ahnung, aber ich muss dir sofort etwas zeigen«, antwortete Lucas. »Bieg da vorne rechts ab, und halte dann an.«

Nicholas stoppte den Wagen in der nächsten Seitenstraße in einer Einfahrt. Wütend schlug er mit der Faust aufs Lenkrad. »Dieser verdammte Widerling hat mir tatsächlich nachspioniert!« Instinktiv überprüfte er im Rückspiegel, ob ihnen jemand gefolgt war. Doch die Straße war leer.

»Es sieht fast so aus«, sagte Lucas. »Aber guck dir das mal an.« Er hielt Nicholas die Rückseite seiner Spiegelreflexkamera hin. Auf dem aufklappbaren Bildschirm erkannte man ein dunkles Zimmer, in dem lauter Vitrinen standen. Nicholas drehte an einem Knopf und vergrößerte einen Ausschnitt. »Was ist denn das? Sind das Waffen?«

»Allerdings«, sagte Lucas. »Und zwar einige. Das ist eine stattliche Waffensammlung, die unser Freund besitzt. Vor allem historische Gewehre und Pistolen, aber auch einiges aus dem Zweiten Weltkrieg.«

»Sieh an, sieh an. Wie bist du da reingekommen?«

»Als sich mein Aufpasser kurz mit Hartwigs Frau unterhalten hat, bin ich auf die Toilette – und auf dem Rückweg habe ich mich zu meinem großen Bedauern verlaufen. Diese hübsche Ausstellung ist im Keller der Villa. Ich hatte leider keine Zeit, sie genauer zu fotografieren, der Schnappschuss muss reichen.«

Nicholas boxte ihm anerkennend gegen die Schulter. »Es war doch keine so dumme Idee, dich mitzunehmen.«

In diesem Moment hörte er, wie ein Auto hinter ihnen vorbeifuhr. Am charakteristischen Bass des Boxermotors erkannte er sofort, dass es ein alter Porsche 911 war. Als er sich umdrehte, sah er nur noch die Rücklichter des braunen Sportwagens, der viel zu schnell durch das Wohnviertel raste. Ohne Lucas zu warnen, setzte er den Polo zurück und gab Vollgas, um dem Porsche zu folgen. Ihm war eingefallen, wo er das Auto schon mal gesehen hatte.

»Hey, was machst du denn?«, schimpfte Lucas, dem die Kamera aus der Hand gerutscht war.

»Das Auto gehört Hartwig. Wollen wir doch mal sehen, was für einen dringenden Termin er hat, zu dem er ohne Chauffeur fährt.«

»Woher weißt du das denn? Fährt er nicht einen Mercedes?«

»Das ist sein Dienstwagen. Aber der Porsche scheint sein Privatauto zu sein. Jedenfalls steht eine Miniatur dieses Modells in einer Vitrine in seinem Wohnzimmer.«

Nicholas bog um die Kurve, die Hartwig genommen hatte, doch der Porsche war schon nicht mehr zu sehen. »Mist«, knurrte Nicholas. »Wir haben zu langsam reagiert. Wo ist er hin?«

Er bremste den Wagen ab, ließ das Fenster herunter und lauschte. Man hörte Vögel zwitschern, Geschirr klappern und Stimmen, die aus einem Haus kamen. In der Ferne brummte ein unverkennbarer Motor.

»Er muss da vorne sein«, sagte Nicholas und beschleunigte wieder. Sein Gehör hatte ihn nicht getäuscht: An der Ampel in der nächsten Querstraße stand der braune Porsche. Nicholas folgte dem Wagen, der kurz darauf auf die Potsdamer Chaussee abbog, in gebührendem Abstand. Der Sportwagen fuhr über die mehrspurige Bundesstraße, die mit ihren vielen Bäumen eher einer riesigen Allee glich, in Richtung Süden.

Nicholas sah auf die Uhr. Es war kurz vor 16 Uhr, um diese

Zeit hatte der Berufsverkehr noch nicht richtig begonnen, es war einfach, dem Porsche zu folgen.

»Fährt der zum Baden?«, brummelte er, als sie am Wannsee vorbeikamen.

»Wer weiß«, sagte Lucas. »Woher weißt du eigentlich, dass Hartwig am Steuer sitzt und nicht seine Frau?«

»Kommt er dir wie jemand vor, der seiner Frau seinen Porsche überlässt? Außerdem wirkte sie auf mich nicht so, als könnte sie in ihrem Zustand noch Auto fahren.«

Lucas nickte. »Das ist dir also auch aufgefallen? Sie ist mal kurz verschwunden, danach war sie deutlich entspannter. Ich tippe auf Cointreau oder einen anderen schönen Hausfrauen-Likör.« Er seufzte. »Für die Kinder schien es nicht ungewöhnlich zu sein, dass ihre Mutter nach Alkohol riecht.«

»Hartwig hat es erst spät gemerkt«, sagte Nicholas. »Dann war er offensichtlich sauer und hat sie weggeschickt. Klar, das passt natürlich nicht ins Bild der perfekten deutschen Familie.«

»Vorsicht, er biegt ab!«, rief Lucas.

Um ein Haar hätte Nicholas übersehen, dass der Porsche an einer Kreuzung links in eine Nebenstraße fuhr. Er riss das Lenkrad zur Seite und quetschte sich gerade noch auf die Abbiegespur, bevor die Ampel auf Rot schaltete. Hinter ihm hupte jemand wütend. Im Rückspiegel sah er, wie ihm der Fahrer eines blauen Audi-SUVs, der an der Ampel stehen bleiben musste, mit der Faust drohte. Hoffentlich hatte der Lärm Hartwig nicht aufgescheucht.

Nicholas ließ absichtlich noch mehr Abstand, während sie durch den Stadtteil Wannsee rollten, vorbei an niedrigen Einfamilienhäusern mit gepflegten Vorgärten, Jägerzäunen und akkurat gestutzten Hecken. Kurz danach kamen sie durch einen Wald, man hatte hier eher das Gefühl, auf dem Land zu sein als in einer Millionenmetropole. Dann führte die Straße an Villen vorbei.

Nicholas erkannte die Gegend wieder, das musste Neu-Babelsberg sein. Vor einigen Jahren, als Hanna noch kleiner gewesen war, hatte er mit Sandra und ihr einen Ausflug hierher unternommen. Sie hatten einen See gesucht, um zu baden, aber er hatte sich verfahren, und am Ende hatten sie sich wieder einmal nur gestritten.

Am Schild *Griebnitzsee* bog der Porsche in eine schmale Straße ab. Die Räder holperten über das Kopfsteinpflaster, als Nicholas ihm folgte.

»Also doch baden«, sagte Lucas.

Der Porsche fuhr hundert Meter weit und hielt dann an. Hier standen nur vereinzelt Villen neben kleineren Häusern. Nicholas parkte in einiger Entfernung hinter einem Kombi. Lucas nahm seinen Fotoapparat und beobachtete den Sportwagen durch das riesige Zoomobjektiv. Hartwig, der eine Sonnenbrille trug, stieg aus und drehte sich nach allen Seiten um. Offensichtlich wollte er sichergehen, dass ihn niemand beobachtete. Dann ging er mit einem schmalen Diplomatenkoffer in der Hand über die Straße zu einem Grundstück mit einer Holzhütte, das direkt an den See grenzte. Vor der Hütte wucherte das Gras, dahinter glitzerte das Wasser malerisch in der Sonne, kleine Wellen schlugen sanft gegen einen Holzsteg.

»Macht es sich Hartwig jetzt in seiner Datsche bequem?«, fragte Lucas.

»Abwarten. Ich habe das Gefühl, hier passiert noch was.«

Nach ein paar Minuten tauchte eine attraktive große Frau in einem kurzen Sommerkleid auf und ging auf ihren hochhackigen Schuhen zielstrebig durch den Vorgarten zur Hütte.

»Oh, offensichtlich bekommt er Besuch«, bemerkte Lucas.

»Und nicht von seiner Frau«, sagte Nicholas.

Er hatte sofort erkannt, wer es war.

12

An dem lauten Stimmengewirr hatte sich nichts geändert, auch das Gedränge war noch so groß wie früher. Nicholas schob sich mit der Menschenmenge langsam durch die Verkaufsstände, die dicht an dicht am Maybachufer in Neukölln standen. Als er noch in Berlin gelebt hatte, war er gern auf dem türkischen Markt einkaufen gegangen, jetzt war es für ihn fast schon ein nostalgischer Ausflug. Lucas hatte gleich den Zug zurück nach München genommen, Nicholas hatte in einem gesichtslosen Billigmotel übernachtet, weil er noch etwas vorhatte.

Er wusste gar nicht, wo er zuerst hinsehen sollte, so viele Eindrücke stürmten auf ihn ein. Es roch nach Knoblauch, geröstetem Sesam, Koriander und anderen orientalischen Gewürzen, aus den Lautsprechern vermischte sich der Sound von schmachtenden türkischen und arabischen Liebesliedern mit deutschem Gangsta-Rap. An einem Stand verkaufte ein junger Typ mit Basecap gigantische Wassermelonen, daneben packte ein Kollege im Unterhemd einer Hausfrau ein Dutzend Tomaten ein, weiter hinten pries eine Verkäuferin, die ein buntes Kopftuch trug, ihre mit Knoblauch und Chili gefüllten Oliven an.

»Was darf es für dich sein?«, fragte ihn ein älterer Türke mit Schnauzbart.

Nicholas deutete auf einen Plastikeimer, in dem Dutzende dunkler Rosen standen. »Wie teuer ist denn eine?«

Die Augen des Verkäufers leuchteten auf. »Das ist eine sehr gute Wahl! Riechst du, wie gut sie duften? Du hast sicher gleich eine Rendezvous mit einer schönen Frau, oder?«

»Äh, na ja…«

»Sag nichts, man sieht es dir an. Und ich, Murat, will dir helfen, dass diese Rendezvous gut ausgeht. Deshalb geb ich dir zehn Rosen für nur fünfzehn Euro.«

»Eigentlich wollte ich nur eine…«, murmelte Nicholas.

»Eine einzige Rose? Bist du verrückt? Soll die Frau gleich sehen, dass du geizig bist? So klappt das nie.« Er beugte sich vor und flüsterte fast, als würde er Nicholas ein Geheimnis verraten. »Glaub mir, mein Freund, Frauen mögen großzügige Männer.«

»Du musst es wissen, Don Juan«, seufzte Nicholas und gab ihm fünfzehn Euro. Der Schnauzbart wickelte den Strauß Rosen in braunes Packpapier ein und überreichte ihn Nicholas feierlich.

Als er schon weitergehen wollte, rief ihm der Verkäufer noch so laut hinterher, dass es alle um ihn herum hören konnten: »Und viel Glück bei deine Rendezvous, mein Freund!«

Nicholas verließ den Markt und ging zu den alten Mietshäusern, die hier den Landwehrkanal säumten. Auf dem Weg sah er an einem Stromkasten ein Wahlplakat der Volkspartei hängen. Auf das Foto von Markus Hartwig hatte jemand einen schwarzen Hitlerbart gemalt. Hier im Viertel würde kaum jemand die VP wählen. Treptow, wo die Rechtsradikalen Ninas Onkel überfallen hatten, war nur ein paar Kilometer entfernt, aber das hier war eine andere Welt. Wie hatte es nur so weit kommen können, dass nicht nur das Land, sondern sogar einzelne Städte so zerrissen waren?

Als er an seinem Ziel angekommen war, einem fünfstöckigen Altbau, von dem der Putz bröckelte, vergewisserte er sich, dass die Hausnummer auch wirklich stimmte, dann klingelte er. Sein Herz klopfte heftig, als er die knarzende Holztreppe in den vierten Stock hinaufstieg – und das lag nicht an der Anstrengung.

Nina stand schon in der Tür und erwartete ihn. Sie trug eine enge schwarze Jeans, die ihren schönen Hintern und ihre Wespentaille betonte, ihre Lippen glänzten rot.

»Schau an, wer sich endlich mal wieder nach Berlin getraut hat«, sagte sie herausfordernd und hauchte ihm einen Kuss auf jede Wange. Er hätte sich sicher nicht gewehrt, wenn sie ihn richtig geküsst hätte.

»Zum Ausgleich habe ich eine Kleinigkeit mitgebracht«, sagte Nicholas und übergab ihr die Rosen, die er hinter seinem Rücken versteckt hatte. »Der Verkäufer meinte, dass ich damit jede Frau rumkriege.«

Nina hob ihre feinen Augenbrauen. »Jede Frau? Ich wusste gar nicht, dass du so wahllos geworden bist.« Sie nahm den Strauß in die Hand und schnupperte daran. »Aber mit diesen Blumen könnte es tatsächlich klappen.«

Nina führte ihn ins Wohnzimmer ihrer Altbauwohnung. An einer dunkelgrünen Wand hing die riesige Schwarz-Weiß-Fotografie einer nackten Frau. Sie war nur mit einem schwarzen Fell bekleidet, das ihr über die Schultern hing und ihre Brüste kaum bedeckte. Über das Sofa war ein Stoff drapiert, der wie ein Tigerfell aussah, auf dem dunkelbraunen Parkett lagen mehrere Schaffelle.

»Ganz schön wild hast du es hier, das sieht so gar nicht nach einer Polizeibeamtin aus«, sagte Nicholas, während er seinen Blick durch den Raum schweifen ließ.

»Wie sieht es denn deiner Meinung nach bei einer typischen Polizistin aus?«, fragte Nina. Sie hielt ihm ein Bier hin und setzte sich auf das Sofa.

»So wie hier jedenfalls nicht. Wenn ich dich nicht kennen würde, würde ich dich eher für eine Raubtier-Influencerin halten.«

Nina lachte. Er ließ sich auch auf der Couch nieder und nahm einen tiefen Schluck aus der Bierflasche. Dann wurde sein Tonfall ernst. »Weißt du, wo ich gerade war?« Nicholas flüsterte fast. »Bei Markus Hartwig zu Hause, für ein Interview.«

»Wie bitte?« Sie blickte ihn überrascht an. »Das war also dein geheimnisvoller Termin. Und ich dachte, das sei nur vorgeschoben, und in Wahrheit wärst du wegen mir nach Berlin gekommen.«

»Auch, aber ich wollte ihn näher kennenlernen und herausfinden, was er vorhat.« Nicholas erzählte ihr von seinem Termin bei dem Politiker – und von dem, was Lucas und er danach entdeckt hatten.

»Er spielt also schön den treu sorgenden Familienvater und trifft sich kurz danach mit seiner Geliebten?«

»Sieht ganz so aus. Die beiden sind zusammen in der Datsche verschwunden und erst nach einer Stunde wieder rausgekommen. Nacheinander und mit fünf Minuten Abstand, und jeder ist allein weggefahren.«

»Weißt du, wer die Frau ist?«

»Marianna Tretskow, seine Büroleiterin.«

»Natürlich. Männer! Vögeln alle ihre Sekretärin«, sagte Nina. »Oder träumen zumindest davon.«

»Das mit seiner Assistentin ist ja noch seine Privatsache. Aber was Lucas in seinem Keller gefunden hat, nicht mehr.«

Er zeigte ihr auf seinem Handy das Foto mit Hartwigs Waffensammlung.

»Was? Der glaubt wohl, er kann sich alles erlauben!«, sagte Nina, während sie das Bild vergrößerte und sich die Gewehre näher ansah. »Aber darum kümmere ich mich, damit kommt er nicht durch.«

»Danke, ich glaube, das ist wirklich ein Fall für die Polizei.«

»Ich werde eine Hausdurchsuchung veranlassen.«

Nicholas trank noch einen Schluck Bier. »Aber vielleicht kannst du mir ja einen Tipp geben, wann ihr bei ihm auftaucht? Ein Foto im *Abendblatt*, das zeigt, wie die Polizei sein Haus durchsucht, würde Hartwig viele Stimmen kosten.«

»Und dir könnte es helfen, deine Karriere wieder ans Laufen zu bringen …«, sagte Nina.

»Nun ja …«

»Vergiss es. Danke für deinen Hinweis, aber du weißt, dass ich das nicht darf. Und das mache ich auch nicht.«

Nicholas ächzte auf. »Die gute Nina, immer noch so prinzipientreu wie früher, was?«

Ihre Miene verhärtete sich. »Ja, das bin ich. Und weißt du, was mein Vater immer sagt? Wir Ausländer müssen doppelt so korrekt sein und doppelt so hart arbeiten wie die Deutschen, wenn wir den gleichen Job machen wollen. Und er hat verdammt noch mal recht, wie ich lernen musste!«

Nicholas legte ihr besänftigend die Hand auf den Arm. »Es tut mir leid, das ist mir so rausgerutscht. Wie geht es eigentlich deinem Onkel Ahmad? Es ist schrecklich, was mit ihm passiert ist. Diese Typen sind wirklich das Letzte!«

Nina zeigte ihm auf dem Handy ein Foto von ihrem Onkel, der in einem Krankenhausbett lag. Sein Gesicht war voller blauer Flecken und Abschürfungen, auf der Nase klebte ein Verband, und über dem linken Auge trug er eine Augenklappe. Trotzdem reckte er zwei Finger zum Victory-Zeichen in die Kamera und grinste schief, dabei sah man, dass ihm ein Schneidezahn fehlte.

»Seine Nase wird nie mehr so aussehen wie früher, und auf einem Auge kann er kaum noch sehen. Aber er kommt immerhin nächste Woche aus dem Krankenhaus raus.«

»Habt ihr die Schweine gefunden, die ihn so zugerichtet haben?«

»Nein, und die Chancen stehen schlecht. Er kann sich an nichts mehr erinnern. Vielleicht ist das auch besser so. Und meine Beschreibung hat nichts gebracht, es war ziemlich finster, und alles ging so schnell. Ich mach mir Vorwürfe, als Polizistin sollte ich Täter schließlich identifizieren können. Aber wenn dein Onkel blutend vor dir liegt, achtest du auf nichts anderes mehr.«

»Die Kellner aus dem Restaurant haben doch alles gesehen.«

»Die wollen sich plötzlich nicht mehr erinnern, wie die Täter ausgesehen haben. Sie haben Angst.« Sie sprang auf. »Alle haben sie Angst – oder sie stecken mit diesen Nazis unter einer Decke. In der Apotheke gegenüber dem Lokal gibt es eine Überwachungskamera, die alles gefilmt haben müsste. Aber ausgerechnet an diesem Abend war sie natürlich defekt. Ich habe recherchiert: Der Inhaber der Apotheke ist Bezirksstadtrat für die Volkspartei.«

Sie sah aus, als wollte sie gleich vor Verachtung auf den Boden spucken. »Das kann doch nicht wahr sein, oder? Ein Freund von mir aus Syrien ist in München zuletzt auch auf der Straße angepöbelt worden. Wie soll das erst werden, wenn dieser Hartwig Kanzler wird? Dann kriegen solche Typen doch noch mehr Oberwasser, dann machen die, was sie wollen.«

Wütend kickte sie ein Schaffell zur Seite. »Und weißt du, was mich besonders anwidert? Unter meinen Kollegen gibt es verdammt viele, die mit denen sympathisieren. Wenn ich einen Durchsuchungsbeschluss für Hartwigs Haus beantrage, dann werden sie versuchen, das zu verhindern.« Ihre Stimme wurde brüchig. Sie räusperte sich energisch und sprach weiter, aber in einer höheren, schrilleren Tonlage, als es Nicholas von ihr kannte. »Diese Typen trauen sich nicht, es offen zu sagen, wenn ich dabei bin, aber ich kriege doch mit, was so geredet wird: ›Wenn Hartwig kommt, dann können wir endlich aufräumen mit dem Gesindel‹, und solche Sprüche.«

Nina drehte sich weg, aber Nicholas sah trotzdem noch, wie ihr die Tränen in die Augen schossen. Er wollte sie trösten, wusste aber nicht, was er sagen sollte. Ein Gefühl der Ohnmacht stieg in ihm auf. Nina sank weinend zurück auf das Sofa.

Behutsam legte er ihr den Arm um die Schultern. Zu seiner Überraschung schmiegte sie ihren Kopf an seine Brust und weinte minutenlang. Nicholas umarmte sie fest und fühlte durch ihr enges Oberteil die Wärme ihres Körpers, der immer wieder erbebte, wenn sie besonders heftig schluchzen musste. Von Zeit zu Zeit strich er über ihre Korkenzieherlocken, die ihr ins tränenverschmierte Gesicht hingen.

»Oh Mann, jetzt heule ich auch noch wie ein Kleinkind«, sagte Nina, als sie sich wieder etwas beruhigt hatte.

»Ich glaube, ich habe dich noch nie weinen sehen«, sagte Nicholas, den ihr Gefühlsausbruch getroffen hatte. Er reichte ihr ein Taschentuch, mit dem sie sich das Gesicht abtrocknete.

»Ist das nicht bescheuert?«, sagte Nina »Wir haben uns schon so lange nicht mehr richtig gesprochen, und jetzt heule ich dich voll. Es tut mir leid.«

Als sie versuchte, ein erneutes Schluchzen zu unterdrücken, gab sie ein seltsames röhrendes Geräusch von sich, es klang fast wie das Tröten eines Elefanten.

Sie musste lächeln. »Töröö!«, machte Nina und stupste mit ihrer Nase gegen seine.

»Töröö«, machte Nicholas. Er wusste nicht, wie ihm geschah, aber er konnte nicht anders. Sanft drehte er ihr Gesicht zu sich und küsste sie vorsichtig auf den Mund. Was tat er da nur? War er völlig verrückt geworden, seine Ex-Freundin ausgerechnet jetzt zu küssen?

Doch bevor er weiter darüber nachdenken konnte, was er falsch gemacht hatte, spürte er schon Ninas weiche Lippen auf seinem Mund, die seinen Kuss erwiderten.

***

Die Demonstranten vor der Parteizentrale waren verschwunden. Der Gehsteig vor dem Gebäude war inzwischen dauerhaft mit Gittern abgesperrt, und zur Abschreckung parkten Tag und Nacht zwei Polizeiautos neben dem Eingang.

Hartwig sah zufrieden aus dem Fenster des schmucklosen Konferenzraums, sein Anruf bei den Sicherheitsbehörden hatte seine Wirkung nicht verfehlt.

Georg Rotten war der Blick nicht entgangen: »Der Abschaum ist endlich weg. Die Polizei hat hier gestern ordentlich aufgeräumt. Einer dieser Asozialen, der frech geworden ist, musste sogar ins Krankenhaus eingeliefert werden. Geschieht ihm recht.« Er grinste gut gelaunt in die Gesichter des engsten Führungskreises der Volkspartei, der sich wie jeden Morgen zur Lagebesprechung getroffen hatte. »Und genau so wird es nach unserem Wahlsieg auch dem anderen Gesindel gehen, das sich uns in den Weg stellt.« Bevor er zu einer seiner langen Tiraden über die politischen Gegner ansetzen konnte, unterbrach ihn Hartwig.

»Ich glaube, Marianna wollte uns gerade die neuen Umfragezahlen vorstellen.«

»Natürlich, entschuldige«, sagte Rotten und nickte Marianna, die ihm gegenübersaß, gönnerhaft zu.

»Diese Schlägerei zwischen den Asylanten in Troisheim ist für uns Gold wert«, sagte sie. »Die Lokalzeitung hat jetzt herausgefunden, dass einer der Marokkaner schon längst hätte abgeschoben werden sollen. Das wird wie wild auf Facebook und Twitter geshared. Und der deutsche Jugendliche, der im Koma lag, ist gestern Abend aufgewacht.«

»Das ist doch schlecht für uns«, warf Rotten ein, während er sich eine Brezel aus einem Brotkorb nahm. Hartwig war sich erst nicht sicher, ob es sein Stellvertreter ernst meinte, doch der verzog keine Miene. Er mochte Rottens primitive Art nicht, aber manchmal bewunderte er seine Rücksichtslosigkeit. Sein Stellvertreter war gnadenlos, wenn es um Politik ging, er kannte kein Mitleid; um seine Ziele zu erreichen war ihm alles recht. Wenn er auch so unerbittlich wäre wie Rotten, würde ihm vieles leichter fallen. Aber Hartwig arbeitete daran.

Für einen Moment schien auch Marianna über so viel Zynismus irritiert zu sein, dann verschwand der Zweifel wieder hinter ihrem perfekten Make-up, und sie sprach weiter. »Die Verletzung gibt dir, Markus, die Gelegenheit, den Jungen bald im Krankenhaus zu besuchen. Ich bin schon dabei, einen Termin zu organisieren, er scheint dich gern treffen zu wollen.«

»Sehr gut, Marianna! Hervorragend«, lobte Hartwig. »Sorg dafür, dass genügend Fotografen kommen.«

Für einen Moment vergaß er, dass auch noch Rotten und diesmal sogar Sven Thoma, der Sicherheitschef der Partei, anwesend waren, und tätschelte ihr die Hand. Sie zog ihre Finger unauffällig weg. Hatten die anderen etwas gemerkt?

Rotten schien zu nicken, als würde er sich selbst etwas bestätigen, aber vielleicht hatte sich Hartwig das auch nur eingebildet. Thoma sah ihn wie immer mit einem undurchdringlichen Ausdruck an.

»Das Interview mit diesem Journalisten vom *Abendblatt* lief übrigens ausgezeichnet«, sagte Hartwig schnell, um abzulenken. »Genau wie ich es erwartet hatte.«

»Ich verstehe immer noch nicht, wieso du ihn getroffen hast«, erwiderte Rotten. »Dieser Mann ist unser Feind.« Er drehte sich zu Thoma um, der neben ihm saß. »Sven und seine Männer analysieren schon, wie wir das Problem am besten lösen.«

»Wir wissen, wo er wohnt«, sagte Thoma.

»Sehr gut«, lobte Hartwig. »Ja, er ist unser Feind, wir sollten aber noch warten, bis das Interview erscheint, bevor wir etwas unternehmen. Dann kannst du dich um ihn kümmern.« Seine letzten Worte flüsterte er fast. Thoma verzog weiterhin keine Miene.

»Aber wieso warten? Was ist, wenn er zusammen mit dem Interview das Video veröffentlicht?«, sagte Rotten, der zunehmend ungeduldig zu werden schien.

»Er hat die Aufnahme von der Drohne nicht, wir haben sie. Wenn er das Video hätte und darauf etwas Wichtiges zu erkennen wäre, hätte er es doch schon längst publik gemacht«, sagte Hartwig. »Außerdem glaube ich nicht, dass er weiß, was wir in Balderschwang besprochen haben. Sonst hätte er mir ganz andere Fragen gestellt. Allein dafür hat es sich schon gelohnt, ihn zu treffen.« Er blickte zu Marianna und lächelte in sich hinein. »Und ich weiß aus sicherer Quelle, dass das *Abendblatt* eine wunderbare Geschichte daraus machen wird.«

In diesem Moment klingelte Rottens Handy. Hartwig warf

ihm einen bösen Blick zu. Hektisch griff sein Stellvertreter nach dem Smartphone, das dabei fast vom Tisch rutschte, und drückte den Anruf weg. Hartwig schüttelte den Kopf wie ein Lehrer, der von einem Schüler enttäuscht ist. Dann trank er einen Schluck Kaffee, wobei er sehr genau darauf achtete, sein dunkelblaues Jackett nicht zu beschmutzen.

Thoma meldete sich zu Wort. »Wir sollten Nicholas Moor nicht unterschätzen. Er hat damals bei der Securecom-Geschichte viel Staub aufgewirbelt. Mang war überhaupt nicht glücklich darüber, und es war viel Arbeit, das Problem zu lösen.«

»Bleibt an ihm dran«, sagte Hartwig. »Und auch an seiner Tochter. Er hängt offensichtlich sehr an ihr.«

Wieder klingelte ein Handy. Hartwig wollte schon etwas sagen, da bemerkte er, dass es seines war. Er ging sofort ran. »Ja, hallo, hier ist Markus, schön, dass du zurückrufst …« Laut redend verließ er das Besprechungszimmer mit dem Telefon am Ohr.

Beim Rausgehen sah er, wie sich Rotten zu Marianna vorbeugte und ihr etwas ins Ohr flüsterte.

***

Dutzende Kinder stürmten wie auf Kommando gleichzeitig auf die Straße, verhakten sich ineinander, rissen sich wieder los und rannten lachend und schreiend über den Gehweg auf das alte Schulgebäude zu. Dahinter versperrten mehrere SUVs die Straße. Die Mütter und Väter am Steuer hupten und stritten sich um die besten Parkplätze, damit ihre Kinder nicht einen Meter zu viel laufen mussten. Es war kurz vor acht, und von überall kamen Schüler und Schülerinnen, um noch rechtzeitig zum Unterrichtsbeginn in der Heinrich-Gesamtschule zu sein. Die Jüngeren trugen ihre bunten Schulranzen auf dem Rücken, während die Älteren ihre Messenger Bags über die Schultern geworfen hatten und versuchten, möglichst lässig auszusehen.

Nicholas saß mit einem dampfenden Kaffeebecher in der Hand in seinem Citroën, beobachtete amüsiert die morgendlichen Scharmützel und hielt Ausschau nach Hanna. Er war so früh gekommen, dass er direkt vor der Schule noch einen Parkplatz ergattert hatte. Der erste Gong erklang schon, und Hanna war immer noch nicht zu sehen. Wo blieb sie nur, hatte sie heute vielleicht später Unterricht, und er hatte es sich falsch notiert?

Aber da kam sie schon auf ihrem gelben Rennrad ohne Schutzbleche um die Ecke, ihre Haare flatterten im Wind. Sie unterhielt sich angeregt mit Michel, der neben ihr fuhr.

Nicholas öffnete die Autotür und trat auf den Gehsteig. »Guten Morgen, Hanna!«

Überrascht blieb sie stehen.

»Ich radle schon mal vor«, sagte Michel und verdrückte sich schnell.

»Guten Morgen«, erwiderte Hanna. Sie wirkte nicht sehr glücklich.

»Freust du dich denn nicht, mich zu sehen?«

»Doch, schon. Aber Mama hat gesagt, ich soll dich erst mal nicht mehr treffen.«

»Und was hältst du davon?«

Hanna blickte ihn gequält an. »Kannst du das nicht mit ihr besprechen? Ich würde dich schon gern sehen, aber ich will auch Mama nicht ärgern.«

Nervös zupfte sie am Kragen ihres grauen Hoodies herum, dann schien ihr etwas einzufallen. Sie griff in die vordere Tasche ihrer verwaschenen Jeans und zog ein kleines vierblättriges Kleeblatt aus Metall heraus. »Schau mal, gefällt es dir?«

»Ist das ein Glücksbringer?«

»Ja, genau. Hier, damit du immer an mich denkst, auch wenn wir uns nicht sehen!«

Gerührt nahm Nicholas den kleinen Anhänger und strich seiner Tochter unbeholfen über die Haare.

»Das ist wirklich sehr lieb von dir.« Er befestigte die dünne Kette mit dem Kleeblatt an seinem Schlüsselbund. »So habe ich ihn immer dabei.«

Hanna nickte zufrieden und zeigte auf ihre silberne Halskette, an der der gleiche Anhänger hing. »Ich hab auch so einen.«

Sie stieg von ihrem Rad und schob es langsam in Richtung des Schulhofs, Nicholas ging neben ihr.

»Deine Mutter reagiert leider gern etwas über«, sagte Nicholas. »Es konnte schließlich niemand ahnen, was in den Bergen passieren würde.« Er seufzte. »Ich werde mit ihr darüber reden.« Er zögerte einen Moment, bevor er weitersprach. »Geht es dir gut?«

»Ja, klar. Wir haben nur in zwei Tagen eine Klassenarbeit in Mathe, darauf habe ich keine Lust.«

»Das schaffst du sicher mit links«, sagte er und klopfte ihr aufmunternd auf die Schulter. »Ist dir vielleicht etwas aufgefallen in letzter Zeit? Etwas Ungewöhnliches?«

»Wie meinst du das?« Sie blieb stehen und blickte ihn überrascht an. »Also, da war ein komisches schwarzes Auto, und ich hab gedacht, dass es mir folgt. Aber Michel hat mich ausgelacht und gemeint, das hätte ich mir nur eingebildet.«

Nicholas' Knie wurden weich, sein Herz fing wild an zu klopfen, aber er ließ sich nichts anmerken. »Wann war das?«

»Vor ungefähr zwei Wochen, ich weiß nicht mehr genau, auf dem Weg zur Schule.«

»Weißt du, noch wie es aussah? Hast du jemanden erkannt?«

»Nein, es war nur ein schwarzes Auto, und plötzlich war es wieder weg. Wahrscheinlich hat Michel recht, und ich hab mich geirrt.« Ihre Miene verdüsterte sich. »Oder glaubst du, das waren diese Männer aus den Bergen?«

Nicholas legte ihr den Arm um die Schultern und zog sie eng an sich. Er riss sich zusammen und versuchte, ganz ruhig zu sprechen. »Das glaube ich nicht, Hanna, die sind bestimmt weit weg. Aber sei lieber vorsichtig. Wenn du das nächste Mal etwas bemerkst, rufst du mich sofort an, okay?

»Mach ich!«, sagte sie und nickte.

Der zweite Gong, der den Unterrichtsbeginn verkündete, erklang.

»Papa, ich muss jetzt los!«

»Klar. Ich freue mich sehr, dass wir uns endlich wiedergesehen haben. Du hast ja bald Geburtstag …«

»Ich hab ein paar Freundinnen und Freunde eingeladen, vielleicht willst du ja auch kommen? Aber sprich bitte vorher mit Mama.«

»Natürlich, ich kläre das mit ihr.«

»Okay.« Sie stellte sich auf die Zehenspitzen und gab ihm einen Kuss auf die Wange. Er drückte sie fest an sich, es fühlte sich gut an, ihr wieder so nahe zu sein.

Als Hanna wieder auf ihr Rad stieg, rief ihr Nicholas hinterher: »Ach, und erzähl deiner Mutter bitte nicht, dass ich hier war.«

Sie drehte sich um und streckte ihm die Zunge raus. »Das überleg ich mir noch!«

Als er wieder im Auto saß, schnaufte Nicholas erst einmal durch. Hatten Hartwigs Leute Hanna wirklich verfolgt? Aber es gab viele schwarze Autos, und Hanna hatte eine blühende Fantasie, das hatte sie sicher von ihm geerbt. Wenn sie früher mit Fieber im Bett gelegen hatte, war sie manchmal schreiend aufgewacht, weil sie geträumt hatte, dass ein Clown sie verfolgte, um sie in eine Kanone zu stecken.

Um sich zu beruhigen, atmete er eine Minute lang langsam ein und wieder aus, während er den Sekundenzeiger seiner Uhr verfolgte, der um das Zifferblatt kroch. Doch die existenzielle Unruhe, die ihn erfasst hatte, verschwand nicht.

Vor nicht einmal achtundvierzig Stunden war er noch in Berlin gewesen, hatte Nina geküsst und war mit ihr im Bett gelandet. Ausgerechnet mit der Frau, mit der er als Jugendlicher das erste Mal überhaupt in seinem Leben Sex gehabt hatte. Er hatte schon lange mit niemandem mehr geschlafen, und im Bett hatten sie sich immer gut verstanden. Dort waren sie so harmonisch und im Gleichklang gewesen, wie sie es im Alltag nie geschafft hatten.

Aber der Sex mit Nina hatte sich diesmal auch seltsam angefühlt, gerade weil es so fremd und vertraut zugleich gewesen war. Sie hatten sich mehrmals leidenschaftlich geliebt, er hatte ihren Körper wieder gespürt, nach dem er früher so verrückt gewesen war. Und sie hatte immer noch gewusst, wie sie ihn am besten erregte und in den Wahnsinn trieb. Obwohl er es nicht vorgehabt hatte, war er sogar über Nacht geblieben.

Am nächsten Morgen, als sie in den zerwühlten Laken aufgewacht waren, hatten sie sich benommen wie zwei Teenager, die das erste Mal Sex gehabt hatten und jetzt nicht wussten, wie sie miteinander umgehen sollten. Aber schon beim Frühstück hatte es sich fast wieder wie damals angefühlt, und als er sich von Nina verabschiedet hatte, hatte sie wieder die Initiative übernommen und ihn lange geküsst. »Wir hören voneinander«, hatte sie mit ihrem schiefen Lächeln gesagt, als sie die Tür hinter ihm schloss. Seitdem hatte sie sich nicht gemeldet, er aber auch nicht. Nicholas wusste nicht, wie es mit ihnen weitergehen sollte, aber er wusste zurzeit ja nicht einmal, wie es überhaupt in seinem Leben weitergehen sollte – und ob darin Platz für eine Frau war.

Um nicht weiter nachdenken zu müssen, nahm er hastig die kleine Blechdose aus seiner Manteltasche und schluckte eine der weißen Pillen.

Er wartete nicht, bis er die Wirkung der Tablette spürte, sondern ließ den Motor an und fuhr in die Redaktion. Als er beim Hochhaus ankam, bemerkte er eine seltsame Beunruhigung, die alle erfasst zu haben schien. Die Raucher vor der Eingangstür unterhielten sich aufgeregter als sonst, auch im Foyer, das sonst meistens leer war, standen mehrere Gruppen von Redakteuren und tuschelten. Selbst die Pförtner steckten die Köpfe zusammen und beachteten ihn kaum, als er durch das Drehkreuz trat. Auf dem Weg zum Aufzug stieß er beinahe mit Christine Fochs, der Rechtsextremismus-Expertin der Zeitung, zusammen, die aus der Toilette kam. Ihre Augen waren gerötet, als hätte sie vor Kurzem erst geweint.

»Was ist denn heute los, Christine?«, fragte er. »Im Haus ist so eine komische Stimmung.«

Sie sah ihn ungläubig an. »Auf welchem Planeten lebst du denn? Hast du es nicht mitbekommen? Sie haben den Knurrer entlassen, mit sofortiger Wirkung.«

»Was? Wie kann das sein?« Nicholas erstarrte.

»Die neuen Verleger, diese seltsame Mediengruppe aus der Schweiz, haben ihn rausgeschmissen. Das Gerücht gibt es doch schon seit Wochen.« Ihre Augen wurden wieder feucht. »Was soll nur aus uns und aus dieser Zeitung werden?«

Sie hielt sich die Hände vors Gesicht und rannte zurück zur Toilette. Nicholas war bestürzt, so aufgelöst hatte er seine abgebrühte Kollegin, bei der selbst hartgesottene Interviewpartner regelmäßig ins Stottern kamen, noch nie erlebt.

Während er mit dem Aufzug zu seinem Büro fuhr, fing er an zu grübeln. Wie hatte diese Entwicklung so unbemerkt an ihm vorbeigehen können? Für Branchen-Klatsch hatte er sich nie interessiert. Nicholas war von Natur aus ein Einzelgänger, meistens hatte er sich ferngehalten von den Fraktionen, Grüppchen und Seilschaften, die es beim *Abendblatt* wie in jedem Unternehmen gab. Das war sicher auch ein Grund, weshalb er es nie ganz nach oben geschafft hatte und wieso ihm immer wieder andere Kollegen vorgezogen worden waren. Nach seiner Versetzung hatte er die anderen Redakteure noch stärker gemieden. Zu Konferenzen ging er nur noch, wenn er unbedingt musste, und er bekam auch kaum mit, was auf dem Flur und in den Kaffeeküchen geredet wurde.

Aber wieso hatte ihn Lucas nicht informiert? Nicholas sah auf sein Smartphone. Seit heute Morgen waren mehrere WhatsApp-Nachrichten und unbeantwortete Anrufe von Kollegen eingegangen, auch von Lucas. Er hatte sie nicht bemerkt, weil er nur an sein Treffen mit Hanna gedacht hatte.

Kopfschüttelnd öffnete er die Tür zu seinem Büro. Er hatte noch die Klinke in der Hand, als ihm Iris entgegenkam, die Assistentin, die schon seit Jahrzehnten für das Lokalressort arbeitete. Normalerweise versprühte sie eher mütterlichen Charme, doch jetzt sah sie ihn vorwurfsvoll an.

»Nicholas, hast du meinen Anruf nicht gesehen?«

»Was ist denn los?«

Sie bedeutete ihm mitzukommen und ging zu ihrem winzigen Büro am Ende des Flurs, an dessen Wänden lauter Postkarten aus der ganzen Welt von den Korrespondenten der Zeitung hingen. Sie schloss sofort die Tür, damit niemand mithören konnte.

»Der neue Chefredakteur, Herr Friedel, will dich sprechen. Du sollst sofort zu ihm.«

»Aber ich kenn den Mann doch nicht mal …«, versuchte Nicholas abzuwehren.

»Ich weiß nur, dass es sehr wichtig zu sein scheint. Seine Assistentin hat schon dreimal angerufen.«

Iris nahm ihre dicke Hornbrille ab und wischte sich schniefend über die Augen. »Kannst des glauben?«, sagte sie mit ihrem leichten bayerischen Zungenschlag. »Sie haben nicht nur den Knurr… äh, Herrn Munz entlassen, sondern auch die Lisa.«

Lisa war die alte Assistentin des Knurrers, eine Institution in der Zeitung, die auch schon dem Vorgänger und dem Vorgänger des Vorgängers jahrzehntelang treu zur Seite gestanden hatte. Iris war sichtlich erschüttert. Das *Abendblatt* ohne Lisa – das war fast noch schwerer vorstellbar als ohne Erich Munz.

Während Nicholas noch darüber nachdachte, was der neue Chefredakteur, dessen Namen er bis vor einer Minute nicht einmal gekannt hatte, wohl von ihm wollte, machte er sich schon neugierig auf den Weg.

13

In der Chefetage herrschte eine andere Atmosphäre als sonst. Nicholas brauchte ein wenig, bis ihm auffiel, was sich verändert hatte. Es war still. Wo sonst eine konzentrierte Arbeitsatmosphäre geherrscht und man gedämpfte Gespräche aus den Konferenzzimmern gehört hatte und immer wieder Redakteure über den Gang gehastet waren, war es jetzt so gespenstisch leise, dass man das Blubbern der Wasserspender wahrnahm. An den dunkel getäfelten Wänden hingen auch keine Fotos mehr. Die Schwarz-Weiß-Aufnahmen berühmter Fotografen, die Werbung für »Reporter ohne Grenzen« gemacht hatten, waren über Nacht verschwunden.

Vor der Tür der Chefredaktion, die früher immer offen gestanden hatte, blieb er stehen und klopfte. Eine junge Frau in einem grauen Hosenanzug, die er noch nie gesehen hatte, öffnete ihm.

»Ja, bitte?«

»Ich bin Nicholas Moor, der Chefredakteur will mich sprechen?«

»Warten Sie bitte einen Moment«, sagte sie mit einem einstudierten Lächeln. »Ich sehe nach, ob er Zeit für Sie hat.« Sie verschwand.

Er wusste, dass sie ihn extra warten lassen würden. Er hasste solche Machtspielchen. Für einen Moment überlegte er, ob er wieder gehen sollte, die Konsequenzen waren ihm mittlerweile egal. Doch dann siegte seine Neugier. Während er im Gang auf einem unbequemen Stuhl ausharrte, suchte er auf seinem Smartphone nach Informationen über den neuen Chefredakteur. Es waren erstaunlich wenige. Friedel hatte bisher nur bei unbedeutenden Regionalmedien gearbeitet und sich zuletzt als harter Sanierer einer Schweizer Lokalzeitung profiliert. Eigentlich war das *Abendblatt* für einen wie ihn mindestens eine Nummer zu groß.

Nach einer Ewigkeit öffnete sich die Tür wieder.

»Herr Friedel hat jetzt ein paar Minuten für Sie«, sagte die Assistentin und stöckelte vor ihm in das Zimmer des Chefredakteurs, in dem bis vor Kurzem der Knurrer residiert hatte.

Seinen antiken Eichenschreibtisch gab es nicht mehr, stattdessen stand in der Ecke jetzt ein schwarzer Designertisch, hinter dem ein Mann saß, der wie ein Buchhalter wirkte, obwohl er einen teuren Anzug trug.

Als er Nicholas sah, erhob er sich und gab ihm die Hand, sein Händedruck war kurz und kräftig. »Robert Friedel, ich bin Ihr neuer Chef.«

Nicholas starrte ihn an. »Wo ist Erich Munz?«

»Herr Munz hat uns verlassen, ich bin jetzt der neue Chefredakteur. Es gibt jetzt neue Besitzer, wie Sie vielleicht mitbekommen haben.« Friedel musterte ihn mit kalten Augen durch seine rahmenlose Brille. »Ich hoffe, Sie recherchieren Ihre Geschichten besser als die Eigentumsverhältnisse der Zeitung, für die Sie arbeiten.«

Nicholas wollte etwas erwidern, aber der neue Chefredakteur redete schon weiter. »Sie können sich denken, wieso ich Sie sprechen möchte?«

»Um eine Gehaltserhöhung wird es wohl nicht gehen.«

»Wie ich gehört habe, haben Sie kürzlich Markus Hartwig getroffen?«

Nicholas zuckte zusammen. Wie hatte Friedel davon erfahren? Außer Lucas wusste niemand in der Redaktion von dem Interview. Aber Leugnen würde die Sache jetzt sicher nicht besser machen.

»Das stimmt, ich habe länger mit Hartwig gesprochen …« Nicholas wollte zu einer Verteidigungsrede ansetzen, doch Friedel unterbrach ihn.

»Wunderbar. Markus Hartwig ist eine hoch spannende Figur, der kommende Mann, der dieses Land umkrempeln wird, aber bisher hat ihn das *Abendblatt* sträflich vernachlässigt. Ein Fehler. Wir sind viel zu berechenbar und langweilig geworden, aber das wird sich ändern. Ich werde dafür sorgen, dass wir ungewohnte Meinungen und Sichtweisen bringen, die nicht immer politisch korrekt und vorhersehbar sind. Hier weht jetzt ein anderer Wind, weg mit dem alten Muff!« Er machte eine Pause und beäugte Nicholas skeptisch. »Ich weiß nicht, wieso mein Vorgänger ausgerechnet Sie zu Markus Hartwig geschickt hat, aber wir sollten das Beste daraus machen.«

Nicholas war perplex. Er hatte mit einem Rüffel gerechnet, weil er unerlaubt mit dem Politiker gesprochen hatte, oder sogar mit einer Abmahnung, aber nicht damit, dass die Zeitung das Gespräch tatsächlich veröffentlichen wollte.

»Ich finde nicht, dass wir das Interview bringen sollten. Hartwig hat leider überhaupt nichts Neues gesagt.«

»Das kann ich mir nicht vorstellen, der Mann ist doch brillant. Schreiben Sie die Geschichte bitte so schnell wie möglich, ich brauche sie bis um 17 Uhr. Das wird unser Aufmacher in der nächsten Ausgabe.«

»Wie bitte? Aber …«

Friedel sah demonstrativ auf die goldene Armbanduhr, die an seinem Handgelenk glitzerte. »Bis dahin haben Sie ja noch genügend Zeit. Geben Sie sich Mühe, Moor, das ist vielleicht Ihre letzte Chance hier im Haus. Und schicken Sie bitte auch die Aufnahme des Interviews mit, wir wollen ja sichergehen, dass alles korrekt ist.«

Als Nicholas aus dem Büro des Chefredakteurs stürmte, kochte er vor Wut.

***

»Was willst du?«

Die Stimme des Mannes klang herrisch. »Du weißt, dass du mich hier nur im Notfall anrufen sollst.«

»Tut mir leid, dass ich störe, aber es ist wichtig. Dieser Journalist …«

»Der mit der Drohne?«

»Genau. Er hat bei Hartwigs Interview nach dem Schwarzen Sonntag gefragt.« Für einen Moment herrschte Schweigen in der Leitung.

»Glaubst du, er weiß etwas? Oder blufft er nur?«

»Er kennt den Code-Namen, das ist sicher kein Zufall.«

Wieder hörte man nur das Atmen des Mannes, der den Anruf entgegengenommen hatte. »Wir müssen vorsichtig sein, es gibt viele da draußen, die uns schaden wollen. Vor allem jetzt, wo wir kurz vor dem Ziel sind.«

»Was sollen wir tun?«

»Wer weiß noch davon?«

»Nur zwei, drei Leute aus der Partei.«

»Können wir ihnen vertrauen?«

Diesmal machte der Anrufer ein lange Pause, bevor er weitersprach. »Wem kann man in der Politik schon vertrauen?«

»Wir können kein Risiko eingehen. Ich kümmere mich

drum. Und deine Männer sollen herausfinden, was dieser Typ wirklich weiß.«

»Gut.«

»Und das nächste Mal rufst du mich nur noch mit der abhörsicheren App auf dem Smartphone an.«

Ohne eine Antwort abzuwarten, beendete der Mann das Gespräch. Er legte das schnurlose Telefon und seine verspiegelte Sonnenbrille auf die Brüstung der Terrasse und blickte über den Swimmingpool hinweg auf den Zürichsee. Die weißen Segel der Boote und die verschneiten Gipfel in der Ferne sahen im Sonnenlicht aus, als hätte man sie auf einem Aquarell hingetupft. Für einen Moment überlegte er, ob er schwimmen gehen sollte. Doch dann nahm er sein Handy aus der Tasche seines schneeweißen Anzugs und verschickte eine verschlüsselte Nachricht mit Anweisungen.

***

Das Sonnenlicht, das durch die Ritzen des Rollos fiel, wärmte Nicholas' Gesicht. Vorsichtig öffnete er die Augen. Als er den Lärm der Kinder hörte, die unten bei den Mülltonnen spielten, realisierte er, wo er war, und schreckte hoch. Im Halbdunkel tastete er auf dem Nachttisch nach seinem Handy. Es war schon zehn Uhr, die Ressort-Konferenz an diesem Freitagmorgen lief bereits seit einer halben Stunde. »Mist«, brummelte er in seinen Fünftagebart.

Er schaltete den Flugmodus des Telefons aus und schwang sich aus dem Bett. Im Bad stellte er sich minutenlang unter die eiskalte Dusche, um wach zu werden.

Diesmal lag es nicht an den Tabletten, dass er verschlafen hatte, sondern an seiner tiefen Erschöpfung. Die Ereignisse des Vortages hatten ihn so aufgewühlt, dass er erst um zwei Uhr eingeschlafen war, obwohl er völlig übermüdet gewesen war.

Nach dem Gespräch mit dem neuen Chefredakteur hatte er lange überlegt, ob er das Interview mit Hartwig tatsächlich abtippen und bearbeiten sollte. Wozu sollte er diesem Rechtspopulisten ausgerechnet im *Abendblatt* eine Bühne bieten? Doch Friedel hatte mehrmals angerufen, um Druck zu machen, und sogar mit Kündigung gedroht. Schließlich hatte Nicholas nachgegeben und mehrere Stunden lang das Interview abgehört und redigiert. Er hatte ein politisches Streitgespräch daraus gemacht, in dem Hartwig seine Hetze zumindest nicht unwidersprochen verbreiten durfte. Glücklich war er mit der Geschichte trotzdem nicht.

Bei Lucas hatte sich Friedel auch gemeldet, weil er die Fotos von Hartwig und dessen Familie für den Artikel haben wollte. Auch ihm hatte er nicht verraten, woher er von dem Besuch bei dem Politiker wusste. Sie hatten überlegt, ob sie Friedel von dem Treffen in Balderschwang und von der Feindesliste der Volkspartei erzählen sollten. Doch dann hatten sie sich dagegen entschieden, sie konnten ihm schließlich noch weniger vertrauen als dem Knurrer.

Als sich Nicholas fertig angezogen hatte, blickte er auf sein Smartphone: Er hatte fünfzehn neue Messenger-Nachrichten und vier unbeantwortete Anrufe. Was war da los? Schnell überflog er die Nachrichten, sie stammten fast alle aus der Redaktion. Schon bei der ersten zuckte er zusammen: *Bist du völlig durchgedreht? Was soll dieses ›Interview‹?* Sie stammte von Christine Fochs, der Rechtsextremismus-Expertin. Der ehemalige Ressortleiter Politik hatte ihm ebenfalls geschrieben: *Deine Geschichte über Hartwig lässt mich kopfschüttelnd zurück. Bist du jetzt übergelaufen? Ich habe mich noch nie so in einem Kollegen getäuscht wie bei dir.* Die letzte Nachricht kam von Lucas, er hatte auch angerufen: *Friedel hat dich reingelegt.*

Nicholas ahnte, was passiert sein musste. Mit zitternden Fingern rief er die Webseite des *Abendblatts* auf. Sein Interview stand ganz oben – oder besser das, was sie daraus gemacht hatten. Unter einem kitschigen Foto, das Hartwig in inniger Umarmung mit seinen drei Kindern und seiner Frau zeigte, stand: *»Ich werde oft missverstanden« Markus Hartwig ganz privat: So lebt und denkt der Spitzenpolitiker wirklich.*

Sie hatten seine Geschichte zu einem schnulzigen Porträt umgeschrieben, eine Homestory wie in einer Promi-Klatsch-Illustrierten. Hartwig durfte sich ungestört als liebevoller Familienvater und zupackender Staatsmann inszenieren, der mit seinen mutigen Reformen das Land voranbringen würde.

In der Autorenzeile stand nur ein Name: *Nicholas Moor.* Bisher war es für ihn immer eine Ehre gewesen, seinen Namen auf der Titelseite einer der größten Zeitungen des Landes zu sehen. Aber jetzt war es eine Schande.

»Dieser Drecksack«, schrie Nicholas und schleuderte das Handy durch das Schlafzimmer. Sein ganzer Körper verspannte sich, er begann zu hyperventilieren. »Dieser verdammte Drecksack«, brüllte er noch einmal und rammte seine Faust in den Spiegel, der neben seinem Anziehstuhl hing. Der Spiegel zersplitterte und krachte zu Boden, nur knapp neben Nicholas' Füße. Die Knöchel seiner rechten Hand bluteten, aber wenigstens lenkte ihn der Schmerz von den Gedanken ab, die durch seinen Kopf rasten.

Im Bad fischte er ein paar Mullbinden und Pflaster aus dem Erste-Hilfe-Kasten und verband sich notdürftig die Hand. Dann kroch er unter den Schlafzimmerschrank, unter den sein

Handy gerutscht war. Es war verbeult, und durch das Display zog sich ein langer Riss, aber es funktionierte noch. Er wählte die Nummer des Chefredakteurs. Nach einer Ewigkeit hörte er die Stimme der neuen Assistentin. Er musste sich zusammenreißen, um nicht ins Telefon zu brüllen.

»Hier ist Moor, geben Sie mir sofort Friedel!«

»Herr Friedel ist in einer Besprechung. Kann ich ihm etwas ausrichten?«

»Geben Sie mir Friedel. Sofort!«

»Er ist wie gesagt leider in einer Besprechung. Kann ich …«

Nicholas schaffte es nur mit Mühe, das Handy kein zweites Mal durch den Raum zu werfen.

Im Auto rief er Lucas an. »Hast du geahnt, was Friedel vorhat?«

»Nein, das hätte ich ihm nicht zugetraut. Ist dir eigentlich aufgefallen, dass nicht alle Fotos von mir sind? Sie haben auch Bilder genommen, die von Hartwig selbst stammen müssen.«

»Wahrscheinlich hat er auch gleich den Text geschrieben. Da stehen angebliche Zitate drin, die er mir nie gesagt hat. Mein Ansehen ist jedenfalls ruiniert.«

Vor dem Gebäude des *Abendblatts* war die Stimmung aufgeheizt. Eine aufgebrachte Menschenmenge blockierte den Eingang, Redakteurinnen und Redakteure hielten selbst gemalte Plakate hoch, auf denen *Abendblatt muss unabhängig bleiben*, *kein Rechtsschwenk* und *Friedel raus!* stand.

Seine Kollegen wehrten sich, sie würden die Zeitung nicht kampflos dem neuen Investor überlassen. Hocherfreut stieg Nicholas aus dem Auto und lief über den Gehsteig, um sich der Demonstration anzuschließen. Als er näher kam, erkannte ihn jemand. Es war ein Dokumentar, mit dem er sich immer gut verstanden hatte, obwohl er fast zwanzig Jahre älter war und kurz vor der Pensionierung stand. Nicholas winkte ihm zu, doch der untersetzte Mann im abgewetzten Cordsakko deutete auf ihn und schrie: »Verräter!« Entsetzt beschleunigte Nicholas seine Schritte, doch als sich auch noch andere Redakteure umdrehten und »Verräter!« riefen, wich er zurück.

Erst langsam, dann immer schneller lief er zurück zum Citroën. Kurz überlegte er, ob er ihnen alles erklären sollte, doch dann wendete er den Wagen und fuhr über eine Seitenstraße in die Tiefgarage des *Abendblatts*.

Im Untergeschoss stieg er in den Aufzug und fuhr in die Chefetage. Mit jedem Stockwerk stieg seine Empörung über Friedel, der hinter seinem Rücken den Artikel komplett umgeschrieben hatte, wenn er das überhaupt selbst gemacht hatte. Und dann hatte er auch noch die Dreistigkeit besessen, die Geschichte unter Nicholas' Namen zu veröffentlichen, weil er genau wusste, dass sie so mehr Glaubwürdigkeit bekam. Dass Nicholas' journalistischer Ruf durch einen Artikel, in dem Hartwig so geschmeichelt wurde, schwer beschädigt wurde, war Friedel offensichtlich egal. Vielleicht wollte er das sogar.

Im zehnten Stock angekommen lief Nicholas direkt zu Friedels Büro. Er machte sich nicht die Mühe anzuklopfen, sondern riss die schwere Tür auf und stürmte in das Zimmer des neuen Chefredakteurs. Die protestierende Assistentin schob er wortlos zur Seite.

»Sie Schwein! Wieso haben Sie das gemacht?«

Friedel, der an seinem Designerschreibtisch saß, blickte irritiert von seinem Laptop auf.

»Was wollen Sie hier? Lassen Sie sich einen Termin geben.«

Nicholas baute sich drohend vor dem Schreibtisch auf. »Jetzt hören Sie mal zu. Sie nehmen diesen verlogenen Artikel, unter dem mein Name steht, sofort aus dem Netz, und dann veröffentlichen Sie eine Richtigstellung morgen in der Wochenendausgabe, und zwar in genau der gleichen Größe und an der gleichen Stelle …«

»Sonst passiert was?« Der Chefredakteur stand auf und musterte Nicholas mit seinem Buchhaltergesicht geringschätzig wie eine falsche Zahl in einer Excel-Tabelle. »Seien Sie doch einfach froh, dass Sie mal wieder den Aufmacher schreiben durften.«

»Was ist das eigentlich für ein mieses Spiel, das sie zusammen mit der Volkspartei treiben, Friedel? Ich habe recherchiert: Die Mediengruppe, die das *Abendblatt* aufgekauft hat, gehört einem Schweizer Milliardär, der im Verdacht steht, die Volkspartei zu finanzieren.«

Wortlos griff Friedel zum Telefon. »Security? Können Sie bitte kommen? Hier hat sich jemand in der Tür geirrt.«

»Mehr fällt Ihnen nicht ein?« Wie ein Boxer starrte Nicholas wütend auf seine verbundene Faust. Am liebsten hätte er sich auf Friedel gestürzt, der zwei Köpfe kleiner war als er. Doch er schaffte es irgendwie, seinen Zorn zu beherrschen.

»Sie brauchen Ihre Sicherheitsleute nicht zu rufen«, sagte er und ging zur Tür. »Ich bin raus hier – und zwar für immer. Aber los sind Sie mich sicher nicht.«

Die Gitarrenriffs knallten durch das Auto wie Peitschenhiebe. Der Sänger schrie sich die Wut aus dem Leib und ließ seinen Mordgelüsten freien Lauf, und Nicholas schrie mit: »Seek and destroy!« Bei jedem Refrain des Metallica-Songs hämmerte er mit der Faust auf das dünne Lenkrad des Citroëns CX. Die Lautstärke hatte er so stark aufgedreht, dass die Boxen klirrten, aber das war ihm egal. Er spürte nur Zorn. Ungeheuren, übermächtigen Zorn. Auf Friedel, auf Hartwig, auf die Volkspartei, auf alle, die es zuließen, dass diese Menschenfeinde auf dem Vormarsch waren. Später, das wusste er, würden sich auch Traurigkeit und das Gefühl der Ohnmacht ausbreiten, aber noch war es die Wut, die ihn vollständig ausfüllte.

Der Wagen raste über die halb leere Autobahn in Richtung Garmisch-Partenkirchen. Gleich nach dem Streit mit Friedel hatte sich Nicholas ins Auto gesetzt und war losgefahren. Er hatte kein Ziel, er wollte nur vor der Wut flüchten und sie gleichzeitig noch etwas länger auskosten. Er wollte fühlen, wie sie jede Pore seines Körpers erfasste, und vielleicht, so hoffte er, würde er es schaffen, sie in Energie umzuwandeln, die ihm durch die nächsten, schweren Wochen helfen würde.

Im Rückspiegel sah er sein verzerrtes Gesicht, das vor Aufregung rote Flecken hatte, auf seiner Stirn klebte Blut von seiner verletzten Hand. Wenn ihn Hanna jetzt gesehen hätte, wäre sie sicher erschrocken.

Es begann zu regnen, dicke Tropfen prasselten gegen die Scheiben. Nicholas machte die Musik aus und fuhr langsamer. Bei der nächsten Ausfahrt verließ er die Autobahn und nahm die Abzweigung auf eine verlassene Landstraße, die am Starnberger See entlangführte. Der schwarze Himmel war kaum noch vom dunklen Wasser zu unterscheiden, am Ufer blinkten schon die Sturmwarnleuchten. Nach ein paar Kilometern führte die Straße durch ein Waldstück, dort bog er auf einen schmalen, unbefestigten Weg ab und hielt an.

Nicholas blieb noch ein paar Sekunden sitzen und hörte dem Regen zu, der immer stärker auf das Dach trommelte. Dann öffnete er die Tür und lief in den modrig riechenden Wald. Immer schneller lief er, sprang über Wurzeln und Pfützen und rannte zwischen Bäumen hindurch, immer weiter, bis sein Atem schmerzte. Keuchend blieb er stehen und brüllte, so laut er konnte, in den Wald hinein: »AAAAAhhhh!« Es klang wie ein böses, rasendes Tier.

Einige Krähen flatterten erschrocken auf, danach herrschte eine Stille, die fast noch lauter war als sein Schrei.

Für einen Moment schwankte er auf dem morastigen Boden, als würde ihn die Wucht seiner Wut nach unten ziehen. Dann fing er sich wieder und schnaufte durch. Langsam trottete Nicholas zurück zu seinem Wagen. Der Geruch von verrottenden Blättern lag in der Luft, er erinnerte ihn an einen Friedhof. Der strömende Regen klebte seine Haare an die Kopfhaut und lief ihm in den Nacken, doch er bemerkte es nicht.

Als er wieder im Auto saß, rief er Nina an.

»Nicholas, wie schön deine Stimme zu hören!«, sagte sie fröhlich. »Ich wollte mich auch schon bei dir melden. Wie geht es dir denn?«

Er erzählte ihr, was Friedel getan hatte, seinen Wutausbruch erwähnte er nicht.

»Das ist wirklich eine Sauerei! Glaubst du, er hat das in Hartwigs Auftrag gemacht?«

»Ein anderer Grund fällt mir nicht ein. Die Mediengruppe, die das *Abendblatt* aufgekauft hat, hat Verbindungen zur Volkspartei. Da ist es nicht schwer, eins und eins zusammenzuzählen. Und geschadet hat Hartwig diese Geschichte sicher nicht. Vorhin wurde eine neue Umfrage veröffentlicht, demnach könnte die VP sogar die absolute Mehrheit im Bundestag bekommen. Wenn ich daran denke, wird mir schlecht.«

»Was willst du jetzt machen?«

»Wenn die glauben, dass sie mich damit los sind, dann irren sie sich. Ich werde weiter recherchieren und den Dreck ausgraben, den sie verstecken wollen. Jetzt erst recht!« Ihm fiel etwas ein. »Was ist eigentlich mit Hartwigs Waffenzimmer? Ich hatte dir doch das Foto gezeigt. Wolltest du nicht seine Villa durchsuchen lassen?«

Nina zögerte. »Ich habe mit Lucas gesprochen. Er hat mir die Bilder noch in besserer Auflösung geschickt und genau beschrieben, wo der Raum liegt. Aber …«

»Aber was?«

»Ich bekomme den Durchsuchungsbefehl nicht. So kurz vor der Wahl würde ein Polizeieinsatz bei dem aussichtsreichsten Kanzlerkandidaten einen riesigen Skandal auslösen. Keiner meiner Vorgesetzten will sich so weit aus dem Fenster lehnen, schon gar nicht wegen eines Fotos, auf dem nur museumsreife Waffen zu sehen sind.«

»Worauf wartet ihr noch? Muss er denn erst jemanden auf offener Straße erschießen?« In dem Moment, als Nicholas das sagte, bereute er es schon. Wieso griff er Nina so an, sie konnte schließlich nichts dafür. Aber in ihm brodelte es.

»Es ist nicht so einfach, Nicholas. Hartwig hat inzwischen sehr gute politische Beziehungen, das geht bis in die obersten Kreise des Innenministeriums und unserer Behörde.« Sie seufzte. »Ich kann deinen Ärger verstehen, aber mir sind leider die Hände gebunden.«

Nicholas verdrehte die Augen. »Klar, immer schön nach Vorschrift. Und mit dem neuen Kanzler will es sich natürlich keiner von euch verscherzen, egal, was für ein Mistkerl das ist.«

»Sei nicht ungerecht. Vielen meiner Kollegen macht der Aufstieg von Hartwig auch Sorgen.«

»Und wieso unternimmt dann keiner etwas?«

»Hier in Berlin wird am Wochenende eine große Demonstration gegen die Volkspartei stattfinden, es sollen mehrere hunderttausend Leute kommen …«

»Eine Demo?« Nicholas lachte höhnisch. »Was Besseres fällt dir nicht ein? Glaubst du, das wird einen einzigen VP-Wähler davon abbringen, Hartwig seine Stimme zu geben?«

Die Wut war immer noch da, Nicholas spürte, wie sie sich Luft verschaffen wollte. Nina hatte recht, es war unfair, aber es musste raus.

»Weißt du, Nina, ich glaube, du hast immer noch nicht verstanden, was ein Wahlsieg von Hartwig heißen würde. Du denkst immer noch, bei uns kann es nicht mehr passieren, dass einer die Macht an sich reißt und missbraucht. Du glaubst, wir sind eine gefestigte Demokratie, aber sie basiert auf dem Konsens, dass man sich an Recht und Gesetz hält. Für ein skrupelloses Arschloch wie Hartwig wurde sie nicht gemacht. Die Demokratie ist nur so stark wie die Menschen, die sich für sie einsetzen. Paragrafen werden Hartwig nicht aufhalten, wenn wir es nicht tun.«

»Und du bist natürlich der Einzige, der kämpft. Nicholas Moor, der edle Ritter!«

»Mach dich nur lustig. Aber ich werde mit meinen Mitteln kämpfen.«

»Nicholas, was hast du vor?«

»Ich werde tun, was nötig ist. Die Polizei und das BKA sind dazu offenbar nicht in der Lage.«

»Du spinnst doch!«

Bevor er antworten konnte, war die Verbindung beendet. Nina hatte aufgelegt.

Nicholas schloss die Augen und biss die Zähne zusammen, bis sein Kiefer knirschte. Nicht einmal Nina stand noch auf seiner Seite. Diese verdammte Paragrafenreiterin mit ihrem Glauben an die Institutionen! Zum Glück hatte er nicht all seine Karten auf den Tisch gelegt und ihr nichts von Hartwigs

Feindesliste erzählt. Konnte er ihr überhaupt noch vertrauen? War sie nicht umgeben von Hartwig-Sympathisanten? Unter den Wählern der Volkspartei waren überdurchschnittlich viele Polizisten, das war kein Geheimnis. Journalisten erzählten sich auch, dass ehemalige Bundeswehrgeneräle und aktive Soldaten kurz vor der Wahl dafür werben wollten, Hartwig die Stimme zu geben.

Die Feindesliste. Es waren nur noch vier Wochen bis zur Wahl. Es musste etwas passieren. Minutenlang suchte er im Internet, bis er gefunden hatte, was er brauchte. Dann drehte er die Musik wieder auf volle Lautstärke und fuhr los.

14

»Hartwig! Hartwig! Hartwig!« Die Halle bebte. Auf den Bierbänken saßen dicht gedrängt mehrere tausend Menschen und riefen nach Markus Hartwig. Mit hochroten Gesichtern hielten sie ihre Maßkrüge hoch und prosteten sich begeistert zu, schwenkten Deutschland- und Preußenflaggen und ihre Basecaps mit dem Logo der Volkspartei. Es roch nach Bier, Schweiß und Schweinebraten.

Das Licht ging aus. Eine Lightshow erleuchtete den Saal wie bei einem Rockkonzert, und aus den Lautsprechern erklangen die ersten Töne von *The Final Countdown*. Der Jubel schwoll noch stärker an. Die VP-Anhänger stiegen auf die Bierbänke und klatschten mehr oder weniger rhythmisch in die Hände. Handys wurden nach oben gerissen, um diesen großen Moment zu filmen und um live bei Facebook, TikTok und Instagram zu streamen, wie Markus Hartwig im Licht eines Scheinwerfers die Halle betrat.

Der Saal war so überfüllt, dass Nicholas nur noch ganz hinten, hinter den Biertischen, einen Stehplatz gefunden hatte. Trotzdem konnte er genau erkennen, wie der Politiker mit seinem breiten Sonnyboy-Lächeln durch die tobende Menge ging, immer wieder stehen blieb und Hände schüttelte. Eine Kamera folgte Hartwig, der von Sicherheitsleuten umringt wurde, und alles, was sie filmte, wurde direkt auf eine riesige Videowand auf der Bühne übertragen, die in Schwarz-Rot-Gold dekoriert war.

Einigen Männern, die er zu kennen schien, winkte der Kanzlerkandidat zu, und unentwegt streckte er in Siegerpose seine beiden Daumen nach oben. Eine Mutter im Dirndl hielt ihm ihren kleinen blonden Jungen entgegen, und Hartwig legte ihm kurz die Hand auf den Kopf, als wolle er ihn segnen. Es dauerte mehrere Minuten, bis er es bis zur Bühne geschafft hatte. Selbst als das Licht wieder anging und er schon hinter dem Rednerpult stand, auf dem *Wir machen Deutschland wieder groß!* stand, skandierten sie immer noch seinen Namen: »Hartwig! Hartwig! Hartwig!«

Sie hörten erst damit auf, als er eine beschwichtigende Geste machte.

»Ja, Wahnsinn!«, rief er. »Was für ein Empfang! Ich danke euch, ihr seid wirklich die besten und treuesten Anhänger, die man sich wünschen kann!«

Als Hartwig mit seiner Rede begann, passte Nicholas kaum noch richtig auf. Er war nicht hundert Kilometer durch den Regen vom Starnberger See bis in diesen kleinen Ort im Altmühltal gefahren, um den VP-Politiker sprechen zu hören. Das meiste, was er sagte, kannte Nicholas ohnehin. Es waren die üblichen Versatzstücke aus *Deutschland und Deutsche zuerst!*, Warnungen vor einer korrupten globalen Elite und einer Asylantenflut, die das Land überschwemmen würde, und dem Beschwören einer glorreichen Zukunft mit Arbeit für alle und sicheren Grenzen, die es natürlich nur geben würde, wenn Hartwig an die Macht käme.

Nicholas war hier, um aus der Nähe zu erleben, wie der Kanzlerkandidat auf sein Publikum wirkte. Und was er sah, versetzte ihn in eine große innere Unruhe. Eine faltige Rentnerin mit rot gefärbten Haaren hing mit fast schon religiöser Hingabe an seinen Lippen, zwischendurch stieß sie der Frau neben ihr aufgeregt in die Rippen: »Sieht er nicht toll aus? Das wäre doch einer für deine Tochter!«

Neben Nicholas stand ein etwa fünfzigjähriger Mann in hellblauem Hemd, der einen Vollbart hatte und wie ein Lehrer wirkte. Auch er hörte Hartwig gebannt zu, von Zeit zu Zeit schrie er: »Genau!«, und schwenkte zunehmend ekstatisch ein Deutschlandfähnchen.

Ein paar Meter weiter hatte sich eine kleine Gruppe junger Männer versammelt. Sie sahen aus wie Studenten, die zu viel Zeit im Fitness-Studio verbracht hatten. Über ihren aufgepumpten Oberkörpern trugen sie alle das gleiche schwarze T-Shirt, auf dem *Stoppt den großen Austausch* stand. Die meisten von ihnen filmten den Auftritt mit ihren Smartphones. Nicholas drehte jedes Mal den Kopf weg, wenn einer von ihnen das Handy in seine Richtung hielt.

Während Hartwig sprach, liefen auf der Videowand hinter ihm bedrohliche Clips: afrikanische Flüchtlinge, die auf Zäune zurannten, bettelnde Roma in einer heruntergekommenen Fußgängerzone und arabisch aussehende Dealer, die vor Schulen herumlungerten.

Hartwig war ein raffinierter Demagoge, das musste Nicholas zugeben. Er gab sich staatsmännisch, wenn er sein Programm vorstellte, mimte zwischendurch den besorgten Familienvater und erzählte von seinen Kindern, die auf der Straße angepöbelt wurden. Dann wiederum schrie er: »Die Politiker der Altparteien, die jahrzehntelang dieses Land ruiniert haben, die werden sich noch wundern, was plötzlich alles möglich sein wird, wenn wir erst einmal an der Macht sind!«

Nicholas durchfuhr es, als hätte man ihm die Faust in den Magen gerammt. Hatte Hartwig das wirklich gerade gesagt?

Doch die Anhänger in der Halle brachen in Jubel aus, der vermeintliche Lehrer klopfte ihm wie einem guten Freund ekstatisch auf die Schulter. »Bald wird der Saustall ausgemistet!«

Nicholas war froh, dass er sich nicht als Journalist zu erkennen gegeben hatte, denn als Nächstes zog Hartwig über die »Systemmedien« her. Die ganze Halle skandierte: »Lügenpresse! Lügenpresse! Lügenpresse!«

Nicholas spürte, wie seine Knie weich wurden, dabei hatte er vorher seine Tabletten genommen, um seine Stimmung aufzuhellen. Am liebsten hätte er sich die Ohren zugehalten, aber er durfte nicht auffallen.

Selbst aus der Entfernung erkannte man auf der Leinwand, wie sehr Hartwig die Verehrung der Menge genoss. Er redete jetzt schon seit fast zwei Stunden, sein Jackett und die Krawatte hatte er längst demonstrativ ausgezogen. Es wirkte, als sei er stolz auf die großen Schweißflecken, die sich unter seinen Achseln gebildet hatten. Sie schienen ein Zeichen zu sein für seine Verbundenheit mit seinen Anhängern im Saal, die genauso schwitzten.

Angestachelt von seinem Publikum wurde Hartwig immer lauter: »In den Umfragen liegen wir meilenweit vor den Altparteien. Wenn wir diese Wahl nicht gewinnen sollten, dann kann das nur an einem einzigen Grund liegen: an Betrug.«

Die Menge johlte.

Dann lehnte er sich in seinem durchgeschwitzten weißen Hemd über das Rednerpult und schrie mit heiserer Stimme einen Satz, der sich Nicholas für immer einbrannte.

»Wollt ihr mehr oder weniger Ausländer in Deutschland?«, dröhnte es über die Lautsprecher.

Die Halle grölte wie ein Chor des Hasses.

»Weniger! Weniger!«

»Wie viele Ausländer?«

Und wieder schrie der Chor.

»Gar keine! Gar keine!«

Die Menschen um ihn herum wollten minutenlang nicht mehr aufhören mit dem Geschrei, sie brüllten mit aufgerissenen Mündern und zu Fratzen verzerrten Gesichtern, manche schwangen ihre Fäuste gegen den imaginären Feind. Sie hatten sich in eine hasserfüllte Masse verwandelt.

»Wenn ihr mich wählt, dann werde ich das für euch regeln!«, schrie Hartwig zurück. »Denkt daran: Ich bin die letzte Hoffnung für unser Land auf friedliche Veränderung. Sonst wird Deutschland endgültig im Chaos versinken. Genug ist genug!«

Hartwig hatte seine Rede beendet, es war kurz vor Mitternacht. Während er winkend von einem Ende der Bühne zum anderen lief und mit den ausgestreckten Armen in die Menge zeigte, stieg ein Meer von Luftballons zur Hallendecke auf, harmlos und bunt wie bei einem Kindergeburtstag.

Nicholas hielt es nicht mehr aus, er taumelte wie in einem bösen Traum durch die Menge, die jetzt wieder auf den Biertischen stand und Hartwig beklatschte und bejubelte.

Als er endlich den Ausgang gefunden hatte und ihm vor der Halle frische Abendluft entgegenströmte, sog er sie begierig ein, als könne er so den Gestank loswerden, der an ihm haftete.

Nicholas hastete über den Parkplatz zu seinem Wagen. Er wollte so schnell wie möglich fort, bevor gleich mehr als tausend aufgepeitschte und angetrunkene Anhänger der Volkspartei nach draußen drängen würden.

Während er auf die dunkle Landstraße einbog, hallten Hartwigs Worte in ihm nach. Der Politiker hatte sich vor seinen Anhängern nicht zurückgehalten. Das war nicht mehr der kontrollierte Mann gewesen, den er interviewt hatte, sondern ein Hassprediger, der berauscht war von seinem kommenden Wahlsieg, den er offensichtlich für unvermeidlich hielt.

Es war eine pechschwarze Nacht, und die Straße führte in engen Kurven durch den Wald. Über der Fahrbahn hing feuchter Nebel und erschwerte die Sicht zusätzlich. Außer Nicholas' Citroën war weit und breit kein anderes Fahrzeug zu sehen, er musste sich konzentrieren, um in dieser Finsternis nicht vom Weg abzukommen.

Wie aus dem Nichts tauchten im Rückspiegel plötzlich die Scheinwerfer eines Autos auf, und es blinkte rot. Als er genauer hinsah, erkannte er auch eine LED-Leuchtschrift: *STOPP Polizei.* Im gleichen Moment heulte eine Sirene auf.

Was wollten die von ihm hier draußen, um diese Zeit? Er war sicher nicht zu schnell gefahren. Trotzdem verlangsamte Nicholas das Tempo. Als ihn das Polizeiauto auf einer Geraden überholte, versuchte er einen Blick auf die Insassen zu werfen, doch er konnte nur den Beifahrer erkennen. Der Mann war in Zivil und trug eine Sonnenbrille, mitten in der Nacht.

War das eine Falle?

Der Streifenwagen stoppte direkt vor ihm. Die Reifen des Citroëns schrien auf, als Nicholas hart auf die Bremse stieg, um nicht hineinzuknallen. Für einen Moment drohte der Wagen hinten auszubrechen, aber er konnte ihn gerade noch abfangen. Was zum Teufel sollte das?

Mit laufendem Motor beobachtete Nicholas aufmerksam, wie erst der uniformierte Fahrer aus dem Polizeiauto ausstieg und dann sein Beifahrer, der einen dunklen Anzug trug. Wie zwei Cowboys kamen sie im Scheinwerferlicht breitbeinig auf ihn zu.

Der Uniformierte fasste an seinen Gürtel. Was machte er

da? Griff er nach einem Funkgerät? Oder nahm er seine Pistole? Nicholas konnte es nicht genau erkennen, aber sein Instinkt hatte sich schon entschieden.

Sein Fuß drückte, so fest er konnte, aufs Gaspedal, seine Arme rissen das Lenkrad zur Seite, und der Citroën schoss an den beiden Gestalten vorbei. Während Nicholas weiter beschleunigte, hörte er hinter sich wieder die Sirene aufheulen.

Sie hatten die Verfolgung aufgenommen.

Mehrere Kilometer raste Nicholas durch den einsamen Wald, der nicht zu enden schien. Die Bäume flogen an ihm vorbei, während er fieberhaft überlegte, was er tun sollte. Wenn das eine echte Polizeikontrolle war, dann würde er durch seine Flucht großen Ärger bekommen. Aber wenn das falsche Polizisten waren, dann wollten sie ihn vielleicht umbringen. Darauf durfte er es nicht ankommen lassen.

Leider kannte er sich in der Gegend nicht aus. Von Zeit zu Zeit nahm er wahllos eine Abzweigung, mal links, mal rechts, in der Hoffnung, dass ihn seine Verfolger aus den Augen verlieren würden. Doch die Sirene kam näher.

Bald hatte er keine Ahnung mehr, wo er war. Mit einer Hand griff er nach seinem Smartphone, und für einen Moment wandte er seinen Blick von der Straße ab, um auf die Karte zu sehen, da war es schon passiert. Er spürte, wie die Räder über Steine und Erde holperten, das Auto rutschte von der Straße – genau auf die Bäume zu.

Hinterher erinnerte er sich nicht mehr an das, was passiert war. Wahrscheinlich war er aus Versehen mit seinem Knie ans Lenkrad gekommen. Aber irgendwie hatte er es wohl geschafft, noch zu bremsen und gegenzulenken, bevor er in den Wald gekracht war.

Das Nächste, was er wahrnahm, war die Stille, als er aufwachte. Die Sirene war verstummt, nur ein paar Vögel zwitscherten. Nicholas wusste nicht, wie lange er bewusstlos gewesen war. Seine Brust schmerzte etwas von dem Gurt, abgesehen davon fühlte er sich nicht schlecht.

Er stieg aus und lief um das Auto. Die rechten Räder hingen halb im Straßengraben, die vordere Stoßstange war verbeult, das rechte Vorderlicht und der Blinker waren zersplittert, ansonsten schien der Citroën in Ordnung zu sein. Sollte er sich im Wald vor seinen Verfolgern verstecken? Aber wenn sie ihn hätten töten wollen, hätten sie es dann nicht längst getan? Er musste so schnell wie möglich hier weg.

Als er wieder hinter dem Lenkrad saß, fiel ihm auf, dass etwas fehlte. Seine Laptop-Tasche, die auf dem Beifahrersitz gelegen hatte, war verschwunden. Darauf hatten sie es also abgesehen gehabt.

Nicholas war zu müde, um sich aufzuregen, er spürte vor allem eine tiefe Leere in sich. Er drehte den altmodischen Zündschlüssel um, und zu seinem Erstaunen sprang der Motor gleich an.

Wenigstens das.

***

Routiniert hielt Sven Thoma seine rechte Hand vor einen kleinen runden Sensor in der Wand, in dem ein intensives grünes Licht leuchtete. Der Venenscanner piepste kurz. Dann tippte Thoma auf dem Zahlenfeld darunter einen Code ein. Es piepste noch einmal, und mit einem leisen Surren schwang die gepanzerte Tür auf.

Die Sicherheitszentrale der Volkspartei war viel größer, als es von außen den Anschein hatte. Überall hingen Monitore an den Wänden, die aber jetzt ausgeschaltet waren. In Serverschränken, die bis zur Decke reichten, blinkten hinter dunkelgrauen Glasscheiben bunte LEDs nach einem unerfindlichen Rhythmus. Dazwischen standen einige Schreibtische. Das Licht, das von der Decke kam, leuchtete gleißend weiß. Es sah eher aus wie in der Kommandozentrale eines Raumschiffs als in einem Büro.

An einem Schreibtisch in einer Ecke saß Mirko Strasser und beugte sich über einen halb auseinandergebauten Laptop. Neben ihm schraubte ein Techniker in einem weißen Laborkittel gerade die Festplatte aus dem offenen Gehäuse des Rechners.

»Und wie läuft's?«, fragte Thoma.

»Wir kommen leider nicht weiter«, antwortete Strasser. »Es war nicht besonders schwierig, das Notebook dieses Journalisten aus dem Auto mitzunehmen, aber an dem Computer selbst beißt sich sogar Martin die Zähne aus.«

Der angesprochene Techniker drehte sich zu Thoma um. »Die Festplatte ist verschlüsselt, und zwar verdammt gut. Ich probiere es schon seit Stunden, aber der Algorithmus ist nicht zu knacken. Wenn du mich fragst, hat das ein Profi gemacht.«

»Ich hätte nicht gedacht, dass dieser Nicholas Moor so viel Ahnung von Technik hat«, bemerkte Strasser. »Wahrscheinlich hat ihm jemand geholfen.«

»Und was machen wir jetzt? Wir müssen unbedingt an die Daten kommen«, sagte Thoma. »Sollen wir ihm einen Besuch abstatten und ihn mehr oder weniger freundlich darum bitten, uns das Passwort zu verraten?«

Strasser grinste.

»Es gibt eine bessere Möglichkeit«, erklärte der Techniker. »Wir klonen den Inhalt der Festplatte und schicken diese Kopie an Sarko und seine russischen Freunde. Die verfügen über ausgefeiltere Technik als wir, die sollten das hinkriegen.«

Thoma nickte nur. »Die Verzögerung wird Mang nicht gefallen, aber wir haben keine andere Wahl. Sag Sarko, sie sollen sich beeilen. Wir müssen liefern, bevor Mang endgültig die Geduld verliert.«

15

Das Bier schmeckte erstaunlich gut. Er spürte das angenehme Kitzeln des Schaums auf den Lippen, die leichte Bitterkeit am Gaumen und dann die tiefe Befriedigung, als die goldgelbe Flüssigkeit seine Kehle hinunterrann. Das war genau das, was er jetzt brauchte.

Nicholas nahm gleich noch einen Schluck und sah sich um. Es war schon lange nicht mehr im Flaschenöffner gewesen, obwohl die Eckkneipe nur ein paar hundert Meter von seiner Wohnung entfernt lag, neben einem heruntergekommenen Supermarkt, in dem es immer zu heiß war, einem Call-Shop mit greller Laufreklame im Schaufenster und einer KiK-Filiale. Doch in das Loch, das nach verschüttetem Bier, abgestandener Luft und ranzigem Pommesfett roch, setzten sich eigentlich nur die Gewohnheitstrinker aus dem Viertel. Selbst tagsüber war es finster hier drinnen, aber Bier zapfen, das konnten sie.

Die Uhr zeigte erst halb eins an, und vor Nicholas standen schon vier leere Biergläser auf dem Bistrotisch. Normalerweise trank er vor dem Abend keinen Alkohol, aber was war zurzeit schon normal?

Die Ereignisse von Freitagnacht steckten ihm noch in den Knochen. Falsche Polizisten hatten seinen Laptop gestohlen, da war er sich inzwischen sicher. Wenn sie echt gewesen wären, hätte sich die Polizei längst bei ihm gemeldet. Oder waren es sogar richtige Beamte, die aber im Auftrag der Volkspartei gehandelt hatten? Und war es Zufall, dass sie ihm ausgerechnet nach Hartwigs Auftritt aufgelauert hatten? Zum Glück hatte er mit Lucas' Hilfe sein Notebook verschlüsselt, eine Kopie des Videos angefertigt und sie in einen Online-Speicher hochgeladen. Bei der Polizei hatte er den Diebstahl nicht angezeigt, nach dem Überfall vertraute er niemandem in Uniform mehr – egal ob echt oder falsch.

Nicholas nahm noch einen großen Schluck Bier. Der Glücksspielautomat, an dem ein junger Kerl gerade sein Geld verlor, dudelte dazu sein monotones Lied.

An einem normalen Tag hätte er jetzt in der Redaktion gesessen, über die monströse Rede von Hartwig geschrieben und weiter dessen Umsturzpläne recherchiert. Doch er hatte seinen Job beim *Abendblatt* hingeworfen, sich mit Nina gestritten, und sein Ruf war ruiniert.

Nach der einschmeichelnden Homestory über Hartwig hatte es einen Shitstorm bei Facebook, Instagram und Twitter gegeben. Menschen, von denen er noch nie gehört hatte, hatten ihn beschimpft, und seine kläglichen Versuche, sich zu verteidigen, waren in der digitalen Schlammschlacht untergegangen. Freunde, Bekannte und alte Kollegen hatten ihm E-Mails, WhatsApp-Nachrichten und SMS geschickt, und kaum jemand war freundlich gewesen.

Auf anderen Kanälen wie Telegram war die Geschichte eifrig geteilt und geliked worden. Dort jubelten die Rechten dem *Abendblatt* für diesen *unerwartet mutigen Artikel* zu, Nicholas wurde als einer der wenigen Journalisten gefeiert, der *sich traut, die Wahrheit zu sagen*. Die Volkspartei hatte die Homestory groß auf ihrer Homepage verlinkt, ihr nahestehende Blogs hatten eifrig daraus zitiert. Es war widerlich.

Nicholas fühlte sich einsam und von allen verstoßen, selbst

Lucas war nicht da. Sein Kollege war mit seiner Freundin Mona ein paar Tage verreist.

Nicholas lachte bitter auf. Wenigstens hatte er jetzt Zeit, um schon mittags in der Kneipe zu sitzen.

Er nahm den letzten Schluck Bier und bestellte gleich noch eines, der Wirt im 1860-München-Trikot hinter der Theke nickte nur routiniert. Das sollte aber sein letztes sein, in einer halben Stunde musste er zu Hanna, die an diesem Samstag ihren dreizehnten Geburtstag feierte.

Er hatte lange mit seiner Ex-Frau Sandra telefoniert, damit er seine Tochter wenigstens an diesem Tag sehen durfte. Widerwillig hatte sie schließlich zugestimmt. Der Gedanke an Sandra und den Streit, den er mit ihr wegen des Sorgerechtes führte, verdüsterte seine Laune. Aber vielleicht war es auch eine gute Gelegenheit, um sich mit ihr zu versöhnen, versuchte er sich einzureden. Dann fiel ihm ihr neuer Freund ein, den sie erwähnt hatte, hoffentlich würde dieser Roger bei der Feier nicht dabei sein.

Nicholas stürzte das Bier hinunter. Ein einsam aussehender älterer Mann in einem abgerissenen Trachtenjanker, der auch allein an einem Tisch saß, prostete ihm zu. Offensichtlich erkennt er eine verwandte Seele, dachte Nicholas, während er sein Glas hob, um zurückzuprosten.

Doch selbst als er das fünfte Glas geleert hatte, ging es ihm, anders als erhofft, nicht besser. Deshalb überlegte er, ob er noch eine Halbe bestellen sollte. Aber dann tauchte durch den Nebel in seinem Kopf Hannas Gesicht vor ihm auf, und er ließ es bleiben. Er war sowieso schon zu spät dran.

Stattdessen fingerte er die Pillendose aus der Innentasche seiner Lederjacke. Eigentlich durfte man die Medikamente nicht nehmen, wenn man Alkohol getrunken hatte, aber er konnte jetzt einen Stimmungsaufheller vertragen. Mit dem letzten Rest Bier spülte er die Tablette herunter.

Erst auf dem Weg zum Taxistand merkte er, wie betrunken er war. Nur mühsam konnte er geradeaus gehen. Es fühlte sich an, als würden die Hochhäuser von Neuperlach gleich auf ihn einstürzen. Von Zeit zu Zeit musste er sich an einem geparkten Auto abstützen. Eine Horde Jugendlicher, die mit Longboards über den Gehsteig rollten, zeigte johlend auf ihn.

Schwankend kletterte er auf den Rücksitz eines Taxis. Aus den Augenwinkeln sah er auf der gegenüberliegenden Straßenseite einen Mann im Anzug, der zum Taxi schaute und dabei in sein Handy sprach. Als Nicholas ihn anstarrte, schien er sich schnell wegzudrehen. Er hatte das Gefühl, ihn schon einmal gesehen zu haben, aber vielleicht bildete er sich das auch nur ein.

Zum Glück wollte der Fahrer nicht viel reden, während er durch die Stadt steuerte. Nicholas schob sich ein Pfefferminzbonbon in den Mund, ließ das Fenster herunter und hielt sein Gesicht in den Wind, um wieder nüchtern zu werden. Ein bisschen half es. Doch als sie die Reihenhaussiedlung erreichten, in der Sandra wohnte, hätte er am liebsten noch ein Bier getrunken.

An der Eingangstür ihres Hauses hingen bunte Luftballons, die Nicholas an den Wahlkampfauftritt von Hartwig erinnerten. Von drinnen hörte man Musik, Getrampel und fröhliches Kindergeschrei. Er hatte kaum geklingelt, da riss Sandra schon die Tür auf.

»Weißt du, wie viel Uhr es ist?«, rief sie vorwurfsvoll. In ihren roten Haaren hatten sich Luftschlangen verfangen.

»Ich bin etwas spät dran, entschuldige«, erwiderte Nicholas kleinlaut.

»*Etwas* zu spät? Die Geburtstagsfeier deiner Tochter hat vor mehr als einer Stunde angefangen!«

»Es tut mir leid, wirklich«, murmelte Nicholas und schob sich an Sandra vorbei ins Haus. Um nicht umzukippen, hielt er sich unauffällig am Türrahmen fest.

Im Flur stürzte ihm Hanna entgegen, die wie Spiderman geschminkt war, und sprang in seine Arme: »Hallo, Papa! Wie schön, dass du endlich da bist.« Nicholas hatte große Mühe, das Gleichgewicht zu halten.

»Bäh, du riechst aber nach Alkohol.« Hanna rümpfte die Nase und wich einen Schritt zurück. Auch Sandra beäugte ihn skeptisch.

»Ach, das ist nichts, mein Schatz. Ich habe nur schon mal eine … eine Rum-Praline gegessen.« Die Worte kamen Nicholas nur schleppend über die Lippen. »Alles Gute zum Geburtstag! Schau mal, was ich dir mitgebracht habe.«

Er griff nach dem Geschenk, um es ihr feierlich zu überreichen. Doch er fasste ins Leere. Wo verdammt war die Tüte? Hanna sah ihn erwartungsvoll an, Nicholas tastete zunehmend verzweifelt seine Taschen ab, obwohl er genau wusste, dass das Geschenk nicht dort war. In diesem Moment war es ihm nämlich wieder eingefallen: Er hatte das Smartphone, das er für seine Tochter gekauft hatte, auf dem Stuhl im Flaschenöffner liegen lassen.

»Es … es tut mir leid, Hanna. Ich … ich hab's wohl unterwegs liegen lassen.«

»Das darf doch nicht wahr sein!« Sandras Kopf war rot angelaufen. »Jetzt hat er auch noch das Geschenk vergessen. Mein Gott, bin ich froh, nicht mehr mit diesem Versager verheiratet zu sein.« Sie verschwand in der Küche und knallte die Tür hinter sich zu.

»Schade, Papa«, sagte Hanna, die sich keine Mühe gab, ihre Enttäuschung zu verbergen. Mit hängenden Schultern trottete sie die Wendeltreppe zum Untergeschoss hinunter, von wo der Kinderlärm kam.

In Nicholas' Kopf drehte es sich immer stärker. Seine Beine fühlten sich so wacklig an, als ginge er über das Deck eines schwankenden Schiffs. Aber da war plötzlich noch ein anderes Gefühl: eine große Wärme, die sich zuerst angenehm anfühlte, aber schnell zu einer Hitzewelle wurde, die seinen ganzen Körper erfasste. Schweiß lief ihm die Stirn runter, er begann zu schnaufen.

Zum Glück war niemand mehr im Flur, in dem Dutzende Schuhe säuberlich nebeneinander aufgereiht standen. Nicholas hielt sich am Eisengeländer der Kellertreppe fest und wollte vorsichtig nach unten steigen, um Hanna alles zu erklären. Doch es fühlte sich plötzlich weich wie Gummi an und gab nach.

Er rutschte aus und stürzte die Stufen hinunter. Panisch versuchte er, sich an den alten, gerahmten Fotos von Sandras Eltern festzuhalten, die an der Wand hingen, riss sie aber herunter. Am Fuß der Treppe schaffte er es endlich, das Geländer zu greifen, doch es war zu spät. Mit dem Kopf voraus knallte er auf den Teppichboden des Untergeschosses, während seine Beine noch im Treppengeländer hingen. Seine Schultern und seine bandagierte Hand schmerzten, und in seinem Kopf brummte es entsetzlich, aber noch schlimmer war, was er sah: Um ihn herum standen ein Dutzend Mädchen und Jungen, die der Lärm angelockt hatte. Sie starrten ihn an wie einen Außerirdischen.

»Ist das dein Vater, Hanna?«, fragte schließlich ein Mädchen im Captain-Marvel-Kostüm. Hinter ihr erkannte er Michel, den Schulfreund, der ein Superman-Cape trug.

Hanna nickte nur, Tränen flossen ihr über die Wangen. Genau wie bei Nicholas.

***

Jemand hatte einen Hammer in seinen Kopf gerammt. Bei jedem Pulsschlag schlug der Hammer zu und verbreitete Schockwellen durch Nicholas' Körper, biss in seine abgekauten Fingernägel, die sich am Laken festkrallten. Er presste sein rechtes Ohr auf das Kopfkissen, um das pochende Geräusch zu dämpfen. Es half nichts. Er warf sich im Bett herum und drückte stattdessen sein linkes Ohr auf das Kissen. Vergeblich. Das mächtige Pulsieren hörte nicht auf. Aber da war noch ein anderes Geräusch: ein Schnarchen.

Wieso schnarchte jemand in seinem Zimmer? Mit einem Ruck, der die Kopfschmerzen noch verstärkte, richtete sich Nicholas auf. Im schummrigen Licht einer Notbeleuchtung sah er zwei weiße Klinikbetten neben sich stehen. Das eine war leer, aber in dem anderen schlief ein speckiger Mann, der ihm seinen nackten, behaarten Rücken zugedreht hatte. Bei jedem Atemzug gab er röchelnde Laute von sich. Über Nicholas' Bett baumelte ein Haltegriff, an einem Ständer waren Infusionsflaschen angebracht. *Klinik Neuperlach* stand auf dem Etikett. Er war nicht in seiner Wohnung, sondern in einem Krankenhaus.

Aber wie war er nur hier gelandet? Langsam kam die Erinnerung an den Geburtstag seiner Tochter zurück. Nachdem er die Treppe hinuntergestürzt war, musste er ohnmächtig geworden sein. Sandra hatte wohl den Krankenwagen gerufen. Wie in einem schlechten Traum erinnerte er sich verschwommen an ein rotierendes Blaulicht, an Sanitäter, die sich über ihn beugten und in seine Augen leuchteten, an Hartwig, der grinsend mit einem Gewehr auf ihn zielte, und an die entsetzten Gesichter Hannas und ihrer Freunde. Danach war alles wieder schwarz geworden.

Was hatte er nur angerichtet? Was musste seine Tochter von ihm denken? Er hatte sie am wichtigsten Tag des Jahres vor ihren Freunden blamiert. Und Sandra hatte ein Argument mehr, das sie im Streit um das Sorgerecht gegen ihn verwenden konnte. Was war er doch nur für ein verdammter Idiot! Ein Gefühl tiefer Scham erfüllte ihn.

Wenn er noch etwas retten wollte, dann musste er sofort mit Hanna sprechen und ihr alles erklären. Aufgeregt tastete er auf dem Nachttisch nach seinem Handy. In diesem Moment ging das Neonlicht an der Decke an, und eine junge Krankenschwester brachte zwei Tabletts ins Zimmer.

»Guten Morgen, hier ist ihr Frühstück.«

»Guten Morgen!«, erwiderte Nicholas. »Sagen Sie bitte, seit wann bin ich hier? Ich kann mich an kaum etwas erinnern.«

Die Schwester blickte ihn mitleidig an. »Das wundert mich nicht, sie waren auch halb bewusstlos. Sie wurden gestern am späten Samstagnachmittag zu uns gebracht. Heute sehen Sie aber schon deutlich besser aus.«

Sie stellte sich neben sein Bett und hielt ihm seine Pillendose hin. »Das ist aus Ihrer Jacke gefallen, als wir sie umgezogen haben«, sagte sie leise. »Das sind sehr starke Tabletten, die man auf keinen Fall zusammen mit Alkohol einnehmen darf.«

»Ich weiß, ich habe gerade …« Nicholas suchte nach Worten, in seinem Kopf pochte es immer noch. »… eine schlechte Phase. Eine richtig miese Phase, ehrlich gesagt. Ich hab keine Arbeit mehr, meine Ex-Frau hasst mich und jetzt auch noch meine Tochter.«

Die Schwester legte ihre Hand auf seinen Arm. »Das tut

mir leid. Aber Sie sollten vorsichtig sein mit diesem Medikament. Sind Sie denn noch in Behandlung? Sprechen Sie mit unserem Oberarzt, er kann Ihnen sicher helfen. Die Visite kommt schon in einer halben Stunde.«

Nicholas verzog das Gesicht zu einem schmerzhaften Lächeln. »Ich fürchte, ich kann mir nur selbst helfen.« Er zögerte kurz, bevor er weiterredete. »Ein Scherz. Danke, ich werde mit dem Doktor sprechen.«

Die Schwester nickte zufrieden. Als sie das Zimmer verlassen hatte, griff er sofort nach seinem Handy. Keine Nachricht von Hanna, aber Sandra hatte geschrieben: *Bin erschüttert. Hanna auch, sie hat sehr geheult. So einen Auftritt hätte ich selbst von dir nicht erwartet. Lass uns in Ruhe!!! Besonders Hanna. Wir brauchen Abstand von dir. Bekomm endlich deine Probleme in den Griff. So geht's echt nicht weiter. Gute Besserung.*

Nicholas vergrub seinen Kopf in den Händen und fing lautlos an zu weinen. Zum Glück schnarchte sein Zimmernachbar immer noch vor sich hin.

Nach ein paar Minuten hatte er sich wieder einigermaßen beruhigt. Er ging in das kahle Badezimmer, das kaum größer war als eine Abstellkammer, und wusch sich hastig. Ihm war so schwindlig, dass er fast wieder hingefallen wäre. Dann zog er seine Jeans und Lederjacke an, die sauber aufgereiht in einem Schrank hingen, und trat auf den Gang. In der Ferne sah er schon den Tross mit den Ärzten, die auf ihrer Visite von einem Zimmer zum anderen gingen. Rasch lief er in die entgegengesetzte Richtung.

Wenn er jetzt etwas nicht brauchen konnte, dann war es ein Arzt, der ihn zu einer wochenlangen Therapie überreden wollte. Dafür hatte er keine Zeit, in drei Wochen war die Wahl, und irgendwo dort draußen machte Hartwig ungestört und gut gelaunt Wahlkampf. Niemand schien ihn aufhalten zu können, die anderen Politiker waren in Angst vor dem scheinbar unaufhaltsamen Siegeszug der Volkspartei erstarrt. Aber Nicholas würde ihn damit nicht durchkommen lassen. Wenn er ihn als Journalist des *Abendblatts* nicht mehr stoppen konnte, dann eben auf einem anderen Weg. Er wusste auch schon, wie. Aber dafür musste er schnell aus der Klinik verschwinden.

Vor den Aufzügen saß an einer Rezeption eine korpulente Krankenhausmitarbeiterin vor einem Computer. Mit ihrem weißen Kittel und den dicken Brillengläsern sah sie aus wie eine riesige Schnee-Eule. Er beugte sich über die Empfangstheke zu ihr.

»Mein Name ist Nicholas Moor, Zimmer 319. Mir geht es wieder gut, ich entlasse mich jetzt selbst. Schicken Sie mir den ganzen Papierkram doch bitte per Post. Meine Adresse steht ja sicher in Ihrem Computer.«

Die Frau wollte protestieren, aber Nicholas war schon in den Aufzug gesprungen. Als er auf der Straße in die warme Frühlingssonne trat, hatte er das Gefühl, wieder in Freiheit zu sein.

Doch das Hochgefühl verschwand sofort, als er auf sein Handy sah. Das Hotel Engel in Balderschwang hatte eine E-Mail geschickt. *Liebe Gäste, liebe Freunde von Maria Lorenz, wir bedanken uns sehr herzlich für die Blumen und Ihre Beileidsbekundungen, und dass so viele von Ihnen zur Beerdigung meiner geliebten Schwester gekommen sind …* Der Rest der Nachricht verschwamm vor seinen Augen.

Die Hotelbesitzerin war tot. Hastig suchte er im Internet nach ihrem Namen und fand einen Artikel aus der *Allgäuer Zeitung*, in dem beschrieben wurde, wie Spaziergänger die grausam zugerichtete Leiche von Maria Lorenz aufgefunden hatten.

Sie hatten sie umgebracht. Das waren sicher Hartwigs Männer gewesen. Die gleichen, die nach Hanna suchten.

Sofort versuchte er, seine Tochter auf ihrem Handy anzurufen, es klingelte dreimal, dann kam das Besetztzeichen.

Sie hatte ihn weggedrückt.

***

Zwei Lichtkegel hüpften über das Kopfsteinpflaster. Instinktiv duckte er sich und rutschte tiefer in seinen Sitz. Hatten sie ihn bemerkt?

Das Auto näherte sich. Er lauschte, ob er das Motorengeräusch kannte, aber er hörte nichts Besonderes. Vorsichtig hob er seinen Kopf wieder und blinzelte durch die Windschutzscheibe, doch die Scheinwerfer blendeten ihn so stark, dass er nichts sah. Schnell drehte er sich wieder weg.

In diesem Moment fuhr der Wagen auch schon an ihm vorbei. Das Auto hielt nicht an, wie Nicholas gehofft hatte, sondern beschleunigte sogar. Und von hinten sah er jetzt auch, dass es nicht Markus Hartwigs Porsche war, sondern ein silberner BMW.

Enttäuscht schüttelte Nicholas den Kopf. Heute war Mittwoch. Seit drei Tagen wartete er jetzt schon an einer Ecke vor Hartwigs Datsche darauf, dass der Politiker mit seiner Geliebten auftauchte. Doch bisher hatte er ihn nicht zu Gesicht bekommen.

Wenn er wenigstens in seinem bequemen Citroën hätte ausharren können. Aber nach seinem Ausflug in den Straßengraben hatte er den CX in die Werkstatt bringen müssen. Immerhin hatte ihm Lucas sein Auto geliehen, aber leider war es nur ein winziger Fiat Panda, dessen Sitz schon von der Fahrt nach Berlin durchgesessen war. Am Boden und auf den Rücksitzen lagen leere Colaflaschen, zerknüllte Bäckereitüten, Schokoladenpapier und Krümel von den Croissants, die Nicholas während des Wartens verzehrt hatte.

Langsam wurde er nervös: Es war schon kurz vor Mitternacht, und wenn er das Pärchen heute nicht erwischte, würde sein Plan scheitern. Ab morgen würde Hartwig zwei Wochen lang im Wahlkampfendspurt durch das Land reisen. Er würde erst kurz vor der Wahl zurückkommen, so lange konnte Nicholas nicht warten.

Trafen sich die beiden vielleicht woanders? Oder hatten sie ihre Affäre beendet? Das wäre schlecht, denn Nicholas wollte die zwei in flagranti erwischen.

Nachdem er beim *Abendblatt* gekündigt hatte, hatte er alle möglichen Redaktionen abgeklappert, Bekannte und Ex-Kollegen bei Online-Magazinen, Fernsehsendern und Zeitungen kontaktiert, aber vergeblich. Niemand wollte seine Geschichte über Hartwig veröffentlichen. Es war zum Verrücktwerden: Er hatte wichtige Hinweise, dass der aussichtsreichste Kanzlerkandidat einen Umsturz plante – und niemanden interessierte es. Das Video aus Balderschwang wollten die Fernsehsender nicht, weil es keinen Ton hatte. *Das belegt nur, dass sich die Spitze der Volkspartei getroffen hat*, hatte eine TV-Redakteurin in ihrer Absage geschrieben. *Und das sind ja nun wirklich keine News.*

Die vollständige Feindesliste konnte er nicht verschicken, das wäre zu gefährlich gewesen, aber selbst die Auszüge, die er den Redaktionen angeboten hatte, ließen alle kalt. Einigen schien die Beweislage zu dünn, andere hatten offensichtlich

Angst und wollten es sich mit der Volkspartei, ihren Wählern und ihren Internet-Trollen nicht verscherzen.

Und alle misstrauten ihm. Das hatte er schon an ihren Stimmen gemerkt, wenn er sich am Telefon gemeldet hatte. Allein die Art, wie sie seinen Namen wiederholten, amüsiert oder mit unverhohlener Gehässigkeit: »Ach, *der* Nicholas Moor?«

Nach dem fatalen Interview mit Hartwig hatte er seine Glaubwürdigkeit offensichtlich endgültig verloren. Ein alter Bekannter, der bei einem Nachrichtenmagazin arbeitete, hatte ihm am Telefon zugeraunt: »Ganz ehrlich, Nicholas, momentan ist dein Ruf nicht der beste. Es gibt sogar Gerüchte, dass du Drogen nimmst und nicht ganz klar bist im Kopf. Ich will das alles gar nicht beurteilen, aber ich mache mich zurzeit leider lächerlich, wenn ich meinem Chef eine Geschichte von dir vorschlage. Ich rate dir: Fahr erst mal in Urlaub, lass Gras über die Sache wachsen und melde dich ausgeruht in ein paar Monaten wieder.«

Aber so leicht ließ er sich nicht unterkriegen. Die Absagen hatten Nicholas angestachelt, sein Kampfgeist, der ihn früher immer ausgezeichnet hatte, war wieder erwacht. Wenn er Hartwig schon mit politischen Enthüllungen nicht aufhalten konnte, dann vielleicht mit ganz anderen Enthüllungen: mit Fotos von seiner heimlichen Affäre. Er kam sich schmutzig vor, wie ein Paparazzo, der einem bedauernswerten Prominenten auflauert, aber inzwischen war ihm jedes Mittel recht, um Hartwig aufzuhalten. Und das Privatleben von Politikern interessierte leider mehr Menschen als das Parteiprogramm. Vor allem bei Hartwig, der sich gern als perfekter Familienvater präsentierte.

Während Nicholas weiter auf das Pärchen wartete, überprüfte er seine Ausrüstung. Lucas hatte ihm eine Profikamera mit Infrarotsensor und besonders lichtstarkem Objektiv mitgegeben, die auch bei schlechten Lichtverhältnissen ausgezeichnete Fotos machte. Er wollte gerade nach der Speicherkarte sehen, da erhellten wieder zwei Scheinwerfer die Nacht.

Langsam näherte sich ein Mini Cabrio. Es bremste ab und parkte schließlich kurz vor der Datsche. Die Scheinwerfer erloschen, aber niemand stieg aus. War das Hartwig?

Nicholas sah durch die Kamera und konnte die Szene tatsächlich besser erkennen. Im Auto saß eine Frau mit langen Haaren, sie schien zu warten. Eine Viertelstunde passierte nichts. Dann kam aus der anderen Richtung ein Fußgänger mit hochgeschlagenem Mantel, blickte sich kurz um und betrat die Datsche.

Nun lief auch die Frau aus dem Mini zu dem Haus. Für einen kurzen Moment schien das Mondlicht auf ihr hartes, aber schönes Gesicht mit den hohen Wangenknochen. Es war Marianna Tretskow.

Nicholas hatte die vergangenen Tage genutzt, um das Gelände auszukundschaften. Er kannte sich jetzt aus. Als Hartwigs Büroleiterin in der Datsche verschwunden war, kletterte er über das Gartentor und schlich über den Rasen auf die rechte Seite des Hauses. Es war eine geräumige, aber einfache Holzhütte, wie es in Schweden so viele gab. Aus den schmalen Fenstern, an denen die Farbe abblätterte, fiel gelbliches Licht in den Garten.

Nicholas drückte sich gegen die Wand, um nicht gesehen zu werden. Plötzlich hörte er ein *Plopp*, als würde jemand eine Sektflasche entkorken, und lautes Gelächter. Langsam schob er seinen Kopf nach vorn und lugte an einem offenen Fensterladen vorbei ins Zimmer.

Sein Blick fiel auf Marianna Tretskow, die sich halb nackt

an einer Tür rekelte. Sie trug nur noch einen winzigen Slip und sah Hartwig herausfordernd an. Ihre großen, festen Brüste glänzten feucht von dem Champagner, den er über sie gegossen hatte. Hartwig hatte sein Hemd ausgezogen und leckte versonnen an ihren Brustwarzen. Zwischendurch nahm er einen Schluck aus der Flasche und kippte noch mehr Champagner auf Marianna Tretskows Busen.

Nicholas nahm den Fotoapparat und wollte gerade auf den Auslöser drücken, als Marianna Tretskow ihrem Geliebten verführerisch zuwinkte, einen Schritt zurück durch die Tür trat und im Schlafzimmer verschwand. Hartwig folgte ihr eilig.

Nicholas fluchte leise. Auf dieser Seite der Hütte waren die Fensterläden des Schlafzimmers geschlossen, aber vielleicht konnte man von woanders in das Zimmer hineinsehen. Geduckt schlich er um die Datsche.

Als er am Eingang vorbeikam, sah er einen Lichtstrahl, der seitlich durch die Tür fiel. Mit spitzen Fingern zog er an der Klinke, und tatsächlich: Die Tür bewegte sich. Im Eifer des Gefechts hatten die beiden wohl vergessen, sie richtig zu schließen.

Bevor er genau überlegen konnte, was er eigentlich tat, drückte Nicholas schon die Klinke herunter und schlich in den Vorraum. Gedämpft hörte er wieder Gelächter, gefolgt von spitzen Schreien.

Vorsichtig presste er ein Auge gegen das Schlüsselloch. Er konnte nur einen Teil des Raums erkennen, der von flackerndem Kerzenlicht erhellt wurde. Auf dem Boden lag achtlos verstreut die Kleidung der beiden, über einem Sessel hing eine Handtasche, daneben stand eine Aktentasche aus cognacfarbenem Leder.

Hatte er nicht genau so eine bei Hartwig gesehen? Oder

war das eine andere gewesen? Diese Dinger sahen alle gleich aus. Nicholas bemühte sich, ruhig zu bleiben, aber sein Atem ging schneller. Um ein Foto, das die beiden beim Sex zeigte, würde er sich später kümmern. Zuerst musste er wissen, was in dieser Tasche war.

Ganz langsam schob er die Tür auf. In dem Raum, der wie ein Wohnzimmer wirkte, war niemand. Dafür drang aus dem Schlafzimmer nebenan romantische Klaviermusik.

Nicholas schlich zum Sessel. Obwohl er versuchte, so leise wie möglich zu sein, knarzten die breiten Holzdielen. Erschrocken hielt er mitten in der Bewegung inne. Wenn jetzt jemand aus dem Zimmer kam, war er erledigt. Doch nichts passierte. Die beiden waren wohl zu sehr mit sich selbst beschäftigt.

Vor ihm lag die Aktentasche. Nicholas griff nach dem Reißverschluss, der sich problemlos öffnen ließ. Die Tasche hatte drei Fächer, die leer waren, bis auf eines, das mit einem silbernen Schloss gesichert war. Er drückte darauf, aber nichts passierte. Hektisch drückte er noch einmal, aber das verdammte Ding war abgesperrt.

Jetzt nur nicht nervös werden, sagte er zu sich selbst. Doch er wusste, dass das vergebens war. Sein Puls hämmerte. Zum Einbrecher oder Dieb taugte er nicht, er hatte sich schon als Kind nicht getraut, im Supermarkt einen Kaugummi zu klauen. Mit verschwitzten Fingern zog er behutsam seinen Schlüsselbund aus der Hosentasche, an dem noch Hannas Glücksbringer hing. Geschickt begann er, mit einem Schlüssel das Schloss aufzuhebeln.

Es war schon fast offen, da rutschte ihm der Schlüsselbund aus der Hand und fiel klirrend auf den Boden.

Nicholas duckte sich hinter den Sessel und hielt den Atem an.

Doch aus dem Schlafzimmer hörte man nur das quietschende Bett und zwischendurch lautes Stöhnen.

Er verharrte noch kurz hinter dem Sessel, erst als er sich sicher war, dass niemand etwas gehört hatte, machte er weiter. Nach ein paar Sekunden sprang das Schloss in der Tasche auf. In dem Fach lag eine schwarze Dokumentenmappe.

Hastig öffnete Nicholas sie und entnahm ihr einen Stapel DIN-A4-Blätter. Trotz des schwachen Kerzenlichts konnte er erkennen, was auf dem Deckblatt stand: *Operation Schwarzer Sonntag.*

Das Herz schlug ihm bis zum Hals. Endlich war er auf der richtigen Spur. Würde er jetzt erfahren, was sich dahinter verbarg?

Aufgeregt schaltete er die Taschenlampe seines Handys an und leuchtete auf die Seiten: Beschreibungen, Karten, Grundrisse, Listen mit Namen und Adressen, militärisch klingende Anweisungen. Waren das Hartwigs geheime Umsturzpläne?

Hartwigs Stimme riss ihn aus seinen Gedanken.

»Ich hole uns noch etwas Stärkung für die zweite Runde. So viel Zeit hast du ja sicher noch.«

Schritte näherten sich.

Nicholas machte sein Handy aus und steckte hektisch die Mappe ein. Sollte er sich verstecken? Aber wo? Oder fliehen?

Die Schritte hielten kurz an, dann entfernten sie sich wieder. »Ich habe Licht im Wohnzimmer gesehen, da ist jemand«, hörte er Hartwig im Nebenraum wispern. »Gib mir die Pistole.« Eine Schublade quietschte.

Ihm blieb keine Wahl mehr, er musste weg. Sofort.

Nicholas stand auf, hastete durch das Zimmer zum Ausgang und versuchte, dabei nicht wieder auf die knarzenden Dielenbretter zu treten.

Er hatte gerade die Tür leise hinter sich zugezogen, als im Wohnzimmer das Deckenlicht anging.

»Komm sofort raus, sonst schieße ich!«, rief Hartwig hinter ihm im Befehlston.

»Du bist paranoid, da ist doch niemand!«, mischte sich eine Frauenstimme ein, mehr verstand Nicholas nicht.

Er rannte, so schnell er konnte, los, zurück zur Straße.

In Todesangst hetzte er über den Rasen. Wenn ihn Hartwig sah, würde er ihn erschießen, er würde sicher nicht riskieren, dass jemand seine Pläne verriet.

Schon nach wenigen Metern kam er ins Straucheln. Sein Fuß hatte sich in einem Gartenschlauch verhakt. Panisch rappelte er sich wieder auf. Endlich tauchte das Gartentor vor ihm auf. Er setzte zu einem Sprung an, verschätzte sich aber. Mit dem Knie knallte er gegen die Holzlatten und stürzte kopfüber auf den Gehsteig. Ein heftiger Schmerz durchzuckte sein Bein, sein aufgeschürftes Gesicht blutete, aber er biss die Zähne zusammen und humpelte keuchend die Straße entlang. Er verlangsamte sein Tempo erst, als er zu der Abzweigung kam, wo er geparkt hatte.

Auf der Rückfahrt zu seinem Hotel blickte er ein dutzend Mal in den Rückspiegel. Niemand zu sehen.

Doch selbst als er wieder über die hell erleuchtete Potsdamer Chaussee fuhr, war er sich nicht sicher, ob ihm nicht doch jemand folgte. Oder ob ihn die Verkehrskameras nicht verrieten. Oder ob vielleicht eine Drohne nur ein paar Meter über seinem Wagen schwebte und ihn nicht aus den Augen ließ.

Auch wenn er wusste, dass das paranoid war, ließen ihn diese Gedanken nicht mehr los. In der Hektik hatte er zwar nur einen kurzen Blick in das Dossier werfen können, aber ein

Name, der darin öfters auftauchte, hatte sich ihm eingebrannt: *Securecom.*

Der Überwachungskonzern, über den er damals geschrieben hatte. Die Mörder seines Informanten.

Hartwig arbeitete mit ihnen zusammen.

16

Alles wirkte so friedlich. Jogger liefen schnaufend den Uferweg am Schlachtensee entlang, Rentner führten ihre Hunde spazieren und unterhielten sich angeregt. Die Wiesen dufteten nach Frühling.

Direkt am Wasser hatte eine Mutter ihren Kinderwagen abgestellt. Während sie im Gras saß und in einer Zeitschrift las, wackelte ihr kleiner Sohn mit etwas Brot in der Hand zum Ufer. Als er es den Schwänen, die majestätisch durch den See glitten, zuwerfen wollte, verlor der Junge das Gleichgewicht und plumpste auf den Boden. Auf der Stelle kamen mehrere Enten quakend aus dem Wasser gewatschelt und stürzten sich auf die Krumen. Der Kleine stand sofort wieder auf und jagte übermütig schreiend den Vögeln hinterher, die überstürzt davonflogen.

Nicholas beobachtete das Geschehen aus seinem Versteck hinter einem Baum. Er hatte sich auf einen flachen Stein gesetzt und war vom Uferweg kaum zu sehen. Trotzdem schaute er sich immer wieder ängstlich um und prüfte bei jedem Passanten, ob dieser sich verdächtig benahm. Die beschauliche Szene kam ihm nach der letzten Nacht trügerisch vor.

Sein Knie pochte immer noch, auf die aufgeschürften Stellen in seinem Gesicht hatte er notdürftig Pflaster geklebt. Dem neugierigen Nachtportier im Hotel hatte er das mit einem Missgeschick beim Rasieren erklärt. Der Mann hatte ihm offensichtlich nicht geglaubt, aber das war Nicholas egal.

Er hatte nicht gefrühstückt, sondern gleich morgens um sechs Uhr ausgecheckt, obwohl er kaum ein Auge zugemacht hatte. Er war übermüdet gewesen, aber das, was er in dem Dossier aus Hartwigs Aktentasche gelesen hatte, ließ ihn nicht zur Ruhe kommen. Die Pläne der Volkspartei waren noch schlimmer, als er befürchtet hatte. Diese Leute scheuten nicht einmal vor Gewalt zurück, um die Macht an sich zu reißen. Und dabei half ihnen offenbar der Überwachungskonzern Securecom.

Auf dem Weg zum See hatte er einen großen Umweg genommen und war bei Gelb über mehrere Ampeln gerast, um sicher zu sein, dass er nicht verfolgt wurde. Er war hierhergekommen, weil er seine Gedanken ordnen wollte. Früher war er manchmal mit Hanna und Sandra zum Schlachtensee gefahren, wenn sie für einen Nachmittag der Hektik der Großstadt hatten entkommen wollen. Aber nun war er wirklich auf der Flucht.

Sein Leben war in Gefahr. Hartwig würde sicher bald merken, dass das Dossier fehlte, und dann würden er und seine Sicherheitsleute danach suchen. Vielleicht würde ihnen sogar die Polizei dabei helfen – große Teile der Beamten schienen nach Ninas Worten auf der Seite der Volkspartei zu stehen. Es war nur eine Frage der Zeit, bis Hartwig herausfand, wer die brisanten Dokumente entwendet hatte. Das Material, das Nicholas gefunden hatte, war viel besser als jedes Foto von einem Seitensprung. Aber auch viel gefährlicher …

Während er auf dem Stein saß, blickte er auf seine Uhr. Es war kurz vor neun, vielleicht würde Lucas jetzt endlich rangehen. Wieso mussten Journalisten auch immer so lange schlafen?

Sein Freund klang noch müde, als er abhob. »Weißt du eigentlich, wie früh es ist?«

»Tut mir leid, aber es ist wirklich dringend. Stell dir vor: Ich hab rausgefunden, was Hartwig plant.«

»Was? Erzähl!« Mit einem Mal schien Lucas hellwach zu sein.

Nicholas schilderte ihm, was am Vorabend geschehen war.

»Und was steckt jetzt hinter der Operation ›Schwarzer Sonntag‹?«, fragte Lucas, als er geendet hatte.

»Hartwig will ein paar Wochen nach seinem Wahlsieg mit hundert schwer bewaffneten Männern den Reichstag besetzen und die Abgeordneten als Geiseln nehmen.«

»Wie bitte? Spinnt der? Aber wieso erst *nach* seinem Wahlsieg?«

»Es ist eine *False-Flag*-Operation. Es soll so aussehen, als wären es islamistische Terroristen. Deshalb auch der Name: Schwarzer Sonntag – so heißt eine islamische Terrororganisation.«

»Und das nimmt er dann als Vorwand, um hart durchzugreifen?«

»Genau, er will zahlreiche Muslime und Migranten und seine politischen Feinde aus dem konservativen, liberalen und linken Lager verhaften lassen. In dem Dossier findet sich genau die Liste, auf die wir durch das Geheimtreffen in Balderschwang gestoßen sind. Jede wichtige Person, die seinen Machtergreifungsplänen im Weg stehen könnte, soll festgenommen werden. Die Daten dafür haben sie offenbar von Securecom bekommen. Der Konzern wird ihnen auch mit seiner Überwachungstechnik helfen, herauszufinden, wo sich die Gegner aufhalten.«

»Aber … aber …«

Nicholas konnte hören, wie Lucas nach Worten rang. Er wunderte sich nicht, er war gestern Nacht genauso schockiert gewesen, als er die Pläne in seinem Hotelzimmer gelesen hatte.

»Aber damit kommt er doch nie durch!«, sagte Lucas.

»In den Dokumenten werden etliche Bundeswehrgeneräle und Polizeipräsidenten erwähnt, die zwar von den Umsturzplänen noch nichts wissen, aber auf der Seite der VP stehen. Die Putschisten gehen davon aus, dass sie von den Sicherheitskräften im ganzen Land Unterstützung bekommen.«

»Aber die Menschen werden auf die Straßen gehen, um dagegen zu demonstrieren!«

»Die Volkspartei will selbst Massendemonstrationen organisieren, um dem zuvorzukommen. Es soll ein gewaltiges Chaos herrschen auf den Straßen – so wollen sie friedliche Demokraten abschrecken. Tote werden bewusst in Kauf genommen, das soll die Stimmung noch stärker anheizen. Und sie wollen die Bevölkerung mit ihrer Medienmacht zusätzlich aufhetzen. In dem Papier steht sogar, wer aus dem Rundfunkrat dafür sorgen soll, dass ARD und ZDF im Sinne der Volkspartei berichten. Und es gibt Anweisungen, wie man das Internet kappen kann, wenn es so weit ist, damit sich die Gegner der Partei nicht über Messenger oder Social Media organisieren können.«

Am anderen Ende der Leitung war es still. Es dauerte eine Weile, bis Lucas seine Sprache wiederfand. »Das geht ja noch viel weiter, als ich vermutet hätte …«

»Es ist das Drehbuch für einen Putsch!«, rief Nicholas aufgewühlt ins Telefon. Dann fiel ihm ein, wo er war, und er dämpfte seinen Ton wieder. Erschrocken sah er sich um, aber niemand am See achtete auf ihn.

»Schick mir dieses Dossier so schnell wie möglich. Wir müssen das veröffentlichen!« Lucas' Stimme überschlug sich fast.

»Ich scanne es nachher und maile es dir, aber wo willst du es denn herausbringen?«, fragte Nicholas. »Ich bin gerade erst bei allen Medien, zu denen ich Kontakte habe, gnadenlos abgeblitzt. Wenn ich jetzt wieder ankomme, heben die doch nicht mal den Hörer ab. Die glauben im Zweifelsfall noch, dass ich für Hartwig arbeite und sie mit so einer Fake-Enthüllung lächerlich machen will. Auf den Dokumenten steht auch nirgends, dass sie von Hartwig oder der Volkspartei sind, die hätte ich theoretisch auch selbst schreiben können.«

»Wir müssen zusätzliche Beweise besorgen«, überlegte Lucas.

»Dafür haben wir keine Zeit mehr, bis zur Wahl sind es nicht einmal zwei Wochen.«

Wieder schwieg Lucas. »Zur Polizei kannst du nicht, das ist zu gefährlich«, sagte er dann. »Aber was ist mit Nina? Habt ihr euch wieder vertragen?«

»Ich habe seit unserem Krach nicht mehr mit ihr gesprochen.«

»Das gibt's doch nicht! Wieso müsst ihr euch denn ständig streiten?«

»Ich weiß auch nicht …«, entgegnete Nicholas. Tiefe Traurigkeit überkam ihn. Warum schafften Nina und er es immer, sich zu überwerfen? Sie waren wie zwei Magneten: Wenn alles passte, zogen sie sich unwiderstehlich an. Aber wenn nur eine Kleinigkeit schiefging, stießen sie sich sofort ab.

»Aber ich werde mit ihr reden«, sagte Nicholas. »Sie ist meine einzige Chance.«

»Entschuldige, ich muss los, ich bin mit Mona zum Frühstück verabredet.« Lucas' Stimme wurde ungewohnt ernst. »Und sei bitte sehr, sehr vorsichtig!«

»Du auch.«

»Ich? Jetzt übertreibst du aber!«

»Vergiss nicht, sie haben die Hotelbesitzerin in Balderschwang getötet.« Er hatte Lucas schon vor Tagen von dem

Mord berichtet. »Und Hartwig weiß von dir, Lucas. Ich könnte mir vorstellen, dass sie auch dich ins Visier nehmen, sobald sie wissen, wer ihre Pläne hat.«

»Ach Quatsch! Ruh dich lieber ein bisschen aus, du klingst völlig fertig. Dann kannst du auch wieder klar denken.« Nicholas wollte das Gespräch schon beenden, als Lucas hinzufügte: »Und wenn sie kommen, mache ich sie mit meinem Lichtschwert fertig.«

Die Mutter mit dem Kinderwagen war schon weitergezogen, stattdessen sprangen jetzt zwei Mädchen am Ufer herum und versuchten, Steine über das Wasser hüpfen zu lassen. Eine von ihnen sah mit dem Pferdeschwanz fast so aus wie Hanna. Plötzlich war sich Nicholas nicht mehr sicher: War das vielleicht sogar seine Tochter? Aber was machte sie in Berlin? Und wer war dieses andere unbekannte Mädchen?

Er stand auf und verließ sein Versteck. »Hanna?«, rief er zögerlich. Als die Kinder nicht reagierten, ging er noch näher. »Hanna? Bist du das?«

Die beiden drehten sich um. »Hier is keene Hanna, verzieh dich, du Freak!«, fauchte das Mädchen, das er für seine Tochter gehalten hatte. Aus der Nähe ähnelte sie mit ihrer großen Zahnlücke Hanna kaum noch.

»Entschuldigt bitte!«, stammelte Nicholas und wich zurück. Beim Rückwärtsgehen stolperte er über eine Wurzel und fiel hin. Peinlich berührt klopfte er sich den Dreck von der Kleidung. Die Kinder sahen ihm kopfschüttelnd hinterher. »Hast du gesehen, wie der Typ aussah?«, sagte eine von ihnen.

Wie konnte mir das passieren, dachte er. Langsam begann er die Nerven zu verlieren, er musste sich dringend hinlegen.

Aber vorher musste er Nina anrufen. Es klingelte nur ein paar Sekunden, dann drückte sie ihn weg. Er probierte es noch einmal. Wieder landete er auf ihrer Mailbox. Nicholas wurde langsam wütend – wieso gab sie ihm keine Chance? Er musste ihr doch zumindest erklären können, um was es ging. Noch fünf Mal wählte er ihre Nummer, dann gab er entnervt auf und sprach auf ihren Anrufbeantworter.

»Nina, ich bin's, Nicholas. Ruf mich bitte sofort zurück, ich muss dringend mit dir reden. Ich kann das nicht am Telefon erklären, aber ich habe Beweise gegen Hartwig. Es ist wirklich unglaublich, was er vorhat, wir müssen ihn stoppen!«

Auf dem Weg zum Parkplatz, wo der Fiat Panda mit seinem gepackten Koffer, stand, überlegte er, wohin er gehen sollte. Er brauchte einen neuen Platz zum Übernachten. Das Hotel war zu unsicher. Wieso war er auch so dumm gewesen, das Zimmer unter seinem echten Namen zu buchen? Wo konnte er jetzt schlafen?

Sein Handy vibrierte. Nina hatte endlich geantwortet. Doch seine Hoffnung erlosch so schnell, wie sie aufgeflammt war. Sie hatte nur vier Wörter geschrieben: *Lass mich in Ruhe.*

***

Ihre Finger krallten sich unauffällig in das cremefarbene Leder der Sitze. Obwohl sie in letzter Zeit ständig mit der Cessna Citation flog, wurde Marianna beim Landeanflug immer noch mulmig. Die Tragflächen wackelten, und die neun Passagiere wurden ordentlich durchgerüttelt, als der kleine Privatjet durch die Wolkendecke stieß. In der Ferne waren die ersten Umrisse von Köln zu erahnen.

Um sich vom flauen Gefühl in ihrem Bauch abzulenken, fixierte sie durch das winzige Fenster einen Punkt am Horizont. Nach außen hin hätte sie sich nie etwas anmerken lassen.

Gerade erst hatte sie auf der Bordtoilette ihr Make-up erneuert und sich im Spiegel versichert, dass sie so perfekt wirkte wie immer. Doch hinter dieser kühlen Fassade sah es, wie so oft, anders aus. Sie war immer gut darin gewesen, ihre wahren Gefühle zu verbergen. Das hatte sie schon als Kind gelernt, wenn ihr Vater wieder einmal betrunken aus der Kneipe nach Hause gekommen war und sie mit der Hundeleine verprügelt hatte. Wenn sie weinte, schlug er umso härter zu. Aber in den vergangenen Wochen hatte sie diese Fähigkeit perfektioniert. Hartwig und die anderen ahnten nicht einmal, was sie wirklich über sie dachte.

Sie blickte nach vorn. In der vordersten Reihe las Georg Rotten die *BILD*-Zeitung und grunzte von Zeit zu Zeit zufrieden vor sich hin. Kein Wunder, dass ihn Hartwig, auch wegen seines rosafarbenen Schweinchengesichts, manchmal »Piggy« nannte. Neben ihm starrte Sven Thoma mit ausdrucksloser Miene aus dem Fenster. Der undurchsichtige Security-Chef war Marianna schon immer etwas unheimlich gewesen. Die Geschichten, die man sich hinter vorgehaltener Hand in der Partei über ihn erzählte, trugen auch nicht gerade dazu bei, das zu ändern.

In der Reihe dahinter unterhielt sich Hartwig angeregt mit dem Wahlkampfmanager Frank von Bethke, der seine spärlichen Haare zurückgegelt hatte und angespannt auf einer kalten Zigarre herumbiss, weil er im Flugzeug nicht rauchen durfte. Die beiden besprachen sicher den Auftritt von Hartwig heute Abend bei der Fernsehdebatte mit den Spitzenkandidaten der anderen Parteien.

Hartwig schien der unruhige Flug nichts auszumachen. Aber vielleicht ließ er sich auch wie so oft einfach nichts anmerken. Wie es in ihm aussah, war ihr selbst nach den über fünf Monaten, die ihre Affäre nun schon dauerte, immer noch ein Rätsel.

Um sich von ihrer Flugangst abzulenken, dachte sie an ihre cognacfarbene Aktentasche, die sie unter ihrem Sitz verstaut hatte. Es war nur Papier darin, aber für sie fühlte es sich an, als hätte sie eine Bombe versteckt.

Seit sie die Zentrale der Volkspartei am Tag vorher spätabends verlassen hatte, war keine Zeit geblieben, um in die Unterlagen hineinzusehen. Hartwig hatte sie wieder einmal spontan treffen wollen, und dann musste sie sofort springen, Widerspruch duldete er nicht. Sie hatte die Tasche deshalb nicht wie geplant zu Hause deponieren können.

Dabei platzte sie vor Neugier. Eigentlich hatte sie gehofft, in der Datsche das Dossier schnell abfotografieren zu können. Aber Hartwig war vor ihr da gewesen und hatte sich sofort wie ein Wilder auf sie gestürzt. Sie hatte den Verdacht, dass er Viagra genommen hatte, so mechanisch hatte er sie gevögelt.

Marianna sah sich unauffällig um, aber die Stewardess, die schräg hinter ihr saß, starrte nur auf ihr Smartphone. Dann griff sie nach der Aktentasche. Das Leder lag kühl in ihrer manikürten Hand, trotzdem durchfuhr sie eine Hitzewelle, als sie die Tasche öffnete. Auch ihr Make-up konnte nicht verhindern, dass sie blass wurde. Beinahe hätte sie einen Schrei ausgestoßen, aber sie konnte sich gerade noch beherrschen.

Die Tasche war leer, die Mappe verschwunden.

Verstohlen tastete sie noch einmal in der Tasche herum in der Hoffnung, das Dossier doch noch zu finden. Dabei war ihr klar, dass sie es nicht übersehen hatte. Es war weg. Jemand musste es gestohlen haben, aber wer? Und wo?

Während die Gedanken durch ihren Kopf rasten, spürte sie etwas zwischen ihren Fingern. Als sie den kleinen Gegenstand vorsichtig aus der Tasche zog, sah sie, was es war: ein vierblättriges Kleeblatt, das an einer dünnen Kette hing. Auf der Rückseite des Anhängers war etwas eingraviert: *Für Papa! Von Hanna.*

***

Nina war froh, noch ein Stück gehen zu können. Sie kam direkt von der Arbeit und war extra eine U-Bahn-Station früher am Hermannplatz ausgestiegen, um auf dem Weg nach Hause in Ruhe nachzudenken. Den Lärm und den Gestank der vielen Autos, die zur Stoßzeit über den Kottbusser Damm durch Neukölln rollten, nahm sie gar nicht wahr.

Sie hatte sich wieder einmal mit ihrem Chef gestritten. Seit er ihr den Durchsuchungsbefehl für Hartwigs Villa verweigert hatte, war die Stimmung zwischen ihnen eisig. Offensichtlich sympathisierten mehr Mitarbeiter der Polizei und selbst des BKA mit der Volkspartei, als sie vermutet hatte. Auch die Suche nach den jungen Schlägern, die ihren Onkel Ahmad so entsetzlich verprügelt hatten, war im Sand verlaufen.

Hätte sie die Sache vielleicht einfach selbst in die Hand nehmen sollen? Doch sie war immer jemand gewesen, der sich an Regeln hielt. Genau aus diesem Grund war sie Polizistin geworden: weil sie der festen Überzeugung war, dass eine Gesellschaft nur funktionieren konnte, wenn man sich an Regeln, an Recht und Gesetz hielt. Das galt auch für Fälle, in denen einem die Regeln nicht zusagten. Gerade dann. Daher hatte sie zähneknirschend nachgegeben, als ihr Chef die Vorwürfe gegen Hartwig nicht weiterverfolgt hatte, es war seine Entscheidung gewesen.

Sie musste an Nicholas' Nachricht auf ihrem Anrufbeantworter denken. Vielleicht war sie zu hart gewesen, als sie nicht reagiert hatte. Aber sie hatte schon genug mit ihren Vorgesetzten und dem neuen Job beim BKA zu kämpfen, da wollte sie nicht schon wieder in eine seiner Recherchen reingezogen werden. Es klang so, als hätte er sich wieder mal verrannt.

Und wieso hatte er sich nach all der Zeit überhaupt erneut bei ihr gemeldet? Ausgerechnet, als er an einer neuen Geschichte dran war. Hatte er wirkliches Interesse an ihr, oder brauchte er sie, wie so oft, nur als Quelle? Im Laufe der Jahre hatte sie gelernt, vorsichtig zu sein, wenn Nicholas etwas wollte. Mehr als einmal hatte sie das Gefühl gehabt, dass er sie nur benutzte, weil er Informationen benötigte.

Sie bog vom Kottbusser Damm in eine Seitenstraße ab, um noch beim türkischen Obsthändler bei ihr um die Ecke einzukaufen.

Schon aus der Entfernung fiel ihr auf, dass etwas nicht stimmte. Vor dem Laden an der Bürkner Straße hatte sich eine Menschentraube gebildet. Türkische Rentner, Hausfrauen mit Kopftüchern und Jugendliche redeten aufgeregt durcheinander, einige weinten. Als sie näher kam, erkannte sie den Grund für die Aufregung: Das Schaufenster des Geschäfts, auf dem *Efendi Lebensmittel* stand, war zertrümmert worden. Auf dem Bürgersteig lagen kaputte Obst- und Gemüsekisten, daneben zertretene Äpfel, Tomaten und Salatköpfe und aufgerissene Tüten mit Reis und Nudeln. Jemand hatte mit schwarzer Farbe einen Galgen an die Tür gesprüht und daneben *Ausländer verpisst euch. Deutschland zuerst.*

»Das waren zwei Glatzköpfe«, erzählte der Ladenbesitzer der Menge. Aufgeregt strich er sich über seinen dunkelblauen Kittel, unter dem sich ein stattlicher Bauch wölbte. »Die sind auf einem Motorrad gekommen. Einer hat mit einem Baseballschläger alles kaputtgehauen, der andere die Tür beschmiert. Nach einer Minute waren sie schon wieder weg.«

»Wissen Sie noch, wie die aussahen? Und haben Sie das Nummernschild erkannt?«, fragte Nina, die sich ganz nach vorne geschoben hatte.

»Sie trugen schwarze Kleidung und dunkle Sonnenbrillen, mehr weiß ich nicht. Ich hab mich schnell im Laden versteckt. Die sahen sehr gefährlich aus.«

»Solche Nazis hätten sich doch früher nie in unser Viertel getraut!«, rief eine aufgebrachte dunkelhäutige Frau, die ein weinendes Kind auf dem Arm hielt.

Die Menschen vor dem Geschäft nickten.

»Rufen Sie unbedingt die Polizei!«, riet Nina dem verstörten Inhaber, dann ging sie nach Hause, hier konnte sie nichts mehr ausrichten. Mit jedem Schritt wuchs ihr Zorn, aber sie musste ihre Gefühle beherrschen, ihre Kollegen würden diese Schläger schon schnappen. Hoffentlich.

Als sie die Straße vor ihrem Haus überquerte, sah sie aus den Augenwinkeln, dass ihr jemand folgte. Waren diese Typen zurückgekehrt und hatten es jetzt auf sie abgesehen? Sie duckte sich hinter einem bunt bemalten VW Bus und spähte durch die dreckigen Scheiben. Als sie erkannte, wer auf der anderen Straßenseite stand, sprang sie auf.

»Nicholas, wieso folgst du mir?«

»Ich muss mit dir reden!«

Nina erschrak, als sie vor ihm stand. Seine Stirn war aufgeschürft, auf einer Hand klebte ein großes Pflaster, seine Lederjacke hatte einen Riss am Ärmel, und seine Jeans waren völlig verdreckt. Er sah aus, als wäre er in eine Schlägerei geraten.

»Was ist denn mit dir passiert?«

»Ach das.« Nicholas sah an sich herunter, er schien ehrlich überrascht zu sein. »Nur ein kleines Missgeschick …« Er blickte sich um und sprach erst weiter, als er sicher war, dass niemand zuhörte. »… als ich vor Hartwig geflohen bin.«

»Aha.«

Er hatte wieder diese verschwörerische Miene aufgesetzt, die sie nur allzu gut kannte. Doch sie hatte nicht vor, auf seine Anspielungen einzugehen. »Was willst du?«

»Ich muss dir was zeigen. Etwas sehr Wichtiges. Über Hartwig.« Er zog eine Dokumentenmappe aus seiner Tasche.

Nina winkte ab. »Geh damit bitte zur Polizei!«

»Die steckt doch mit der Volkspartei unter einer Decke.«

Er rückte noch näher an sie heran und erzählte ihr eine wilde Geschichte von einer Verfolgungsjagd mit falschen Polizisten. Jetzt merkte sie, dass er stark nach Alkohol roch. Sie verzog die Nase und musterte ihn skeptisch.

»Sag mal, hast du getrunken?«

»Nur ein oder zwei Bier, ich musste mich beruhigen, nach dem, was ich gestern erlebt habe.«

»Das war sicher sehr aufregend, aber ich will es gar nicht wissen. Ich weiß aber, dass du wie eine ganze Eckkneipe riechst.«

»Hm, vielleicht waren auch ein paar Schnäpse dabei.« Er setzte ein entschuldigendes Lächeln auf.

»Das geht mich alles nichts mehr an.« Sie wandte sich ab und lief zu ihrem Hauseingang.

Nicholas folgte ihr. »So warte doch.«

Er hielt ihr ein umfangreiches Dossier unter die Nase. »Schau mal, was da steht: ›Operation Schwarzer Sonntag‹. Darüber hatten wir doch gesprochen.«

»Woher hast du diese Unterlagen eigentlich?«

»Aus Hartwigs Datsche.«

»Du bist da eingebrochen? Das wird ja immer besser!« Für einen Augenblick überlegte sie, ob sie ihn anzeigen sollte, aber sie verwarf den Gedanken so schnell wieder, wie er gekommen war.

»Ich erkläre dir alles, dann wirst du mich verstehen.«

»Nicholas, ich will nichts hören. Du erzählst mir hier von Einbrüchen und womöglich noch von anderen Gesetzesverstößen. Ich bin Polizistin! Ich muss so etwas eigentlich melden. Ist dir das klar?«

Er ergriff ihren Arm. »Kann ich denn wenigstens bei dir übernachten? Im Hotel ist es zu gefährlich. Hartwigs Leute können alles überwachen, in diesem Dossier steht es.«

Sie riss sich los. »Lernst du es denn nie? Wieso musst du immer den Bogen überspannen?«

Sein flehender Gesichtsausdruck machte sie traurig und wütend zugleich. »Es tut mir wirklich leid, Nicholas, aber das geht nicht. Ich will nicht noch tiefer in diese seltsame Geschichte reingezogen werden.«

Sie ließ ihn auf dem Gehsteig stehen und knallte die schwere Eingangstür hinter sich zu. Der Lärm hallte im Hausflur nach, während sie mit Tränen in den Augen die Treppe nach oben stieg.

17

Der schwere Teppich mit den geometrischen Mustern verschluckte jeden ihrer Schritte auf dem Hotelflur.

»Hier muss es sein«, sagte Georg Rotten und klopfte an eine ungewöhnlich große Flügeltür. »Die Präsidentensuite, das war klar«, murmelte er mehr zu sich selbst als zu Sven Thoma, der neben ihm stand.

Nach wenigen Sekunden öffnete sich die Tür, und eine junge Frau in einem eng geschnittenen Businesskostüm bat sie mit einem gewinnenden Lächeln herein. »Herr Mang erwartet sie schon!«

Der Internet-Milliardär stand neben einem schwarzen Flügel an der Fensterfront des riesigen Wohnzimmers und blickte auf den Rhein hinab, der sieben Stockwerke weiter unten träge vor sich hinfloss. Als er Rotten und Thoma bemerkte, kam er mit energischen Schritten auf die beiden zu. Eigentlich erstaunlich, dachte Rotten, dass Mang so viel Wert auf seine Anonymität legt. Fast niemand wusste, wie er aussah, dabei wäre der Fünfzigjährige mit seinen schmalen Lippen und seinem glatten Gesicht sowieso kaum aufgefallen.

Mang trug einen dunkelblauen Anzug, aber keine Krawatte, die oberen Knöpfe seines weißen Hemds hatte er geöffnet. Man merkte seinem kräftigen Händedruck an, dass er regelmäßig im Fitness-Studio trainierte.

»Endlich bist du da, Georg. Da schicke ich euch schon meinen Privatjet, und ihr schafft es trotzdem nicht pünktlich nach Köln.«

»Es tut mir leid, Wolfgang, der Flug hatte etwas Verspätung, es gab Turbulenzen.«

»Schon gut.« Mang setzte sich auf das Sofa und bedeutete Rotten, es ihm gleichzutun. Seine Assistentin entfernte sich unauffällig. »Und Hartwig ist direkt zum Fernsehstudio gefahren?«

»Ja, er bereitet sich dort auf die Fernsehdebatte heute Abend vor. Das wird ein Heimspiel werden, die Spitzenkandidaten der Systemparteien haben doch keine Chance gegen ihn. Aber du wirst ihn ja sowieso auf der After-Show-Party treffen.«

Mang sah ihn entgeistert an. »Ich verfolge die Diskussion hier im Fernsehen. Ich glaube nicht, dass es eine gute Idee wäre, wenn man mich öffentlich zusammen mit ihm sehen würde. Er kommt danach hier im Hotel vorbei, und dann besprechen wir alles.«

»Natürlich, wie dumm von mir«, entgegnete Rotten devot.

Mang drehte sich zu Thoma, der die ganze Zeit stehen geblieben war. »Wie sieht es eigentlich mit dem Laptop dieses Journalisten aus? Habt ihr ihn endlich entschlüsselt?«

»Noch nicht«, antwortete der Security-Chef. »Ich habe vorhin erst mit Sarko gesprochen. Es ist schwieriger, als sie gedacht haben, aber sie sind dran.«

»Das will ich hoffen«, sagte Mang. »Dieser Mann darf uns nicht in die Quere kommen.« Dann wandte er sich wieder an Rotten. »Hast du das Dossier dabei? Ich bin gespannt, wie die finale Version aussieht.«

»Natürlich.« Rotten öffnete beflissen seine schwarze Aktentasche. Mang würde Augen machen, wenn er sah, wie sie die Pläne verfeinert hatten.

Er kramte unbeholfen im ersten Fach und durchsuchte das zweite. Nervös rieb er sich die Augen unter seiner Nickelbrille, dann fing er wieder von vorn an.

»Und? Was ist?«, fragte Mang ungeduldig.

Rotten strich über seine Glatze, auf der sich Schweißperlen gebildet hatten. »Ich verstehe das nicht. Es ist weg … das Dossier ist weg!«

Mang schwieg und musterte Rotten abschätzig. Nur sein Kiefer mahlte ununterbrochen. Als er endlich sprach, klang seine Stimme schneidend. »Um ganz sicherzugehen, haben wir extra ausgemacht, dass wir die Pläne nicht online schicken, sondern dass du sie mir persönlich bringst. Und dann verlierst du sie?«

»Ich weiß nicht, wie …«

Mang fuhr ihm über den Mund. »Du fährst jetzt wie geplant zur Sendung ins Fernsehstudio. Und überlegst dir auf dem Weg dorthin genau, wo du die Pläne verloren haben könntest. Oder …« Er sah ihn drohend an. »Ob sie dir vielleicht gestohlen wurden?«

»Das glaube ich nicht, also, ich weiß nicht, wie …«, stammelte Rotten. Er brachte keinen vernünftigen Satz mehr zustande.

»Du und deine Männer«, sagte Mang zu Thoma. »Ihr holt dieses Dossier so schnell wie möglich zurück. Egal wie. Niemand darf es zu sehen bekommen. Niemand!«

Er stellte sich so nah vor Thoma und Rotten, dass sie seinen säuerlichen Atem riechen konnten, und sah sie mit seinen kalten Augen an.

»Jetzt endlich haben wir die Gelegenheit, das verkommene System in diesem Land ein für alle Mal abzuschaffen. Darauf haben wir jahrelang hingearbeitet. Ich muss euch sicher nicht auf die Konsequenzen hinweisen, wenn ihr versagt. Habt ihr verstanden?«

Die beiden nickten. Rotten musste an den ehemaligen Geschäftspartner Mangs denken, der angeblich Selbstmord begangen hatte, und selbst Thoma sah blasser aus als sonst.

***

Sven Thoma sah noch kurz dem schwarzen Mercedes hinterher, der auf die Hauptstraße vor dem Hotel abbog und dann im Feierabendverkehr verschwand. Während Rotten auf dem Rücksitz der Limousine ins Fernsehstudio fuhr, machte er sich an die Arbeit.

Thoma musste schnell herausfinden, wer dieses Dossier gestohlen hatte. Seit mehr als zehn Jahren arbeitete er schon für Mang, aber so aufgebracht hatte er ihn noch nie erlebt. Normalerweise verriet der Milliardär nie, was in ihm vorging.

Thoma hatte Rotten deshalb noch in seinem Hotelzimmer befragt. Der stellvertretende Vorsitzende der Volkspartei hatte geschworen, dass er das Dossier in seinem Büro in der Parteizentrale aus dem Tresor geholt und danach nicht mehr angerührt hatte. Angeblich war er später auf dem direkten Weg mit dem Auto nach Hause gefahren – und am nächsten Morgen mit dem Taxi zum Flughafen BER, wo er in Mangs Jet nach Köln gestiegen war. Der einzige Moment, an dem er seine Tasche kurz aus den Augen gelassen hatte, war bei einem Treffen in der Parteizentrale, kurz vor seiner Heimfahrt. Bei diesem Meeting war die ganze VP-Spitze anwesend gewesen, um über die Wahlkampf-Taktik für die nächsten Tage zu sprechen.

Sollte wirklich jemand aus der Partei der Täter sein?

Rotten konnte noch so viel schwören, Thoma würde alles

überprüfen. Und wenn es tatsächlich einen Verräter gab, dann würde er ihn finden.

***

Hektisch klappte sie ihren Laptop zu, als es an der Tür klopfte. Waren sie das schon? Aber wer sonst sollte um sechs Uhr früh vor der Tür ihres Hotelzimmers stehen? Marianna sprang auf und sah mit einem gehetzten Blick durch den Raum. Wo könnte sie sich jetzt verstecken? Sollte sie sich unter dem Bett verkriechen? Im Schrank? Auf dem Klo? Alle Möglichkeiten kamen ihr lächerlich vor, es gab in dem kleinen Hotelzimmer kein Entrinnen.

Wieder klopfte es. Mehrmals.

Marianna löste sich aus ihrer Schockstarre und schlich auf Zehenspitzen zur Tür. Eine unbekannte, krächzende Männerstimme rief laut: »Waltraud, nun mach endlich! Unser Taxi wartet schon unten!«

Uff, falscher Alarm.

»Sie wollen in ein anderes Zimmer«, rief sie. »Hier ist 715.«

»Oh, entschuldigen Sie bitte vielmals!«, sagte die Männerstimme betreten. Schritte entfernten sich. Erleichtert klappte Marianna auf dem schmalen Hotelschreibtisch ihr Notebook wieder auf und machte dort weiter, wo sie unterbrochen worden war.

Ihr Kopf brummte noch von der Party am Donnerstagabend. Hartwig hatte die gestrige Fernsehdiskussion souverän gemeistert. Die anderen Spitzenkandidaten waren so farblos gewesen wie immer: Der mühsame, jahrzehntelange Weg durch die Parteihierarchie hatte sie abgeschliffen. Wer es in den Altparteien ganz nach oben schaffen wollte, der durfte keine Ecken und Kanten haben, und schon gar nicht originell sein. So hatte Hartwig leichtes Spiel gehabt mit seinen tristen Kontrahenten.

Natürlich hatte er gelogen, beschönigt und relativiert, das hatten die anderen Kandidaten auch, aber das beherrschten sie bei Weitem nicht so gut wie er. Das Wichtigste aber war, dass er die Themen gesetzt hatte, wie im ganzen Wahlkampf. Hartwig hatte provoziert, war zurückgerudert, hatte Dinge gesagt, die alle empört hatten, und dann mit überraschter Miene so getan, als sei alles nur ein Missverständnis gewesen. So hatte sich die ganze Aufmerksamkeit der Medien auf ihn konzentriert. Die Moderatoren hatten gar nicht gemerkt, dass sie den ganzen Abend fast nur über ihn geredet hatten. Die Reaktionen bei Twitter und Instagram und die Blitzumfragen nach der Diskussion zeigten, dass die Volkspartei wieder dazugewonnen hatte.

Nach der Sendung hatten Hartwig, Rotten und der Rest des Teams diesen Erfolg noch übermütig gefeiert. Marianna hatte mitgemacht, aber während die anderen aus Freude über den bevorstehenden Wahlsieg getrunken hatten, hatte sie sich mit dem Champagner eher betäubt. Die Furcht wegen des verschwundenen Dossiers hatte sie die ganze Zeit nicht losgelassen.

Wenn die anderen herausfanden, dass sie Rotten die Umsturzpläne gestohlen hatte, würden sie nicht zimperlich sein. Thoma traute sie alles zu. Sie hatte selbst erlebt, wie er und seine Männer Gegendemonstranten so lange geschlagen hatten, bis ihre Gesichter wie Brei aussahen. Bei der Party hatte er wie immer als Einziger nichts getrunken und sie seltsam angesehen, als ahne er etwas. Wahrscheinlich hatte er hinterher Mang wieder haarklein berichtet, wer was gesagt und getan hatte. Aber vielleicht hatte sie sich das nach dem dritten Glas Champagner auch nur eingebildet. Sie verachtete diesen Typen und seinen Meister, Mang, für den die Partei nur ein Werkzeug zu sein schien, um seine Interessen durchzusetzen.

Hartwig würde sie nicht vor Thoma schützen können – wenn er es denn überhaupt wollte. Wahrscheinlich würde er genauso wütend sein über ihren Verrat wie die anderen. Aber im Laufe des Abends war ihr auch eine Idee gekommen.

Sie nahm den Kleeblatt-Anhänger aus ihrer Handtasche. *Für Papa! Von Hanna.* Hatte nicht dieser Journalist vom *Abendblatt*, der sie in Balderschwang mit der Drohne gefilmt hatte, eine Tochter, die Hanna hieß? Thoma hatte das in einer Besprechung mit Hartwig erwähnt und ihre Überwachung angeordnet.

Sie tippte *Nicholas Moor + Hanna* in die Suchmaschine ihres Browsers und suchte gezielt nach Bildern. Auf der dritten Seite der Trefferliste wurde sie fündig. Auf einem Foto von einer Sportveranstaltung sah man Nicholas Moor zusammen mit einer rothaarigen Frau vor einem Basketballkorb stehen, vor ihnen hielt ein Mädchen mit einer Basecap stolz einen Pokal in die Kamera. *Freiwurf-Siegerin Hanna Beckmann mit ihren stolzen Eltern Nicholas Moor und Sandra Beckmann*, stand in der Bildunterschrift. Das war der Journalist, kein Zweifel, obwohl er etwas jünger aussah. Das Kind musste seine Tochter sein, auch wenn sie einen anderen Nachnamen hatte.

Marianna fiel eine Kette auf, die Hanna um den Hals trug. Als sie in die Aufnahme zoomte, erkannte sie das Kleeblatt, das daran hing. Es war der gleiche Anhänger wie der, den sie in ihrer Aktentasche gefunden hatte.

Dann hatte also Nicholas Moor die Unterlagen gestohlen? Aber wann? Es konnte eigentlich nur in der Datsche passiert sein, in der Nacht vor ihrem Abflug. Sie erinnerte sich, dass Hartwig seltsame Geräusche vernommen hatte und aufgeschreckt war. Und sie hatte ihn noch ausgelacht für seinen Verfolgungswahn.

Ein Lächeln huschte über ihr fein geschnittenes Gesicht. Sie wusste schon, wie sie herausfinden würde, ob der Journalist das Dossier tatsächlich an sich gebracht hatte. Und wie sie es zurückbekommen würde. Vielleicht war die Situation doch nicht so aussichtslos, wie sie befürchtet hatte.

Sie musste nur ein paar Anrufe erledigen, bevor Hartwig sie in einer Stunde zum Frühstück abholte.

***

Nicholas' Rücken schmerzte noch immer. Er legte seine ausgestreckten Arme auf das Geländer der Brücke, machte einen Buckel wie eine Katze und dehnte sich, so gut er konnte. Zumindest ein bisschen ließen die Verspannungen nach.

Es war schon die dritte Nacht, die er zusammengerollt auf den umgeklappten Rücksitzen des Fiat Panda verbracht hatte, eingewickelt in eine große Picknickdecke. Nachdem ihn Nina abgewiesen hatte, musste er wieder im Auto schlafen, jedes Mal auf einem anderen Parkplatz. In ein Hotel traute er sich immer noch nicht, aus Furcht, von Hartwigs Männern entdeckt zu werden.

Während sich Nicholas noch überlegte, ob er zum Bäcker gehen oder erst eine Drogerie suchen sollte, klingelte sein Handy. Es war Lucas, auf dessen Rückruf er schon gewartet hatte.

»Tut mir leid, dass ich mich nicht schon früher gemeldet habe, aber ich war mit Mona …«

»Schon gut. Weißt du, wer mich gestern kontaktiert hat? Marianna Tretskow.«

»Hartwigs Geliebte? Das gibt's nicht.«

»Ich war auch überrascht – und noch überraschter war ich, dass sie sich mit mir treffen will.«

»Wie bitte? Was will sie denn? Ist das eine Falle?«

»Das hab ich mich auch gefragt. Sie hat angeblich brisante Insiderinformationen aus der Volkspartei für mich. Es klang so, als hätte sie Mitschnitte von vertraulichen Gesprächen.«

»Ausgerechnet die Eisprinzessin. Die tut doch alles für Hartwig.«

»Sie hat mir erklärt, dass sie inzwischen vieles anders sieht als die VP.«

»Hm, ob man ihr das glauben kann? Und wieso kommt sie damit ausgerechnet zu dir?«

»Sie meinte, dass sie bei mir sicher sein kann, dass ich Hartwig nichts erzählen werde.«

»Zumindest das stimmt. Aber du wirst dich doch nicht wirklich mit ihr treffen?«

»Vielleicht hat sie tatsächlich Insiderinformationen. Wenn sie über geheime Aufnahmen verfügt, wäre das eine Sensation. Und ich möchte sie überzeugen, als Whistleblowerin gegen Hartwig auszusagen.«

»Wann will sie dich denn treffen?«

»Morgen Abend um 21 Uhr.«

»Und wenn es doch eine Falle ist?«

»Ich werde vorsichtig sein. Aber ich muss es riskieren, eine Kronzeugin aus der Partei würde alles ändern. Damit könnte ich Hartwig vielleicht doch noch stoppen.«

***

Obwohl Markus Hartwig erst in einer Stunde auftreten sollte, war der Berliner Alexanderplatz an diesem Montagnachmittag bereits erstaunlich voll. Über der Bühne, die sie neben dem Brunnen der Völkerfreundschaft aufgebaut hatten, hing ein riesiges blaues Banner, auf dem *Unser Volkskanzler* stand. Darunter befragte eine Moderatorin gerade Männer und Frauen aus dem Publikum, die begeistert erzählten, weshalb sie Hartwig wählen wollten. Einige trugen noch ihre prallen Einkaufstüten in der Hand, die sie aus dem nahen Primark geschleppt hatten, andere hatten demonstrativ ihre Kinder mit auf das Podium gebracht. »Ganz normale bodenständige deutsche Bürger sind das. So wie wir!«, sagte die Moderatorin beifallheischend.

Sven Thoma stand im Dunkeln am rechten Bühnenrand, von dort hatte er die Absperrungen und das Geschehen auf dem Platz genau im Blick. Zehntausend Menschen waren schon da, gerechnet wurde mit fünfzigtausend Anhängern der Volkspartei und einigen tausend Gegendemonstranten. Doch die Polizei hatte ihm versprochen, dass die Störer nur in einer Seitengasse stehen durften. Sie würden auf der Bühne nicht zu sehen sein.

Thoma ging mit dem glatzköpfigen Security-Chef der Veranstaltung noch einmal den Ablauf durch, als sein Handy klingelte.

»Chef, du wirst nicht glauben, was ich hier eben gefunden habe.«

Es war Strasser.

»Sag es mir einfach«, knurrte Thoma. Er hasste diese Wichtigtuerei.

»Ich schaue mir gerade die neuen Videos aus der Datsche an. Du musst vorbeikommen und sie dir selbst ansehen. Sie sind diesmal so heiß, dass sich jemand gewaltig die Finger verbrennen wird.«

»Und?«

»Es geht um das Geheimdossier.« Wieder machte Strasser eine kurze, triumphierende Pause. »Ich weiß, wer es hat.«

Jetzt war Thoma elektrisiert. »Ich komme sofort.«

Überstürzt verabschiedete er sich von dem Sicherheitschef und ging zu seinem Auto. Auf der Bühne lief jetzt *We are the Champions*. Alle sangen mit, so laut sie konnten, und schwenkten Wimpel mit dem Logo der Volkspartei. Ihre Wangen glühten vor Begeisterung.

Während er mit seinem Mercedes in die Parteizentrale fuhr, spürte Thoma die freudige Erregung, die jedes Mal in ihm aufstieg, wenn er Beute witterte. Das Jagdfieber hatte ihn gepackt.

Tagelang war er nicht weitergekommen mit seinen Recherchen zum Verbleib des Dossiers. Keine der VP-Spitzen, die er befragt hatte, hatte auf Rottens Aktentasche bei dem Meeting geachtet, und die Kameras in der Parteizentrale erfassten leider nur die Gänge. Er hatte schon veranlasst, die Videoüberwachung in Zukunft auszuweiten. Wenn er die Sicherheit gewährleisten sollte, musste er alles wissen. Das galt für die Partei, und bald würde es für das ganze Land gelten.

Immerhin hatten die Kameras aufgezeichnet, wie Rotten während der Konferenz auf die Toilette gegangen war. Seine schwarze Aktentasche mit dem Dossier war also tatsächlich mehrere Minuten unbeaufsichtigt gewesen. Doch mehr hatte Thoma bisher nicht herausgefunden, Mang, der ständig angerufen hatte, war deshalb immer noch schlecht auf ihn zu sprechen. Aber jetzt würde er endlich die Gelegenheit haben, sich zu rehabilitieren.

Er raste mit so viel Tempo in die Tiefgarage der Parteizentrale, dass er beinahe mit einem Lieferwagen zusammengestoßen wäre, der gerade nach oben fuhr. In der Sicherheitszentrale erwartete ihn Strasser schon vor einem breiten Monitor.

»Ich habe vorhin wie jede Woche die Aufnahmen aus der Datsche ausgewertet – und das hier gefunden.« Er drückte eine Taste, und auf dem Bildschirm erschien ein Video: Eine nackte Frau wurde von einem nackten Mann auf ein Bett gestoßen. Der Mann, den man nur von hinten sah, stürzte sich auf sie, riss ihre langen Beine auseinander und begann, sie vehement zu vögeln. Die Frau hielt sich an dem schmiedeeisernen Kopfteil des Bettes fest und warf ihren Kopf ekstatisch hin und her. Es war Marianna Tretskow. Als der Mann für einen Moment sein verschwitztes Gesicht zur Kamera drehte, erkannte Thoma auch ihn: Markus Hartwig.

Er winkte ab. »Das ist doch nichts Neues. Wir haben doch Dutzende Aufnahmen von den beiden beim Sex. Genau dafür überwachen wir die Hütte schließlich.«

»Warte ab, das ist doch nur das Vorspiel«, antwortete Strasser mit einem schmierigen Grinsen. »Soll ich den Ton anmachen? Dafür, dass es nur gespielt ist, stöhnt die Tretskow nämlich ganz schön laut.«

»Zeig mir lieber, was du so Ungewöhnliches gefunden hast.«

Strasser wechselte zu einer anderen Aufnahme. »Wie du weißt, haben wir auf Mangs Anweisung hin in der Datsche mehrere Kameras installiert. Normalerweise achte ich ja vor allem auf das Video aus dem Schlafzimmer, weil da richtig Action ist. Aber diesmal ist die Aufnahme aus dem Wohnzimmer besonders sehenswert.«

Er startete ein anderes Video. Das Bild war deutlich dunkler.

Man erkannte im Kerzenschein eine Sitzecke im Wohnzimmer der Datsche, auf dem Boden lag verstreut Kleidung, und neben einem Sessel stand eine cognacfarbene Aktentasche. Einige Sekunden schien nichts zu passieren, dann sah man plötzlich, wie ein Mann sich ins Bild schlich. Er zögerte etwas, dann griff er nach der Tasche. Selbst in dem schummrigen Licht erkannte Thoma, dass es Nicholas Moor war.

»Das gibt's nicht!«

»Es wird noch besser«, sagte Strasser.

Jetzt sah man, wie Moor mühsam versuchte, die Aktentasche zu öffnen. Nach einiger Zeit schaffte er es und zog eine Dokumentenmappe heraus. Strasser stoppte das Video und vergrößerte das Bild.

»Das Dossier zur ›Operation Schwarzer Sonntag‹!«, stellte Thoma fest. »Moor hat es also gestohlen. Aber wem gehört diese Aktentasche?«

»Ich hab nachgesehen. Das ist Marianna Tretskows Tasche.«

»Durfte sie die Geheimunterlagen denn haben?«

»Nein, dafür ist ihre Position nicht hoch genug. Sie muss sie Rotten gestohlen haben.«

»Hab ich's mir doch gedacht.«

Marianna hatte ein doppeltes Spiel gespielt. Sie hatte zwar wie besprochen die Affäre mit Hartwig begonnen, damit sie belastendes Material über ihn sammeln konnten. So besaßen sie ein Druckmittel gegen ihn, und wenn er nicht spurte, konnten sie ihn jederzeit hochgehen lassen. Doch Marianna hatte nicht nur ihren Chef, sondern auch Rotten und Thoma hintergangen und die Geheimdokumente gestohlen. Arbeitete sie noch für jemand ganz anderen? Auf wessen Seite stand sie wirklich?

Vielleicht würde er ihr noch eine Chance geben, wenn sie

ihm half, Nicholas Moor zur Strecke zu bringen. Aber vielleicht auch nicht, das würden sie später sehen.

Die Narbe über Thomas rechtem Auge pochte vor Anspannung. Jetzt kannte er seine Beute.

18

Dienstagabend, 20:30 Uhr. Der Page, der unter dem weinroten Baldachin des Hotels Adlon wartete, schien nervös zu sein. Die Lichter der Straßenlaternen spiegelten sich auf den goldenen Jackenknöpfen seiner Uniform, während er ständig nach links und rechts schaute. Selbst in der Dämmerung konnte man erkennen, wie sich sein Milchgesicht entspannte, als sich schließlich eine schwarze Mercedes-Limousine näherte. Der Wagen war kaum vor dem Eingang des Luxushotels zum Stehen gekommen, da sprang der Hotelbedienstete schon hervor und riss beflissen die hintere Tür des Autos auf.

Nicholas zuckte zusammen, als er den Mercedes bemerkte, aber dem Fond entstieg nicht Markus Hartwig oder einer seiner Leibwächter, sondern ein dunkelhäutiger Mann, der mit seinem knöchellangen, weißen Gewand und dem Kopftuch wie ein Scheich aussah.

Nicholas holte tief Luft. Seine Nerven waren wahrscheinlich noch angespannter als die des Pagen, der jetzt die unzähligen Koffer des Scheichs auf einem Gepäckwagen stapelte.

Er war bewusst eine Viertelstunde zu früh zum Treffen mit Marianna Tretskow gekommen. So hatte er genügend Zeit, um sich einen Überblick zu verschaffen. Obwohl es schon nach halb neun war, liefen noch immer viele Touristen über den Pariser Platz und fotografierten das Brandenburger Tor mit seinen dorischen Säulen und der bronzenen Quadriga, unablässig leuchteten Blitzlichter auf.

Nicholas wartete an einer Ecke neben dem Adlon auf die Frau, von der er nicht wusste, ob sie vielleicht nur ein Lockvogel war.

Sie wollte sich wahrscheinlich an einem belebten Platz treffen, damit sie im Notfall in der Menge untertauchen konnte. Doch Nicholas beunruhigten die vielen Menschen. Wie sollte er in dieser Masse die Security-Männer der Volkspartei erkennen, falls sie ihm auflauerten? Er hatte einen Parkplatz in einem abgelegenen Waldstück vor der Stadt als Treffpunkt vorgeschlagen, aber Marianna Tretskow hatte auf dem Brandenburger Tor bestanden. War es ein Fehler gewesen, dass er nachgegeben hatte?

Nicholas zwang sich, ruhig zu bleiben, während er die Umgebung genau studierte. Wieso hatte der Eisverkäufer, der einem Mädchen gerade einen Becher in die Hand drückte, einen Fotoapparat mit einem großen Teleobjektiv neben sich liegen? Warum starrte vor der Treppe zur U-Bahn ein Geschäftsmann schon seit Minuten auf einen Stadtplan? Wer benutzte denn noch Stadtpläne? War das nicht eine verdächtige Ausbeulung unter seinem Jackett? Überwachten die Kameras, die an der Fassade der amerikanischen Botschaft gegenüber dem Denkmal installiert waren, den ganzen Platz? Konnten sie auch in der Dunkelheit Gesichter erkennen? Was, wenn jemand sie gehackt hatte? Oder ganz offiziell auf ihren Live-Stream zugreifen konnte, weil er mächtige Verbündete hatte?

Nicholas zog sich seine schwarze Kappe tiefer ins Gesicht. Er wusste selbst nicht mehr, ob er einfach nur vorsichtig war oder gerade dabei war, paranoid zu werden, und überall Gespenster sah.

Die Standuhr hinter dem Anzugträger zeigte 20.47 Uhr an, schon zwei Minuten nach der vereinbarten Zeit. Nicholas lief los, zum Brandenburger Tor waren es nur zweihundert Meter. Als er direkt unter dem berühmten Denkmal stand, vibrierte sein Handy. Die SMS kam von einem unbekannten Absender: *Geradeaus.* Er blieb auf dem Kopfsteinpflaster stehen und hielt nach einer großen blonden Frau Ausschau, aber um ihn herum waren nur Grüppchen von aufgeregten Touristen. Noch eine SMS: *Nicht umdrehen.* Nicholas ging durch das historische Tor auf die andere Seite des Platzes. Vor ihm lagen jetzt die sechsspurige Straße des 17. Juni und die ersten Baumreihen des weitläufigen Tiergarten-Parks, davor standen Busse, denen noch mehr Besucher entstiegen.

Plötzlich löste sich ein Mann mit einer verspiegelten Sonnenbrille aus einer Gruppe und kam genau auf Nicholas zu. Er wollte wegrennen, aber der massige Kerl griff schon in seine Jackentasche. Vor Angst wie gelähmt überlegte Nicholas, wie er sich am besten verteidigen sollte. Vielleicht auf den Arm schlagen? Da hatte ihm der Tourist schon sein Smartphone in die Hand gedrückt. »*Could you, please?*«, fragte er mit breitem amerikanischen Akzent und umarmte seine Frau, die zu enge Leggings und ein pinkfarbenes T-Shirt trug. Noch ganz perplex drückte Nicholas wie in Trance auf den Auslöser. Beide setzten ein routiniertes Lächeln auf und bedankten sich freundlich, als er ihnen das Handy zurückgab.

Die SMS trieben ihn an. *Weiter, über die Straße.*

Wie ferngesteuert ging Nicholas über eine Ampel, der fröhliche Lärm der Touristen mischte sich mit den Motorengeräuschen der Autos. Es hatte angefangen zu nieseln.

Auf der Parkbank. Er blickte nach vorn. Hinter einer Baumreihe am Eingang des Parks saß jemand auf einer steinernen Bank. Als er sich näherte, erhob sich die Gestalt und kam ihm entgegen.

Marianna Tretskow sah ganz anders aus, als er sie in Erinnerung hatte. Sie war nicht blond, sondern hatte einen schwarzen Bob und wäre mit ihrer ausgewaschenen Jeans, der Regenjacke und den Sneakern unter den Touristen auf der anderen Straßenseite nicht weiter aufgefallen. Ihr Gesicht versteckte sie trotz der Dunkelheit hinter einer großen Sonnenbrille.

Sie blieb nicht stehen, als sie bei ihm war, sondern ging vorbei. »Sind Sie immer so langsam?«, raunte sie ihm zu. Ihre Stimme klang nicht so selbstbewusst, wie sie wohl beabsichtigte.

Ihm blieb nichts anders übrig, als ihr zu folgen.

»Tragen Sie immer eine Perücke, Frau Tret…«

»Keine Namen.«

»Wo wollen Sie hin?«

»Nur ein bisschen spazieren gehen, wir sollten besser nicht stehen bleiben.«

Nicholas sah sich um. »Werden Sie verfolgt?«

»Ich bin mir nicht sicher. Und vielleicht folgen sie ja Ihnen.«

Der Regen wurde stärker, Nicholas zog den Kopf ein und schloss die oberen Knöpfe seine Lederjacke. Einige Meter liefen sie schweigend nebeneinander durch den Tiergarten.

»Sie wollten mich treffen, um mir brisantes Material zu geben. Was genau haben Sie denn?«

»Warten Sie ab, Sie werden staunen. Aber vorher muss ich Ihnen etwas sagen, damit sie meine Motivation verstehen: Ich sehe vieles, was die Volkspartei macht, inzwischen kritisch.«

»Aha, klar.«

Sie drehte sich zu ihm. »Ich meine das ernst. Die Partei hat sich in letzter Zeit zunehmend radikalisiert. Leute wie Georg Rotten bekommen immer mehr Einfluss, die Aussicht auf den nahen Wahlerfolg berauscht sie. Und Markus hat sich auch verändert. Er ist härter geworden, und seine Ideen werden auch extremer.«

Meinte sie es ernst? Wegen ihrer Sonnenbrille konnte Nicholas ihr nicht in die Augen sehen. Hätte sie nicht alles gesagt, um sein Vertrauen zu gewinnen? Aber vielleicht stimmte es ja, dass sie ihre Meinung geändert hatte. Wenn sie ein Lockvogel war, hätten ihn die Männer der Volkspartei längst überwältigen können. Oder war ihre Maskerade vorgetäuscht, und sie warteten nur auf den geeigneten Moment?

Seine Anspannung stieg. Er hörte gar nicht mehr genau hin, während Marianna Tretskow weiter davon erzählte, wie enttäuscht sie von der Volkspartei war. Stattdessen starrte er in die Büsche und Bäume, die sich jetzt nur noch als Schatten abzeichneten. War da jemand?

Als er in den Abendhimmel sah, bemerkte er ein kleines Licht einige Meter über ihnen. Dazu vernahm er ein leises Surren. Mit einem Mal fiel ihm ein, was das war.

Eine Drohne.

»Hören Sie mir eigentlich zu? Wo starren Sie denn hin?« Marianna Tretskow folgte mit ihren Augen seinem Blick.

»Oh, ist das …«

Er hätte es wissen müssen: Sie hatte ihn verraten. Wie naiv er gewesen war, ihr auch nur für einen Moment zu vertrauen. Aber noch war Zeit zu fliehen.

Nicholas stieß sie zur Seite und spurtete los. »Glauben Sie bloß nicht, dass ich auf Ihr Spiel reinfalle.«

»Hey, bleiben Sie doch hier!« Sie rannte ihm hinterher.

Als er kurz zurückblickte, sah er, dass ihm nicht nur Marianna Tretskow folgte, sondern auch die Drohne. Um seine Verfolger abzuhängen, rannte er im Zickzack über die Wiese und hechtete in die Büsche. Zweige peitschten ihm ins Gesicht, dann knallte er mit voller Wucht auf den Boden. Er hatte eine kniehohe Steinbank übersehen. Blut lief ihm über die Stirn, die halb verheilten Wunden in seinem Gesicht waren wieder aufgerissen.

Keuchend holte ihn Marianna Tretskow ein. »Ich hab mit diesem Ding nichts zu tun, ich schwöre es«, sagte sie und streckte ihre Hand aus, um ihm beim Aufstehen zu helfen.

In diesem Moment fiel ein Schuss.

Sie warf sich neben Nicholas und presste ihr Gesicht auf den Boden. »Sie müssen mir glauben!«, stieß sie zitternd aus.

Nicholas blickte sich um. Der Schuss war von schräg oben gekommen. War die Drohne bewaffnet? Von hinten hörte er schnelle Schritte. Er rappelte sich auf und zog Marianna hoch. »Kommen Sie!« Dann rannten sie geduckt weiter.

Wieder zerriss ein Knall die Stille, nicht weit entfernt spritzte Erde auf.

Sie mussten raus aus dem dunklen Park, wo ihnen niemand helfen konnte, und zu einer belebten Stelle. In der Öffentlichkeit würden es Hartwigs Männer nicht wagen zu schießen – ob mit oder ohne Drohne. Das hoffte Nicholas jedenfalls.

Hinter den Bäumen leuchteten Autoscheinwerfer. Die Straße. Es waren nur ein paar hundert Meter.

Neben ihnen tastete sich ein zittriger Lichtstrahl voran, wie von einer großen Taschenlampe. Die Drohne hatte ihren Scheinwerfer eingeschaltet.

Sie hetzten weiter, im Zickzack über Wiesen, Pfade, vorbei an einer alten Löwenstatue, und sprangen über Hecken und Wegbegrenzungen. Noch durch ein Gebüsch, und endlich standen sie auf einem Gehsteig vor einer breiten Straße.

»Wohin jetzt?«, fragte Marianna.

Nicholas sah sich um. Es war kein Verfolger zu sehen, doch der Lichtstrahl näherte sich schnell. Links führte die Straße zurück zum Brandenburger Tor, rechts ragten die Hochhäuser des Potsdamer Platzes empor. Unter einer alten Laterne stand ein Velo-Taxi, eines der überdachten Dreiräder, mit denen sich Touristen durch die Stadt kutschieren ließen. Der bärtige Fahrer rauchte ein paar Meter entfernt eine Zigarette.

»Kommen Sie mit!« Nicholas überlegte nicht lange, er rannte zu dem grell beklebten Rad-Taxi, und noch ehe sein Besitzer reagieren konnte, saß er schon auf dem Fahrersitz und strampelte los. Marianna schwang sich auf die hintere Bank.

»Hey, ihr Arschlöcher, bleibt sofort stehen!«, schrie der Fahrer und rannte ihnen hinterher. Doch er fiel sofort zurück, das Velo-Taxi fuhr mit Unterstützung des kräftigen Elektromotors schneller, als Nicholas gedacht hatte. Er lenkte es auf den Radweg in Richtung des Potsdamer Platzes.

Während Marianna unter einem Plastikdach geschützt saß, prasselte der Regen Nicholas mit voller Wucht ins Gesicht. Er konnte den Weg und die Autos nur noch verschwommen erkennen.

»Die haben auf uns geschossen, verdammt«, rief er Marianna über die Schulter zu. »Das ist keine Partei, das ist eine Verbrecherorganisation!«

»Diese Mistkerle scheuen vor nichts zurück«, antwortete sie. »Vor allem Thoma nicht, der Chef des Sicherheitsdienstes.«

Sie rückte ihre schwarze Perücke zurecht, die bei der Verfolgungsjagd verrutscht war, dann beugte sie sich zu ihm nach vorn.

»Ich weiß, dass Sie das Dossier zur ›Operation Schwarzer Sonntag‹ haben.«

»Wie kommen Sie darauf?«

»Weil Sie es mir gestohlen haben, es lag in meiner Aktentasche. Geben Sie es mir zurück, ich kann dafür sorgen, dass es in die Öffentlichkeit kommt.«

»Und das soll ich Ihnen glauben?«

»Ich habe Kontakt zu einer Stiftung, die mir dabei helfen wird.«

»Dieses Dokument gehört Ihnen so wenig wie mir, ich werde es Ihnen nicht zurückgeben. Geben Sie mir lieber das Material, das Sie mir versprochen haben.«

Sie biss sich auf die Unterlippe. »Das gibt es nicht. Es war ein Vorwand, weil ich Sie treffen wollte.«

»Was? Das ist nicht wahr. Und dafür riskiere ich mein Leben?« Er war dabei, sich in Rage zu reden, als er die Reflexion eines Lichtstrahls im Rückspiegel sah.

»Die Drohne folgt uns, wir müssen sie abhängen.«

Er steuerte hart nach links und fuhr mit vollem Tempo vom Radweg zwischen zwei Bäumen hindurch auf die Straße. Fast hätte er einen Ford Fiesta gerammt, den er bei dem Unwetter übersehen hatte. Die Fahrerin hupte laut und trat voll auf die Bremse. Marianna schrie.

Das Rad-Taxi fuhr weiter, sprang über eine Bordsteinkante, rumpelte über den Grünstreifen, der die beiden Fahrbahnen trennte, und setzte auf der gegenüberliegenden Straßenseite wieder auf, die zum Glück leer war. Nicholas wollte auf dem anderen Radweg weiter zum Potsdamer Platz fahren, da näherte sich wie aus dem Nichts ein schwarzer Hummer-SUV. Der schwere Wagen raste über den breiten Gehweg auf sie zu.

Nicholas warf augenblicklich den Lenker des Velo-Taxis herum und trat, so fest er konnte, in die Pedale. Durch den plötzlichen Richtungswechsel kam das Dreirad ins Schleudern, ein Hinterrad hob ab.

»Passen Sie auf!«, schrie Marianna, doch es war zu spät. Das Velo-Taxi kippte um und rutschte auf seiner Seitenverkleidung über die nassen Steinplatten des Gehwegs. Der SUV-Fahrer war durch dieses unerwartete Manöver so überrascht, dass er das Lenkrad verriss und in einen der Straßenbäume donnerte, die den Gehsteig säumten.

Vor Nicholas' Augen drehte sich alles, dann spürte er einen furchtbaren Schlag und hörte das Splittern von Plastik und das Bersten von Metall, als das Dreirad gegen einen Betonblock knallte.

Einige Sekunden lang lag er regungslos in dem umgekippten Gefährt, dann vernahm er zwischen dem prasselnden Regen Mariannas Stimme: »Sind Sie verletzt? Kommen Sie raus, Sie müssen verschwinden.« Hinter ihm hörte er, wie sie Teile zur Seite bog und sich aus dem Wrack befreite.

Doch er konnte sich kaum bewegen, seine Füße waren in der eingedrückten Frontverkleidung gefangen. Kurz vor seiner Stirn ragte die eiserne Lenkerstange in den Boden, nur ein paar Zentimeter weiter, und sie hätte ihm den Kopf durchbohrt. Er schob den Lenker zur Seite und zog stöhnend seine Füße hoch. Mühsam gelang es ihm, sich aus den Überresten des Velo-Taxis zu winden.

Jetzt erst sah er, wohin sie geschlittert waren. Vor ihm standen Tausende dunkelgraue Betonblöcke auf einem Feld aus Asphalt, das so groß war wie mehrere Fußballplätze. Angestrahlt von grellen Scheinwerfern erinnerten die Stelen an überdimensionale Särge. Manche waren nur einen Meter hoch, andere maßen mindestens das Vierfache. »Das Holocaust-Mahnmal«, entfuhr es ihm.

Marianna, die neben ihm stand, hatte Abschürfungen und zog sich einen kleinen Splitter aus dem Arm, sonst schien sie aber unverletzt zu sein.

»Geht's?«, fragte er, und sie nickte.

Nicholas' Kopf pochte, seine Rippen schmerzten, und er war völlig durchnässt, aber immerhin war er noch am Leben und hatte keine Kugel abbekommen.

Aus der Ferne waren Stimmen zu hören. Zwei Männer in Anzügen waren aus dem beschädigten Hummer gestiegen. Noch waren sie damit beschäftigt, die eingedrückten Türen zu öffnen, um die anderen Schläger zu befreien, aber bald würden sie kommen. Wie eine bösartige schwarze Riesenhornisse schwebte über dem Wagen die Drohne. Sie bewegte sich nicht von der Stelle, als würde sie darauf warten, dass man ihr neue Befehle erteilte.

»Sie werden nicht aufhören, uns zu jagen, bis sie uns getötet haben«, sagte Marianna, die auch zu den Männern sah. »Aber mich kriegen sie nicht.« Ihre Miene sollte wohl entschlossen wirken, aber die Tränen standen ihr in den Augen. »Wir sollten uns besser trennen. Viel Glück.« Ohne seine Antwort abzuwarten und ohne sich umzudrehen, verschwand sie in dem dunklen Betonfeld.

Nicholas blickte zurück zu dem Hummer. Die Türen waren jetzt geöffnet. Ein Mann kauerte auf dem Boden und hielt sich den Kopf, offenbar war er verletzt. Die drei Männer daneben berieten sich, einer von ihnen trug eine Fernsteuerung für die Drohne vor der Brust. Und dann bewegte sich die tödliche Hornisse mit ihrem Scheinwerfer schon wieder auf Nicholas zu.

Er rannte los, in das Betonlabyrinth hinein.

Nach jedem Quader stieß er auf einen anderen Gang, und

dann wieder auf einen. Es schien unendlich viele Abzweigungen zu geben. Die schmalen Gänge zwischen den Tausenden von Blöcken waren abschüssig. Je tiefer man in das Mahnmal kam, desto höher ragten die Stelen nach oben und desto finsterer und beklemmender wurde es.

Nicholas hastete ohne Plan durch den steinernen Irrgarten, bog irgendwo ab, lief länger geradeaus, dann nahm er wieder eine Abzweigung in genau die entgegengesetzte Richtung.

Bald wusste er selbst nicht mehr, wo er sich befand. Aber Hauptsache, er vernahm nur seine Schritte und seinen hämmernden Atem und nicht das bedrohliche Surren der Drohne. Hier finden sie mich nicht, dachte er sich, als er hinter einem besonders mächtigen Betonblock kurz verschnaufte.

Er musste an die sechs Millionen Juden denken, die man umgebracht hatte und an die das Mahnmal erinnern sollte. Wenn Hitler gestoppt worden wäre, bevor er die Macht ergriff, hätte das verhindert werden können. Wieso hatte das keiner gewagt? War es Feigheit gewesen? Mangelnde Voraussicht? Oder wollte sich niemand eines Mordes schuldig machen, selbst wenn es ein Tyrann war, den man umbrachte?

Plötzlich zerschnitt ein Lichtkegel die Dunkelheit. Das laute Summen war wieder da. Und schon krachte ein Schuss.

Nicholas konnte nicht mehr reagieren, das Projektil schlug nur knapp über seiner Schulter ein, Betonsplitter rieselten auf seinen Arm. Mit einem mächtigen Satz sprang er hinter die nächste Säule, doch das Licht folgte ihm.

Wie hatten sie ihn in diesem Labyrinth bloß gefunden?

Jetzt hörte er auch fremde Schritte, die Männer folgten der Hornisse. Sie waren ganz nah.

Als er weiterhetzte, kitzelte ihn etwas hinten am Hals. Er fasste sich an die Schulter und spürte etwas an seiner Jacke flattern. Mit einem Ruck riss er es ab. Ein neongelbes Reflektorband vom Fahrrad-Taxi. Es musste sich beim Unfall in seiner Jacke verhakt haben. Kein Wunder, dass sie ihn so schnell gefunden hatte. Er leuchtete wahrscheinlich wie eine Christbaumkugel, wenn ihn der Scheinwerfer der Drohne erfasste.

Nicholas warf das klebrige Band auf den Boden und lief geduckt um mehrere Säulen. Hinter sich hörte er, wie die Drohne auf das Reflektorband schoss.

Er lehnte sich an eine Stele. Jetzt erst merkte er, wie erschöpft er war. Der Schmerz in seinen Rippen wurde größer, er musste sich beim Unfall doch stärker verletzt haben. Wie lange würde er noch durchhalten können? Hoffentlich konnte ihn wenigstens die Drohne jetzt nicht mehr erkennen.

Es war gespenstisch ruhig in dem Labyrinth, die Stelen schienen den Lärm der Straßen zu verschlucken. Umso deutlicher konnte er jetzt die Schritte seiner Verfolger hören. Sie kamen näher. Nicholas drückte sich flach mit dem Rücken gegen den Betonblock und hielt den Atem an.

»Mist, ich hab ihn verloren«, sagte eine Männerstimme, nur wenige Meter entfernt. »Er hat das Leuchtband entdeckt und entfernt.«

»Kannst du nicht auf den Nachtsichtmodus umschalten?«, sagte eine andere Stimme, die sehr rau klang.

Mehr hörte Nicholas nicht, denn er war vorsichtig weitergeschlichen, in einen anderen Gang. Gebückt lief er leise weiter. Als er das Gefühl hatte, weit weg genug zu sein, zog er sich an einer kleineren Säule nach oben, bis er das Mahnmal überblicken konnte. Das Betonlabyrinth bot ihm zwar vorübergehend Schutz, aber er hatte nicht mehr die Kraft, lange durch die Gänge zu hetzen. Er musste verschwinden. In der

Ferne leuchteten die Wolkenkratzer am Potsdamer Platz, vielleicht sollte er in diese Richtung fliehen.

Er legte sich gerade den Weg durch die Blöcke zurecht, als er wieder den Scheinwerfer sah. Sie ließen die Drohne jetzt höher über dem Mahnmal kreisen, wahrscheinlich konnten sie ihn so besser orten.

Nicholas stöhnte auf. Würde das denn nie aufhören? Wie sollte er diesem Ding nur entkommen, ganz allein und ohne Hilfe?

In diesem Moment kam ihm eine Idee. Er ließ sich wieder von der Stele herunter und versteckte sich hinter einem mächtigen Betonblock. Dann nahm er sein Handy aus der Hosentasche und rief Lucas an.

Sein Freund ging sofort ran, Nicholas ließ ihn gar nicht erst zu Wort kommen. »Ich bin's, Nicholas. Hör mir gut zu, das ist kein Witz«, flüsterte er in den Hörer. »Hartwigs Männer verfolgen mich mit einer Drohne, sie schießt auf mich. Du musst mir irgendwie helfen, ich halte nicht mehr lang durch. Bitte!«

Lucas reagierte so gefasst, als würde er ständig Anrufe von Menschen bekommen, die in Lebensgefahr schwebten.

»Wo bist du?

»Im Holocaust-Mahnmal in Berlin.«

»Was? Ich rufe die Polizei!«

»Bis die hier sind, bin ich tot.«

»Okay, gut. Wir brauchen eine bessere Idee.« Nicholas spürte förmlich, wie es in Lucas' Kopf ratterte. »Warte bitte einen Moment.«

Ängstlich starrte Nicholas in den Nachthimmel, wo die Hornisse weiterhin ihre Runden flog. Jetzt hörte er auch wieder Schritte aus verschiedenen Richtungen. Sie hatten sich aufgeteilt und durchkämmten das Labyrinth von mehreren Seiten aus.

»Mach schnell, sie sind gleich da.«

»Ich hab eine Idee: Geh zur amerikanischen Botschaft, die ist gleich um die Ecke, im Norden.«

»Was, wieso denn?«

»Mach schon, lauf da so schnell wie möglich hin.«

»Wie soll ich da reinkommen, das ist das am besten gesicherte Gebäude in ganz Berlin.«

»Eben. Ich …«

Mehr hörte Nicholas nicht. Die Drohne hatte aufgehört zu kreisen und schoss auf ihn zu. Weg, nur weg.

Die US-Botschaft lag am Brandenburger Tor, genau entgegengesetzt zum Potsdamer Platz. Er hatte zwar keine Ahnung, was er dort sollte, aber Lucas wusste hoffentlich, was er tat. Es war seine einzige Chance.

Sich weiter zu verstecken war sinnlos, die Drohne hatte ihn schon entdeckt. Nicholas rannte los, er hoffte, in die richtige Richtung. Hinter sich hörte er das hochfrequente Surren der Rotoren und Hartwigs Männer, die sich Kommandos zuriefen.

Er sprang von einem Gang zum anderen und zurück und versuchte dabei, immer nach Norden zu rennen. Bei jedem Atemzug schoss von den Rippen ein stechender Schmerz durch seinen Brustkorb, sein Herz stampfte wie ein alter Motor, der gleich auseinanderfliegen würde. Aber mit jedem Meter wurden die Stelen kleiner, und die Sicht besser. Er lief auf ein hässliches Gebäude zu, das abweisend wirkte wie eine Festung, auf dem Dach wehte die US-Flagge.

Das musste es sein.

Vor ihm lag eine Straße, dahinter kam nur noch ein ungewöhnlich breiter Gehsteig und dann die Botschaft. Er war fast da, aber die letzten Meter waren die gefährlichsten, hier war er völlig ungeschützt, es gab keine Betonblöcke mehr, hinter denen er sich verstecken konnte.

Er drehte sich um, die Drohne war jetzt hinter ihm, nur zwanzig Meter entfernt. Ihr Scheinwerfer leuchtete ihm genau ins Gesicht.

Nicholas machte einen verzweifelten Satz zur Seite.

Er hörte, wie die Drohne schoss. Im nächsten Moment vernahm er ein metallisches Klirren, als die Kugel in den Verteilerkasten einschlug, hinter dem er gelandet war. Obwohl der Schmerz in seinen Rippen kaum noch auszuhalten war, rappelte er sich sofort wieder auf, hastete über die Straße und drängte sich zwischen mehreren Autos durch, die an der Ampel warteten.

Jetzt stand er vor dem Seiteneingang der Botschaft, die Glasfassade reflektierte das orangefarbene Licht der Straßenlaternen. Und den Scheinwerfer der Drohne.

Mit aller Kraft rüttelte Nicholas an der Tür, doch sie war nachts natürlich abgesperrt. Was hatte sich Lucas nur dabei gedacht?

Hinter ihm schwebte die schwarze Drohne über dem Gehsteig, sie war so nah, dass sie jetzt lärmte wie ein riesiger Hornissenschwarm. Ihr Schussfeld war frei, diesmal gab es keine Deckung.

In der Ferne hörte er die Sirenen der Polizei, die Lucas benachrichtigt hatte, aber sie würden zu spät kommen. Nicholas konnte nicht entkommen. Er sah Hannas leuchtende Augen vor sich und dachte daran, dass er sie nicht mehr wiedersehen würde.

Doch dann passierte etwas, womit er niemals gerechnet hätte.

Wie von Geisterhand gesteuert, senkte sich die Drohne sanft zu Boden. Ihre vier Rotoren wurden immer langsamer, bis sie ganz zum Stillstand kamen.

19

Ein Klingeln riss Markus Hartwig aus dem Schlaf. Missgelaunt schreckte er hoch, gerade hatte er noch davon geträumt, dass er sich vor der Siegessäule vor Millionen von Anhängern zum Kanzler krönen ließ. Mit halb geschlossenen Augen tastete er auf dem Nachttisch nach seinem Handy, während seine Frau weiterschnarchte. Sie hatte sich am Abend wieder hemmungslos betrunken und ihm eine Szene gemacht, als er nach Hause gekommen war. Wie egoistisch sie war, immer dachte sie nur an sich, dabei brauchte er doch seine ganze Kraft für den Wahlkampf. Und jetzt stieß sie bei jedem ihrer röchelnden Atemzüge immer noch eine stinkende Alkoholwolke aus. Und wie viele Falten sie inzwischen hatte, angewidert verzog er das Gesicht.

Es war 23 Uhr. Er war diesmal ausnahmsweise früher ins Bett gegangen, weil er am morgigen Samstag bereits um vier Uhr zu einem Wahlkampftermin aufbrechen musste. Bei der Aussicht, dass ihm bald wieder Menschen zujubeln würden, besserte sich seine Laune wieder.

Hartwig stand auf und ging mit dem Handy in den Flur. Der Anruf kam von Sven Thoma. Wenn der Sicherheitschef sich so spät noch meldete, musste er einen wichtigen Grund haben.

Wie immer kam Thoma ohne Umschweife zur Sache. »Marianna ist eine Verräterin, ich hab es geahnt.«

»Bitte was?«

Thoma erzählte ihm, dass sich Hartwigs Büroleiterin heimlich mit Nicholas Moor getroffen hatte, um dem Journalisten geheime Unterlagen zu übergeben. Es hatte eine Verfolgungsjagd mitten in Berlin gegeben, an deren Ende die beiden entkommen waren.

»Wieso hast du mir denn nichts von deinem Verdacht erzählt?«, fragte Hartwig.

»Ich wollte sichergehen, dass ich auch richtigliege.«

Hartwig setzte sich auf die oberste Stufe der geschwungenen Treppe, die ins Erdgeschoss führte. Die Nachricht traf ihn härter, als er sich eingestehen wollte. Marianna war zwar erst seit einigen Monaten seine Geliebte, aber sie gefiel ihm außergewöhnlich gut. Er war natürlich nicht verliebt, das würde er nie zulassen, aber ihre eisblauen Augen, die hohen Wangenknochen, ihr kühler Verstand, diese langen Beine und die großen Brüste, das waren schon besondere Qualitäten. Und sie wusste, wie sie ihn im Bett mit ihrer Hingabe um den Verstand bringen konnte. Auch wenn sie sich hinterher manchmal beschwerte, musste sie es doch mögen, wenn er sie härter anpackte, wieso würde sie es sonst immer darauf anlegen?

Aber damit würde jetzt Schluss sein, das war ihm klar. Marianna war ab sofort nicht mehr seine Geliebte, sondern seine Feindin. Warum hatte sie ihn auch so hintergehen müssen?

Manche nannten ihn opportunistisch, weil er von einer Sekunde auf die andere Menschen fallen ließ, wenn es notwendig war, oder seine Meinung änderte, wenn er spürte, dass sich der Wind drehte. Aber er fand, dass es eine seiner größten Stärken war: Wer an die Macht wollte, musste hart und rücksichtslos sein – zu sich selbst und zu anderen.

»Ihr müsst sie finden und unschädlich machen«, sagte er

und versuchte, so ruhig und neutral wie möglich zu klingen. »Das Risiko, dass sie zu den Medien geht, ist zu hoch.«

Wahrscheinlich wusste Thoma längst, dass Hartwig ein Verhältnis mit Marianna hatte, aber er erwähnte es nicht. Hartwig schätzte diese Verschwiegenheit, auch wenn sie ihm bisweilen unheimlich war – man wusste nie, was Thoma hinter seiner ausdruckslosen Miene wirklich dachte. Manchmal fragte er sich auch, wem die Loyalität seines Sicherheitschefs wirklich galt.

Aber er durfte jetzt nicht ins Grübeln kommen, sondern musste seinen Plan durchziehen, es war schließlich keine zwei Wochen mehr bis zur Wahl. Bald war es geschafft, daran würde ihn auch der Verrat von Marianna nicht hindern.

Als er zurück ins Bett stieg, wachte seine Frau auf. »Was war denn?«, murmelte sie schlaftrunken und wollte ihren Arm um ihn legen.

»Nichts, Schatz, schlaf weiter«, antwortete er und drehte sich weg.

Nur kurze Zeit später träumte er schon wieder von der glänzenden Siegessäule.

***

Er warf die Wohnungstür hinter sich zu und drückte auf den Lichtschalter, flackernd ging die nackte Glühbirne an der Decke an. Achtlos warf er seine nasse, müffelnde Lederjacke auf den einzigen Stuhl im Zimmer, dann setzte er die Plastiktüte mit der Drohne auf dem Boden ab und stolperte zu der schmutzigen Matratze, die in einer Ecke auf dem Boden lag. Erschöpft sackte Nicholas in sich zusammen.

Sein T-Shirt, seine Unterhose und seine Jeans klebten ihm

völlig durchgeweicht am Leib, er hatte Mühe, die vollgesogenen Socken auszuziehen. In den Spiegel wollte er lieber nicht schauen, er musste grauenhaft aussehen mit seinen Abschürfungen und Hämatomen. Vorsichtig tastete er seinen Brustkorb ab, der voller blauer Flecken war, schon die kleinste Berührung schmerzte stark. Er musste sich bei dem Aufprall mit dem Fahrrad-Taxi eine Rippe gebrochen haben.

Aber er war ihnen entkommen.

Ächzend stand er wieder auf und zog sich frische Boxer-Shorts und ein sauberes T-Shirt an. Während er sich ein kühles Bier aus dem Kühlschrank nahm, gingen ihm die Ereignisse am Holocaust-Mahnmal durch den Kopf. Lucas hatte vorausgesehen, dass die Drohne landen würde. Noch auf dem Weg nach Hause hatte Nicholas in der U-Bahn seinen Freund angerufen, und dieser hatte ihm erklärt, was genau passiert war: Wie die meisten Botschaften der USA besaß auch die Vertretung in Berlin ein Abwehrsystem gegen Drohnen. Es hatte mit einem Störsender die Verbindung des Kopters zu seinem Piloten unterbrochen, daraufhin war die Drohne in einen vorprogrammierten Sicherheitsmodus gegangen und automatisch gelandet.

Verblüfft und erleichtert hatte sich Nicholas die Drohne, die auf einmal friedlich auf dem Boden lag, geschnappt und war damit weggerannt, bevor die Polizeisirenen noch näher kamen. Er hatte es nicht nur aus Rache an der Volkspartei gemacht, die seine Drohne gestohlen hatte. Vielleicht gelang es ihm mit Lucas' Hilfe auch, im Speicher des Kopters wertvolle Informationen zu finden. Womöglich hatte die Drohne sogar die Gesichter der VP-Killer aufgezeichnet. Jetzt lag sie in der stinkenden Plastiktüte, die er aus einem Mülleimer in der U-Bahn-Station gefischt hatte. Morgen würde er sie zu Lucas schicken, damit der sie in Ruhe analysieren konnte.

Nicholas schob die speckigen Vorhänge zur Seite, an denen die Überreste zerquetschter Fliegen hingen, und öffnete das Fenster, um den Gestank von kaltem Rauch zu vertreiben, der im Raum hing – obwohl er längst wusste, dass das vergeblich war.

Die Einzimmerwohnung befand sich im Erdgeschoss eines düsteren Hinterhofs in Neukölln. Der einzige persönliche Gegenstand war ein Porträtfoto von Hanna, das er mit Reißzwecken über der Matratze befestigt hatte. Unter den Fenstern lagen Einwegspritzen, die die Junkies aus dem zweiten Stock hinunterwarfen, wenn sie sich wieder mal einen Schuss gesetzt hatten. Normalerweise stiegen hier Arbeiter aus Osteuropa ab, die für ein paar Wochen schwarz auf den Berliner Baustellen schufteten, nicht einmal den Mindestlohn bekamen und dann in Billigbussen zurück nach Hause fuhren.

Es war eine Bruchbude, aber immer noch besser, als jede Nacht im Auto zu schlafen. Gefunden hatte er das Zimmer im Internet. Niemand hatte Nicholas' Namen wissen wollen. Er hatte in bar für zwei Wochen im Voraus gezahlt und sich nicht über den Schimmel im Bad, die nachlässig montierten Steckdosen und das fehlende Bett beschwert. Das reichte, um ihn als vertrauenswürdig einzustufen.

Auf Lucas' Rat hin hatte er sich in einem Call-Shop in der Sonnenallee, wo keiner Fragen stellte, ein neues Smartphone und eine Prepaid-SIM gekauft, die nicht auf seinen Namen lief. Bei Oasis Computer nebenan hatte er einen billigen Laptop erstanden. Alles hatte er bar gezahlt. Die meiste Zeit telefonierte er jetzt mit einer App auf dem Handy, mit der man über das Internet anonym Gespräche führen konnte. Er fühlte sich wie ein Terrorist, der untergetaucht war. Und irgendwie stimmte das ja auch.

Nicholas sah auf dem Handy nach, ob Marianna geantwortet hatte. Gleich nachdem er der Drohne entkommen war, hatte er ihr eine SMS geschickt, aber sie hatte nicht reagiert. Hoffentlich war sie in Sicherheit. Wobei er nicht wusste, wie leid es ihm wirklich getan hätte, wenn die Sicherheitsleute der Volkspartei sie erwischt hätten. Schließlich war sie nicht nur mit dem Mann ins Bett gegangen, der aus Deutschland eine Diktatur machen wollte, sie hatte Hartwigs Männer auch zu Nicholas geführt. Und sie hatte ihn reingelegt mit der Aussicht auf brisante Informationen, die es nicht gab.

Die Glühbirne an der Zimmerdecke fing wieder an zu flackern, dann knisterte es, und es gab einen kleinen Knall, als der Glühdraht durchbrannte.

Es wurde wieder dunkel um ihn.

***

»Das war jetzt ein Scherz, oder?«

»Nein, das ist mein voller Ernst.«

»Aber das kannst du doch nicht machen!«

Obwohl das Bild des Videotelefonats nicht besonders gut war, konnte Nicholas erkennen, dass sein Freund vor Aufregung rote Flecken im Gesicht hatte.

»Daran darfst du nicht einmal denken!«

»Doch. Ich werde Markus Hartwig töten.«

Nicholas war selbst erstaunt, wie ruhig seine Stimme klang. Eben hatte ihm Lucas noch erzählt, dass er im Speicher der Mörder-Drohne nichts gefunden hatte, da hatte er ihm fast beiläufig mitgeteilt, dass er ein Attentat plane. Aber er hatte sich in den vergangenen vier Tagen, in denen sein Entschluss gereift war, diesen Satz immer wieder vorgesagt: morgens unter der Dusche; beim Mittagessen, das er meistens nur hastig eingenommen hatte, zu groß war seine innere Unruhe; abends im Bett, nachdem er das Licht ausgeschaltet hatte und die Dunkelheit nach seiner Seele griff – und sogar nachts, als er aus dem immer gleichen Traum hochgeschreckt war, in dem Hartwig mit marodierenden Horden den Reichstag stürmte. Wie eine Beschwörungsformel hatte er diesen Satz wiederholt, damit er seinen Schrecken verlor.

Diesmal antwortete Lucas nicht. Er sah Nicholas nur über die Kamera seines Laptops in die Augen und schwieg. Vielleicht wollte er Nicholas mit der Wucht seiner Worte allein lassen, er sollte ihnen nachspüren und fühlen, was er gerade gesagt hatte.

Nicholas saß ebenso schweigend wie sein Freund vor seinem Notebook in dem winzigen, schäbigen Zimmer, das nur vom Bildschirm seines Computers erhellt wurde.

»Sag das noch mal, damit ich sicher sein kann, dass ich mich nicht verhört habe.« Lucas hatte sein Gesicht ganz nah an die Kamera gerückt, es wirkte wie ein verzweifelter Versuch, Nähe herzustellen, obwohl sie 600 Kilometer voneinander entfernt waren.

»Ich werde Markus Hartwig töten«, wiederholte Nicholas.

Lucas schüttelte den Kopf. Er wirkte ernsthaft besorgt. »Das ist irre. Völlig irre. Nimmst du noch deine Tabletten?«

»Glaub mir, ich habe mich schon lange nicht mehr so klar im Kopf gefühlt wie jetzt.«

»Du willst Hartwig wirklich umbringen? Du warst doch noch nicht mal bei der Bundeswehr.«

»Ich will nicht, ich muss.«

»Du musst gar nichts.«

»Doch.«

Jetzt rückte auch Nicholas näher an die Kamera. »Und zwar schon deshalb, weil er sonst mich umbringt. Beim Holocaust-Mahnmal bin ich seinen Männern gerade noch mal entwischt, aber sie sind mir auf der Spur. Ich kann mich nicht ewig verstecken.«

»Und deshalb fällt dir nichts Besseres ein, als selbst zum Mörder zu werden?«

»Es geht um mehr. Ich habe dir das Dossier doch geschickt, du hast seine Umsturzpläne gesehen. Wenn er die Wahl gewinnt, kann ihn keiner mehr aufhalten, dann ist es zu spät. Was ich mache, ist Notwehr.«

Nicholas hielt das Dossier vor die Kamera. »Hast du die Passage über das Verfassungsgericht gelesen? Die Besetzung des Reichstags ist nur der Auftakt, sie wollen das ganze Grundgesetz aushebeln. Wenn Hartwig an die Macht kommt, dann ist es vorbei mit der Demokratie in Deutschland. Dann wird das hier ein autoritärer Staat oder noch schlimmer. Stell dir vor, die Nazis hätten das Internet gehabt, die ganzen Überwachungstechnologien wie Gesichtserkennung, Künstliche Intelligenz, Location Tracking, das automatische Scannen von Autokennzeichen, Überwachungsdrohnen und so weiter. Erst kürzlich wurde die lebenslang gültige Personenkennziffer für jeden Bürger eingeführt, stell dir vor, was die Volkspartei damit alles machen kann. Das ist ein Gestapo-Traum. Und wer weiß, was für Technologien Securecom und andere Firmen, die der Volkspartei nahestehen, gerade noch entwickeln. Das wird schlimmer sein, als wir uns vorstellen können.«

»Die Polizei …«, setzte Lucas an.

»Sei nicht naiv. Die Polizei tut doch nichts, viele Beamte sympathisieren sogar mit der VP. Für die bricht doch das Überwachungsparadies an, wenn die Volkspartei an die Macht kommt. Nicht mal Nina will etwas unternehmen. Und die anderen Parteien sind hilflos. Hast du die Diskussion der Spitzenkandidaten im Fernsehen gesehen?«

»Ja, furchtbar. Hartwig hat mit ihnen gespielt, wie er wollte.«

»Genau. Ist dir aufgefallen, wie siegesgewiss er war? Und sein Spindoktor hinterher beim Interview? Die Typen von der Volkspartei sind danach so aufgetreten, als gehöre ihnen das Land schon. Wer soll Hartwig denn noch stoppen?«

Wieder schwieg Lucas. Als er schließlich weitersprach, klang er sehr nachdenklich. »Weißt du überhaupt, was das heißt, jemanden zu töten?«

»Nein, ich hab es ja noch nie gemacht. Ich will es auch gar nicht wissen.«

»Was gibt dir eigentlich das Recht dazu?«

»Nichts. Glaub mir, ich hab in den vergangenen Tagen lange nachgedacht und einiges gelesen. Ich könnte jetzt Cicero zitieren, der den Tyrannenmord ausdrücklich verteidigt hat. Oder Schiller oder den Kirchenlehrer Thomas von Aquin. Oder einen alten Griechen, ganze Bibliotheken sind voll mit klugen Gedanken dazu. Aber für philosophische Erwägungen fehlt mir jetzt die Zeit. Für mich zählt nur: Einer muss es machen. Würdest du nicht so handeln wie ich?«

»Wie willst du es eigentlich anstellen? Schießen kannst du ja nicht. So wie du zurzeit Auto fährst, schlage ich vor: Überfahre Hartwig einfach, das fällt dir sicher leicht.«

Nicholas überhörte den Sarkasmus seines Freundes. »Mir fällt schon was ein. Ich hab da eine Idee.«

Lucas streckte hilflos seine Arme aus, als versuche er, durch den Bildschirm Nicholas zu umarmen. Seine Augen schimmerten feucht.

»Mensch, Nicholas, vergiss den Mist doch einfach. Setz dich jetzt gleich in den ollen Panda und fahr nach München. In ein paar Stunden bist du hier, dann trinken wir ein paar Bier zusammen und besprechen alles in Ruhe.«

Nicholas schüttelte nur den Kopf.

»Oder sag mir, wo du bist, dann komme ich vorbei.«

»Es tut mir leid, Lucas.« Nicholas schnürte es die Kehle zu. »Dafür ist es zu spät. Und ich muss dich warnen. Die Volkspartei wird nach dem Dossier suchen, und früher oder später werden sie auch bei dir landen. Du musst verschwinden.«

***

Das hübsche Gesicht der Demonstrantin füllte fast den ganzen Monitor aus. *Fuck Nazis* hatte sie sich mit schwarzem Kajalstift auf die Stirn geschrieben. Sie war höchstens Mitte zwanzig und sah aus wie eine Studentin, jedes Mal, wenn sie etwas rief, wippten ihre schulterlangen dunkelbraunen Locken mit. Das Bild war gestochen scharf, man konnte sogar erkennen, dass auf ihrem silbernen Halskettchen *Andrea* stand, nur der Ton fehlte.

»Zum Glück kann ich dich nur ansehen und muss nicht hören, was du so rufst, Andrea!«, sagte Mirko Strasser voller Verachtung. Auf den Bildschirmen in der Sicherheitszentrale der Volkspartei liefen an diesem Sonntagmorgen überall Live-Streams von der Demonstration am Rosa-Luxemburg-Platz. Einige Videos zeigten die Tausende von Menschen, die gegen die Volkspartei protestierten, aus der Vogelperspektive oder von einem Wasserwerfer der Polizei aus, auf anderen waren Nahaufnahmen einzelner Demonstranten zu sehen.

»Kannst du mal prüfen, wer diese Göre ist?«, fragte Sven Thoma, der nervös im Zimmer auf und ab ging.

Strasser aktivierte die Gesichtserkennung. Sofort markierte ein gelber Rahmen das Gesicht der Studentin, eine Sekunde später tauchten ihr Name, ihre Adresse und ihre Telefonnummer auf dem Display auf. Daneben stand: *Person bisher nicht aufgefallen*.

»Vielleicht sollten wir dich mal nachts besuchen, schöne Andrea Pakert aus der Rheinstraße«, sagte Strasser grinsend und fuhr auf dem Monitor mit einem Finger genüsslich über ihre großen Brüste.

Normalerweise hätte Thoma mit seinem Adjutanten nur zu gern noch mehr attraktive Demonstrantinnen observiert, aber heute war er nicht bei der Sache.

Seine Gedanken wanderten immer wieder zu der Aktion am Holocaust-Mahnmal, die völlig schiefgelaufen war. Dabei waren sie so nah dran gewesen, beinahe hätten sie gleich beide erwischt: die Verräterin und den lästigen Journalisten, aber dann waren sie ihnen doch noch entkommen.

Mang und Rotten waren außer sich gewesen, und sie hatten recht, so etwas durfte nicht passieren. Nicht einem Profi wie ihm. Er war eine dumme Idee gewesen, sich auf die Drohne zu verlassen, aber Mangs Technikexperten hatten ihn überredet, das neue Modell mit der eingebauten Waffe auszuprobieren. Sie waren sehr stolz gewesen auf ihr Wundergerät. Aber das nächste Mal würde er die Sache wieder auf die erprobte Art lösen.

»Gibt es eigentlich eine neue Spur zu Marianna Tretskow?«, fragte er Strasser. Der hatte schon eine neue Demonstrantin im Visier, diesmal war es eine schmale Rothaarige mit Sommersprossen.

»Nein. Wir überwachen die Nummer immer noch, aber sie hat ihr Handy nicht mehr eingeschaltet, seit wir sie am Brandenburger Tor aus den Augen verloren haben. Wahrscheinlich hat sie es weggeworfen. Offensichtlich hat unsere Eisprinzessin dazugelernt. Oder jemand hat ihr geholfen. Wir werden sie nicht mehr so leicht aufspüren wie das letzte Mal, als sie den Journalisten getroffen hat, aber Sarko ist dran. Er hat schon ihre Familie überprüft, aber dort ist sie nicht.«

»Er soll ihre alten Verbindungen checken«, sagte Thoma, während er weiter durch den Raum tigerte. »Sie ist nicht der Typ, der sich allein irgendwo verkriecht. Sie muss bei jemandem untergeschlüpft sein, den sie kennt.«

Er hatte Markus Hartwig noch in der gleichen Nacht angerufen, um ihm mitzuteilen, dass seine Büroleiterin eine Verräterin und geflüchtet war. Hartwig musste von dieser Nachricht schwer getroffen gewesen sein, aber er hatte sich nichts anmerken lassen. Thoma war immer wieder erstaunt, wie gut sich Hartwig im Griff hatte, wie eiskalt er in entscheidenden Situationen handelte. Ohne zu zögern hatte er befohlen, seine Geliebte unschädlich zu machen. Die Gefahr, dass sie sich an die Medien wandte, war zu groß, das hatte auch Hartwig sofort verstanden.

Ein Summen ertönte, und die gepanzerte Tür zur Sicherheitszentrale schwang auf. Frank, der Techniker mit dem weißen Laborkittel, kam mit einem triumphierenden Lächeln auf Thoma zu.

»Sarko hat sich gemeldet, sie haben es endlich geschafft, den Laptop des Journalisten zu cracken.« Er sah ihn strahlend an, wie ein Hund, der von seinem Herrchen belohnt werden wollte.

Doch Thoma blieb ungerührt. »Das hat ja lange genug gedauert. Hat Sarkos Team schon den Inhalt der Festplatte analysiert?«

»Sie sind noch dabei, aber wir wissen jetzt, von wem Nicholas Moor unsere Feindesliste bekommen hat. Es ist ein Kollege von ihm, Lucas Wirtz.«

»Zumindest etwas. Gibt es denn auch Hinweise darauf, wo Moor jetzt steckt? Wir suchen seit Tagen vergeblich seine Spur.«

»Noch nicht, aber das dürfte nicht mehr lange dauern. Ich schicke Ihnen gleich die Adresse von Lucas Wirtz aufs Smartphone.«

Thoma schlug mit der Faust gegen eine Säule. »Die sollen sich verdammt noch mal beeilen!«

Erschrocken nickte der Techniker und machte sich aus dem Staub.

Wenn Lucas Wirtz sein Kollege war, dann hatte ihm Moor sicher auch das Geheimdossier geschickt. Und wahrscheinlich wusste er auch, wo Moor jetzt steckte.

Wirtz wohnte in München, aber wenn sie sofort losfuhren, würden sie in ein paar Stunden herausfinden, wie viel er wirklich wusste.

20

Nicholas zögerte etwas, bevor er das lila Icon anklickte, das an eine stilisierte Zwiebel erinnerte. Er hatte das Gefühl, gleich eine unsichtbare Grenze zu überschreiten. »Willkommen in der Unterwelt«, murmelte er, als er den Tor-Browser startete, der ihn ins Darknet bringen sollte – der Platz, wo sich Kreditkartenbetrüger, Waffenhändler, Drogendealer, Auftragskiller, Cracker, Pädophile und Terroristen tummelten, aber auch Menschenrechtler, Hacker und andere Idealisten, die gegen Diktaturen und Zensur kämpften.

Unwillkürlich blickte er aus dem Seitenfenster des Fiat Panda und prüfte, ob ihn jemand beobachtete. Doch in der kleinen Straße neben dem Schlesischen Tor in Kreuzberg, wo er geparkt hatte, strampelte sich nur ein Radfahrer ab, der sich nicht um ihn kümmerte.

Es war mühsam, in dem engen Auto den Laptop auf den Knien zu balancieren, aber das nahm er in Kauf. Nicholas war extra in diese verlassene Seitenstraße gefahren, um sich in das kostenlose, öffentliche WLAN der Stadt Berlin einzuloggen, das bis hierher reichte. Man konnte es völlig anonym nutzen – perfekt, wenn man keine Spuren hinterlassen wollte.

Als sich der Tor-Browser öffnete, rief Nicholas eine Suchmaschine auf, die nur das Darknet durchforstete. Wie man in diesen schwer zugänglichen Teil des Internets kam, hatte ihm Lucas schon vor Jahren bei einer Recherche-Übung erklärt. Seitdem hatte er das Darknet allerdings nie mehr betreten.

Aber jetzt musste er in dieses geheime Netz im Netz, wenn er das Attentat durchführen wollte. Sein Plan war einfach: so nahe wie möglich an Hartwig herankommen, um ihn dann zu erschießen. Das sollte auch jemand wie er schaffen, der noch nie in seinem Leben eine richtige Waffe in der Hand gehabt hatte. Danach würde er gar nicht erst versuchen zu fliehen, sondern sich stellen. Den Prozess wollte er als Bühne nutzen, um Hartwigs Umsturzpläne bekannt zu machen. Jeder sollte erfahren, was die Volkspartei wirklich aus Deutschland machen wolle. Danach, so hoffte er, wäre die Partei für immer erledigt.

Aber zuerst brauchte er eine Waffe.

Nicholas musste an sein Videotelefonat mit Lucas vor ein paar Stunden denken. Sein Freund war sichtlich schockiert gewesen, als er ihm eröffnet hatte, dass er Hartwig töten wollte. Und welcher vernünftige Mensch wäre das nicht gewesen? War es nicht viel schockierender, dass er selbst nicht entsetzt war? War er schon so verroht? Er verschwendete inzwischen keinen Gedanken mehr an seine eigene Zukunft, aber was sollte aus Hanna werden, wenn er ins Gefängnis kam?

Doch dann dachte Nicholas an Hartwigs Umsturzpläne. Konnte er zulassen, dass Hanna in so einer Diktatur aufwuchs? Musste er diesen Tyrannen nicht gerade seiner Tochter zuliebe stoppen?

Nicholas schob diese Gedanken beiseite. Er musste aufhören zu grübeln und endlich handeln. Seine Finger flogen über die Tastatur. *Weapons* tippte er in die Suchmaschine ein. Die Trefferliste war mehrere Seiten lang, ein Waffenhändler nach dem anderen pries seine tödliche Ware an. Wahllos klickte er auf den ersten Link. Der Shop hieß Black Guns und listete wie in einem Kleinanzeigen-Portal sein Angebot an Pistolen auf:

eine Walther PPK, Kaliber 7,65 mm, für 600 Euro, eine Desert Eagle, Kaliber .44, für 1250 Euro, für 700 Euro bekam man eine Sig Sauer P226, Kaliber 9 mm, Munition kostete jeweils extra. *Shipping is free*, warb der Händler, als würde er CDs oder Bücher verkaufen. Zahlbar war alles in Bitcoin. Mit ein paar Klicks konnte man das Gewünschte in den Warenkorb legen.

Angeekelt und fasziniert zugleich klickte Nicholas auf das zweite Suchergebnis. Der Shop, in dem er diesmal landete, sah deutlich professioneller aus und hatte ein viel größeres Sortiment. Silkworm Market schien eine Art Amazon für Kriminelle zu sein: Man konnte gefälschte Pässe, Personalausweise und Führerscheine kaufen, gestohlene Kreditkarten, lebenslange Mitgliedschaften auf Pornoseiten, peruanisches Kokain, LSD-Plättchen mit psychedelischen Mustern, Hasch aus Marokko oder kilogrammweise Crystal Meth aus tschechischen Laboren. Und jede Menge Waffen. Hier gab es auch Sturmgewehre, Maschinenpistolen, Schrotflinten und Kalaschnikows im Angebot, genug, um eine Privatarmee auszurüsten.

Angewidert verzog Nicholas sein Gesicht. Wo war er da nur hineingeraten? War er jetzt auch einer dieser Kriminellen, die diese illegalen Marktplätze frequentierten? Aber er benötigte nun einmal eine Waffe, anders ging es nicht.

Nachdem er noch in einigen anderen Shops gesucht hatte, entschied er sich für eine Glock-19-Pistole aus dem Silkworm Market. Sie war kompakt, leicht und ließ sich gut verstecken. Das Bezahlen mit Bitcoin ging fast so einfach wie in einem normalen Internetshop, er hatte sich vorher schon ein Wallet, eine Online-Geldbörse, mit der Kryptowährung angelegt. Die Pistole sollte in zwei Tagen an eine Packstation geliefert werden, in einem *unauffälligen Paket, dessen Inhalt auch beim Durchleuchten mit Röntgen-Strahlen nicht sichtbar ist*, wie es beruhigend in der Kaufbestätigung hieß. Darunter warb der Internet-Hehler um eine positive Bewertung: *Geben Sie uns fünf Sterne, wenn Sie mit dieser Transaktion zufrieden waren! Die Zufriedenheit unserer Kunden ist uns am wichtigsten!*

Nicholas warf einen Blick auf die Uhr. Er hatte nur dreißig Minuten gebraucht, um sich eine Mordwaffe zu besorgen – ein Einkauf im Supermarkt dauerte länger.

In gemächlichem Tempo machte er sich auf den Weg zurück in seine Absteige. Er hatte Mühe, sich auf den Verkehr zu konzentrieren. Vor seinem inneren Auge sah er, wie er Hartwig bei einem Wahlkampfauftritt aus der Nähe in den Bauch schoss. Das weiße Hemd des Politikers färbte sich blutrot, der Fleck breitete sich immer weiter aus, Hartwig kippte wie in Zeitlupe um und sah Nicholas dabei vorwurfsvoll in die Augen. »Ich habe doch Kinder …«, wollte er sagen, aber man hörte es nicht, weil ein Schwall Blut aus seinem Mund schoss. Wie eine Fontäne sprudelte es aus ihm heraus. Die Blutspritzer trafen Nicholas im Gesicht, sie liefen ihm die Stirn herunter und über seine Augenlider, er konnte nichts mehr sehen. Alles war rot.

Plötzlich hörte er ein lautes Geräusch und riss die Augen auf, vor ihm war es immer noch rot, aber diesmal war es die Ampel. Hinter ihm hupte jemand wütend.

***

Eine kleine Rauchwolke stieg auf, als die heiße Spitze des Lötkolbens den Draht berührte. Augenblicklich schmolz das Lötzinn und tropfte wie flüssiges Quecksilber auf die Platine. Jetzt musste er nur noch das dünne Beinchen des Kondensators in das geschmolzene Zinn stecken, eine Routineübung. Doch seine Hände fingen wieder an zu zittern, und er knickte das Bein um.

»Fuck!«, entfuhr es Lucas. Er hatte erneut ein Bauteil zerstört, zum dritten Mal an diesem Sonntagabend. Frustriert legte er den Lötkolben zur Seite. Der vollautomatische Nistkasten für Vögel, den er gerade für seinen Garten baute, würde noch etwas länger brauchen. Normalerweise beruhigte es ihn, vor dem Schlafengehen noch etwas zu basteln. Zurzeit fiel es ihm aber schwer, sich richtig zu konzentrieren.

Die Gespräche, die er in den vergangenen Tagen mit Nicholas geführt hatte, ließen ihm keine Ruhe. Er musste seinen Freund unbedingt von seinem Vorhaben abbringen. Ein Attentat auf einen Kanzlerkandidaten zu verüben, das war wahnsinnig. Erst hatte er noch geglaubt, dass es nur eine Rachefantasie war, die sich verselbstständigt hatte. Doch inzwischen war ihm klar, dass sein Freund es ernst meinte. Am Handy wollte Nicholas nicht mehr über das Thema reden, vielleicht sollte er zu ihm nach Berlin fahren. Aber er wusste nicht einmal, wo sich Nicholas versteckt hielt.

Lucas verließ den Hobbyraum, den er sich im Keller seines Hauses eingerichtet hatte, und ging an einem Flipperautomaten aus den Achtzigern vorbei die Wendeltreppe hoch. In der Küche öffnete er den Kühlschrank, der bis auf ein Fach mit asiatischen Fertigsuppen und zwei Flaschen Bier fast leer war, und nahm sich ein Pils. Mit einem lauten *Plopp* ging die Flasche auf. Als der Kronkorken auf die Fliesen fiel, stutzte Lucas. War da nicht noch ein Geräusch? Waren das Schritte auf der Terrasse? Er hielt kurz inne und lauschte, aber in der Küche war nur das Brummen des Kühlschranks zu hören.

Erst jetzt sah er auf sein Smartphone, unten im Keller hatte er keinen Empfang. Mona hatte ihm, wie jeden Abend, den sie nicht zusammen verbrachten, per Signal einen Gutenachtgruß gesendet. *Ich schraub noch an dieser Drohne. Spannend! Schlaf gut, mein Huschel!* Dahinter hatte sie unzählige Herzchen-Emojis gepostet.

Die Killerdrohne, die ihm Nicholas zur Analyse aus Berlin geschickt hatte, hatte er Mona gegeben. Er hatte den Speicher schon ausgelesen und nichts Wichtiges gefunden, aber sie kannte sich damit viel besser aus, immerhin war sie diplomierte Raumfahrt-Ingenieurin.

Beim Gedanken an seine neue Freundin glitt ein Lächeln über sein Gesicht. Mona war nicht nur hübsch, sondern auch einer der klügsten Menschen, die er je kennengelernt hatte. Sie war das Beste, was ihm seit Langem passiert war – dass sie seit einem Motorradunfall im Rollstuhl saß, störte ihn nicht.

Vielleicht hatte Nicholas recht, dass er lieber eine Zeit lang verschwinden sollte, aber er konnte doch Mona jetzt nicht allein lassen. Im Sommer wollten sie das erste Mal zusammen in Urlaub fahren und in der Bretagne campen. Sie hatte ihm erzählt, dass sie es liebte, beim Einschlafen die Wellen zu hören, die sich am Strand brachen. Lucas hatte auch schon mit der Suche nach einem rollstuhlgerechten Wohnmobil begonnen.

Hoffentlich würde er sie nach der Reise überzeugen können, bei ihm einzuziehen. Das frei stehende Haus, das er geerbt hatte, war schließlich auch für zwei mehr als groß genug. Man würde natürlich an der Vordertür eine Rampe anbringen müssen, vielleicht auch hinten im Garten?

Ohne das Licht anzumachen, lief er mit der Bierflasche in der Hand durch das Wohnzimmer zur Terrasse, um sich die Stufen dort anzusehen. Als er den Vorhang vor der Terrassentür zur Seite schob, sah er, dass im Garten die Bodenleuchten die Nacht erhellten. Die Bewegungsmelder mussten sie aktiviert haben. War da jemand? Oder streunte wieder nur eine Katze herum?

Lucas öffnete die Glastür zur Terrasse und trat hinaus in die kühle Abendluft. Zwei Blumentöpfe mit Margeriten waren umgekippt, und jemand hatte den Beistelltisch neben seinem Liegestuhl verrückt.

Er runzelte die Stirn und wollte zum Tisch gehen, als voller Wucht eine Faust in sein Gesicht knallte. Es krachte laut, als sein Nasenbein brach. Lucas war so überrascht, dass er kaum schrie, er spürte nur einen tiefen, dumpfen Schmerz und in seinem Mund den Geschmack von Blut. Eine Welle von Adrenalin flutete seinen Körper. Während er nach hinten taumelte, riss er seinen Arm hoch und hieb mit der Bierflasche blindlings in die Richtung, aus der die Attacke gekommen war. Die Flasche zersplitterte, ein Mann brüllte auf vor Schmerz.

Im Liegen schob sich Lucas zurück zum Wohnzimmer. Gerade als er sich an der Terrassentür hochzog, stürzte der Angreifer erneut auf ihn zu. Er war deutlich größer als er, breit wie ein Schrank und komplett schwarz gekleidet, unter dem dünnen Overall zeichnete sich sein aufgepumpter Bizeps ab. Selbst in dem spärlichen Licht konnte Lucas die grünen Glassplitter erkennen, die in der Gesichtsmaske des Eindringlings steckten. In einer Hand schwang er ein Kampfmesser.

Aus einem Instinkt heraus, von dem er selbst nicht wusste, dass er ihn besaß, stieß Lucas dem Einbrecher mit ganzer Kraft die offene Glastür vor die Brust. Für einen Moment fürchtete er, dass das Glas brechen könnte, aber die Tür hielt stand, und der Mann prallte an ihr ab und stürzte zu Boden.

Schnell warf Lucas die Tür zu. Waren das Hartwigs Männer? Hätte er doch nur auf Nicholas' Warnung gehört. Jetzt waren sie hier.

Er musste sofort die Polizei rufen. Wo war denn sein Handy?

Hektisch tastete er seine Taschen ab. Nichts. Vielleicht hatte er es in der Küche vergessen. Als er schon losrennen wollte, um es dort zu suchen, sah er das Smartphone. Es lag auf der Terrasse, neben dem Eindringling, der sich nicht regte. Das Display war zersplittert, es musste ihm beim Kampf aus der Tasche gerutscht sein.

Während er noch überlegte, ob er es riskieren konnte, es zu holen, löste sich im Garten ein Schatten von der Hecke und kam auf ihn zu.

Sie waren zu zweit. Mindestens.

Lucas' Gedanken überschlugen sich. Panik stieg in ihm auf. Was sollte er nur machen? Zur Haustür rennen und hoffen, dass er es bis zu den Nachbarn schaffte? Aber was, wenn am Eingang noch jemand lauerte? Und hatte sich das alte Ehepaar, das fünfzig Meter weiter wohnte, nicht vor ein paar Tagen in den Urlaub verabschiedet? Sein Auto stand auch nicht in der Garage, das hatte immer noch Nicholas. Und mit dem Fahrrad wäre er viel zu langsam. Er konnte nicht einmal telefonieren. Wieso hatte er auch nur sein Festnetztelefon abgeschafft, das hätte er jetzt gut gebrauchen können.

Der Schatten kam näher.

Endlich wusste Lucas, was er tun musste. Er ging durch das Dunkel zum Ecksofa im Wohnzimmer und fuhr mit den Händen über den abgewetzten Stoff. Die Fernbedienung musste auf der Armlehne liegen. Und tatsächlich, da war sie. Noch nie hatte sich das Plastik-Viereck so gut angefühlt.

Genau in dem Moment, als der Schatten auf die Terrasse sprang, drückte Lucas auf den *Close*-Knopf seiner Smart-Home-Steuerung. Überall im Haus ratterten gleichzeitig die Jalousien herunter, selbst im ersten Stock und unter dem Dach. Auch an der Terrassentür schlossen sich mit einem lauten Scheppern die Rollläden. Der Schatten war nicht mehr zu sehen.

Zitternd setzte sich Lucas auf die Couch. Er war in seinem eigenen Haus gefangen, aber er war auch in Sicherheit. Vorläufig.

Jetzt, da das Adrenalin nachließ, spürte er die Schmerzen. Sein Kopf fühlte sich an, als hätte man einen Meißel hineingerammt, und seine Nase wie eine breiige Masse, durch sie zu atmen war unmöglich. Als er durch die Dunkelheit in die Küche schlich, war ihm so schwindlig, dass er fast umgekippt wäre. Er wusch sich hastig das Gesicht in der Spüle und stopfte sich behutsam ein Stück Küchentuch in die gebrochene Nase, um die Blutung zu stoppen. Das Licht schaltete er lieber nicht an.

Er hatte etwas Zeit gewonnen, aber die Männer, wie viele es auch immer sein mochten, würden nicht lockerlassen. Er musste dringend Hilfe holen. Dafür gab es nur noch eine Möglichkeit: seinen Computer im Keller. Er musste Mona eine Nachricht schicken, hoffentlich war sie noch wach.

Lucas nahm das schärfste Küchenmesser aus einer Schublade und stieg, so leise er nur konnte, die Wendeltreppe zum Keller hinunter. Auf jeder Stufe verharrte er kurz, sah nach unten in die Finsternis und horchte auf das kleinste Geräusch. Aber er hörte nur sein Herz schlagen. Hatten sie schon aufgegeben?

Nach ein paar Minuten, die sich wie eine Ewigkeit anfühlten, war er endlich im Untergeschoss. Sein Rechner stand auf dem Schreibtisch, auf der anderen Seite des Raumes. Langsam gewöhnten sich seine Augen an die Dunkelheit, jetzt konnte er einige Umrisse wahrnehmen: Da waren seine Werkbank und der Flipperautomat direkt neben ihm, dort hinten der ergonomische Stuhl und der Computer-Monitor auf dem Tisch.

An einer Wand erspähte er einen schmalen Streifen Licht. Es fiel durch die Kellertür, die zum Garten führte. Hatte er vergessen, sie abzusperren? Wenn der Bewegungsmelder draußen auch das Licht über der Kellertür aktiviert hatte, dann …

Er brachte den Gedanken nicht zu Ende, sondern wirbelte herum und wollte, so schnell es ging, wieder die Treppe hinauf. Doch da bekam er schon einen Schlag auf die Schulter, das Messer rutschte ihm aus der Hand und landete klirrend auf dem Boden.

Plötzlich blendete ihn das grelle Licht einer Taschenlampe, schützend riss er seine Hände vors Gesicht.

»Nimm die Arme runter und bleib ganz ruhig«, sagte eine tiefe Männerstimme. Sie klang beängstigend kontrolliert.

Als Lucas gehorchte, sah er in den Lauf der Pistole, die auf ihn gerichtet war.

»Wir gehen jetzt zusammen rauf und setzen uns ins Wohnzimmer«, sagte der Eindringling. »Und dann erzählst du mir alles, was du über dieses Dossier weißt, das ihr gestohlen habt.«

Ohne Vorwarnung schlug ihm der Eindringling hart mit der flachen Hand ist Gesicht. »Hast du verstanden?«

»Ja«, wollte Lucas sagen, aber er konnte nicht. Sein Gesicht war so geschwollen, dass er den Mund kaum noch öffnen konnte, deshalb nickte er nur.

Doch er konnte noch klar denken. Sie würden ihn niemals gehen lassen, wenn sie erfahren hatten, was sie wollten. Wenn er überleben wollte, musste er den Angreifer außer Gefecht setzen, solange er noch halbwegs dazu in der Lage war – egal wie riskant es war.

An seinen Füßen spürte er das harte Bein des Flippers. Im gleichen Moment ließ er sich schon zur Seite fallen, genau auf das Gerät. Die bunten Lichter des Automaten begannen wild zu blinken, Soundeffekte heulten auf und erfüllten den Raum wie in einer Spielhalle. Der Lichtstrahl der Taschenlampe verlor ihn kurz aus den Augen. Lucas sprang zur Werkbank, ergriff mit einer geschickten Bewegung den Lötkolben und rammte dem Schläger die heiße Spitze ins Gesicht.

Es roch nach verbranntem Fleisch, als er dem Mann die Backe aufritzte. Doch der zuckte nicht einmal. Mit einer ungeheuren Wut setzte Lucas nach, aber er hatte keine Chance.

Wie in Zeitlupe sah er, wie das Neonlicht an der Decke aufflackerte. Ein Schuss knallte. Für eine Sekunde schien die Zeit stehen zu bleiben. Dann kippte er um, und in seinem Bauch spürte er Schmerzen, wie er sie noch nie erlebt hatte.

»Verdammt, was hast du gemacht?«, hörte er seltsam gedämpft den Angreifer rufen. »Hör mal, wie der röchelt. Der Typ ist hinüber, der kann uns nichts mehr sagen.«

»Er hat dich angegriffen, sei froh, dass ich geschossen habe«, antwortete ein Mann, der an der Kellertür stand. Es war der Einbrecher von der Terrasse.

»Mit dem Dickwanst wäre ich doch locker fertig geworden«, sagte der andere Eindringling, der sich jetzt breitbeinig über Lucas stellte, während er seine blutige Maske auszog und seine Pistole auf Lucas' Stirn aufsetzte. Lucas sah das Gesicht nur wie durch einen Schleier, aber es kam ihm bekannt vor, trotz der frischen Wunde in der Backe. War das nicht der Mann von dem Video aus Balderschwang?

Blut lief ihm in den Mund, er schloss die Augen und dachte an Mona und stellte sich vor, dass es die Wellen am Strand in der Bretagne waren, die sie nie zusammen sehen würden.

***

Schon zum zweiten Mal lief Nicholas an der Packstation vorbei und warf einen verstohlenen Blick durch die Glastür. Seit dem Angriff am Holocaust-Mahnmal war er noch misstrauischer geworden, ständig kam ihm jemand verdächtig vor. Doch diesmal war niemand in dem Raum mit den Schließfächern zu sehen. Schnell schlüpfte Nicholas hinein, hielt seine Karte vor das Lesegerät und tippte den Code ein, den er zwei Stunden vorher per App bekommen hatte. Das braune Päckchen, das er aus einem Fach nahm, war kaum größer als ein Buch, aber viel schwerer. Als Absender stand eine Adresse in Hamburg darauf, aber er war sich sicher, dass sie falsch war.

Nicholas widerstand der Versuchung, die Sendung gleich aufzureißen, und steckte sie in eine Tasche. Als er zum Auto ging, hatte er dennoch das Gefühl, dass ihn alle Passanten anstarrten, weil sie wussten, was er bei sich trug. Er räumte die Brottüten und Bierdosen vom Beifahrersitz des Fiat Panda und legte das Päckchen behutsam darauf ab.

Während er über den Tempelhofer Damm und die Stadtautobahn nach Brandenburg fuhr, sah er immer wieder skeptisch auf die Schachtel, als enthielte sie eine Bombe, die jederzeit hochgehen konnte. Von Zeit zu Zeit prüfte er im Rückspiegel, ob er verfolgt wurde, aber er bemerkte nichts Auffälliges.

Nach einer Dreiviertelstunde kam er an seinem Ziel an. Der Parkplatz lag mitten im Wald, nur einige Wanderer verirrten sich manchmal hierher, aber heute Nachmittag war niemand zu sehen. Trotzdem stellte er den Wagen lieber in einer dunklen Ecke ab, hinter einem Stapel von gefällten Baumstämmen. Jetzt erst nahm er sein Taschenmesser, um das Päckchen zu öffnen. Misstrauisch betrachtete er das braune Packpapier, mit dem es umhüllt war. Was sollte er tun, wenn überhaupt keine Waffe darin war?

Hastig durchtrennte er das Klebeband. Vor Aufregung schnitt er sich fast in den Finger, doch dann lag sie tatsächlich vor ihm: die Pistole, die er im Darknet gekauft hatte, eine Glock 19. Sie war nicht, wie angepriesen, neu, sondern hatte deutliche Gebrauchsspuren, der Kunststoffgriff war abgewetzt. Was wohl der Vorbesitzer damit angestellt hatte? Der Händler hatte ihn angelogen, aber hatte er wirklich erwartet, dass jemand im Darknet die Wahrheit sagte?

Vorsichtig nahm Nicholas die Pistole in die Hand. Die einzige Waffe, die er vorher je angerührt hatte, war eine Schreckschusspistole. Als Kind hatte er damit in der Faschingszeit Platzpatronen verschossen. Es waren immer harmlose Spiele gewesen, bis auf einmal, da hatte er in einem Wutanfall so getan, als würde er die dämliche Tochter der Nachbarn erschießen. Seine Mutter war darüber so erschrocken gewesen, dass sie ihm Hausarrest erteilt und die Spielzeugwaffe weggenommen hatte.

Die Glock war deutlich schwerer. Nicholas steckte das mitgelieferte Magazin in die Hosentasche und die Pistole in seinen Gürtel. Es war erstaunlich, wie leicht sie sich verbergen ließ. Niemand würde die Waffe bemerken, wenn er nahe genug an Hartwig herankam. Dann musste er ihn nur noch erschießen. Nur noch …

Mit einem bangen Gefühl machte er sich auf den Weg durch den Wald. Von diesem Parkplatz aus hatte er früher mit Hanna und Sandra öfters längere Spaziergänge unternommen, deshalb kannte er die Gegend gut. Während er durch das Unterholz stapfte und über kleine Bäche sprang, ging er im Geist noch einmal die Bewegungsabläufe durch, die er sich auf Videos im Internet angesehen hatte. Bei YouTube konnte man schließlich nicht nur kochen oder stricken lernen, sondern auch schießen.

Nach zehn Minuten erreichte er eine abgelegene Lichtung. Wie er es in Erinnerung hatte, stand eine dickere Kiefer etwas abseits von den anderen Bäumen, ein ideales Ziel. Nicholas steckte das Magazin in die Pistole. Es enthielt fünfzehn Patronen, er hatte also zehn Übungsschüsse. Fünf Kugeln musste er für das Attentat aufsparen, öfter würde er ohnehin nicht auf Hartwig feuern können.

In zehn Metern Entfernung brachte er sich vor der Kiefer in Stellung und entsicherte die Waffe. Er griff mit der rechten Hand um die Pistole und umschloss sie mit der linken, sodass beide Daumen hintereinanderlagen und nach vorn zeigten. Dann schloss er das linke Auge, visierte mit dem rechten den Baum an und murmelte vor sich hin: »21, 22, 23 …«

Als er den Abzug durchdrückte, erschrak er so über den lauten Knall, dass er die Waffe zur Seite verzog. Die Kugel flog in den Wald, Vögel kreischten laut und flatterten davon.

Nicholas schnaufte durch und versuchte, sich erneut zu konzentrieren. Diesmal überraschte ihn der Krach nicht, dafür unterschätzte er den Rückstoß, und die Pistole flog ihm fast aus der Hand. »Verdammt«, fluchte er, dabei war er froh, sich nicht verletzt zu haben. Beim nächsten Versuch konzentrierte er sich auf seine Atmung, aber dann drückte er den Abzug so hektisch, dass er wieder verzog. Die nächsten Schüsse waren kaum besser, auch wenn er einmal den Stamm der Kiefer zumindest streifte.

Mit jedem Fehler wurde Nicholas ungehaltener. Die Übung kam ihm aussichtslos vor. Wie sollte er in einer Stunde lernen, wozu andere Wochen, Monate und sogar Jahre brauchten? Und bei dem Anschlag auf Hartwig würde alles noch viel schwieriger sein. Selbst wenn er nahe genug an ihn herankam, bliebe ihm kaum Zeit zu zielen. Und vor ihm würde ein

Mensch stehen, kein Baum und keine Zielscheibe. Würde er überhaupt bereit sein zu schießen?

Zwei Versuche hatte er noch.

Er hielt die Pistole wieder mit beiden Händen ausgestreckt vor sich hin, wie er es in den Videos gesehen hatte. Gerade als er den Abzug durchdrücken wollte, schrie jemand:

»Hey, was machen Sie denn da?«

Auf der anderen Seite der Lichtung stand ein älterer Mann mit Baschlikmütze, in der Hand hielt er eine Leine, an der ein kräftiger Weimaraner zerrte.

Nicholas drehte sich auf der Stelle um und rannte in den Wald. Er wusste, dass es die falsche Reaktion war, denn wenn der Mann seinen Jagdhund losließ, dann würde der ihn sofort schnappen. Aber er konnte nicht anders, wie hätte er ihm erklären sollen, was er da machte?

Erst nach ein paar Metern bemerkte er, dass er immer noch die Pistole in der Hand hielt. Immerhin kann ich den Hund erschießen, wenn er mich angreift, dachte er. Wenn ich ihn treffe … Aber schon im selben Moment wusste er, dass er das niemals übers Herz bringen würde.

Nicholas rannte weiter durch das Unterholz. Zu seiner Erleichterung hörte er hinter sich kein wütendes Bellen, auch kein Hecheln oder Knurren. Doch sein Herzschlag beruhigte sich erst, als er wieder hinter dem Lenkrad des Pandas saß.

21

Nicholas wusste nicht mehr, wie lange er schon weinte. Sein Oberkörper bebte, und die Tränen liefen ihm über das Gesicht, sodass er ihren salzigen Geschmack im Mund schmeckte.

Auch Mona am anderen Ende der Telefonleitung heulte wieder.

»Und dann haben sie Lucas auch noch so entsetzlich zugerichtet«, sagte sie schluchzend. »Diese Bestien!«

Nicholas sagte nichts, sondern starrte nur auf das Fenster in seiner Absteige, das auf den dunklen Hinterhof hinausging, in den nie die Sonne schien. Nur wenn er den Kopf ganz in den Nacken zurücklegte und steil zwischen den Dächern der alten Häuser nach oben sah, konnte er ein winziges Stück des blauen Junihimmels erkennen.

Er wollte Mona trösten, aber er wusste nicht, wie, es kamen ihm nur Plattitüden in den Sinn. Die Nachricht von Lucas' Tod hatte ihn selbst erschüttert.

»Es tut mir so leid«, sagte er schließlich unbeholfen, weil er nicht länger schweigen wollte.

»Du kannst nichts dafür. Er wollte dir helfen, und es war richtig, dass er das getan hat.«

Es tat gut, das zu hören, aber er fühlte sich trotzdem schuldig. Schließlich hatten sie seinen Freund nur getötet, weil er ihn in die Sache hineingezogen hatte. Und der Mord vertiefte noch die innere Leere, die er seit Tagen verspürte. Wie sollte es weitergehen, ohne Job, ganz allein auf sich gestellt in diesem

Drecksloch, nicht einmal seine Tochter wollte noch etwas mit ihm zu tun haben. Und er war seinem Ziel, Hartwig zu stoppen, kein bisschen näher gekommen. Nach dem Debakel im Wald hatte er sich nicht zu einem neuen Schießtraining aufraffen können, es erschien ihm aussichtslos.

Die letzten Nächte hatte er sich auf der muffigen Matratze nur noch hin und her gewälzt und Albträume gehabt. Selbst seine Tabletten hatten ihm nicht geholfen, ruhiger zu werden. Er hatte das Gefühl, vor einem tiefen, schwarzen Brunnen zu stehen – nur einen Schritt weiter, und er würde hineinfallen und für immer darin gefangen sein.

»Und ich, ich …« Mona setzte zum Sprechen an, musste aber wieder weinen. Nach einer Pause räusperte sie sich, und es klang so, als würde sie sich das Gesicht abwischen. »Und jetzt will *ich* dir helfen.«

»Helfen? Wie willst du mir helfen?« Nicholas war froh, dass sie sein überraschtes Gesicht nicht sehen konnte.

»Ich will dir helfen, deinen Plan auszuführen, und es den Mördern heimzahlen. Lucas hat mir erzählt, dass Hartwig einen Staatsstreich plant.« Monas Stimme klang wieder fester.

»Das ist sehr nett von dir. Aber ich fürchte, du kannst mich nicht unterstützen, die Sache ist so gut wie gescheitert. Ich bin leider völlig unfähig, ein Attentat durchzuführen«, sagte Nicholas und erzählte ihr von seiner misslungenen Schießübung.

»Du brauchst keine Pistole für dieses Attentat, ich hab was viel Besseres.«

»Und das wäre?«

»Eine Drohne.«

Nicholas runzelte die Stirn, wollte ihn Mona auf den Arm nehmen? »Ich muss dich enttäuschen, meine Drohne ist leider abgestürzt, das wird nichts.«

»Ich meine auch nicht die, sondern die Drohne, mit der Hartwigs Männer auf dich geschossen haben. Sie steht hier auf meinem Schreibtisch, eine wirklich interessante Konstruktion, so was habe ich vorher noch nie gesehen. Das scheint ein militärischer Prototyp zu sein.«

»Die stammt sicher aus einer von Mangs Hightech-Firmen, die forschen genau an solchen Technologien.«

»Das könnte sein. Ich habe die Drohne jedenfalls umprogrammiert. Sie reagiert jetzt nur noch auf meine Befehle.«

»Und kann man damit auch noch schießen?«

»Ja, es sind sogar noch Geschosse im Magazin. Glaube mir, das ist für einen Anfänger wesentlich einfacher, als mit einer Pistole zu feuern. Du drückst einfach einen Knopf. Aber vor allem musst du nicht so nah an Hartwig ran, du kannst die Drohne aus der Ferne steuern.«

Nicholas' Miene hellte sich auf. »Mona, du bist großartig!«

»Das bin ich Lucas schuldig.« Sie hörte sich nicht mehr ganz so verzweifelt an. »Ich schicke dir die Drohne per Express-Kurier, zusammen mit der neuen Fernsteuerung. Morgen hast du sie.«

Nachdem er aufgelegt hatte, war Nicholas immer noch traurig, aber er fühlte sich nicht mehr so hilflos wie zu Beginn des Gesprächs. Die Idee mit der Drohne gefiel ihm. Vielleicht würde er Hartwig doch noch aufhalten können. Er musste jetzt schnell herausfinden, wann die beste Gelegenheit für das Attentat war. Viel Zeit blieb ihm dafür nicht, es waren nur noch fünf Tage bis zur Bundestagswahl.

Aber vorher musste er noch etwas erledigen. Er wählte eine vertraute Handynummer, die er schon lange nicht mehr angerufen hatte. Es klingelte öfters, dann kam eine automatische

Ansage: »Diese Nummer ist vorübergehend nicht erreichbar.« Das hatte er befürchtet. Er versuchte es trotzdem noch einmal. Wieder läutete es, einmal, zweimal, dreimal. Als er schon wieder auflegen wollte, ging endlich jemand ran.

»Hallo, Papa«, sagte Hanna. Wie gut es tat, die helle Stimme seiner Tochter zu hören.

»Hallo, mein Schatz! Wie schön, dass wir mal wieder sprechen. Wie geht es dir denn?«

»Ganz gut.« Hanna flüsterte jetzt fast. »Ich darf eigentlich immer noch nicht mit dir reden. Wenn Mama das mitbekommt, wird sie echt sauer.«

Mühsam unterdrückte Nicholas seinen Zorn. Was erlaubte sich seine Ex-Frau? Wie lange sollte dieses absurde Sprechverbot denn noch dauern? Hanna war schließlich auch seine Tochter.

»Ist die Mama denn in der Nähe?«

Die Verbindung brach kurz ab, Hannas Antwort hörte er deshalb nur bruchstückhaft.

»... mit Roger.«

»Entschuldige, ich habe dich gerade nicht verstanden, kannst du das bitte wiederholen?«

»Der Empfang hier ist echt mies. Mama ist im Zimmer nebenan. Mit Roger.«

»Aha. Kannst du sie mir kurz geben? Meine Anrufe ignoriert sie seit Wochen.«

»Hm, ich weiß nicht, ob das so eine gute Idee ist ...«

»Bitte, Hanna, es ist sehr, sehr wichtig.«

»So richtig total wichtig, meinst du?«

»Mindestens!«

»Na gut, dann versuch ich's mal. Aber sei nicht sauer, wenn es nicht klappt.«

Er vernahm Schritte und das Klappern von Türen. Mehrere Stimmen sprachen aufgeregt, darunter auch eine tiefe Männerstimme, dann hatte er Sandra am Handy.

»Hör mal gut zu, Nicholas«, sagte sie. »Ich habe dir gesagt, du sollst Hanna nicht anrufen. Wenn du dich nicht daran hältst, gehe ich zur Mediatorin und ...«

»Ich weiß, dass du wütend auf mich bist«, fiel ihr Nicholas ins Wort. »Aber du musst mir jetzt bitte kurz zuhören.«

»In welchem Ton redest du denn hier mit mir?«, empörte sich Sandra.

»Es ist sehr wichtig – und es geht um deine Sicherheit und um die von Hanna. Bitte!«

»Hast du wieder Mist gebaut?«

Nicholas versuchte, ihr so schonend wie möglich beizubringen, was mit Lucas passiert war.

»Oh Gott, das ist ja entsetzlich«, sagte Sandra, als er ihr alles erzählt hatte.

»Ihr müsst bitte vorsichtig sein. Es könnte sein, dass Hartwigs Leute versuchen werden, dich und Hanna gegen mich zu verwenden. Am besten verschwindet ihr für ein paar Tage aus München und zieht zu Freunden. Nur bis die Bundestagswahl vorbei ist.«

»Also ich weiß nicht, ob das nicht etwas hysterisch ist ...«

»Bitte, ihr müsst verschwinden!«

»Wenn du mich mal ausreden lassen würdest, dann könnte ich dir erzählen, dass wir sowieso nicht zu Hause sind. Es sind ja Ferien, und wir machen ein paar Tage Urlaub. Gerade sind wir mit Roger in einer einsamen Hütte in Tirol. Das ist auf mehr als tausend Meter Höhe, wir sind völlig allein. Hier findet uns niemand.«

»Aha«, sagte Nicholas. »Dann ist es ja gut. Passt trotzdem

auf euch auf. Und schaltet eure Handys aus, damit man euch nicht orten kann. Versteht du? Ihr müsst sie unbedingt ausschalten! Sandra, hörst du mir zu?«

Er bekam keine Antwort, die Leitung war wieder tot. Diesmal endgültig. Hoffentlich hatte sie seine Warnung noch verstanden. Nicholas sah wieder auf den Hof, über den gerade ein betrunkener Nachbar im Unterhemd torkelte, obwohl es erst drei Uhr nachmittags war.

Er wusste nicht, ob er sich darüber freuen sollte, dass Hanna in Sicherheit war, oder sich ärgern, dass sie den Urlaub mit diesem komischen Roger verbrachte, der anscheinend Sandras neuer Liebhaber war.

***

Sven Thoma wollte gerade seine Sonnenbrille aufsetzen, als er den Feldweg bemerkte. Sofort warf er die Brille zurück auf den verdreckten Beifahrersitz und drückte mit voller Kraft das Bremspedal des Citroëns CX durch, aber der Wagen war zu schnell und rauschte an der kleinen Abzweigung vorbei. Erst fünfzig Meter später kam er auf der Landstraße quietschend zum Stehen. Thoma fluchte über die schlechten Bremsen des alten Autos. Er schaute sich um, aber zum Glück war weit und breit kein anderes Fahrzeug zu sehen – nur Weizen- und Maisfelder, dazwischen sanft geschwungene grüne Hügel, dann wieder Felder und in der Ferne Wälder, die frühlingshaft grün leuchteten.

Was für eine verdammt einsame Gegend, dachte er sich, ideal für jemanden, der untertauchen will. Er legte den Rückwärtsgang ein, setzte zurück bis zur Abzweigung und bog nach rechts auf den Feldweg ab, der an einem Grundstück mit

Obstbäumen vorbei in einen Wald führte. Schon nach ein paar Metern parkte er den Wagen am Wegesrand.

Bevor er ausstieg, sah er auf sein Handy. Kein Empfang. Kein Wunder, hier draußen im Nirgendwo. Genau wie er es erwartet hatte. Zufrieden grinsend steckte er es wieder ein.

Dann nahm er die Beretta 92, die er noch nie benutzt hatte, aus dem Handschuhfach, steckte sie in das Schulterholster unter seinem Trenchcoat und richtete in aller Ruhe im Rückspiegel seine Frisur. Auf seiner Wange klebte ein großes Pflaster. Ein Arzt, der Mitglied in der Volkspartei war, hatte die Wunde genäht, die ihm dieser dämliche Nerd mit dem Lötkolben zugefügt hatte. Dieser Fettsack hatte Strasser so zugesetzt, dass sein Adjutant immer noch unter einer Gehirnerschütterung litt und deshalb dieses Mal nicht hatte mitkommen können. So viel Gegenwehr hatten sie dem Freak nicht zugetraut, aber er hatte dafür bezahlt. Obwohl es Thoma lieber gewesen wäre, sie hätten ihn vorher noch zum Reden gebracht und erfahren, wo sich dieser Journalist aufhielt.

Langsam ging er auf dem Feldweg vor bis zu dem Grundstück. An einer Stelle konnte man zwischen der dichten Hecke und dem Maschendrahtzaun eine alte Villa erkennen. Thoma spähte durch ein Fernglas, aber Marianna war nirgends zu sehen, auch sonst schien niemand da zu sein. Hatte er sich geirrt, und sie hielt sich doch nicht hier versteckt?

Er kannte sie gut genug, um zu wissen, dass sie niemandem mehr vertraute, außer ihrer Familie. Marianna hatte nicht viele Verwandte, und die meisten hatten sie schon überprüft, als sie erfahren hatten, dass eine Tante von ihr hier in Nordhessen wohnte. Ein Anruf beim Kreisverband der Volkspartei in Kassel hatte genügt, um herauszubekommen, dass die Tante ein altes Landhaus in der Nähe von Wolfhagen besaß. Ein perfekter Unterschlupf.

Thoma ging weiter an dem schiefen Zaun entlang, bis er auf Höhe der Villa war, die früher einmal sehr imposant gewesen sein musste. Doch jetzt waren die roten Schindeln auf dem Dach an vielen Stellen mit dichtem Moos überwachsen, und am Fachwerk schlängelte sich Efeu empor. Im oberen Stockwerk stand ein altes Holzfenster offen. Dann musste also doch jemand da sein.

Thoma überlegte gerade, wie er am besten ins Haus eindringen könnte, als er Marianna unter einem Obstbaum entdeckte. Sie hatte sich auf die Zehenspitzen gestellt, um Kirschen von einem Ast zu pflücken, an dem so viele Früchte hingen, dass er sich unter der Last bog. Sie trug uralte Wanderschuhe, eine ausgebeulte Jeans und darüber eine Schürze. Ihre langen Haare hatte sie abgeschnitten und hellbraun gefärbt. Nichts an ihr erinnerte mehr an die Businessfrau, die nur in Designerkleidung aus dem Haus ging.

Thoma brauchte nur Sekunden, um über den Maschendrahtzaun zu springen. Auf dem Grundstück versteckte er sich hinter dem Stamm einer mächtigen Eiche und verharrte dort. Die Verräterin hatte ihn nicht bemerkt. Sie pflückte völlig sorglos eine Kirsche nach der anderen und warf sie in den Korb über ihrem Arm, zwischendurch machte sie manchmal eine kurze Pause, wischte sich über die Stirn und aß ein paar Früchte. Thoma lauschte konzentriert, aber außer Vogelgezwitscher und dem aufdringlichen Summen von Bienen und anderen Insekten war nichts zu hören.

Er wartete, bis er sich sicher sein konnte, dass Marianna allein war, dann schraubte er den Schalldämpfer auf die Pistole.

Als er ihr plötzlich gegenüberstand, erschrak sie so sehr,

dass ihr der Korb aus der Hand rutschte, die Kirschen rollten über die Wiese.

»Hast du wirklich gedacht, dass wir dich nicht finden?«

»Sven! Ich kann dir alles erklären.« Hektisch blickte Marianna in alle Richtungen. Sie schien abzuschätzen, wohin sie fliehen konnte, aber zum Haus war es zu weit, und auch zur Straße würde sie es nicht schaffen. Und selbst wenn, wer sollte ihr dort helfen?

»Du musst mir nichts erklären. Dafür ist es zu spät. Sag mir nur, wo Nicholas Moor steckt.«

Sie wich einen Schritt zurück. »Ich habe keine Ahnung, wirklich. Ich kenne den Mann doch so gut wie nicht. Ich habe mich nur mit ihm getroffen, weil ich das Dossier zurückholen wollte, dass er gestohlen hat. Und dann bin ich vor ihm geflohen, weil er mich töten wollte.«

Thoma lächelte kalt. »Du erwartest, dass ich das glaube?«

»Aber so ist es. Er ist schuld, dass ich überhaupt untertauchen musste.« Sie sah zunehmend verzweifelt aus. »Ich wollte mich bei Markus melden, aber ich hatte Angst, dass ihr mir nicht glaubt. Das war dumm von mir.«

»Allerdings«, sagte Thoma und hob die Pistole.

»Sven, ich flehe dich an!« Sie warf sich auf die Knie und faltete die Hände wie zum Gebet. »Wir haben uns doch immer gut verstanden.« Sie fing an zu weinen. »Bitte lass mich gehen, Sven, ich will nicht sterben.« Ihre Stimme überschlug sich fast. »Bitte, bitte!« Mit tränennassem Gesicht warf sie sich nach vorn und versuchte verzweifelt, Thomas' Schuhe zu küssen.

Dann war es still, die Kugel hatte sie in den Hinterkopf getroffen.

***

Das Flugzeug flog genau über ihr. Zweitausend Meter über der Erde schien es schwerelos durch die Luft zu gleiten, dann drehte es über Marzahn nach Südosten ab und verschwand in den Wolken.

Nina seufzte, sie wäre jetzt auch gern fortgeflogen. Stattdessen stand sie an der Fensterfront ihres Büros, das im zweiunddreißigsten Stock der Treptowers lag, und blickte über die Stadt – wie sie es oft während ihrer Mittagspause machte.

Das Bundeskriminalamt belegte mehrere Stockwerke in dem 125 Meter hohen Wolkenkratzer im Osten Berlins, es war einer der höchsten Gebäude der Metropole. Nur eine Straße weiter waren Tausende Mitarbeiter des BKA in einer ehemaligen preußischen Kaserne untergebracht.

Eigentlich arbeitete sie gern als Ermittlerin, aber in den vergangenen Wochen hatte ihr der Job zugesetzt. Die meiste Zeit hatte sie damit verbracht, abgehörte Telefonate von Islamisten zu analysieren, die angeblich einen Terroranschlag planten. Weil sie einer der wenigen Ermittler war, die Arabisch sprachen, wertete sie öfter Mitschnitte von Gesprächen aus. Aber diesmal war es anders. Sie hatte das Gefühl, dass ihre Kollegen nur nach einem Vorwand suchten, um die abgehörten Männer beschuldigen zu können. Jedes Wort in den Protokollen wurde möglichst negativ interpretiert, dabei verstanden die Kollegen die Sprache nicht einmal.

Auch der Streit mit Nicholas steckte ihr noch in den Knochen. Wahrscheinlich hatte sie zu hart reagiert – wie so oft, seit sie sich kannten. Sie hätte sich zumindest anhören können, was er ihr erzählen wollte. Immer wieder hatte sie seitdem überlegt, ob sie ihn anrufen sollte. Ein paarmal hatte sie sogar seine Nummer schon gewählt, aber in letzter Sekunde wieder aufgelegt. Ihr Stolz war zu groß, das hatte ihr als Kind schon ihre Mutter vorgeworfen, aber Nina konnte einfach nicht über ihren Schatten springen.

Sie biss sich auf die Lippen. Sollte er sich doch melden, aber das hatte er natürlich auch nicht getan.

Ihr Blick wanderte über die Spree, die unter dem Hochhaus entlangfloss, zum Fernsehturm mit der markanten Kugel an der Spitze und von dort weiter bis zum Reichstag. Trotz der Entfernung konnte sie die gläserne Besucherkuppel des historischen Gebäudes erkennen. Wenn die Prognosen der Meinungsforscher stimmten, dann würde Markus Hartwig bald dort als Kanzler vereidigt werden, ein Moment, der das Land für immer verändern würde. Es graute ihr bei dieser Vorstellung.

Das Klingeln des Telefons riss sie aus ihren Gedanken. Sie ging zurück an ihren Schreibtisch und hob den Hörer ab.

»Nina, hast du es mitbekommen?« Die Stimme ihres Kollegen Axel Busch klang aufgeregt, so kannte sie ihn gar nicht. »Markus Hartwigs Büroleiterin ist erschossen worden.«

»Was? Ist das diese Marianna Tretskow?«

»Genau. Die Nachrichtenseiten und Fernsehsender berichten von nichts anderem. Die Volkspartei behauptet, dass es ein linksradikaler Terroranschlag war.«

»Und ist da etwas dran?«

»Ich weiß es nicht, die Ermittlungen leitet Mark Wagner.«

»Danke, dass du mich informiert hast.«

Sie legte auf und rief auf ihrem Laptop den Live-Stream der ARD auf. »Wir schalten jetzt direkt zur Pressekonferenz, die Markus Hartwig zum Anschlag auf seine Mitarbeiterin hält«, sagte der Sprecher im Nachrichtenstudio gerade. Dann wechselte das Bild, und man sah Hartwig in der Zentrale der Volkspartei. Er beugte sich über ein Rednerpult mit Dutzenden von Mikrofonen und sprach mit ernstem Blick in die Kamera.

»Mit großer Trauer und Bestürzung haben wir erfahren, dass Marianna Tretskow einem heimtückischen Terroranschlag zum Opfer gefallen ist. Sie wurde am helllichten Tag erschossen, als sie bei ihrer Tante zu Besuch war.« Hartwigs Augen schimmerten feucht. »Marianna war meine Büroleiterin, aber sie war noch viel mehr: eine unschätzbare Kollegin und Freundin, die sich mit Herzblut für unsere Partei engagiert hat. Für jeden hatte sie stets ein offenes Ohr, sie war eine Seele von Mensch. Wir trauern mit ihrer Familie und ihren Freunden, denen unser ganzes, tief empfundenes Mitgefühl gilt.«

Hinter Hartwig wurde jetzt ein Schwarz-Weiß-Porträt von Marianna Tretskow eingeblendet. »Der linksradikale Terror, der seit Jahren dieses Land heimsucht und der sich auch immer wieder gegen die Volkspartei richtet, hat wieder erbarmungslos zugeschlagen. Aber damit wird bald Schluss sein. Wenn wir die Wahl gewinnen, werden wir diesen Terroristen den Kampf ansagen und mit aller Härte durchgreifen, das verspreche ich Ihnen.« Er schlug mit der Faust auf das Pult. »Und die Polizei und die Sicherheitsbehörden rufe ich auf, den feigen Mörder so schnell wie möglich zu finden und seiner gerechten Strafe zuzuführen.« Hartwig wandte seinen Blick nach oben, als würde er direkt zum Himmel sprechen. »Marianna, sei versichert, wir werden nicht ruhen, bis dein Mörder gefunden ist. Das sind wir dir schuldig!«

Nina schaltete die Übertragung aus und rief ihren Kollegen Mark Wagner an. Sie mochte ihn nicht besonders, er war ein ehrgeiziger Streber, dem man anmerkte, dass er Karriere machen wollte, aber er galt als fähiger Ermittler. »Hallo, Mark, hier ist Nina Karim, du kümmerst dich doch um den Fall Marianna Tretskow, oder?«

»Ja, hast du auch gerade die Pressekonferenz von Hartwig gesehen?«

»Allerdings. Echt abstoßend, wie er den Mord für seinen Wahlkampf nutzt.«

»Hm, ich weiß nicht, er hat doch recht. Wir sind bisher viel zu zurückhaltend gegen die Terroristen vorgegangen, die Politik hat uns doch immer wieder zurückgehalten.«

Mit so einer Antwort hatte Nina nicht gerechnet. Gehörte Wagner jetzt etwa auch zu den Kollegen, die mit der Volkspartei sympathisierten?

»Wissen wir denn überhaupt, ob es ein politisch motiviertes Attentat war?«, wollte sie wissen.

»Das liegt natürlich nahe, wenn die Mitarbeiterin eines Politikers getötet wird. Aber seit ein paar Minuten bin ich mir sehr sicher. Wir haben heute Vormittag einen anonymen Anruf bekommen mit einem interessanten Hinweis auf einen Tatverdächtigen. Sein Wagen wurde am Tatort gesehen. Und vorhin hat eine Spezialeinheit in München seine Wohnung gestürmt.«

»Na, ihr seid ja schnell«, sagte Nina anerkennend.

»Da siehst du mal. Der Verdächtige war schon weg, aber wir haben in der Wohnung tatsächlich eine Waffe gefunden, eine Beretta 92. Sie wird gerade noch untersucht, aber die Wahrscheinlichkeit ist sehr hoch, dass es die Tatwaffe ist, das Kaliber stimmt überein. Mit Fingerabdrücken rechnen wir allerdings nicht, so dumm ist keiner, der so einen Mord begeht.«

»Ist der Verdächtige der Polizei schon vorher einmal aufgefallen?«

»Das nicht«, antwortete Wagner. »Aber er ist kein ganz Unbekannter, bis vor Kurzem hat er als Journalist beim *Abendblatt* gearbeitet. Dann musste er gehen, wir sind noch dabei, die genauen Umstände der Kündigung aufzuklären, aber er scheint labil zu sein und psychische Probleme zu haben.«

Eine düstere Vorahnung stieg in Nina auf.

»Und er hat kurz vor seiner Kündigung Markus Hartwig interviewt«, fuhr Wagner fort. »Er heißt übrigens Nicholas Moor, vielleicht hast du schon mal seinen Namen gelesen.«

22

Die Halle wirkte noch gewaltiger, als er es in Erinnerung hatte. Sie war mehr als hundert Meter lang und über fünfzig Meter breit. Die imposante blutrote Decke musste mehr als zwanzig Meter hoch sein, getragen wurde sie rechts und links von einer Phalanx aus mächtigen Pfeilern, die mit Naturstein verkleidet waren. Aus den überdimensionierten Fenstern, die vom Boden bis zur Decke reichten und fast die ganzen Seitenwände einnahmen, fiel fahles Licht auf den Boden.

Als er sich von der Besuchergruppe entfernte und allein in die Mitte des Raumes stellte, kam sich Nicholas winzig vor. Spontan breitete er die Arme aus, um sich größer zu machen, aber es war nur der hilflose Versuch, in dieser Monumentalität nicht unterzugehen. Ein Mensch zählte hier nicht, und genau das hatten der Architekt und seine faschistischen Auftraggeber auch beabsichtigt, als sie den Tempelhofer Flughafen in den Dreißigerjahren erbauten.

Es war ein Ort des Größenwahns – kein Wunder, dass er Markus Hartwig so gut gefiel. In drei Tagen, am Samstag, wollte er hier in der ehemaligen Ankunftshalle die Abschlusskundgebung seines Wahlkampfs abhalten. Jetzt strahlte der Raum noch eine irreale, gespenstische Ruhe aus, aber dann würden hier Hartwig mehr als zehntausend seiner fanatischsten Anhänger zujubeln und mit ihrem Grölen die düstere Zeit wieder anklingen lassen, aus der das Gebäude stammte. Für Hartwig war es ein Spiel mit Symbolen, in aller Öffentlichkeit, und vor den

Augen seiner hilflosen Gegner, wollte er hier ganz bewusst an eine verhängnisvolle Tradition anknüpfen. Für Nicholas war es das Zeichen, wie sicher sich der Politiker fühlte. Wenn er noch gezögert hätte, dann wäre ihm spätestens hier klar geworden, dass er Hartwig aufhalten musste. Um jeden Preis.

Nicholas senkte die Arme und schloss sich wieder der kleinen Gruppe an, mit der er gekommen war. Es waren vor allem Studenten mit Umhängetaschen und Rucksäcken auf dem Rücken und pensionierte Lehrerinnen, die mit ihm durch das Gebäude trotteten. Mehr als eine Stunde dauerte die Führung schon an, doch er war nicht mitgekommen, um zu hören, was der Tourguide über die Geschichte des Bauwerks erzählte. Ihn interessierte nur eines: den idealen Platz für einen Anschlag auf Hartwig zu finden.

Dafür prägte er sich jeden Raum, jede Treppe und jede Tür ein, machte Notizen und Fotos. Unzählige Gänge durchzogen das Gebäude, und er wollte genau wissen, wohin sie führten. Da die anderen Teilnehmer der Führung auch alle eifrig fotografierten und Fragen stellten, fiel Nicholas' große Neugier nicht weiter auf.

Es war nicht schwierig gewesen, die Termine von Hartwigs Wahlkampfauftritten zu finden. Nach einer längeren Recherche hatte er sich entschieden, das Attentat auf der Abschlusskundgebung der Volkspartei zu verüben. In dem verwinkelten Gebäude mitten in Berlin konnte er am einfachsten in der Menge untertauchen und sich Hartwig nähern, obwohl es mit der Drohne hoffentlich gar nicht nötig sein würde, besonders nah an ihn heranzukommen. Im Grunde benötigte er nicht einmal freie Sicht, nur einen Platz, von dem aus er unerkannt die Drohne starten und steuern konnte.

Mitten in seine Planung war die Nachricht vom Mord an

Marianna Tretskow gekommen. Er hatte nie daran gezweifelt, dass Hartwig seine Geliebte notfalls auch umbringen lassen würde, aber gehofft, dass es ihm nicht gelingen würde. Nicholas stand sicher als Nächster auf ihrer Todesliste, aber sie würden ihn nicht finden. Jedenfalls nicht, bevor er es wollte.

Sein Smartphone vibrierte, eine Push-Nachricht. Nicholas ignorierte es, aber es hörte nicht auf, im Sekundentakt vibrierte es weiter. Etwas musste passiert sein.

Als er das Handy schließlich aus der Jackentasche zog, zeigte das Display gleich mehrere Eil-Meldungen an. *Heiße Spur: BKA fahndet nach einem Verdächtigen im Mordfall Marianna Tretskow*, verkündete das *Abendblatt*. Nicholas atmete auf. Hatten die Ermittler tatsächlich schon Mariannas Mörder von der Volkspartei identifiziert?

Als er auf die Nachricht tippte, um sie zu lesen, verwandelte sich seine Erleichterung in Entsetzen. Unter der Überschrift war ein Fahndungsplakat abgebildet, der grimmig dreinblickende Mann, der gesucht wurde, war er selbst. *Mord* prangte in riesiger roter Schrift über seinem übermüdeten Gesicht. Darunter kleiner: *Gesucht wird: Nicholas Moor, 42 Jahre* mit einer ausführlichen Personenbeschreibung von ihm und der Schilderung der angeblichen Tat. Ganz unten stand noch: *Belohnung: 30.000 Euro. Vorsicht, Person könnte gewalttätig und bewaffnet sein!*

Nicholas durchfuhr es heiß und kalt. Wie konnte das sein? Hartwigs Leute mussten in seine Wohnung in München eingedrungen sein und ihm die Mordwaffe untergeschoben haben. Vielleicht gab es noch gekaufte Zeugen und falsche Spuren. Aber war die Polizei wirklich so dumm, darauf hereinzufallen? Oder spielten sie das Spiel mit, weil sie der Volkspartei helfen wollten?

Panisch blickte er sich um. Zwei Männer aus der Besuchergruppe sahen ebenfalls auf ihre Handys, hatten auch sie gerade die Fahndungsnachricht bekommen? Nicholas zog die Kapuze seines grauen Hoodies über den Kopf und wandte sich von der Gruppe ab. Er musste hier weg. Schnell.

Der ältere der zwei Männer blickte in seine Richtung. Nun kam der Alte, der nur noch einen Haarkranz hatte, auf ihn zu. Nicholas ging zum Ausgang. Er musste sich zwingen, nicht zu rennen. Der Mann folgte ihm.

»Hallo, bleiben Sie doch stehen!«, rief ihm der Alte hinterher. Einige aus der Gruppe schauten auf. Weglaufen wäre jetzt zu auffällig gewesen. Er stoppte und drehte sich um. »Ich habe Sie beobachtet«, sagte der Mann, der jetzt genau vor ihm stand.

Nicholas ging in die Knie und nahm die Hände aus den Taschen, bereit zuzuschlagen und dann wegzurennen. Von einem Rentner würde er sich nicht überrumpeln lassen.

»Sie sind vorhin kurz verschwunden«, sagte der Alte. »Und danach sahen Sie so erleichtert aus. Waren Sie vielleicht auf der Toilette – und können Sie mir sagen, wo ich sie finde?«

Nicholas schnaufte tief durch. »Aber gern«, sagte er mit einem gezwungenen Lächeln und erklärte dem Besucher den Weg zum WC.

Während der Alte in die Richtung schlurfte, in die Nicholas gedeutet hatte, lief er weiter zum Ausgang. Bei jedem Schritt, der von den kahlen Wänden widerhallte, hatte er das Gefühl, einen unsichtbaren Alarm auszulösen, jedes Mal, wenn ihm jemand entgegenkam, senkte er den Kopf, und sein Herz raste.

Gerade als er in die Vorhalle trat, leuchtete eine E-Mail auf seinem Handy auf. Die Nachricht ging an eine uralte Adresse, die kaum jemand kannte. Sie kam von Nina: *Ruf mich so schnell wie möglich an!*

Sie hob sofort ab.

»Nina, du musst mir glauben, dass ich das nicht war«, sagte Nicholas, ohne sich mit einer Begrüßung aufzuhalten.

»Das tue ich, Nicholas. Und deshalb sollten wir uns umgehend treffen. Wann hast du Zeit?«

***

Mit einem beklommenen Gefühl im Bauch stieg Nina die flachen Stufen hoch. Es war schon 19.42 Uhr, sie war etwas zu spät dran, es hatte länger gedauert als geplant, sie zu verkabeln. Mark Wagner und seine Leute hatten darauf bestanden, ein winziges Mikrofon mit einem Sender an ihrem Kleid zu verstecken. Wenn sie nicht vehement dagegen protestiert hätte, hätten sie auch noch eine Miniaturkamera in einem der Knopflöcher ihrer Lederjacke installiert. Sie kam sich auch so schon schäbig genug vor, dass sie Nicholas' Vertrauen missbrauchte.

Wie eine Verräterin werde ich ihn an die Behörden ausliefern, dachte sie, als sie sich dem Denkmal näherte. Aber der Mann, den sie gleich treffen würde, war nicht mehr der Mann, den sie früher einmal geliebt hatte und neben dem sie vor Kurzem noch aufgewacht war, sagte sie sich. Er war ein Terrorist. Das hatte ihr Wagner immer wieder eingeschärft, nachdem er sie überredet hatte, Nicholas an das BKA auszuliefern. Er hatte ihr die Beweise gezeigt: die Tatwaffe, die sie bei ihm gefunden hatten, die Aussagen des Nachbarn, der gesehen hatte, wie Nicholas' Citroën CX neben dem Versteck von Marianna Tretskow parkte, und die Reifenspuren neben dem Anwesen, die genau zu dem seltenen Wagen passten. Und er hatte recht, schließlich hatte sich Nicholas schon vorher seltsam verhalten und von einem Einbruch geredet, den er wohl verübt hatte. Er schien sich in die Idee verrannt zu haben, dass die Volkspartei einen Coup plante. Sie wusste, dass Nicholas kein schlechter Mensch war, sondern aus einer falsch verstandenen Notwehr heraus gehandelt hatte, aber das rechtfertigte es nicht zu töten. Und sie konnte verhindern, dass er noch mehr Menschen umbrachte.

Sie sah sich um. Auf der Steinplatte, auf der das Denkmal stand, war niemand.

»Nina!«

Hinter dem Monument trat ein Mann hervor. Es musste Nicholas sein, aber sie hätte ihn kaum erkannt. Sein Gesicht war unter einer Basecap versteckt, über die er auch noch die Kapuze seines Hoodies gezogen hatte. Obwohl der Himmel wolkenverhangen war, trug er eine Sonnenbrille. Seine Jeans hatte gelbliche und bräunliche Flecken, seine einst weißen Sneaker waren völlig verdreckt, selbst sein Vollbart sah strubbelig und verwahrlost aus.

»Du könntest zumindest eine Rose im Knopfloch tragen, damit ich dich wiedererkenne«, sagte sie, als sie näher kam.

»Und du könntest pünktlich sein«, erwiderte Nicholas. »Wie du vielleicht mitbekommen hast, sucht die Polizei nach mir. Jede Sekunde in der Öffentlichkeit ist gefährlich für mich.«

»Tut mir leid«, sagte Nina. »Ich bin in einen Stau gekommen.«

»Weißt du, was das darstellt?«, fragte er ansatzlos und deutete auf die überlebensgroße Bronzestatue, die auf dem Sockel neben ihnen stand. Sie zeigte einen Mann mit Baskenmütze, der, mit einem Schwert in der einen Hand und einer geballten Faust, nach vorn zu springen schien. Sollte es die wilde Entschlossenheit eines siegreichen Helden demonstrieren oder eher das letzte, verzweifelte Aufbäumen in einem aussichtslosen Kampf?

»Ein Brigadist im Spanischen Bürgerkrieg, der gegen Francos Faschisten kämpft«, sagte Nina, während sie Nicholas zweifelnd ansah. »Willst du dich etwa mit so jemandem vergleichen?«

»Natürlich nicht. Aber manche Leute sehen erst im Nachhinein, dass ein Kampf gerecht war.«

»Aha, so wie deiner gegen die Volkspartei?«

»Jemand muss Hartwig aufhalten, und da die Polizei und dein Verein das offensichtlich nicht wollen, muss ich es wohl tun.«

»Was genau meinst du mit aufhalten?«

»Lass uns ein paar Schritte durch den Park gehen«, sagte Nicholas, anstatt zu antworten. Sie nickte und spazierte mit ihm in Richtung des Volksparks Friedrichshain, der direkt hinter dem Denkmal für die Spanien-Kämpfer begann. Nicholas nahm nicht die normalen Wege, auf denen keuchende Jogger, Väter und Mütter mit Kinderwagen und angetrunkene Jugendliche mit Bierflaschen in der Hand unterwegs waren, sondern ging über Trampelpfade quer über die Wiesen und durch die Baumreihen.

Während sie nebeneinander herliefen, blickte sie sich um. Wo waren Wagners Leute? War der Hipster mit dem Schnurrbart, der ständig in sein Handy starrte, einer? Oder der ältere Mann, der auf einer Parkbank demonstrativ Zeitung las? Wieso schlugen sie nicht zu? Wollten sie noch Beweise sammeln, hofften sie, dass Nicholas den Mord zugeben würde?

»Und Marianna Tretskow? Wolltest du sie auch stoppen? Hast du sie deshalb erschossen?«, fragte Nina unvermittelt.

Nicholas sah sie entsetzt an. »Spinnst du? Du hast doch gesagt, dass du mir glaubst, dass ich das nicht war!«

»Ich weiß langsam nicht mehr, was ich glauben kann – und was nicht«, erwiderte sie. »Es sind neue Beweise aufgetaucht. Jemand hat dein Auto am Tatort gesehen, und ein Nachbar, der vorbeigefahren ist, soll dich erkannt haben.«

Nicholas schüttelte den Kopf. »Aber siehst du denn nicht, was für ein Spiel hier getrieben wird? Hartwig hat Marianna töten lassen, und jetzt wollen sie es mir anhängen.«

Sie standen auf einem kleinen Rondell aus Kopfsteinpflaster, das versteckt hinter hohen Büschen und Bäumen lag, früher musste hier eine Parkbank gestanden haben. Obwohl sie manchmal nach der Arbeit im Volkspark Friedrichshain spazieren ging, kannte sie die Stelle nicht. Nicholas lehnte sich an einen Baumstamm und schaute nach allen Seiten, um sicherzugehen, dass ihnen niemand zuhörte. Dann erzählte er von seinem Treffen am Brandenburger Tor mit Marianna Tretskow, der Verfolgungsjagd und vom Mord an Lucas.

Nina hörte ihm ungläubig zu. Jeder Satz, den er sagte, erschütterte sie. Nicholas würde niemals Lucas umbringen. Und wenn die Volkspartei Lucas getötet hatte, wieso dann nicht auch Marianna? Ihre Gewissheit, die sie vor ein paar Minuten noch gehabt hatte, bröckelte.

»Jemand hat Lucas umgebracht? Das hat mir niemand gesagt. Wieso hast du mich nicht angerufen und mir das alles längst erzählt?«

Für einen Moment hatte sie ganz vergessen, dass alles, was sie sagten, abgehört wurde.

»Du wolltest doch nichts mehr mit mir zu tun haben. Dabei hatte ich dir …«

Mehr konnte er nicht sagen. Nina sprang nach vorn und

drückte ihre Hand fest auf seinen Mund. Als er sie erbost ansah, schüttelte sie den Kopf und legte beschwörend den Zeigefinger an ihre Lippen. Sie nahm ihre Hand erst weg, als sie sicher war, dass er nichts sagen würde.

»Ja, ich weiß«, sprach sie weiter, als sei nichts passiert. »Ich war wütend, weil ich eifersüchtig auf Sandra war.«

Nicholas sah sie fragend an, er schien kein Wort zu verstehen, aber Nina redete einfach weiter, während sie mit beiden Händen schnell in die Notiz-App ihres Smartphones tippte.

»Du willst doch nicht bestreiten, dass du mit Sandra in den Urlaub fahren wolltest?«, sagte sie und hielt Nicholas das Handy vors Gesicht. *Vorsicht, ich bin verkabelt! Frag nicht, spiel einfach mit* stand auf dem Bildschirm.

»Das ist so kindisch von dir, ich bin doch schon lange von Sandra getrennt!«, rief Nicholas mit übertriebener Empörung. Jetzt schrieb er etwas auf seinem Handy. Er hatte verstanden.

»Hanna hatte darum gebeten, dass wir zusammen noch mal ans Meer fahren, so wie früher.« Nun hielt er ihr sein Mobiltelefon hin, dazu eine zerknickte Aktenmappe, die sie schon mal gesehen hatte. *Lies das durch, dann verstehst du alles!*

Sie warf einen kurzen Blick in die Mappe – es war das Geheimdossier, von dem er ihr früher schon erzählt hatte.

Während sie das angebliche Eifersuchtsdrama für ihre unsichtbaren Zuhörer weiterspielten, gab sie ihm mit dem Handy zu verstehen, dass sie jetzt keine Zeit hatte, etwas zu lesen, und das Dossier auch nicht mitnehmen konnte – ihre Kollegen würden es sofort bemerken, wenn sie ihr später das Mikrofon abnahmen.

Nicholas schien ihr gar nicht mehr zuzuhören. Er hatte einen der dichten Büsche zur Seite geschoben und starrte auf eine Frau und einen Mann, die sich von einer Parkbank näherten, den Kinderwagen hatten sie achtlos stehen lassen. Dann drehte er sich hektisch um und sah durch die Bäume auf drei Jugendliche, die vorhin noch eine Bierflasche in der Hand hatten, jetzt aber auf sie zukamen.

Wagners Leute. Offensichtlich waren sie misstrauisch geworden, weil sie die beiden so lange nicht sehen konnten.

»Ich muss zur Toilette«, sagte Nicholas so beiläufig wie möglich. »Ich hol uns dann Bier im Restaurant, und wir treffen uns in fünfzehn Minuten oben auf dem großen Bunkerberg.«

»O… okay …«

Sie wollte noch mehr sagen, aber er drückte seinen Mund auf ihre Lippen und küsste sie. Es fühlte sich gut an. Sehr gut sogar. Doch bevor sie reagieren konnte, verschwand er durch das Gebüsch.

Verwirrt und überwältigt von widersprüchlichen Gefühlen sah sie ihm nach.

23

Seit einer Stunde prasselte unablässig der Regen gegen die Fenster, und der Wind heulte um die Hütte, als würde draußen ein Rudel hungriger Wölfe auf sie warten. Mit der Innenseite ihrer Hand wischte Hanna auf der beschlagenen Scheibe eine Ecke frei und drückte ein Auge gegen das kalte Glas. Doch draußen war die Sicht so schlecht, dass sie nur das Grün der Tannen und Fichten erkennen konnte, die sich im Sturm bogen.

Seit fast einer Woche machte sie schon mit Sandra und Roger Urlaub in dieser Hütte in den Tiroler Bergen. Erst hatte sie es merkwürdig gefunden, dass der neue Freund ihrer Mutter mitgekommen war. Auf der Hinfahrt hatte er ständig seinen dicken Geländewagen gelobt, den er wohl gerade erst gekauft hatte. Aber eigentlich war er ganz nett, obwohl er diese komischen Trachtenjanker trug. Abends hatte er öfter mit Hanna Karten gespielt, auch wenn ihre Mutter keine Lust hatte, und er hatte sie fast jeden Tag zum Eis-Essen eingeladen, unten am See. Und einmal hatte er sich ein Motorboot geliehen und sie sogar kurz ans Steuer gelassen, obwohl ihre Mutter böse geguckt hatte.

Trotzdem vermisste sie ihren Vater, umso mehr hatte sie sich über seinen unerwarteten Anruf gefreut. Ihre Mutter und Roger hatten danach überraschend verkündet, dass sie den Urlaub um zwei Tage verlängern wollten. Hanna hatte nichts dagegen gehabt – vor allem nicht, als Roger versprochen hatte, ihr einen Tandem-Gleitschirmflug zu spendieren.

Eigentlich war der Flug für den heutigen Freitag geplant gewesen, aber das schlechte Wetter hatte es verhindert. Jetzt saßen sie zum ersten Mal während der Ferien in der Hütte fest, die einsam in einem Hochtal gelegen war.

Auf ihrem Bett im Schlafzimmer legte Hanna das Buch zur Seite und blickte wieder nach draußen. Für einen Moment glaubte sie, zwischen den Bäumen jemanden zu sehen, aber das konnte nicht sein, nicht hier oben. Wahrscheinlich war es nur eine der Gämsen, von denen hier so viele herumsprangen.

Dann hörte sie Geklapper, wie Holz, das auf Holz knallt. Das Geräusch schien vom Geräteschuppen zu kommen, der etwas abseits des Hauses stand.

Ihre Mutter, die nebenan im Wohnzimmer in einer Zeitschrift blätterte, musste es auch vernommen haben. »Schatz, sei doch bitte so gut und schau mal nach, was da draußen los ist«, sagte sie zu Roger, der neben ihr auf dem Sofa saß.

»Mach ich«, antwortete er.

Kurz darauf hörte Hanna, wie jemand die Eingangstür der Hütte öffnete, das Pfeifen des Windes wurde für einen Moment noch lauter, dann nahm es wieder ab.

Sie vertiefte sich erneut in ihr Buch, doch nach wenigen Minuten schreckte sie auf. Ein dumpfes Geräusch ertönte, und Vögel flatterten vor dem Fenster auf und kreischten aufgeregt. Aber das Klappern hatte aufgehört.

Aus dem Nebenraum hörte sie, wie ihre Mutter zaghaft nach ihrem Freund rief. »Roger? Alles okay?«

Hanna schaute wieder in ihr Buch, aber weit kam sie nicht, denn bald hörte sie erneut den Sturm heulen.

»Könnt ihr endlich mal den Eingang zu…«, sagte sie gereizt, während sie aus dem Bett sprang und die Tür zum Wohnzimmer öffnete. Der Rest des Satzes blieb ihr im Hals stecken.

Ihre Mutter, die immer noch auf dem Sofa saß, schrie hysterisch laut auf. Ihr Mund war vor Entsetzen weit aufgerissen, die großen Augen schienen ihr fast aus dem Gesicht zu fallen. Es klang wie ein Tier in Todesangst. Hanna hatte noch nie solche Laute gehört.

Dann sah sie es auch.

Im Eingang standen zwei Männer in Overalls, die sich schwarze Gesichtsmasken übergezogen hatten. Einer hielt eine Pistole in der Hand. Der andere, etwas kleinere, trug über den Schultern Rogers schlaffen Körper.

Aus einem Loch in seiner Stirn tropfte Blut.

»Halt's Maul! Halt sofort dein Maul!«, schrie der Mann mit der Waffe und deutete zu Hannas Mutter. »Sonst bist du auch gleich dran.«

Ihre Mutter biss sich wimmernd in den Arm, um nicht weiter zu schreien. Verängstigt lief Hanna zu ihr auf die Couch und umarmte sie.

»Ihr bewegt euch beide nicht. Verstanden?«

Sie nickten, starr vor Furcht. Hanna liefen die Tränen über das Gesicht.

Während sein Komplize Rogers Leiche achtlos auf den Boden warf, als würde er Müll entsorgen, baute sich der Anführer breitbeinig vor ihnen auf.

»Wenn ihr unsere Anweisungen genau befolgt, dann passiert euch nichts.« Wieder nickten sie eingeschüchtert. Hannas Mutter drückte sie fest an sich.

»Du bleibst hier«, sagte der Anführer zu ihr. »Wenn du dich ruhig verhältst, geschieht deiner Tochter nichts.« Er packte Hanna hart am Arm und riss sie zu sich. »Und du kommst mit.«

Ihre Mutter wollte nach Hanna greifen, aber der Komplize

stand schon neben ihr und band ihr die Hände mit einem Plastik-Kabel auf den Rücken. Ihren Mund klebte er mit einem Isoliertape zu.

»Ab jetzt machst du alles, was wir sagen, klar?«, herrschte der Anführer Hanna an. »Sonst bringen wir deine Mutter um.«

Sie nickte nur. Widerstrebend zog sie ihre Regenjacke und die Wanderschuhe an, die ihr der kleinere Mann hinhielt. Dann verklebten sie auch ihr den Mund und fesselten ihre Hände. Sie zogen das Kabel so fest zu, dass es tief in die Haut einschnitt. Hanna schloss kurz die Augen und presste die Kiefer zusammen, um nicht wieder weinen zu müssen.

Während der Mann ihre schluchzende Mutter ins Badezimmer schubste, stieß der Anführer sie durch die Eingangstür hinaus in den strömenden Regen. Sie wollte nach ihrer Mutter schreien, bekam aber keinen Laut heraus, das Tape klebte ihre Lippen zu, und es schmeckte eklig.

»Los! Weitergehen!«, schrie der Mann sie durch den Sturm an und stieß sie wieder in den Rücken. Hanna stapfte auf dem schlammigen Boden voran und versuchte, nicht auszurutschen. Bei jedem Schritt peitschte ihr der Regen ins Gesicht.

Was würden sie nur mit ihrer Mutter machen? Was würden sie mit ihr machen?

***

Der Boden erzitterte, als Tausende Soldaten durch das Brandenburger Tor marschierten. Im Gleichschritt knallten ihre schwarzen Stiefel unbarmherzig auf den Asphalt. Als sie an der voll besetzten Tribüne vorbeikamen, drehten sie auf Kommando ihre Köpfe nach rechts und salutierten Markus Hartwig, der ihnen in seiner Generalsuniform huldvoll zuwinkte.

Nicholas stand hinter einer Absperrung mitten in der jubelnden Menge und schaute ihnen entsetzt zu. Ein ungewöhnlich großer Soldat trug als Einziger etwas auf dem Rücken, es sah aus wie eine riesige Larve. Als der Kämpfer an Nicholas vorbeischritt, erkannte er, dass es Hanna war, die in einem Tarnnetz eingeschnürt war und verzweifelt versuchte, sich zu befreien.

»Hanna!«, schrie er und winkte ihr zu. Er wollte losrennen, um seine Tochter zu befreien, aber seine Füße waren wie in Treibsand gefangen, immer tiefer versank er im Boden.

Während er verzweifelt weiter nach Hanna rief und mit den Armen ruderte, um nicht den Halt zu verlieren, verzog der Soldat sein entstelltes Gesicht zu einer Grimasse. In aller Ruhe legte der Riese sein Gewehr an und feuerte auf ihn.

Hilflos musste Nicholas zusehen, wie die Kugel in Zeitlupe auf ihn zuflog. In dem Moment, als sich die Kugel in seine Stirn bohrte, schlug er die Augen auf.

Er brauchte einige Zeit, um zu realisieren, dass der Albtraum vorbei war und er auf dem improvisierten Bett in seiner Absteige lag.

Für einen kurzen Moment verspürte er Erleichterung, doch dann fiel sein Blick auf die Uhr. Es war schon fast eins, er hatte viel zu lange geschlafen. Dabei war heute doch der entscheidende Tag. Morgen, am Sonntag, fand die Bundestagswahl statt, und heute Abend hielt Markus Hartwig seine Abschlusskundgebung im Flughafen Tempelhof ab. Und er würde dort sein, um ihn zu stoppen. Er fühlte sich wie ein zum Tode Verurteilter auf dem Weg zum Schafott, dabei war es doch er, der den Tod bringen würde.

Während er sich in der winzigen Kochnische einen Kaffee zubereitete, versuchte er, diesen Gedanken zu verdrängen.

Aber selbst der Geruch der frisch gemahlenen Bohnen hatte diesmal wenig Tröstliches.

Nicholas schleppte sich in die ranzige Duschkabine, in deren Ecken es schimmelte, und ließ eiskaltes Wasser über seinen Kopf laufen. Dabei dachte er an die Begegnung mit Nina am Abend vorher. Sie hatte ihn verraten wollen, aber dann hatte sie sich in letzter Minute anders entschieden. Vielleicht empfand sie doch noch etwas für ihn? Es war nicht schwer gewesen, sich in dem verwinkelten Park vor den BKA-Leuten zu verstecken, aber leider hatte er es nicht geschafft, Nina das Geheimdossier zu übergeben.

Als er den Wasserhahn zudrehte und der letzte Tropfen langsam an seiner Haut abperlte, fühlte er sich wieder etwas besser. Nachdem er den Verband gewechselt und eine starke Tablette genommen hatte, spürte er auch seine schmerzenden Rippen nicht mehr so stark.

Die nächsten Stunden verbrachte Nicholas damit, noch einmal genau die alten Pläne und Grundrisse des Flughafens Tempelhof zu studieren, die er sich aus einem Archiv besorgt hatte. Mit einem Stift markierte er den Weg, den er nehmen musste, und prägte ihn sich genau ein.

Dann ging er noch einmal die Bedienung der Killerdrohne durch. Mona hatte sie ihm zurückgeschickt und ihm am Telefon erklärt, worauf er achten musste. Nachts hatte er auf einer abgelegenen Wiese in der Hasenheide kurz mit der neuen Drohne geübt. Sie ließ sich ähnlich leicht steuern wie das Modell des *Abendblatts*, nur das eingebaute Geschütz, das unter dem Kopter hing, hatte er nicht ausprobieren können, das wäre zu gefährlich gewesen. In dem Magazin steckten noch fünf Projektile – viele Fehlschüsse konnte er sich heute Abend nicht erlauben.

Als er das Gefühl hatte, ihre Funktionen auswendig zu beherrschen, legte er die Drohne zurück in den schwarzen Kunststoffkoffer mit den tiefen Rillen. Mona hatte ihn mit Schaumstoff so ausgekleidet, dass der Kopter und die Fernsteuerung genau in den unteren Teil passten, im Deckel war Platz für das Werkzeug, das er brauchte. Danach löschte er die Festplatte seines Laptops, überschrieb sie mehrmals mit Nullen und baute sie aus dem Computer aus.

Schließlich setzte Nicholas seine Sonnenbrille auf, zog sich seine Basecap tief ins Gesicht und ging zum Briefkasten an der Straßenecke, um das Päckchen einzuwerfen, das er schon vorbereitet hatte. Die Festplatte aus dem Laptop schmiss er zwei Blöcke entfernt in den schmalen Schlitz eines Recycling-Containers für Altmetall.

Zurück in der Wohnung fiel sein Blick auf das Porträt von Hanna über der Matratze. Auf dem Foto lachte sie frech in die Kamera, sie sah so glücklich aus. Wie es ihr jetzt wohl ging? Er wollte unbedingt noch einmal mit ihr sprechen, wahrscheinlich würde er ihre Stimme danach lange nicht mehr hören. Vielleicht sogar nie mehr.

Aber als er auf ihrem Handy anrief, kam wieder nur die automatische Ansage: »Diese Nummer ist vorübergehend nicht erreichbar.« Obwohl er wusste, dass Sandra das nicht wollte, versuchte er es auch auf ihrem Mobiltelefon. Aber auch seine Ex-Frau ging nicht ran. Seltsam, dachte er sich, dass die zwei nicht erreichbar waren. Hoffentlich war nur der Empfang schlecht. Oder sie hatten beide ihre Handys ausgeschaltet, so wie er es ihnen geraten hatte.

Es waren nur noch drei Stunden bis zu Hartwigs Abschlusskundgebung. Er durfte nicht zu früh los, mit jeder Minute vor Ort stieg die Gefahr, entdeckt zu werden, doch jetzt war der Moment gekommen. Akribisch legte Nicholas seine Sachen zusammen und packte sie ein. Den Koffer deponierte er im Fiat Panda. Dann räumte er die Wohnung auf und fegte sie einmal mit dem klebrigen alten Besen durch, den er im Schrank gefunden hatte.

Als er damit fertig war, nahm er den Koffer mit der Drohne und machte sich auf den Weg. Seine Hände zitterten leicht, als er ein letztes Mal die Tür zu der Absteige schloss.

***

Er stieg die schmalen Stufen nach oben und stieß die Luke auf. Sofort strömte ihm kühle Abendluft entgegen, die er gierig einsog nach dem Gestank im Treppenhaus. Mit einer Hand zog sich Nicholas auf das flache Dach, mit der anderen wuchtete er den Koffer nach oben. Es war eine finstere Nacht, das kam ihm entgegen. Die Lichter der Stadt leuchteten in der Ferne, aber hier oben war es dunkel.

Gebückt und mit eingezogenem Kopf hastete er über das riesige Dach des ehemaligen Flughafens Tempelhof. Es war über vierzig Meter breit und über einen Kilometer lang. Mehr als ein Dutzend mächtiger Treppentürme, die in gleichmäßigen Abständen voneinander entfernt standen, führten hinauf. Hitler hatte es so überdimensioniert bauen lassen, damit Hunderttausende seiner Anhänger hier auf Tribünen stehen und ihm zujubeln konnten, wenn er mit dem Flugzeug landete.

Nicholas lief auf das zentrale Hauptgebäude zu, das noch über das Dach des Flughafens hinausragte. Bei der Führung hatte er an der Seite eine schmale Metallleiter entdeckt, die an der Mauer bis nach oben reichte. Von dort sollte er laut dem Plan bis in die ehemalige Abflughalle kommen, wo Hartwig um 21 Uhr – das war in einer halben Stunde – die letzte Rede seines Wahlkampfs halten würde. Wenn Nicholas den Grundriss falsch verstanden hatte, würde er scheitern – einen anderen Weg gab es nicht, um unerkannt mit der Drohne ins Gebäude zu kommen, vorbei an den massiven Kontrollen.

Unten von der Straße hörte er Stimmengewirr und Sprechchöre, hupende Autos, das Heulen von Sirenen und das Knattern von Rotoren. Über dem Platz der Luftbrücke, der vor dem Flughafen lag, musste ein Hubschrauber kreisen. Wahrscheinlich flogen auch Mangs Überwachungsdrohnen über das Gelände und filmten. Er musste vorsichtig sein, um nicht entdeckt zu werden.

Nicholas kniete sich keuchend an den Rand des Dachs und blickte nach unten. Tausende Anhänger der Volkspartei strömten zum Haupteingang, während weit entfernt hinter Metallabsperrungen Demonstranten gegen Hartwigs Auftritt protestierten. Überall standen Bereitschaftspolizisten in voller Montur, einige hatten Maschinenpistolen umgehängt, andere führten Schäferhunde an der Leine, dazwischen versperrten Polizeiautos mit blinkenden Blaulichtern die Straße.

Nicholas drückte sich flach mit dem Rücken gegen die Mauer des Hauptgebäudes und nahm sein Smartphone aus der Hosentasche. Seine Hände zitterten, als er noch einmal die Mail las, die er vorhin bekommen hatte, und das Foto seiner Tochter sah. Der Absender nannte sich *Steiner*, aber die Nachricht stammte sicher von der Volkspartei. Sie drohten, Hanna zu töten, wenn er sich nicht bis spätestens 21 Uhr der Polizei stellte.

Seine Schultern verkrampften sich, alles in ihm zog sich zusammen. Wut und Abscheu mischten sich mit der Angst um seine Tochter. Obwohl seine Gedanken durcheinanderwirbelten, zwang er sich, ruhig zu bleiben, so schwer es ihm fiel. Was sollte er tun? Würden sie wirklich ein Kind umbringen? Das würde einen Aufschrei auslösen, wenn es herauskäme. Aber konnte er den Tod seiner Tochter riskieren? Konnte er jetzt noch zurück? Dann würde Hartwig die Wahl gewinnen und die Demokratie verlieren. Wie im Zeitraffer rasten Bilder durch seinen Kopf: der freudetrunkene Hartwig, der seinen Sieg feiert; der leblose Körper von Hanna, bedeckt mit welkem Laub; Soldaten, die bewaffnet das Parlament stürmen; unschuldige Freunde, die ins Gefängnis geworfen werden; Lucas, den sie ermordet hatten, lachend beim Tanzen.

Er schüttelte den Kopf, wie um die Bilder loszuwerden, und in diesem Moment wurde ihm klar: Es war zu spät, um kehrtzumachen. Er musste es zu Ende bringen.

Nicholas atmete tief durch, dann hängte er sich den Drohnenkoffer mit dem Tragegurt um und kletterte die Eisenleiter hinauf. Konzentriert schob er sich Stufe für Stufe nach oben, kein einziges Mal wagte er es, nach unten zu blicken. Als er das Flachdach des Hauptgebäudes erreichte, sah er den Helikopter, der drohend über dem Platz schwebte.

Die Stelle, zu der er musste, lag fünfzig Meter vor ihm. Ohne den Hubschrauber aus den Augen zu lassen, schlich er über das Dach. Er versuchte, nur an sein Ziel zu denken, an nichts anderes. Nicht an den Helikopter, nicht an Hanna, nicht an das, was morgen sein würde, wenn er versagte. Oder wenn sein Plan gelang.

Langsam schlängelte er sich vorbei an hohen Mobilfunkmasten, Lüftungsschächten, Klimaanlagen und Antennen – und tatsächlich, da war es: ein meterlanges Fenster, das in den Boden eingelassen war.

Nicholas nahm einen Hammer aus dem Koffer und schlug

kräftig auf die Scheibe ein. Beim dritten Schlag brach ein großes Stück heraus und fiel klirrend nach unten. Er zuckte zusammen, aber der Lärm des Helikopters übertönte den Krach. Dann befestigte er ein Seil am Gestänge eines Lüftungsrohrs und warf es hinunter. Nachdem er überprüft hatte, dass es fest genug saß, kletterte er vorsichtig durch das zerbrochene Fenster.

Der Untergrund, auf dem er aufkam, fühlte sich erstaunlich weich an. Im schwachen Licht seiner Stirnlampe erahnte Nicholas schwarze und bunte Linien auf dem grünen Boden, an den Wänden hingen Basketballkörbe. »Hier bin ich richtig«, murmelte er vor sich hin.

Er war wie geplant in die ehemalige Sporthalle der US-Air Force gelangt. Die Amerikaner hatten während ihrer Zeit in Westberlin den Tempelhofer Flughafen umgebaut und dabei diesen Basketballplatz unter dem Dach errichtet. Die Abflughalle, in der Hartwig jeden Moment sprechen musste, lag darunter.

Nicholas ging vorbei am Mittelkreis, wo über einem stilisierten Indianerkopf *Berlin Braves* stand, zur Eingangstür. Sie war, wie während der Besichtigungstour, unverschlossen.

Leise schlich er durch die Dunkelheit die Treppe hinunter. Als er die Tür am Ende der Stufen öffnete, stand er in einem hohen Gang, den seine Lampe kaum erhellte. Die mächtigen Pfeiler an den Seiten sahen genauso aus wie die Säulen in der Abflughalle. Die Amerikaner hatten einen Teil der Halle abgehängt, und dieser Gang verlief genau darüber.

Von unten hörte man durch den Fußboden Jubel aufbranden und die ersten Töne von *The Final Countdown*. Es ging los.

Nicholas lief langsam vorwärts und zählte jeden Schritt, den er machte. Als er bei fünfundvierzig war, blieb er stehen und kniete sich hin. Mit einem scharfen Rollmesser schnitt er am Rande einer Säule ein großes Viereck aus dem Linoleum. Erleichtert seufzte er auf, als er den hölzernen Deckel sah, der darunter zum Vorschein kam. Es war die provisorische Abdeckung für eine Deckenleuchte, die nie montiert worden war.

Er sprühte die Ränder mit Kriechöl ein, um sie zu lockern, dann hob er ganz behutsam den Deckel an. Seine Arme zitterten vor Anstrengung und Aufregung, als sich die Abdeckung langsam nach oben bewegte. Unbewusst hielt er die Luft an. Das Geschrei, der Applaus und der Jubel aus der Halle darunter wurden immer lauter – mit jedem Zentimeter, den der Deckel freigab, konnte er besser erkennen, was unten vor sich ging.

Hartwig hielt auf einer improvisierten schwarz-rot-goldenen Bühne bereits seine Rede, auf der Videowand liefen wieder die Propaganda-Clips, aber diesmal stand hinter ihm noch eine Gruppe Menschen. Wahrscheinlich waren das prominente Unterstützer, die später noch der Menge erzählen würden, wie großartig sie ihn fanden. Ansonsten war es finster im Saal, so würde hoffentlich niemand das dunkle Loch in der Decke erkennen, durch das Nicholas jetzt spähte. Als er den Kopf wieder hob, wurde ihm für einen Moment schwindlig.

Schweiß lief ihm über das Gesicht, als er die Drohne und die Fernsteuerung aus dem Koffer nahm. Er zögerte. Am liebsten wäre er selbst in einem Loch versunken und erst wieder aufgetaucht, wenn der Spuk vorbei war, doch dann besann er sich. Er drückte den Start-Knopf. Die Rotoren surrten los.

Noch nie waren sie ihm so laut vorgekommen, aber in dem Getöse in der Halle würde man sie hoffentlich nicht bemerken.

Er musste schlucken. Gleich würde es so weit sein, gleich würde er einen Menschen umbringen. Nur du kannst ihn stoppen, sagte er zu sich selbst. Dafür musst du nur einen Knopf drücken, du drückst nur einen Knopf. Wie in einem Videospiel. Mehr nicht. Das hast du doch schon tausend Mal gemacht. Das wirst du wohl noch schaffen.

Behutsam drückte er an der Fernsteuerung einen Hebel nach vorn. Die Drohne hob ab.

Er wollte sie gerade durch das Loch in den Saal fliegen lassen, als er erneut eine Vibration in der Hosentasche spürte.

Kurz überlegte er, ob er an sein Handy gehen sollte, aber dann zog er es aus der Tasche. Es war wieder Steiner: *Das Ultimatum ist abgelaufen. An allem, was jetzt passiert, bist du schuld.*

Nicholas erstarrte.

Noch eine Nachricht. Diesmal kam kommentarlos ein Foto von Hanna. Sie stand verloren inmitten einer Gruppe anderer Menschen – außer Hanna strahlten alle Hartwig an, der vor ihnen an einem Rednerpult stand.

Seine Tochter musste in dem Saal sein, nur wenige Meter unter ihm.

Nicholas' Bestürzung verwandelte sich in Wut, als er noch einmal auf das Bild sah: Neben Hanna stand ein Mann in einem schwarzen Anzug, es war der Security-Typ aus Balderschwang. Arrogant lächelnd und siegessicher hatte er seinen kräftigen Arm um ihre zierlichen Mädchenschultern gelegt.

Während Nicholas' Herz fast aus seinem Brustkorb sprang, formte sich in seinem Kopf ein Plan. Hanna war sicher, solange Hartwig redete und sie auf dieser Bühne stand. Er musste nur den richtigen Moment abpassen, damit er sie nicht traf. Ganz einfach.

Eine Viertelstunde lang presste sich Nicholas flach auf den Boden und lugte durch das Loch zur Bühne. Bei jedem Atemzug pochte seine angebrochene Rippe und verstärkte seine Wut.

Währenddessen hetzte Hartwig weiter gegen Volksverräter, das Diktat der EU, Asylanten, die das Land überschwemmten, und korrupte Altparteien, die sich hemmungslos bereicherten. Seine Tiraden wurden immer heftiger, die Stimmung in der Halle immer hitziger. Hartwig, dem der Schweiß von der Stirn tropfte, zog sein Jackett aus und lief auf der Bühne hin und her, um die Masse mit ausholenden Gesten aufzupeitschen.

Selbst in seinem Versteck über der Halle spürte Nicholas, wie erregt die Menge war. Erneut startete er die Drohne. Die todbringende Hornisse, die nur darauf wartete zuzustechen, stürzte sich durch das Loch in den Saal, bereit, jedem seiner Befehle zu gehorchen.

Nicholas ließ sie an der Hallendecke entlangfliegen, bis kurz vor die Bühne. Niemand im Saal schien die Bedrohung wahrzunehmen, die über ihren Köpfen schwebte. Ein paar Sekunden verharrte die Drohne in der Luft, bis Nicholas sein Opfer auf dem Display genau im Visier hatte.

Sein Zeigefinger schwebte über der Schusstaste auf der Steuerung. Drück einfach drauf. Jetzt.

Der Knall ging im Lärm der Halle fast unter. Hartwig stand noch da.

Einen Moment lang stockte der Politiker irritiert und verharrte in der Mitte der Bühne, dann sprach er weiter in sein Headset. Das Projektil musste ihn knapp verpasst haben.

Mit grimmiger Entschlossenheit drückte Nicholas noch einmal auf den Schussknopf an der Fernbedienung. Diesmal knallte die Kugel direkt in die Videowand hinter Hartwig. Der Werbeclip der Volkspartei, der Hartwig beim Spielen mit seinen Kindern zeigte, endete abrupt. Funkenspeiend explodierte ein Teil der Videowand und krachte auf die Bühne.

»Fuck!«, entfuhr es Nicholas. »Fuck! Fuck!« Alle Zweifel waren verschwunden, er wollte nur noch sein Ziel vernichten.

Security-Männer, die im Graben vor der Bühne standen, sahen in die Luft, einer deutete auf die Drohne. Aber die Zuschauer in der Halle schienen immer noch nicht zu realisieren, was genau passiert war. Wahrscheinlich dachten sie an einen technischen Defekt.

Doch Hartwig verstand es sofort und sprang zur Seite. Während er zum Rednerpult rannte, um sich dahinter zu verstecken, ließ Nicholas die Drohne weiter sinken. Als er den Schussknopf zum dritten Mal drückte, blieb seine Hand ganz ruhig.

Wieder verfehlte die Kugel ihr Ziel, diesmal erwischte sie eine Deutschlandfahne, die zu Boden flatterte.

Panisch stob die Gruppe hinter Hartwig auseinander. Jetzt herrschte auch im Zuschauerraum Panik. Menschen schrien angsterfüllt auf und stürzten zu den Ausgängen, die jemand geistesgegenwärtig geöffnet hatte. Einige stolperten und blieben liegen, rappelten sich hoch und rannten weiter. Mit einem Schlag ging das grelle Hallenlicht an.

Für einen Moment war Nicholas geblendet und verlor Hartwig aus den Augen. Als er ihn wieder im Visier hatte, machte er sich bereit zum Schuss.

Er aktivierte die automatische Zielerfassung, die nur bei ausreichender Beleuchtung funktionierte. Der Politiker stand immer noch auf der offenen Bühne, diesmal würde er ihn nicht verfehlen. Diesmal nicht.

Doch dann konnte er nicht glauben, was er sehen musste: Hartwig hatte Hanna unter den Armen gepackt und hochgehoben. Wie einen Schutzschild hielt er sie vor sich. Hanna schrie und strampelte mit den Armen und Beinen, verzweifelt versuchte sie, aus dem Griff zu entkommen, doch Hartwig ließ nicht locker.

»Hanna! Nein!«, schrie Nicholas, obwohl sie ihn unmöglich hören konnte. Wenn die Drohne jetzt automatisch schoss, würde sie auch seine Tochter treffen.

Entsetzt hämmerte er auf den Not-Aus-Knopf an der Steuerung. Er musste das verdammte Mörderding stoppen.

Eine angstvolle Sekunde lang, die nicht zu vergehen schien, passierte nichts. Schließlich blieben die Rotoren der Drohne stehen. Wie ein Stein stürzte sie aus drei Meter Höhe auf den Hallenboden und krachte auseinander.

Blitzlichter erhellten das Podium, ein Fotograf, der im Bühnengraben ausgeharrt hatte, nahm mit einem riesigen Teleobjektiv Bilder der Szene auf, von hinten stürmte ein Kameramann heran und filmte.

Wie in Trance starrte Hartwig auf die zerstörte Drohne vor ihm, als würde er erst jetzt realisieren, was geschehen war. Abrupt setzte er Hanna ab und verschwand hinter der Bühne. Nicholas' Tochter sackte in sich zusammen und weinte so laut, dass er es durch den Saal, der jetzt fast leer war, bis in sein Versteck hören konnte.

»Hanna! Hanna!«, schrie er wieder, so laut er konnte, und diesmal schien sie etwas zu hören, jedenfalls sah sie sich suchend um. Doch schon stürmten Polizisten und Security-Mitarbeiter auf die Bühne und führten sie weg.

Offensichtlich hatten sie inzwischen auch das Loch in der Decke entdeckt, denn jetzt wurde heftig an der Eisentür am Eingang des hohen Ganges gerüttelt. »Polizei!«, rief eine Stimme. »Kommen Sie sofort mit erhobenen Händen heraus, sonst schießen wir!«

Während die Polizisten etwas Schweres gegen die Tür

rammten, ging Nicholas mit erhobenen Armen langsam auf den Eingang zu. Es krachte laut, als die Polizisten die Tür aufbrachen. Schwer bewaffnete Männer eines Spezialkommandos stürmten auf ihn zu und warfen ihn hart zu Boden.

»Wir haben den Attentäter, suchen aber weiter nach Komplizen«, sprach der Anführer in sein Funkgerät, während seine Männer Nicholas abtasteten.

»Es gibt sonst niemanden. Glauben Sie mir, ich bin allein«, sagte Nicholas. »Kann ich bitte mit meiner Tochter Hanna sprechen? Sie ist hier.«

»Schnauze!«, rief einer der Polizisten und stieß ihm mit den Fuß in die Nieren.

Sie führten ihn in Handschellen die Treppe hinunter in die riesige Halle. Sie war fast leer, überall lagen zertrampelte Plastikbecher und die Fähnchen der Volkspartei auf dem Boden verstreut. Das riesige Banner *Markus Hartwig – unser Volkskanzler* hing schief hinter der Bühne herunter.

Die wenigen Anhänger der Volkspartei, die im Saal verblieben waren, brüllten wütend »Aufhängen! Aufhängen! Aufhängen!«, als sie Nicholas bemerkten und drohten mit den Fäusten. Aufgebrachte Männer warfen mit Bechern nach ihm, einer spuckte ihm voller Hass ins Gesicht, bevor ihn die Polizisten halbherzig zur Seite stießen.

Doch Nicholas bemerkte es kaum. Während er mit hängendem Kopf zwischen den Polizisten hertrottete, fühlte er sich wie ein Versager. Obwohl er eine gute Möglichkeit gehabt hatte, war es ihm nicht gelungen, Hartwig zu töten. Er war gescheitert.

Morgen würde der Mann, der die Demokratie stürzen wollte, die Wahl gewinnen – und dann würde das Land ihm gehören. Niemand konnte ihn jetzt noch aufhalten.

24

Mit einem lauten Gähnen ließ sich Nina auf das Sofa in ihrem Wohnzimmer fallen. Sie war hundemüde. Obwohl es Samstag war, hatte sie den ganzen Tag damit verbracht, einen mutmaßlichen Islamisten zu verhören. Wagner hatte darauf bestanden, angeblich gab es konkrete Hinweise auf eine bevorstehende Geiselnahme im Reichstag. Ihrer Meinung nach war das Blödsinn, der bärtige Tunesier, den sie stundenlang befragt hatten, hatte keine Ahnung. Aber nach der missglückten Aktion im Volkspark Friedrichshain war Wagner nicht gut auf sie zu sprechen gewesen. Er hatte gedroht, dass er sie bei ihren Vorgesetzten melden würde, weil sie Nicholas geholfen hatte zu entkommen. Er hatte allerdings keinerlei Beweise für seine Behauptung, und was konnte sie dafür, wenn Wagners Leute zu dumm waren, einen Verdächtigen richtig zu überwachen?

Trotzdem wollte sie ihn nicht weiter gegen sich aufbringen. Wagner war im BKA sehr gut vernetzt, wie man hörte, hatte er auch in der Politik einflussreiche Freunde. Angeblich sollte er bald befördert werden, deshalb half sie ihm bei den Verhören der angeblichen Islamisten, obwohl sie das Ganze für Zeitverschwendung hielt.

Mehr aus Gewohnheit als aus wirklichem Interesse griff sie zur Fernbedienung und schaltete den Fernseher ein. Was sie sah, ließ sie sofort hellwach werden.

Eine junge Reporterin der ARD stand in der Abflughalle

des ehemaligen Tempelhofer Flughafens und sprach direkt in die Kamera.

»Das Attentat auf Markus Hartwig, hier bei seiner Abschlusskundgebung in Berlin, hat große Erschütterung ausgelöst. Er ist zum Glück unverletzt geblieben, und der mutmaßliche Attentäter wurde schon verhaftet. Noch mehr Bestürzung herrscht allerdings darüber, dass sich der Kanzlerkandidat der Volkspartei hinter einem Kind vor den Schüssen versteckt hat.«

Auf dem Bildschirm lief jetzt eine Aufnahme von seinem Auftritt. Sie zeigte, wie Hartwig ein weinendes Mädchen packte und wie einen Schutzschild vor sich hielt, während vor ihm eine Drohne schwebte. Das Kind hatte Nina schon einmal gesehen. War das nicht Nicholas' Tochter Hanna?

Jetzt kamen die Kandidaten der anderen großen Parteien zu Wort. Sie verurteilten den Anschlag, alle äußerten aber auch Abscheu über Hartwigs Verhalten. »Jetzt haben alle selbst gesehen, was diesem Mann wirklich wichtig ist: nur er selbst. Statt das Mädchen zu retten, wollte er es eiskalt opfern«, sagte ein bekannter Oppositionspolitiker. Ein anderer drohte Hartwig sogar mit einer Anzeige: »Dieser Mann ist gnadenlos. Ich werde Strafanzeige wegen versuchten Mordes stellen. Er wollte, dass dieses hilflose Kind stirbt, damit er leben kann.« Auch die amtierende Kanzlerin, die nicht mehr antreten würde, kritisierte Hartwig: »Wer so etwas macht, der ist charakterlich vollkommen ungeeignet, um in unserem Land Verantwortung zu tragen.«

Nina fragte sich, ob Nicholas tatsächlich das Attentat verübt hatte. Aber wer sollte es sonst getan haben? Hektisch zappte sie durch die Programme. Überall gab es nur ein Thema: das Attentat und Hartwigs abscheuliches Verhalten. Die Aufnahmen, wie er die weinende Hanna vor sich hielt, liefen in Endlosschleife auf allen Kanälen. RTL befragte Passanten auf der Straße. Auch sie empörten sich über Hartwig. »Ich wollte ihn eigentlich wählen«, sagte ein aufgebrachter Rentner, »aber das ist schändlich. Schämen soll er sich! Meine Stimme bekommt so ein Lump nicht.«

Als Nina wieder zur ARD schaltete, trat dort gerade Georg Rotten, der stellvertretende Parteivorsitzende der Volkspartei, vor die Kamera. Auf seiner Glatze glänzten noch mehr Schweißperlen als sonst, seine Miene war ernst.

»Ich sage es Ihnen ganz ehrlich: Das ist die größte Enttäuschung meines Lebens. Ich kenne Markus Hartwig schon lange, aber offensichtlich habe ich mich in ihm getäuscht. Sein Verhalten, das möchte ich hier ausdrücklich klarstellen, entspricht nicht den Werten, für die die Volkspartei steht. Ich kann mir das nur mit einer Schockreaktion angesichts des drohenden Todes erklären, aber gutheißen kann ich es natürlich nicht.«

»Haben Sie denn schon mit Markus Hartwig gesprochen?«, wollte der Fernsehjournalist wissen.

»Dazu war noch keine Gelegenheit, aber wir werden gleich in einer Krisensitzung mit dem Parteivorstand besprechen, wie es weitergehen wird.«

Nina machte den Ton aus. Hartwig ist erledigt, schoss es ihr durch den Kopf. Sie versuchte, Nicholas anzurufen, aber auf seinem Handy sprang sofort der Anrufbeantworter an.

Mit einem Mal fiel ihr das Päckchen ein, das sie gestern bekommen hatte. In der Hektik hatte sie es ganz vergessen. Sie ging zur Kommode neben der Wohnungstür, wo sie die Post abgelegt hatte. Als sie das braune Packpapier aufriss und den Inhalt sah, fing ihr Puls an zu hämmern.

***

Er trat auf den Hinterhof und schloss die Tür hinter sich. Die kühle Nachtluft fühlte sich angenehm an nach der Hitze, die in dem Nobel-Restaurant herrschte. Mit einem Taschentuch tupfte er sich die Stirn ab. Hier draußen vernahm man aus dem Brunello nur noch leise Musik und Gemurmel.

Nach dem Attentat auf Hartwig war die Stimmung auf der Wahlkampfparty der Volkspartei zuerst auf dem Tiefpunkt gewesen. Nur Georg Rotten hatte sich von Anfang an gut gefühlt. Befreit. Auch wenn er sich das natürlich nicht anmerken lassen durfte.

Doch je mehr Champagner, Wein und Bier geflossen waren, desto besser war die Laune auch bei den anderen Politikern der Volkspartei geworden. Inzwischen herrschte bei vielen wieder die Zuversicht, dass man die Wahl morgen trotz Hartwigs katastrophalem Verhalten gewinnen würde. Obwohl sich der Spitzenkandidat spurlos aus dem Staub gemacht hatte. Der Feigling hatte nicht einmal den Mut gehabt, zur Krisensitzung des Präsidiums zu kommen. Stattdessen hatte er nur ein paar SMS mit Durchhalteparolen geschickt. Dabei wusste Hartwig, dass er erledigt war.

Rotten schüttelte verächtlich den Kopf. Insgeheim hoffte er, dass Hartwig in seinem Auto saß und auf der Autobahn mit Vollgas auf einen Brückenpfeiler zusteuerte. Das wäre für alle das Einfachste.

Aus dem Dunkel hörte er ein Räuspern. Als er sich suchend umsah, trat ein groß gewachsener Mann aus dem Schatten eines Baumes. Er musste dort schon länger auf ihn gewartet haben.

»Na, schon betrunken?« Wolfgang Mang hatte sein Gesicht zu einem spöttischen Lächeln verzogen.

»Ich bemühe mich. Schade, dass du dich nicht bei unserer kleinen Feier zeigen darfst.«

»Ich habe das Gefühl, du amüsierst dich auch ohne mich. Aber kein Wunder, du hast ja auch jeden Grund zu feiern.«

Rotten sah den Milliardär fragend an. »Wie meinst du das? Dieser Abend ist eine Katastrophe für die Partei.«

»Mir brauchst du doch nichts vormachen, Georg.« Mang klopfte ihm auf die Schulter, als wären sie beste Freunde. »Jetzt ist der Weg frei für dich an die Spitze der Partei.«

Er wollte empört widersprechen, aber Mang redete einfach weiter. »Mach dir keine Sorgen, ich bin auf deiner Seite und unterstütze dich. Politisch standen wir uns doch sowieso immer näher. Ich fand Hartwig immer viel zu zögerlich. Man muss viel konsequenter und radikaler sein als er, wenn man dieses Land wirklich retten will. Und du hast das Zeug dazu, das weiß ich!«

Mang streckte ihm seine Hand entgegen.

Rotten sah seinen Gönner dankbar an und schlug ein. »Ich werde dein Vertrauen nicht enttäuschen.«

Einen Moment lang herrschte ein fast feierliches Schweigen. Schließlich unterbrach Mang die Stille.

»Eigentlich schade, dass Hartwig überlebt hat«, sagte er betont beiläufig.

»Das stimmt, so ein Märtyrer hätte uns noch mal jede Menge Stimmen gebracht.«

»Es könnte ihm auch heute Nacht oder in den nächsten Tagen noch etwas zustoßen«, meinte Mang. »In so einem aufgewühlten Zustand ist man oft nicht ganz bei Sinnen.« Er lächelte Rotten diabolisch an. »Ausschließen kann man ja heutzutage leider nichts mehr, unser Freund Sven Thoma hat mir da zugestimmt. Er ist auch sehr besorgt.«

Rotten sah ihn verunsichert an, aber als Mang loslachte, stimmte er ein.

»Und wenn wir die Wahl morgen doch nicht gewinnen

sollten, ziehen wir die Operation Schwarzer Sonntag eben vor. Die Vorbereitungen hier in Berlin laufen bereits«, sagte Mang. »Jetzt müssen wir die Aktion ja nicht mehr vor Hartwig geheimhalten, das wird vieles erleichtern.«

»Ich ruf nachher gleich Hoffmann und seine Miliz in Tschechien an und sage ihnen, sie sollen sich bereithalten«, erwiderte Rotten eifrig. »Ich hab nie verstanden, dass Hartwig immer dagegen war, notfalls auch mit robusten Mitteln an die Macht zu kommen. Es geht schließlich um unser Vaterland, das wir retten müssen.«

Mang legte ihm seinen Arm um die Schulter. »Zum Glück bist du anders, mein Freund.«

***

Zwischen den grauen Wolken stürzte eine Möwe herab. Nicholas sah noch einmal genau hin, aber es war tatsächlich eine weiße Möwe, die mit ihren breiten Schwingen genau auf ihn zukam. Für einen Moment sah es so aus, als würde sie sich auf dem Eisengitter vor ihm niederlassen wollen. Er konnte schon ihren spitzen gelben Schnabel erkennen. Aber dann entschied sie sich anders und drehte ab, mit kräftigen Flügelschlägen flog sie wieder davon.

Sehnsüchtig sah er ihr durch das vergitterte Fenster nach. Erst seit gestern Abend war er in der winzigen Zelle in der JVA Moabit untergebracht, aber die Freiheit vermisste er schon jetzt. Er hatte noch nie vorher im Gefängnis gesessen. Ein schmales, ungemütliches Bett, in dem man sich kaum umdrehen konnte, ein schäbiger grauer Spind, ein Wandregal und ein klappriger Tisch – das war nun seine Welt. In der Luft lag der Geruch von Angstschweiß, Eintopf und Bohnerwachs.

Was ihn aber am meisten störte, war, dass er keine Nachrichten lesen und mit niemandem telefonieren konnte. Das Handy hatten sie ihm, wie allen Gefangenen in Untersuchungshaft, weggenommen. Ging es Hanna gut? Was war mit Hartwig? Wie berichteten die Medien über sein Attentat? Was dachten die Menschen im Land?

An der schweren Zellentür klapperte es. Als er sich umdrehte, sah er, wie der knurrige Gefängniswärter einer Frau in einer kurzen Lederjacke die Tür offen hielt.

»Nina!«, sagte Nicholas. Noch nie hatte er sich so gefreut, sie zu sehen.

Er stürmte auf sie zu und umarmte sie, während der Wärter von außen wieder abschloss. Minutenlang hielten sie sich einfach nur fest und sagten nichts.

Nina löste sich als Erste aus der Umarmung.

»Kaffee gibt's hier wohl nicht?«, fragte sie mit gespielter Überraschung und setzte sich ungefragt auf den einzigen Stuhl in der Zelle. Nicholas hockte sich auf die Bettkante. Sie sah übermüdet aus, in ihrem Gesicht zeichneten sich dunkle Ringe ab, aber ihre schönen hellbraunen Augen funkelten angriffslustig, als sie weitersprach: »Du machst ja Sachen!«

»Einer musste es ja machen.«

»Da bin ich mir nicht so sicher«, sagte sie. »Aber ich habe auch was gemacht.« Sie legte einen braunen Packpapierumschlag auf den Tisch. »Nämlich das Geheimdossier gelesen, das du mir geschickt hast.« Nina warf ihm einen vorwurfsvollen Blick zu. »Hättest du es mir nicht früher geben können?«

»Ich hab's doch versucht, aber du wolltest es ja nie haben«, erwiderte Nicholas.

Nina ignorierte seine Bemerkung. »Jedenfalls bin ich noch

gestern Abend sofort damit zum leitenden Oberstaatsanwalt gefahren und habe ihm alles erzählt.«

»Und?«, fragte Nicholas und fuhr sich angespannt mit der Hand durchs Gesicht. »Mach's doch nicht so spannend.«

»Er hat zwar erst gezögert, dann aber wohl die halbe Nacht mit der Kanzlerin, dem Innenminister, Kollegen und Richtern gesprochen. Und heute früh hat er mich aus dem Bett geklingelt und mir mitgeteilt, dass gerade die Zentrale der Volkspartei durchsucht wird. Dort haben sie wohl noch mehr belastendes Material gefunden. Rotten wird jetzt gerade verhört.«

»Und Hartwig?«

»Angeblich weiß niemand, wo er ist. Es wird nach ihm gesucht.«

Nicholas sprang auf und lief nervös durch die Zelle. »Was werden sie mit ihm machen? Und mit den anderen?«

»Ich weiß es nicht. Das hängt davon ab, welche Beweise noch auftauchen.«

»Und die Wahl heute findet ganz normal statt?«

»Ja, es gibt keine Grundlage, um sie abzusagen.«

»Und was ist, wenn die Volkspartei die Wahl gewinnt?« Nichols schlug mit der flachen Hand gegen den Spind. »Dann stoppen sie doch sofort die Untersuchung! Vielleicht bringt die Durchsuchung der Zentrale der Volkspartei sogar noch Sympathien. Sie stellen sich ja nur zu gern als Opfer dar. Was macht ihr dann?«

»Es gibt Regeln, Gesetze und eine Verfassung, an die sich alle halten müssen, auch die Volkspartei. Sie können das nicht einfach ignorieren.« Nina nahm Nicholas' Hand in ihre Hände, ihre Stimme klang deutlich gedämpfter, als sie fortfuhr: »Aber letzten Endes müssen die Menschen in diesem Land hinter der Verfassung und den Gesetzen stehen. Wenn sie nach allem, was sie heute wissen, trotzdem noch die Volkspartei wählen, dann wird das die letzte Wahl für lange Zeit gewesen sein.«

Nicholas wollte etwas entgegnen, doch plötzlich ertönte ein Klingeln.

»Ich glaube, das ist für dich.« Mit einem schiefen Lächeln zog Nina ihr Smartphone aus der Jackentasche und überreichte es ihm.

Es war ein Videoanruf, auf dem Bildschirm war Hannas Gesicht zu sehen. Sie strahlte ihn an.

»Papa!«

»Hanna! Ich freue mich so, dich zu sehen! Geht es dir gut?«

»Passt schon. Also, das gestern war schlimm, ich hab wahnsinnige Angst gehabt. Und danach ganz schön geweint. Aber die Polizei hat mich zu Onkel Max gebracht, da habe ich dann geschlafen. Und jetzt geht's wieder besser, mir ist ja nichts passiert, aber ich muss immer wieder an den armen Roger denken.«

Nicholas wollte fragen, was mit ihm passiert war, aber Nina schüttelte den Kopf.

»Wie geht's denn der Mama«, fragt er stattdessen, um seine Tochter abzulenken.

»Ich habe schon mit ihr telefoniert. Stell dir vor: Die Entführer haben sie gestern Abend im Wald ausgesetzt und sind einfach abgehauen, ein netter Autofahrer hat sie dann zum Glück mitgenommen. Jetzt ist sie wieder zu Hause. Sie holt mich morgen bei Onkel Max ab und hat gesagt, dass wir zusammen reiten gehen, wenn ich wieder in München bin. Das wollte ich schon immer.« Jetzt kicherte sie sogar. »Aus meiner Klasse haben mir ganz viele eine WhatsApp geschrieben, weil sie mich im Fernsehen gesehen haben. Jetzt kennen mich alle an der Schule.«

»Ich bin einfach nur froh, dass dir nichts passiert ist. Ich …« Nicholas stockte, er konnte nicht mehr weitersprechen.

»Sehen wir uns denn bald wieder?«, fragte Hanna zaghaft.

Sein Blick ging durch die Zelle, blieb kurz an den Gitterstäben und dem Schloss an der Tür hängen. Dann sah er Nina an, die ihm zulächelte.

»Natürlich, ich tue, was ich kann.«

Danksagung

Auch wenn am Ende nur ein Name auf dem Cover steht: Einen Roman zu schreiben ist immer Teamarbeit. Viele Köpfe haben dazu beigetragen, dass aus einer Idee ein fertiges Buch wurde. Ganz besonders möchte ich diesen Menschen danken:

Tatjana, die nicht nur die Hauptrolle in meinem Leben spielt, sondern die als Inspirationsquelle, erste Leserin und unermüdliche Unterstützerin eine unschätzbare Hilfe war. Ohne dich hätte ich es nicht geschafft.

Christiane Burkhardt, die mir mit ihrem enormen Wissen über Literatur und die Verlagswelt immer zur Seite steht.

Thomas Montasser, der beste Literaturagent, den man sich wünschen kann. Egal welche Frage ich hatte, er konnte mir immer weiterhelfen. Seine Ratschläge haben diesen Roman besser gemacht.

Meiner Lektorin Martina Wielenberg, die von Anfang an an dieses Buch geglaubt hat, und meiner externen Lektorin Dr. Ulrike Brandt-Schwarze für die sprachliche Feinarbeit.

Tobias Winstel, ohne den dieses Buch wahrscheinlich nie erschienen wäre.

Silke Diekmann, Susanne Ogan, Jochen Voit und Loel Zwecker, die das Manuskript in verschiedenen Stadien gelesen und mir wertvolle Anregungen gegeben haben. Ihr seid großartig!

Auf die Idee, wie eine rechtspopulistische Partei das Verfassungsgericht und das Grundgesetz aushebeln könnte, hat mich Maximilian Steinbeis gebracht. Er hat darüber auf dem Verfassungsblog den brillanten Essay »Der Volkskanzler« geschrieben.

Wie hat Ihnen das Buch gefallen? Schreiben Sie mir gerne an: letztewahl@ericsander.de, ich freue mich über Ihre Nachricht. Mehr zum Buch, Neuigkeiten, Lesungstermine und vieles mehr finden Sie unter www.ericsander.de